EMMA ROUS

Die Zwillinge
von Summerbourne

EMMA ROUS

Die Zwillinge von Summerbourne

Roman

Deutsch von
Alexandra Kranefeld

blanvalet

Die Originalausgabe erschien 2018 unter dem Titel »The Au Pair«
bei Piatkus, An Imprint of Little, Brown Book Group, London.

Sollte diese Publikation Links auf Webseiten Dritter enthalten,
so übernehmen wir für deren Inhalte keine Haftung, da wir uns
diese nicht zu eigen machen, sondern lediglich auf deren Stand
zum Zeitpunkt der Erstveröffentlichung verweisen.

Verlagsgruppe Random House FSC® N001967

4. Auflage
Copyright der Originalausgabe © 2018 by Emma Rous
Copyright der deutschsprachigen Ausgabe © 2020 by
Blanvalet in der Verlagsgruppe Random House GmbH,
Neumarkter Str. 28, 81673 München
Redaktion: Ulrike Nikel
Umschlaggestaltung: www.buerosued.de
Umschlagmotive: mauritius images/Travelbild/Alamy;
Maria Heyens/Arcangel Images; www.buerosued.de
AF · Herstellung: sam
Satz: Vornehm Mediengestaltung GmbH, München
Druck und Bindung: GGP Media GmbH, Pößneck
Printed in Germany
ISBN 978-3-7341-0700-9

www.blanvalet.de

1. Kapitel

SERAPHINE

August 2017

Es gibt keine Fotos, die Danny und mich in unseren ersten Tagen und Wochen zeigen. Nach unserer Geburt klafft eine Lücke von einem halben Jahr im Familienalbum der Mayes. Keine Einschulungsbilder von Edwin, unmöglich zu wissen, wer von uns beiden dem großen Bruder am Anfang mehr ähnelte. Eine leere Doppelseite markiert jene Zeit der Trauer, die auf unsere Ankunft folgte.

Es ist ein schwüler Abend auf Summerbourne. Durch das geschlossene Fenster dringt von fern das Branden der See und hinterlässt einen feinen, feuchten Film auf meiner Haut. Ich habe den ganzen Tag über Unterlagen sortiert, die sich jetzt um den Reißwolf stapeln und mich mit ihren langen Schatten an einen Friedhof erinnern. Wenn Edwin fertig gepackt hat, wird er unten auf mich warten; es missfällt ihm, dass ich so bald mit Aussortieren anfange. Vielleicht missfällt ihm sogar, dass ich es überhaupt mache.

Der Drehstuhl, auf dem ich sitze, kippt ein wenig zur Seite, während ich eine weitere Fototasche aus der untersten Schreibtischschublade hole, bestimmt noch mehr Landschaftsaufnahmen, die mein Vater geschossen hat. Als ich mich wieder aufrichte, fällt mein Blick auf den Wandkalender, und ich zähle die rot gerahmten Felder. Zwanzig Tage seit dem Unfall meines Vaters, acht seit seiner Beerdigung. Ich klappe die Mappe auf, schwarz glänzende Negative rutschen heraus und fallen auf den Teppich – ich lasse sie einfach liegen. Jede Bewegung erscheint mir zu viel. Schließlich kann ich nicht einmal sagen, wann ich zuletzt richtig geschlafen habe, denn längst habe ich aufgehört, die Tage zu zählen.

Bei den Fotos, die sich noch in der Mappe befinden, handelt es sich wider Erwarten um Landschaftsaufnahmen. Auf dem ersten, das ich in die Hand nehme, ist Edwin als kleines Kind am Strand zu sehen, auf der Rückseite steht als Datum Juni 1992. Das war wenige Wochen, bevor Danny und ich geboren wurden. Ich nehme das vierjährige Konterfei meines Bruders in Augenschein, suche nach Anzeichen, dass er etwas ahnt von der drohenden Familienkatastrophe, aber natürlich ist da nichts: Er lacht, blinzelt gegen das gleißend helle Sonnenlicht und zeigt mit einem Plastikschäufelchen auf eine dunkelhaarige junge Frau am Rand des Bildes.

Es folgen die unvermeidlichen Fotos von Möwen und Sonnenuntergängen, die ich mir nur flüchtig ansehe. Doch dann gelange ich zum letzten Bild, einer stillen Szene häuslichen Glücks, fremd und vertraut zugleich. Ich spüre, wie meine Nackenhaare sich aufstellen, und halte den Atem an. Auf einmal erscheint mir die Luft so drückend, als dränge sie sich näher an mich, um jedes noch so kleine Detail aufzunehmen.

Danny und ich haben uns irgendwann damit abgefunden, dass es keine Bilder von unseren ersten Lebensmonaten gibt. Und nun sehe ich auf diesem Foto meine Mutter auf der Terrasse von Summerbourne sitzen, das Gesicht dem Baby in ihrem Arm zugewandt. Unser Vater steht neben ihr, Edwin lehnt sich von der anderen Seite an sie, und beide lachen voller Stolz in die Kamera.

Ich beuge mich tiefer über das Bild: meine Mutter, bevor sie uns verlassen hat.

Ihre Miene ist schwer zu erkennen, weil das ganze Bild etwas unscharf und verschwommen ist, doch alles an ihr, von der ordentlichen Frisur, der sanften Neigung des Kopfes und der liebevollen Geste, mit der sie den Säugling hält, strahlt eine stille, gefasste Ruhe aus. Nichts deutet auf jene abgrundtiefe Verzweiflung hin, die ich mir, da niemand mir von den letzten Stunden meiner Mutter hatte erzählen wollen, in den düstersten Farben ausgemalt habe.

Als ich das Foto umdrehe, finde ich in der unverkennbaren Schrift meines Vaters bestätigt, dass das Bild tatsächlich an jenem Tag aufgenommen wurde, an dem Danny und ich vor etwas über fünfundzwanzig Jahren auf die Welt gekommen sind. Ein späterer Zeitpunkt wäre schlicht nicht möglich, da unsere Mutter noch am selben Tag von den Klippen hinter dem Haus in den Tod gesprungen ist.

Wie elektrisiert stehe ich auf und laufe nach unten. Meine nackten Füße sind auf der Treppe kaum zu hören.

Im Flur steht eine gepackte Reisetasche, an der sich der Saum meines Bademantels kurz verfängt, als ich vorbeieile. In der Küche treffe ich Edwin an, er steht an die Arbeitsfläche gelehnt und schaut zur Gartentür in die einsetzende Dämmerung hinaus.

»Hier, sieh dir das an.« Ich mache Licht. »Das sehe ich zum ersten Mal.«

Er nimmt mir das Foto aus der Hand. »Ich auch«, meint er und betrachtet es eingehend. »Der Tag eurer Geburt. Ich wusste nicht, dass wir ein Foto davon haben. Halt, warte …, jetzt glaube ich mich zu erinnern.« Es ist das erste Mal seit Tagen, dass ich ihn lächeln sehe. »Dad sieht so jung aus. Und Mum …«

»Sie sieht glücklich aus.«

»Ja«, sagt er leise, ganz in das Bild versunken.

»Überhaupt nicht wie jemand, der Selbstmord begehen will«, füge ich hinzu, und sein Lächeln erlischt.

Als ich mir das Foto erneut ansehe, fällt mir etwas auf, das mich stutzig macht. Irritiert runzele ich die Stirn und wende mich Edwin zu.

»Warum hat sie bloß einen von uns im Arm? Bin das nun ich, oder ist es Danny?«

»Keine Ahnung.« Edwin greift nach dem anderen Foto, das ich ebenfalls mit nach unten gebracht habe und das ihn am Strand mit einem dunkelhaarigen jungen Mädchen zeigt. »Oh, das ist Laura. An die kann ich mich noch erinnern, sie war sehr nett.«

»Dein Au-pair?«

Jetzt, wo er ihren Namen sagt, bin ich mir ziemlich sicher, Bilder von ihr im Familienalbum gesehen zu haben. Eine junge Frau, die sich in jenen unbeschwerten Tagen vor unserer Geburt um Edwin gekümmert hat, obwohl er damals noch eine Mutter hatte und nicht so wie Danny und ich einzig und allein von ständig wechselnden Kindermädchen rund um die Uhr betreut werden musste.

»Sie hat das andere Bild vermutlich aufgenommen«, sagt Edwin und streckt die Hand nach dem Foto aus, auf dem unsere Mutter das einzelne Baby im Arm hält, von dem man wohl nie mehr erfahren wird, wer von uns beiden es ist, Danny oder ich.

Ich ignoriere seine ausgestreckte Hand und nehme den Schnappschuss mit zum Küchentisch, lasse mich auf einen der Stühle fallen und lege das Bild vor mich hin. Die umgeknickte Ecke versuche ich mit dem Daumen glatt zu streichen.

»Ist es nicht ausgesprochen seltsam, dass wir nicht beide darauf sind? Es ist ja nicht irgendein Foto, sondern eines, das anscheinend eigens gemacht wurde, um das große Ereignis festzuhalten.«

Edwin zuckt die Schultern. »Ich weiß es nicht. Dass lediglich einer von euch beiden drauf ist, kann alle möglichen Gründe haben. Bestimmt herrschte viel Aufregung an dem Tag, wenn man bedenkt, was später geschah …«

»Trotzdem: Mum wirkt so ruhig und friedlich, überhaupt nicht …« Stirnrunzelnd betrachte ich das Bild. »Ja, ich weiß, dass immer behauptet wurde, es gebe keine Babyfotos von uns, weil nach dem Tod unserer Mutter das Leben gewissermaßen stillstand. Und jetzt finde ich endlich eins – und erfahre nicht mal, ob ich da drauf bin oder Danny!«

»Ich kann es mitnehmen und Gran fragen«, bietet mein Bruder sich an und versucht erneut vergeblich, das Bild an sich zu nehmen.

»Nein.« Energisch ziehe ich das Foto zu mir heran. »Unsere Großmutter redet ja nie darüber«, sage ich. »Niemand will darüber reden.«

Mein Bruder seufzt. »Was du brauchst, ist Schlaf, Seph. Warum nimmst du nicht eine von Grans Tabletten, die sie im Schrank hat stehen lassen? Und morgen ziehst du dich zur Abwechslung mal wieder an und gehst ein bisschen raus. Mach einen Spaziergang oder was immer du willst.« Er reibt sich die Augen. »Mit der Zeit wird es leichter, mit der Trauer umzugehen, glaub mir.«

»Meinst du, wir könnten Laura ausfindig machen?«, frage ich ihn. »Wenn sie es war, die fotografiert hat, kann sie uns vielleicht sagen …« Ich beuge mich wieder über das Bild, betrachte die Haare meiner Mutter, die zärtliche Geste, mit der sie das Baby hält. »Es muss wenige Stunden vor ihrem Tod aufgenommen worden sein, das steht fest. An dem Tag, als Mum gestorben ist – dem Tag, der alles verändert hat.«

»Seraphine«, sagt Edwin nur.

Ich schaue zu ihm auf. »Wir wissen bis heute nicht, warum sie es getan hat. Und jetzt, da auch noch Dad tot ist, werden wir vielleicht nie mehr …«

Mit einem Schlag wird mir bewusst, wie schrecklich das alles ist und wie ungerecht, erst ohne Mutter aufwachsen zu müssen und dann noch den Vater durch einen so dummen, sinnlosen Unfall zu verlieren. Jetzt sind bloß wir drei übrig. Und Gran.

Edwins Blick wandert von meinen ungewaschenen Haaren zu dem Kaffeefleck vorn auf meinem Bademantel, und er schließt kurz die Augen.

»Okay, ich bleibe noch eine Nacht hier. In diesem Zustand kann ich dich nicht allein lassen. Morgen rufe ich bei meinem Chef an und erkläre ihm, dass ich später nach London zurückkomme.«

»Nein.« Ich schiebe das Foto von mir weg, lasse meine Schultern kreisen, dehne meinen verspannten Nacken. »Sei nicht albern. Mir geht es gut, kein Grund zur Sorge. Ich habe mich einfach gefragt, was aus Laura geworden ist. Du weißt schon, danach.«

10

Mein großer Bruder beobachtet mich argwöhnisch, weshalb ich mich bemühe, eine einigermaßen gelassene Miene aufzusetzen. Edwin seufzt erneut.

»Kurz nach Mums Tod hat Laura bei uns aufgehört. Ich weiß nicht, was aus ihr geworden ist, sie müsste mittlerweile Anfang oder Mitte vierzig sein. Seph, sei vernünftig – selbst wenn du sie finden würdest, könntest du nicht so mir nichts, dir nichts bei ihr aufkreuzen und sie fragen, warum einer von euch beiden vor fünfundzwanzig Jahren auf irgendeinem Foto fehlte. Sie würde dich für verrückt halten. Wahrscheinlich erinnert sie sich gar nicht mehr daran.«

Ich nicke langsam, als würde ich ihm widerstrebend recht geben, und Edwin macht Anstalten, in den Flur zu gehen. Wieder nehme ich das Foto zur Hand und streiche über die abgeknickte Ecke, die sich nicht glätten lassen will.

»Und wenn sie uns doch sagen könnte, was passiert ist …«, schiebe ich nach.

Er bleibt an der Tür stehen. »Wir wissen, was passiert ist, Seph. Mum war krank und hat sich das Leben genommen. Nichts wird daran etwas ändern.«

Störrisch presse ich die Lippen zusammen.

»Vielleicht sollte ich wirklich hierbleiben«, wiederholt er sein Angebot. »Eine weitere Nacht ist kein Problem. Oder du packst schnell ein paar Sachen zusammen und kommst mit zu mir, wie wäre das? Danny freut sich bestimmt, und Gran führt dich sicher gerne zum Lunch aus. Ein bisschen Abwechslung würde dir guttun.«

Fast drei Wochen sind meine Brüder und meine Großmutter nach dem Tod meines Vaters auf Summerbourne geblieben, haben sich mit mir um die Beerdigung, die Anwälte, die Kondolenzbesucher gekümmert. Wie soll ich Edwin begreiflich machen, dass ich mich jetzt nach Ruhe sehne?

»Nein, nein, ich komme schon zurecht«, versichere ich ihm. »Wirklich. Fahr los, es ist bereits spät, und ich bin bettreif. Vielleicht besuche ich euch nächstes Wochenende in London.«

»Joel wohnt übrigens vorübergehend bei Michael – wenn du willst, bitte ich ihn, in den nächsten Tagen mal bei dir vorbeizuschauen, ob alles in Ordnung ist.«

Ich kann mir ein Stöhnen nicht verkneifen. »Nein, bitte nicht.«

Zwar war Joel bei Dads Begräbnis gewesen, aber dass er sich derzeit für längere Zeit bei seinem Großvater Michael einquartiert hatte, unserem ehemaligen Gärtner, das wusste ich nicht. Joel und mich verband eine komplizierte Beziehung, zu kompliziert für den Augenblick.

»Hast du sonst jemanden, der mal vorbeikommen könnte? Eine Freundin oder eine Kollegin?«

Edwin verdreht die Augen, als ich gelangweilt mit den Schultern zucke. Ich hatte nie ein großes Bedürfnis nach Freundschaften, was meinem Bruder seit jeher ein Rätsel ist, ihm sogar bedenklich zu sein scheint. Ich muss an jenen Satz denken, mit dem Danny mir Edwins Sicht der Dinge einmal zu erklären versuchte.

»Er ist nicht enttäuscht von dir, Seph, es enttäuscht ihn für dich.«

Eine bittere Feststellung, deren unbestreitbare Wahrheit allein von Dannys trockenem Humor etwas gemildert wurde. Und so ist es auch nicht das erste Mal, dass ich mir eine genervte Erwiderung verkneife.

Ich bin so wie ich bin, und ich fahre gut damit. Gib also einfach Ruhe, pflege ich etwa gerne zu sagen.

An der Haustür lasse ich mich von ihm umarmen, lehne mich einen Moment an ihn und atme den Duft des Weichspülers ein, den unsere Großmutter immer verwendet, wenn sie hier ist. Ein etwas zu blumiger Geruch, wie ich finde. Als ich zurückweiche, halte ich den Blick gesenkt, um nicht den angespannten Ausdruck in seinen Augen sehen zu müssen, die Sorge, die mir gilt.

»Versuch ein bisschen zu schlafen, Seph.«

»Mache ich.«

Zurück in der stickigen Luft von Dads Arbeitszimmer, schalte ich das Deckenlicht an und nehme noch einmal die Papierstapel in Augenschein. Ein blaues Firmenlogo hat sich irgendwo in den Tiefen meines Gedächtnisses festgesetzt und lässt mir keine Ruhe. Ich fange mit den Unterlagen an, die ich heute früh aus der untersten Schublade des Schreibtischs genommen habe. Keine fünf Minuten später habe ich den Kontaktbogen der Au-pair-Agentur gefunden, verblasste Tinte auf liniertem Papier.

Laura Silveira war 1991 achtzehn Jahre alt, ihre damalige Anschrift, vermutlich die ihrer Eltern, befand sich in London.

Ich greife zu meinem Handy, gebe erst ihren Namen in eine Suchmaschine ein, dann die angegebene Adresse, ohne etwas zu finden, das zu einer Frau passen würde, die vor fünfundzwanzig Jahren hier als Au-pair gearbeitet hat. Mit den Unterlagen begebe ich mich daraufhin ins Wohnzimmer, hole das Fotoalbum der Jahre 1991 und 1992 hervor und blättere die Seiten durch, die mir das Leben auf Summerbourne während der elf Monate zeigen, in denen diese

Laura hier beschäftigt war. Bis zu jener leeren Doppelseite, als Danny und ich geboren wurden.

Sie ist etwa auf einem halben Dutzend Bildern zu sehen. Unter dem, das sie am deutlichsten zeigt, steht in der steilen, nervösen Handschrift meiner Mutter: *Edwin mit Laura*. Als ich die Seite etwas mehr ins Licht halte, löst sich das Foto von der Pappe, auf der es aufgeklebt war, und fällt auf die Tischplatte.

Ich schaue mir das junge Mädchen genauer an. Während sie auf den anderen Bildern gerade mal am Rand zu erkennen oder angeschnitten ist, weil die Kamera auf Edwin gerichtet war oder auf Joel, seinen besten Freund, zeigt dieses eine sie sehr deutlich. Sie hält Edwin bei den Gezeitentümpeln zwischen den Felsen unten am Strand an der Hand und lächelt direkt in die Kamera. Sie wirkt groß und sportlich, die dichten dunklen Haare sind locker zurückgebunden. In den Unterlagen der Agentur steht, dass sie wegen Schwierigkeiten zu Hause ein Jahr mit der Schule aussetzen müsse und dann ihren Abschluss nachholen wolle. Ich betrachte ihr Gesicht, forsche hinter ihrem Lächeln nach Anzeichen für familiäre Probleme, doch auf mich wirkt sie glücklich und unbeschwert.

Selbst nach Sonnenuntergang hält die Augusthitze des Tages an. Als ich das Familienfoto mit meiner Mutter auf den Nachttisch lege, meine ich die Blicke meines damals jungen Vaters und meines damals kleinen großen Bruders zu spüren, die mir bei meiner rast- und ruhelosen Wanderung in meinem Zimmer folgen.

Wenngleich der Selbstmord meiner Mutter kein absolutes Tabuthema war, hat man uns Kindern im Laufe der

Jahre nicht mehr als ein sehr überschaubares Maß an Informationen zukommen lassen. Sie jetzt auf diesem Foto zu sehen, wie sie scheinbar glücklich und zufrieden auf das kleine Bündel in ihren Armen blickt, läuft all meinen Vorstellungen zuwider, die ich mir von diesem Tag gemacht habe. Was umso schlimmer ist, als ich nicht einmal mehr meinen Vater darauf ansprechen kann. Deshalb setze ich meine Hoffnungen auf Laura. Womöglich weiß sie ja, was zwischen der Aufnahme dieses Fotos und dem Sprung meiner Mutter von den Klippen geschehen ist, und das wiederum böte mir die Chance, mich nicht den Rest meines Lebens mit dieser quälenden Ungewissheit abfinden zu müssen.

Nachdem ich die von schlaflosen und heißen Nächten zerwühlten Laken vom Bett gezogen und gegen frische ausgetauscht habe, strecke ich mich lang auf dem Rücken aus und hoffe darauf, dass eine kühle Brise durch das weit geöffnete Fenster hereinweht.

Als ich die Lider schließe, scheinen vor meinem inneren Auge die Gesichter jener Kinder auf, die in der Dorfschule ein paar Klassen über mir waren, spitzzüngige kleine Monster, die Danny und mich Koboldskinder nannten und mich ständig damit aufzogen, dass ich meinen Brüdern überhaupt nicht ähnlich sähe. Vera, meine Großmutter, redete mir gut zu. Sie würden mich bloß ärgern, weil ich immer gleich so aufbrausend reagieren würde – ich solle es stattdessen so machen wie Danny, der derartige Gemeinheiten lachend und mit einem Achselzucken abtat.

Ich weiß nicht, ob ich tatsächlich geschlafen oder lediglich gedöst habe, jedenfalls wache ich von lautem Vogelgezwitscher auf, das mit den ersten Sonnenstrahlen durchs

Fenster dringt. In meinem umnebelten Hirn beginnt sich ein Plan abzuzeichnen, als hätte ich die ganze Nacht darüber nachgedacht.

Punkt sieben bin ich geduscht und angezogen und spüre so viel Energie und Entschlossenheit in mir wie in den gesamten drei Wochen seit Dads Tod nicht mehr. Ich steige ins Auto, gebe Lauras alte Postleitzahl ins Navi ein und schließe mich dem Pendlerstrom Richtung London an – eine Fahrt von knapp drei Stunden, aus denen allerdings oft vier werden.

Lauras ehemalige Anschrift ist ein gepflegtes Reihenhaus mit einem Rundbogen aus Buntglas über der Haustür. Direkt gegenüber liegt ein kleiner Park, umstanden von einem grünen Gitterzaun, der in der frühen Mittagssonne glänzt wie frisch gestrichen. Während ich unschlüssig auf dem Gehweg stehe, bilde ich mir ein, dass argwöhnische Blicke hinter den makellosen Spitzengardinen jeden meiner Schritte verfolgen. Kurz bin ich versucht, wieder umzukehren, aber dann gebe ich mir einen Ruck, gehe hinauf zum Haus und drücke auf die Klingel.

Der Mann, der mir die Tür öffnet, grinst schon, ehe ich meine Frage überhaupt zu Ende gebracht habe.

»Entschuldigen Sie«, sage ich, »ich suche nach Laura Silveira, die vor über fünfundzwanzig Jahren hier gewohnt hat. Können Sie mir vielleicht weiterhelfen?«

Er hat eine große Hakennase und einen kahlen Schädel, und seine massige Gestalt füllt den Türrahmen fast völlig aus.

»Sind Sie von dieser Familie, bei der sie mal gelebt hat?«

Verblüfft schaue ich ihn an. Sein Blick wandert über mein schmales Leinenkleid und die cremefarbenen Ballerinas, und sein Grinsen nimmt einen abfälligen Zug an.

»Warten Sie hier. Ich hol mal eben ihre Mutter – die weiß, wo sie gerade arbeitet.«

Wasser tropft aus einem Hängekorb mit Petunien neben der Tür und sammelt sich auf den Pflastersteinen in einer schmutzigen Pfütze. Der Verkehr von der nahen Durchgangsstraße übertönt jeden Laut aus dem Haus. Eine schnelle, präzise Antwort wäre mir lieber gewesen, denn vermutlich wird Lauras Mutter meine Absichten erst lang und breit hinterfragen. Was ich durchaus verstehe, mir wäre es auch nicht recht, wenn jemand aus meiner Familie Wildfremden bereitwillig Auskunft über mich gäbe.

Die Tür geht wieder auf, doch statt der Mutter ist es erneut der Mann. Er hält ein Stück Papier zwischen den fleischigen Fingern. Hinter ihm erhasche ich einen Blick auf eine mit hellem Teppich ausgelegte Treppe, die nach oben führt, auf einen großen runden Spiegel in der Diele, von der Mutter hingegen ist keine Spur zu entdecken. Sie scheint kein Interesse zu haben, mit mir zu sprechen. Aus schmalen Augen sieht der Mann mich an und zieht die Tür ein Stück hinter sich zu, um mir den Blick ins Innere des Hauses zu versperren.

»Da arbeitet sie.« Er hält den Zettel noch einen Moment fest, als ich die Hand danach ausstrecke. »Hat sie wieder Mist gebaut?«

Ich schüttele den Kopf. »Nein, nicht dass ich wüsste.«

Er schnaubt. »Na dann. Sagen Sie ihr, dass sie sich mal bei ihrer Mutter melden soll, okay?«

»Werde ich machen. Danke.«

Als er den Zettel endlich loslässt, falte ich ihn zusammen, ohne einen Blick darauf zu werfen, und sehe zu, dass ich wegkomme.

Die Anschrift führt mich zu einem dreigeschossigen grauen Bürogebäude im Londoner Nordosten. Auf der Straße wird gerade ein Parkplatz frei, was ich als gutes Omen werte und was mich hoffen lässt, dass mein Besuch hier keineswegs so sinnlos ist, wie Edwin getan hat. Nachdem ich den Motor abgestellt habe, klettere ich auf die Rückbank, von wo aus ich, geschützt von den getönten Heckscheiben, unbemerkt den Eingangsbereich beobachten kann.

Am Empfang sehe ich eine Frau hinter dem Tresen stehen, gelange allerdings schnell zu dem Schluss, dass es sich bei ihr nicht um Laura handeln kann, da sie weder groß genug noch im entsprechenden Alter ist. Es wird mir nichts anderes übrig bleiben, als nach ihr zu fragen. Ein staubiger Gehweg, drei flache Stufen, die zu dem Gebäude hinaufführen, und eine Glastür, die sich automatisch öffnet und schließt, trennen uns voneinander.

Im Geiste gehe ich noch einmal durch, was ich zu Laura sagen will: *Ich bin Seraphine Mayes. Sie waren in den frühen Neunzigern das Au-pair-Mädchen meines Bruders Edwin. Unser Vater ist kürzlich gestorben ...* Gleich wollen mir die Tränen kommen, und schnell schließe ich für einen Moment die Augen, um sie zurückzudrängen. Je länger ich die Sache vor mir herschiebe, desto schwerer wird es.

Vom Park am Ende der Straße dringt das Bimmeln eines Eiswagens zu mir herüber, und plötzlich steht mir das Bild meiner beiden Brüder vor Augen: hochgewachsene Männer mit offenen, freundlichen Gesichtern, die sie sofort sympathisch machen. Wieder einmal überkommt mich das Gefühl, anders zu sein, nicht dazuzugehören. Als wäre da etwas, das mich von allen anderen unterscheidet, mich von ihnen trennt. Ich beiße die Zähne zusammen. Jetzt habe ich schließlich die Gelegenheit herauszufinden, was damals am Tag unserer Geburt geschehen ist. Niemand hat mir in all den Jahren sagen können oder sagen wollen, was genau sich zugetragen hat. Laura ist meine letzte Hoffnung.

Mir wird bewusst, dass ich sie erst einmal sehen möchte, ehe ich auf sie zugehe und ihr die Frage stelle, die alles verändern könnte. Ich steige aus dem inzwischen heißen Wagen und gehe ein Stück die Straße hinunter, um mich dem Bürogebäude von der anderen Seite zu nähern. Eine eisige Wolke klimatisierter Luft empfängt mich, als ich durch die Glastür trete.

»Was kann ich für Sie tun?«, erkundigt sich die junge Frau am Empfang höflich und hebt fragend ihre dunkel nachgezogenen Brauen.

»Ich habe eine Lieferung für Laura Silveira«, erkläre ich wenig glaubwürdig, denn der junge Mann, der an der Theke lehnt, mustert mich kritisch von der Seite, und der Blick der Empfangsdame fällt auf meine leeren Hände.

»Und wo, wenn ich fragen darf?«

Meine Hände sind feucht geworden. »Draußen im Wagen. Sie müsste kurz hinauskommen und es sich ansehen. Wenn alles in Ordnung ist, bringe ich die Sachen herein.«

Die junge Frau wechselt einen bedeutungsvollen Blick mit ihrem Kollegen, der sich hinter vorgehaltener Hand vernehmlich räuspert.

»Etwas genauer geht es nicht?«, fragt sie schnippisch.

Ich trete näher an den Tresen und setze jene unterkühlte Miene auf, die ich mir von meiner herrschsüchtigen Großmutter abgeschaut habe.

»Entweder Sie sagen ihr jetzt Bescheid, oder ich fahre zurück ins Depot und bitte meinen Chef, dass er sich an Ihren Vorgesetzten wenden soll.«

Ungeduldig trommele ich mit den Fingern auf die glänzende Platte und sehe mit Genugtuung, wie die Rezeptionistin unmerklich zurückweicht.

»Gut, dann sage ich ihr Bescheid«, gibt sie widerstrebend nach. »Und wen soll ich …«

»Ich warte draußen«, unterbreche ich sie und verlasse das Gebäude auf demselben Weg, den ich gekommen bin.

Erst als ich mich außer Sichtweite wähne, gehe ich auf die andere Straßenseite und schlängele mich durch den Strom der Passanten, um hoffentlich unbemerkt zu meinem Wagen zu gelangen, wo ich erneut auf der Rückbank Stellung beziehe und den Eingangsbereich des Bürogebäudes nicht aus den Augen lasse.

Meine Anspannung steigt, als ich sehe, wie sich die Türen des Fahrstuhls öffnen, doch nicht Laura kommt heraus, sondern ein grauhaariger Mann in Hemd und Krawatte, der ein paar Worte mit der nun wieder freundlich lächelnden Frau am Empfang wechselt und das Gebäude verlässt. Mein Kleid klebt mir auf der Haut, und es bleibt mir nichts anderes übrig, als zu warten.

Beim nächsten Mal scheine ich mehr Glück zu haben. Aus dem Aufzug tritt eine Frau. Groß und eher kräftig gebaut. Mitte vierzig und mindestens mit ein paar Pfund zu viel auf den Rippen. Ihre dunklen Haare sind zurückgebunden, sie trägt eine schwarze Hose, eine weite cremefarbene Bluse und flache schwarze Schuhe. Ihr Gang wirkt unverhältnismäßig schwer. Wäre ich ihr auf der Straße begegnet, würde ich in ihr niemals das junge, glücklich und unbeschwert in die Kamera lächelnde Mädchen von einst erkannt haben. So hingegen kann kein Zweifel bestehen, dass es Laura ist.

Die Empfangsdame hält sie auf, deutet nach draußen, woraufhin Laura sich zur Tür wendet und einen prüfenden Blick auf die Straße wirft. Ich rutsche tiefer in den Sitz meines Wagens und schließe halb die Augen, als könnte ich mich auf diese Weise unsichtbar machen. Sobald die Glastüren zur Seite gleiten, geht sie die Stufen hinunter, späht angestrengt nach rechts und nach links und runzelt verärgert die Stirn, weil sie nirgends einen Lieferwagen entdeckt. Drinnen sehe ich die beiden jungen Leute miteinander tuscheln. Sie grinsen schadenfroh – sie haben ja gleich gewusst, dass mit mir irgendetwas nicht stimmt. Derweilen versuche ich, ruhig Blut zu wahren.

Tief in die Polster gedrückt, mustere ich Laura. Soweit ich es durch die getönten Scheiben erkenne, ist sie nicht oder höchstens ganz dezent geschminkt. Ihre Haare sind offenbar gefärbt, denn am Scheitel wachsen sie grau nach, und zwischen den Augen steht eine steile Falte, die ihr einen pessimistischen Ausdruck verleiht. Schmuck trägt sie keinen außer einer Halskette, zumindest kann ich sonst nichts entdecken. Unentschlossen macht sie ein paar Schritte in die eine, dann in die andere Richtung. In ihren Zügen meine ich einen gewissen Argwohn zu lesen. Bevor ich mich überwinde auszusteigen, ist sie bereits an mir vorbei, marschiert zurück ins Gebäude und verschwindet im Fahrstuhl, ohne am Empfang irgendwelche Erkundigungen einzuholen. Es soll mir recht sein. Ich habe Laura gefunden. Und da ich jetzt weiß, wie sie aussieht, brauche ich lediglich zu warten, bis sich eine Gelegenheit findet, sie hier abzufangen und anzusprechen.

Ich verharre noch einen Moment in meiner geduckten Haltung, dann richte ich mich auf, binde mir die Haare zusammen, schalte die Klimaanlage an und setze mich etwas komfortabler hin, ohne das Gebäude aus den Augen zu lassen. Kurz vor eins erscheinen endlich die ersten Mitarbeiter zur Mittagspause, und in rascher Folge öffnen und schließen sich nun die Türen des Fahrstuhls, werden Angestellte hinaus auf die Straße gespült, wo sie nach einem Blick zum Himmel Strickjacken und Jacketts ausziehen, ehe sie allein oder in kleinen Gruppen losziehen. Laura lässt sich nicht mehr blicken.

Egal, ich habe ja Zeit. Und wenn ich hier hocke, bis sie Feierabend hat.

Um mir das Warten zu vertreiben, denke ich an meine Kollegen in Norwich, die jetzt unter demselben strahlend blauen Himmel im Schatten der alten Kathedrale sitzen und ihre Mittagspause genießen. Ich arbeite in der Buchhaltung eines Personaldienstleisters, und die Routine meines Jobs beginnt mir zu fehlen: Ich mag die Verlässlichkeit der Zahlen, die klaren, eindeutigen Antworten. Vermutlich ahnt mein Chef gar nicht, auf welche Weise ich meinen Sonderurlaub verbringe. Nämlich nicht allein als trauernde Tochter, sondern als Detektivin in eigener Sache.

Zum wiederholten Mal hole ich das Familienfoto aus meiner Handtasche und sehe mir das winzige Baby an. Bei der Geburt war ich die Größere von uns beiden, was einer gewissen Ironie nicht entbehrt, wenn man bedenkt, dass Danny mich mittlerweile um Haupteslänge überragt. Aber wie will ich die Größe dieses fest in Tücher gewickelten Säuglings einschätzen?

Mein Blick fällt auf Edwin, sein Grinsen treibt mir Tränen in die Augen: vier Jahre und völlig ahnungslos, dass dies der letzte Tag war, den er mit seiner Mutter verbringen würde. Unserer Mutter. Wenn ich an sie denke, stelle ich mir vor, wie mein Herz kleine, tastende Fühler ausstreckt in der Hoffnung, tief in mir verborgen irgendetwas zu finden, eine frühe Erinnerung, irgendeine Empfindung. Doch da ist nichts. Mit ihrem Tod hat sie nichts als eine große Leere in mir hinterlassen.

Lauras plötzliches Auftauchen reißt mich aus meinen trüben Gedanken.

Erschrocken richte ich mich auf, ich habe sie erst bemerkt, als sie schon die Treppe hinuntereilt und an mir vorbei in Richtung Park läuft. Hastig schlüpfe ich in meine Schuhe und steige aus, um ihr zu folgen. Ehe sie in den Park einbiegt, dreht sie sich einmal kurz um. Da sehe ich sie zum letzten Mal, als ich eine halbe Minute später den Eingang erreiche, ist sie verschwunden.

Hektisch suche ich nach ihr. Zu beiden Seiten des Weges sitzen Leute auf dem Rasen, essen ihre Sandwiches, unterhalten sich oder genießen einfach die Sonne, von Laura keine Spur. Etwas weiter die Straße hinunter gibt es noch einen zweiten Eingang zum Park, mit dem ich als Nächstes mein Glück versuchen will. Sie kann schließlich kaum vom Erdboden verschwunden sein. Ich bleibe im Schatten der Hecke und halte nach möglichen Verstecken Ausschau. Wo kann sie sein? Hinten beim Pavillon? Oder weiter vorne zwischen den Bäumen?

Nichts. Unverrichteter Dinge gehe ich zur Straße zurück.

Was jetzt? Ich reibe mir den Nacken und überlege, was ich tun soll. Die Luft ist stickig von der Hitze und den Abgasen. Deshalb steuere ich erst mal auf der anderen Straßenseite einen kleinen Laden an, um mir eine Flasche Wasser zu kaufen. Während ich an der Kasse anstehe, halte ich den Blick weiter auf den Strom der Passanten gerichtet. Als eine Hand sich von hinten auf meinen Arm legt, fahre ich zusammen.

»Sie haben das verloren«, sagt eine Frau mit Kopftuch, hält mir eine Fünfzig-Pence-Münze hin und senkt rasch den Blick.

Enttäuscht kehre ich zum Auto zurück und lasse mich hinters Lenkrad fallen. Mein Plan schien mir so clever zu sein, doch wie es aussieht, habe ich es gründlich vermasselt. Zudem setzt sich in mir der ungute Gedanke fest, dass ich mit dieser Aktion vielleicht meine letzte Chance verspielt habe, die Wahrheit zu erfahren. Immerhin muss ich davon ausgehen, dass Laura künftig selbst bei jeder regulären Kontaktaufnahme misstrauisch reagiert. Sie wird sofort an meinen dämlichen Trick mit der angeblichen Lieferung denken. Und wer weiß, ob sie mich nicht sogar bemerkt hat, als ich ihr gefolgt bin.

Einundzwanzig Tage sind seit dem Tod meines Vaters vergangen, neun seit seiner Beerdigung. Noch länger an dieser trostlosen Straße in meinem Auto zu sitzen und einen Hitzschlag zu riskieren, dürfte nicht gerade zielführend sein. Ich starte den Motor, gebe Summerbourne ins Navi ein und mache mich auf den Heimweg. Zu Hause kann ich mir alles noch einmal in Ruhe durch den Kopf gehen lassen und dann entscheiden, was zu tun ist.

2. Kapitel

LAURA

August 1991

Reneclauden. Meinen ersten Besuch auf Summerbourne werde ich für immer mit diesen unscheinbaren grünen Früchten verbinden, die hinter ihrem wenig verlockenden Äußeren eine verblüffende Süße verbergen. In meinen achtzehn Jahren als Stadtkind hatte ich noch nie eine Reneclaude gesehen, aber im Garten von Summerbourne wuchsen sie so üppig, dass ich an jenem Tag gleich eine ganze Handvoll aß. Sie schmeckten nach Honig und Sommer und einem neuen Anfang.

Das reichhaltige Frühstück, das ich mir vor der Abfahrt am Bahnhof King's Cross gegönnt hatte, beruhigte meine Nerven zwar für eine Weile, doch je weiter der Vormittag voranschritt und der Zug mich tiefer ins ländliche Norfolk trug, desto banger wurde mir ums Herz wegen des anstehenden Vorstellungsgesprächs, und der Appetit auf das letzte Käsesandwich in meiner Tasche verging mir. Ich drückte die Stirn ans Fenster und sah auf weites, flaches Land, das sich bis zum Horizont erstreckte und ab und an durchbrochen wurde von seltsam still und leblos daliegenden Dörfern oder einsamen, reetgedeckten Höfen.

In King's Lynn stieg ich aus und ging zum Taxistand. Den Brief von Mrs. Mayes hielt ich in der Hand, obwohl ich mir die Adresse von Summerbourne House längst eingeprägt hatte. Der Taxifahrer sprach mit seltsam runden Vokalen, die er erst eine Weile im Mund zu drehen und zu wenden schien, ehe sie sich zu Worten formten, die ich verstand. Der Einfachheit halber zeigte ich ihm den Brief.

»Nach Summerbourne soll es also gehen?«, fragte er nach, als ich hinten einstieg.

Wenngleich die Straßen schrecklich schmal waren, kurvte er in einem Tempo zwischen den hohen Hecken hindurch, als habe er einen sechsten Sinn für mögliche Gefahren, die hinter der nächsten Biegung lauern könnten.

»Gleich geschafft«, erklärte er, als wir ein weiteres Dorf hinter uns ließen und in eine schmale Straße einbogen.

Sein Ton war seltsam ermutigend, offenbar stand mir die Angst ins Gesicht geschrieben.

Ich ließ das Fenster herunter und wusste selbst nicht, ob mein plötzliches Unbehagen von der abenteuerlichen Fahrt, dem bevorstehenden Gespräch oder der Befürchtung herrührte, ich könnte nicht genug Geld dabeihaben, um das Taxi zu bezahlen.

Ein schwerer, süßlicher Geruch stieg mir in die Nase, als wir an einer Kuhweide vorbeifuhren. Hinter der nächsten Biegung duckte sich eine Reihe kleiner Cottages an den Straßenrand, und gerade als ich dachte, wir hätten uns verfahren, wies uns ein Schild, auf dem schlicht *Summerbourne* stand, jäh nach rechts. Die Zufahrtsstraße endete in einem goldgelb gekiesten Rondell vor dem wohl bezauberndsten Haus, das ich je gesehen hatte.

Vom warmen, hellen Schimmer des verwitterten Mauerwerks bis zu den von vielen Generationen ausgetretenen Steinstufen strahlte alles gediegene Behaglichkeit aus. Üppiges Grün erstreckte sich zu beiden Seiten des Hauses, dunkles Blattwerk reichte bis zu den Fenstersimsen im Erdgeschoss. Der Türklopfer war ein schwerer Messingring, schlicht und solide. Hier fanden sich keine der pompösen Verzierungen, wie man sie an Londoner Stadtvillen sah, was meinen Eindruck verstärkte, dass Summerbourne sich selbst genügte.

Ein langer, eingeschossiger Anbau führte von einer Seite des Hauses weiter nach hinten und schien neueren Datums zu sein. Vom Ende dieses Flügels schwang sich eine hohe Mauer bis zu den Stallgebäuden, die mit ihr einen rechten Winkel bildeten. In drei der vier ehemaligen Stalltüren waren Garagentore eingesetzt worden.

Während ich noch neben dem Taxi stand und mich umsah, hatte ich meine Angst fast vergessen, und mit einem verzückten Lächeln betrachtete ich die neue Umgebung. Aus dem Haus kam mir eine zierliche, dunkelhaarige Frau mit freundlichem Gesicht entgegen.

»Mrs. Mayes?«, fragte ich.

»Sie können mich Ruth nennen«, erwiderte sie und zahlte ohne Umstände das Taxi. Sie strahlte Ruhe und Gelassenheit aus, wirkte liebenswürdig, wenngleich ein wenig zerstreut, als wäre sie mit ihren Gedanken woanders. Ein kleiner Junge, der ihr nach draußen gefolgt war, spähte hinter ihren Beinen hervor zu mir herüber und beobachtete das Taxi, das sich bereits wieder entfernte.

Dieses Kind war der Grund für mein Hiersein, also hockte ich mich vor ihn hin.

»Hallo, ich bin Laura. Und du bist sicher Edwin?«

Er nickte. »Bist du mit dem Zug gekommen?«

»Ja, heute in der Früh ist er in London losgefahren.« Ich suchte in meiner Tasche nach der Fahrkarte und zeigte sie ihm. »Schau, das ist mein Fahrschein. Möchtest du ihn haben?«

Ich hatte kaum Erfahrung mit kleinen Kindern und ihren wechselnden Launen, aber diese Idee erwies sich als goldrichtig. Der Junge schnappte sich das Ticket, wirbelte jubelnd damit herum, bedankte sich kurz auf eine stumme Aufforderung seiner Mutter hin, ehe er zu einer ziemlich wirren Geschichte von einer Zugfahrt ansetzte, die er mit seiner Großmutter unternommen hatte. Atemlos ratterte er herunter, was der Schaffner gesagt hatte, wie schnell sie gefahren waren, welche Abteile sich in welchem Waggon befanden und wo sie gesessen und was sie gegessen hatten.

Ruth lächelte mir über seinen Kopf hinweg zu. »Kommen Sie, wir führen Sie erst mal herum.« Als wir zum Haus hinaufgingen, deutete sie auf den Anbau. »Das ist der Kindertrakt samt einer kleinen Einliegerwohnung und einem Gästeapartment. Am besten, wir fangen gleich dort an mit der Besichtigung.«

Von einer geräumigen Diele ging es durch die Küche und einen kleinen Wirtschaftsraum in ein großes, lichtdurchflutetes Zimmer, das vermutlich den größten Teil des Anbaus einnahm. Eine Fensterfront, die vom Boden bis zur Decke reichte, gab den Blick auf den Garten frei, auf endlose Rasenflächen, die in der Ferne von einem Wäldchen begrenzt wurden. Eine atemberaubende Aussicht, von der ich mich regelrecht losreißen musste.

»Und hier wäre Ihr Reich.« Ruth winkte mir zu und führte mich in die angrenzenden Räume. »Hat die Agentur mit Ihnen über die Arbeitszeiten gesprochen? Wir brauchen im Grunde nicht mehr als eine Teilzeitbetreuung, ein paar Stunden am Tag, da sind wir ganz flexibel. Vor Ihnen hat sich ein anderes Mädchen vorgestellt, der war es allerdings hier draußen zu abgelegen.« Sie seufzte. »Wir hatten bislang noch kein Au-pair, Sie werden die Erste sein, wenn Sie bleiben.«

»Und ich habe noch nie als Au-pair gearbeitet«, gab ich zurück und bereute meine Offenheit sogleich, doch zum Glück schien Ruth sich nicht daran zu stören.

Edwin schob seine Hand in meine. »Ich kann dir alles zeigen, Miss Laura. Guck, das ist dein Zimmer, und da ist dein Bett, und da ist das Bad.« Er lachte. »Im Bad war eine richtig fette Spinne, die haben wir in den Garten gesetzt, weit genug weg, damit sie nicht wiederkommt.«

Die Möbel wirkten wuchtig und alt, vermutlich Erbstücke, dafür waren die Räume licht und hell und makellos sauber, und ich war froh über Edwins pausenloses Geplapper, mit dem er mich hierhin und dorthin zog und mir meine Befangenheit nahm. Dem Gespräch mit Ruth hingegen sah ich nach wie vor mit leichtem Bangen entgegen, auch wenn ich mich auf Fragen nach meinen Referenzen und nach meinen Erfahrungen mit Kindern gut vorbereitet hatte.

»Wie schön hier alles ist«, sagte ich aus vollem Herzen.

Ruth deutete auf die kleine Küchenzeile mit Kühlschrank und zwei Herdplatten in einer Ecke des Wohnraums. »Natürlich können Sie jederzeit die Küche im Haupthaus benutzen, und wir freuen uns, wenn Sie mit uns essen. Das ist ganz allein Ihre Entscheidung.«

Dann folgte die Besichtigung des Spiel- und Kinderzimmers, in dem wir uns länger aufhielten. An den Wänden stapelten sich in bunten Regalen Bücher, Spiele und Kisten mit Spielzeug, auf einem großen Tisch lagen Mal- und Bastelsachen, und in einer Ecke standen zwei alte Sofas und ein Fernseher mit Videorekorder.

»Am liebsten spielt Edwin draußen. Natürlich kann er sich hier hervorragend beschäftigen, wenn das Wetter zu schlecht ist oder Sie ein, zwei Stunden mal Ihre Ruhe haben wollen. Und keine Sorge – nachts sind Sie ihn los, denn er hat sein Zimmer bei uns im Haupthaus«, fügte sie lächelnd hinzu.

Ich lächelte einfach zurück, weil ich nicht wusste, was ich sagen sollte. Edwins Spielzimmer war so groß wie im Haus meiner Mutter das gesamte Erdgeschoss.

Auf dem Rückweg kamen wir wieder durch die Küche. An einer Pinnwand hingen Edwins kleine Kunstwerke, und auf der Spüle trockneten ausgewaschene Pinsel neben dem Besteck. Eine Flügeltür ging auf den Garten hinaus, und ich folgte Ruth auf die Terrasse. Durch den feinen, glitzernden Sprühregen des Rasensprengers sah ich im hinteren Teil des Gartens einige Sachen, wie man sie ebenfalls auf Spielplätzen findet.

»Die letzten beiden Jahre waren nicht einfach für uns«, begann Ruth, als Edwin uns voraus zum Klettergerüst rannte. »Ich brauche unbedingt jemanden, der sich um ihn kümmert und ihn beschäftigt, wenn ich dazu nicht selbst in der Lage bin – vor allem vormittags und hin und wieder nachmittags, das sehen wir dann. Abends und an den Wochenenden lediglich nach vorheriger Absprache und gegen zusätzliche Bezahlung.«

»Das klingt super«, erwiderte ich beeindruckt. »Eigentlich gar nicht wie Arbeit.«

»Dann warten Sie mal ab, bis er Ihnen die Zuggeschichte zum dreißigsten Mal erzählt hat.« Sie lächelte flüchtig. »Aber nein, er ist ein lieber Kerl, dabei zugleich ein ziemliches Energiebündel und somit anstrengend. Am besten ist es, wenn er sich draußen austoben kann, das werden Sie noch merken. Es wäre mir deshalb eine riesige Erleichterung zu wissen, dass jemand bei ihm ist und ihm nichts passiert.«

Wir blieben beim Klettergerüst stehen und sahen Edwin zu, wie er an den Stangen und Seilen herumturnte.

»Sie wissen ja, dass es nur für ein Jahr ist. Nächsten September fängt er mit der Schule an.«

»Das passt prima. Ich will im Mai meinen Schulabschluss nachholen und habe dann bis September frei, ehe die Uni anfängt. Wenn alles klappt.«

»Haben Sie Erfahrung mit Kindern?«

Ich zögerte. »Ein bisschen. Bei unseren Nachbarn habe ich öfter Babysitting gemacht. Und ich mag Kinder.«

Selbst in meinen Ohren klang das reichlich dürftig, und es würde mich nicht gewundert haben, wenn Ruth mich bedauernd angesehen und gemeint hätte, das reiche leider nicht. Doch ihr Blick war abwesend auf Edwin gerichtet, als wäre sie mit ihren Gedanken ganz weit weg.

»Guck mal, was ich kann, Laura!«, rief Edwin und versuchte rücklings und mit dem Kopf voraus die Rutsche herunterzusausen.

Als es mit der Ausführung etwas haperte, ging ich zu ihm, um ihm zu helfen, und hielt mich am Ende der Rutsche bereit, um ihn aufzufangen.

Danach spazierten wir weiter durch den Garten, wo wir einen Bogen um das viele Fallobst machen mussten, das überall auf dem Rasen lag. Kleine grüne, kugelig runde Pflaumen. Wild wachsende Reneclauden, erklärte mir Ruth. Über uns in den Bäumen hingen noch Hunderte davon, und wir pflückten ein paar. Sie schmeckten köstlich, ganz reif und saftig und wunderbar süß. Die Kerne spuckten wir über das Gatter, hinter dem das Wäldchen begann, und wischten uns lachend den Saft vom Kinn. Langsam begann die Anspannung von mir zu weichen.

Ruth wirkte sehr nett und dennoch seltsam distanziert, was mich überlegen ließ, ob sie mir gegenüber Vorbehalte hatte. Allmählich dann, als wir weitergingen und einem schmalen Weg folgten, der weiter in den Wald hineinführte, gewann ich den Eindruck, dass meine Sorge unbegründet und es wahrscheinlich einfach ihre Art war. Unser Vorstellungsgespräch schien sie völlig vergessen zu haben; stattdessen beschwerte sie sich lachend über die Spinnweben, die sich in ihren Haaren verfingen, und bewunderte einen Regenwurm, den Edwin ihr brachte. Ich warf ihr immer wieder verstohlene Blicke zu. Sie war nicht bloß klein und zierlich, sondern zudem sehr blass, und ich fragte mich, ob ihre Blässe Anzeichen jener schweren Zeit war, die sie vorhin erwähnt hatte.

Wir gingen bis zur hinteren Grundstücksmauer, und beide zeigten mir das hohe Eisentor, durch das man zu den Klippen gelangte.

»Das heben wir uns fürs nächste Mal auf«, entschied Ruth, und dieses Versprechen verriet mir, dass meine Einstellung für sie offenbar feststand. Mir fiel ein Stein vom Herzen, und der letzte Rest Anspannung wich von mir.

Auf dem Rückweg zum Haus machten wir einen kleinen Schlenker durch den Wirtschaftsgarten, wo Ruth mir ihren Gärtner vorstellte. Mit seinem dichten schlohweißen Schopf und dem wettergegerbten Gesicht machte er den Eindruck eines Mannes, der die meiste Zeit seines Lebens im Freien verbrachte.

»Mr. Harris ist Joels Grandpa«, klärte Edwin mich auf.

»Er wohnt in einem der Cottages unten an der Straße«, ergänzte Ruth. »Auf dem Hinweg müssten Sie daran vorbeigefahren sein.«

Der alte Mann nickte mir zu, und ich lächelte zurück. Früher hatte ich viele Stunden damit verbracht, meiner Tante im Garten zu helfen, bis sie und Mum sich irgendwann zerstritten und ich die Tante nicht mehr besuchen durfte. Als der Gärtner die Tür des Gewächshauses aufmachte, damit Edwin sich eine Handvoll sonnengereifte Tomaten pflücken konnte, beugte ich mich vor, um den feuchten, erdigen Geruch einzuatmen, und merkte, wie sehr mir das die letzten Jahre gefehlt hatte.

Die größte Überraschung kam hingegen am Ende unseres Rundgangs. Ging man um die Stallungen herum, stand man plötzlich vor einem türkisblau schimmernden Swimmingpool. Um das Becken gab es Liegeflächen aus verwitterten Holzbohlen, eingefasst von Lavendelhecken, die einen betörenden Duft verströmten. Das Wasser glitzerte und funkelte, sodass man am liebsten gleich hineinspringen wollte.

»In der Beurteilung Ihrer Schule stand irgendwas von Schwimmen, richtig?«, vergewisserte sich Ruth. »Dann wird Ihnen der Pool sicher gefallen. Obwohl wir ihn mit Solarzellen beheizen, ist er leider ziemlich kalt, und man muss ziemlich abgehärtet sein, um es darin auszuhalten.«

Ich musste lachen. »Mit zehn habe ich mir im Freibad selber das Schwimmen beigebracht. Das war auch eine kalte Angelegenheit und sehr gewöhnungsbedürftig.«

»Erst mit zehn, und dann haben Sie an Wettkämpfen teilgenommen, erstaunlich.«

»Ja, im Rahmen des Schulsports.« Wehmütig schaute ich auf ein einzelnes grünes Blatt, das langsam auf der Wasseroberfläche trieb. »Ich fand es herrlich.«

Ruth wirkte richtiggehend erleichtert. »Sehr gut, je besser Sie schwimmen können, desto weniger Sorgen muss ich mir um meinen Sohn machen.«

Ich schaute den kleinen Jungen an. »Was meinst du Edwin? Glaubst du, wir trauen uns ins kühle Nass?«

Das Kind hüpfte in wilder Vorfreude über die Holzplanken, und Ruth lachte.

»Haben Sie noch irgendwelche Fragen?«, wollte sie wissen und fuhr gleich fort: »Was ist mit Mittagessen? Wir hatten unseren Lunch bereits, doch wenn Sie mögen, können wir auf der Terrasse Tee trinken, und ich bereite Ihnen einen kleinen Imbiss zu.«

Die Gartenmöbel waren aus robustem Holz mit dicken, weichen Polstern, in denen man zu versinken meinte. Kein Vergleich zu Mums klapprigen Plastikstühlen. In großen Steintöpfen blühten sonnengelbe Ringelblumen und blaue Lobelien, Schmetterlinge tanzten, Bienen summten. Zum Tee brachte Ruth einen Teller mit Brownies, Zimtschnecken und Karottenkuchen nach draußen. Edwin verschwand mit einem Brownie in Richtung Sandkasten, Ruth goss uns Tee ein.

»Nun zu Ihrer Bewerbung. Ich war wirklich beeindruckt

von der Referenz Ihrer Schule«, begann sie. »Um es kurz zu machen: Ich würde mich freuen, wenn Sie die Stelle annehmen würden. Sicherlich werden Sie und Edwin sich ganz prächtig verstehen.«

Zwar hatte ich nach ihren vorherigen Äußerungen damit gerechnet, war aber trotzdem überwältigt und wusste im ersten Moment kaum, was ich sagen sollte.

»Ja, gerne«, stammelte ich. »Danke. Das ist großartig.«

»Fein. Könnten Sie gleich Montag in einer Woche anfangen?«

Stumm nickte ich und griff aus lauter Verlegenheit nach einem neuen Stück Kuchen, als die Stille des Gartens von schwachen Motorengeräuschen durchbrochen wurde. Räder knirschten auf dem Kies der Auffahrt, eine Autotür wurde zugeschlagen.

»Das Taxi meiner Mutter«, erklärte Ruth. »Genau genommen, ist es ihr Haus, und sie hat gern ein Auge auf alles. Sie war so erpicht darauf, Sie kennenzulernen, dass ich es ihr nicht ausreden konnte.« Als sie meine Miene sah, setzte sie nach: »Keine Sorge, Sie kommt nicht allzu oft. Ein-, zweimal im Monat nimmt sie den Zug von London, um Edwin zu sehen und hier nach dem Rechten zu schauen.« Sie lächelte mir ermutigend zu. »Sie wird begeistert von Ihnen sein, da bin ich mir ganz sicher.«

»Granny!« Mit weit ausgestreckten Armen eilte Edwin der Dame entgegen, die soeben um die Hausecke auf die Terrasse kam. Das dunkle Haar trug sie kinnlang, ihre Kleidung war elegant, doch als sie ihren Enkel heranstürmen sah, ließ sie ihre Handtasche zu Boden fallen, fing den Jungen auf und drückte ihn lachend an ihre Brust.

»Hallo, mein kleiner Schatz.«

35

Ich strich mir die Krümel vom Schoß und erhob mich, um sie zu begrüßen.

»Mutter, das ist Laura Silveira«, stellte Ruth mich vor. »Laura, das ist Vera Blackwood, meine Mutter.«

Sie begrüßte mich mit einem festen Händedruck, und ich bemühte mich, ihrem prüfenden Blick standzuhalten. Die Lady, das war sie nämlich, gab mir das beunruhigende Gefühl, während unserer kurzen Begegnung mehr über mich herausgefunden zu haben als Ruth während der ganzen Zeit, die seit meiner Ankunft vergangen war. Ich fragte mich, ob Mrs. Blackwood ebenfalls dem anderen Mädchen begegnet war, das sich auf Summerbourne vorgestellt hatte, und nun Vergleiche zog, die womöglich nicht zu meinen Gunsten ausfielen. Zugleich stellte ich selbst Spekulationen an und fragte mich unwillkürlich, wie man ein solches Haus besitzen und nicht selbst bewohnen konnte. Immerhin lächelte sie mich jetzt an und nickte mir freundlich zu, als hätte ich einen ersten Test bestanden, bevor sie sich an ihre Tochter wandte.

»Tut mir leid, Liebes, dass ich einfach so hereinplatze. Wie läuft es?«

»Nun, Laura und ich sind uns einig geworden. Sie ist perfekt und wird nächste Woche anfangen.«

Das Lächeln ihrer Mutter vertiefte sich. »Wunderbar. Es freut mich sehr, Sie kennenzulernen, Laura. Edwin ist unser aller Augenstern, und wir wollen vor allem, dass er glücklich und zufrieden ist.« Erneut wandte sie sich Ruth zu. »Du siehst müde aus, Liebes. Wie geht es dir?«

Die junge Frau seufzte. »Wenn ich ehrlich bin, habe ich ziemliche Kopfschmerzen. Hätten Sie etwas dagegen, Laura, wenn ich mich verabschiede und mich ein wenig hinlege?«

»Nein, natürlich nicht«, beeilte ich mich zu sagen. »Wenn ich das gewusst hätte …«

»Ich bin so froh, dass Sie zu uns kommen.« Ruth hielt sich die Stirn, als sie aufstand. »Sagen Sie einfach Bescheid, wann genau Sie eintreffen – vielleicht kommendes Wochenende? Meine Mutter ruft Ihnen ein Taxi, das Sie zum Bahnhof bringt.«

»Oh, da hätte ich ja gleich das andere Taxi nehmen können …«

Mrs. Blackwood tat meine Bedenken mit einem Lächeln ab. »Das macht überhaupt keine Umstände und geht in Ordnung. Ich freue mich, wenn Sie mir noch ein Weilchen Gesellschaft leisten. Ich begleite schnell Ruth nach drinnen und bestelle anschließend das Taxi. Bis das hier ist, dauert es sowieso.«

Als sie zurückkam, brachte sie einen Krug Limonade mit, goss mir ein Glas ein und stellte mir ein paar Fragen zur Schule und zum Schwimmteam.

»Ich bin wirklich froh, dass Ruth Sie mag«, wechselte sie irgendwann das Thema. »Sie ist manchmal etwas übervorsichtig mit Edwin, was man ja verstehen kann nach dem Unglück, das seinem Bruder zugestoßen ist. Hat sie Ihnen davon erzählt?« Als ich den Kopf schüttelte, setzte sie sogleich zu einer ausführlichen Erklärung an. »Es gab einen Zwillingsbruder. Im Dezember sind es zwei Jahre, dass er gestorben ist. Bei einem Unfall.«

Entsetzt sah ich sie an, verschluckte mich, weil ich gerade etwas getrunken hatte, und musste husten. »O nein …«

Sie schloss einen Moment die Augen. »Es geschah kurz nach dem zweiten Geburtstag der Kinder. Ich finde, Sie sollten das wissen, weil es so manches erklärt. Natürlich fehlt er uns allen, wobei es für Ruth am schwersten war und ist. Bis heute gibt sie sich nämlich die Schuld an dem Unglück.« Ihr Ton war erstaunlich sachlich trotz dieser schrecklichen Geschichte. »Meine Tochter kann manchmal etwas … sprunghaft sein. Ich hoffe sehr, dass sich das durch Ihre Anwesenheit bessert. Sie wünscht nicht, dass ich öfter als ein-, zweimal im Monat vorbeischaue, und Dominic, ihr Mann, bleibt unter der Woche in London – kurz gesagt, es ist hier draußen recht einsam für sie. Da kann sie noch so oft behaupten, dass sie es so mag.«

Mir fehlten die Worte, und krampfhaft überlegte ich, was ich sagen könnte, ohne dass mir etwas einfiel. Ich war wie vor den Kopf geschlagen und versuchte vergeblich, das Gehörte zu begreifen. Welch eine unvorstellbare Tragödie.

Erneut ergriff die Großmutter das Wort, nachdem sie eine Weile mit ihren Ringen gespielt hatte. »Ich glaube, Sie sind genau richtig für sie.« Sie sah mich eindringlich an. »Meine Nummer steht im Telefonverzeichnis, das im Flur liegt. Für alle Fälle. Ah, da kommt ja schon das Taxi.« Sie erhob sich mit einer anmutigen Bewegung und winkte ihren Enkel heran. »Mein Schatz, komm und sag Laura auf Wiedersehen.«

Edwin schob seine Hand in meine. »Und wann kommst du wieder?«

Ich räusperte mich und versuchte, Mrs. Blackwoods Worte so weit wie möglich zu verdrängen und mich ganz auf den Jungen zu konzentrieren, der mich mit ernsten blauen Augen ansah.

Ich drehte mich zu Ruths Mutter um. »Wenn ich Montag in einer Woche anfangen soll …«

»Was halten Sie davon, am Samstag zu kommen?«,

schlug sie vor. »Dann haben Sie das Wochenende, um sich einzugewöhnen.«

»Ja gerne, das klingt großartig.«

Ich umarmte Edwin kurz und stieg dann in das Taxi, das seine Großmutter im Voraus bezahlte.

»Gute Heimreise«, rief sie, als der Wagen losfuhr, während ich den beiden zuwinkte und mir fast den Hals verrenkte, um noch so lang wie möglich einen Blick auf das golden in der Sonne schimmernde Haus zu erhaschen.

Eine Reneclaude hatte ich eingesteckt, um sie später in Ruhe im Zug zu essen. Mir blieb noch eine gute Woche, um zu packen und mich von meinen Freunden zu verabschieden. Dann war es vorbei, ich konnte mein Londoner Leben hinter mir lassen und mich in das eine Jahr auf Summerbourne stürzen, das sich so verheißungsvoll vor mir auftat. Schließlich sah es ganz danach aus, als wäre es der absolut perfekte Job für mich.

3. Kapitel

SERAPHINE

Obwohl mein Versuch, mit Laura zu sprechen, kläglich gescheitert ist und ich die Trauer um meinen Vater so deutlich spüre wie seit Tagen nicht mehr, bessert sich meine Stimmung, kaum dass ich die letzte Abzweigung nach Summerbourne nehme, das Dorf passiere und anschließend die schmale Straße zwischen den Hecken entlangfahre, wo wir als Kinder immer Brombeeren gepflückt haben, vorbei an den Cottages, bei denen wegen der Hitze alle Fenster offen stehen, und dann das letzte Stück die Einfahrt hinauf. Sieht man von den drei Jahren ab, die ich in Liverpool in einer Studenten-WG gelebt habe, ist Summerbourne das einzige Zuhause, das ich je hatte.

Obwohl mir der Magen knurrt, bleibe ich noch einen Moment im Auto sitzen und betrachte das mir so vertraute, in der Sonne goldgelb schimmernde alte Gemäuer, lasse meinen Blick über die von den Fensterrahmen blätternde Farbe schweifen und die in den Beeten wuchernden Brennnesseln. Die Zeit hat ihre Spuren hinterlassen. Danny und ich waren seit Generationen die Ersten, die während der Sommermonate hier auf Summerbourne geboren wurden, und selbst wenn der Familienname bereits vor Jahren verschwunden ist, da er von der mütterlichen Seite stammte, waren wir als Kinder mächtig stolz darauf, »die sommergeborenen Summerbournes« genannt zu werden. Das machte die weniger freundlichen Namen, mit denen man uns bedachte, mehr als wett.

Außer Summerbourne hat meine Großmutter noch ein Haus in London geerbt, das den passenden Namen Winterbourne trägt – vermutlich ein Scherz, den sich einer unserer Vorfahren leistete. Als Gran sich vor ein paar Jahren entschied, den Annehmlichkeiten einer luxuriösen Stadtwohnung den Vorzug zu geben, vermachte sie Winterbourne Edwin zu dessen fünfundzwanzigstem Geburtstag. Für ihn ist das Haus perfekt, weil es nahe beim Finanzviertel Canary Wharf liegt, wo er arbeitet. Danny und ich seien dort jederzeit willkommen, betont er immer wieder und hat uns sogar eigene Schlüssel gegeben.

Trotzdem hängt mein Herz an Summerbourne, und die Ungewissheit, was aus dem Besitz wird, lässt mir keine Ruhe. Meist versuche ich den Gedanken zu verdrängen, doch manchmal, wenn ich mich noch verletzlicher fühle als sonst, bricht alles wieder hervor und geht mir an die Substanz. Letzten Monat beispielsweise, als unser fünfundzwanzigster Geburtstag kurz bevorstand, kreisten meine Gedanken ständig darum, ob Vera das Haus einem von uns beiden schenken würde. Oder mir und Danny zusammen. Wie sollte so etwas überhaupt fair ablaufen? Und als Dad dann einen Tag vorher gestorben ist, habe ich keinen Gedanken mehr daran verschwendet. Bis jetzt nicht.

Immerhin bin ich es, die nach wie vor hier lebt, die davon träumt, für immer hier zu leben. Ich kann mir gut vorstellen, auf Summerbourne alt zu werden. Während ich früher davon ausging, mich zu verlieben und das Haus mit jemandem zu teilen, habe ich mich längst mit der Vorstellung abgefunden, es allein zu bewohnen. Edwin hat Winterbourne, unsere Großmutter ihre schicke Stadtwohnung, Dad hatte zu Lebzeiten ebenfalls ein Domizil in London, und Danny, der seit Jahren im Ausland wechselnden Jobs nachgeht, zeigt keinerlei Interesse an dem Haus unserer Kindheit. Ich bin die Einzige von uns Geschwistern, die es wirklich liebt.

Als ich endlich aussteige, hefte ich den Blick fest auf den runden Türklopfer, um ja nicht zu der Stelle vor den Garagen zu schauen, wo man vergangenen Monat Dads Blut vom Kies spülen musste.

Im Haus ist es sogar noch wärmer als draußen, und ich reiße sämtliche Fenster und die hinteren Türen auf, bevor ich mir einen Teller Nudeln warm mache, die Edwin im Kühlschrank für mich zurückgelassen hat. Ich esse sie auf der Terrasse. Der Rasen ist braungelb, die anhaltende Hitze hat ihn verdorren lassen. Als Michael noch als Gärtner hier war, sah er immer sattgrün aus. Der Gartenbaubetrieb, den Gran danach mit der Pflege des Gartens beauftragt hat, erledigt einmal im Monat das Nötigste, und entsprechend sieht es aus.

Auf meinem Handy geht eine Nachricht von Edwin ein: *Wie war dein Tag?*

Ich überlege kurz, ihn anzurufen, aber die Vorstellung, ihm das Desaster mit Laura gestehen zu müssen, hält mich davon ab. Zu deutlich sehe ich noch ihr argwöhnisches Gesicht vor mir.

Gut, schreibe ich zurück. *Müde, gehe gleich ins Bett.*

Draußen ist es noch hell. Ungeachtet der Hitze, mache

ich mir in der Küche eine heiße Schokolade, weil ich hoffe, davon schläfrig zu werden. Alle Handgriffe sind mir so vertraut, dass ich sie sogar blind verrichten könnte. Nichts hat sich hier verändert, seit ich ein Kind war und noch auf einen Stuhl steigen musste, wenn ich eine Tasse aus dem Schrank holen wollte.

Mit dem Becher in der Hand will ich fast automatisch das ehemalige Spielzimmer ansteuern, bevor ich über mich selbst den Kopf schüttele und stattdessen hinüber ins Wohnzimmer gehe. Die Vorhänge bewegen sich im leichten Lufthauch, als ich die Tür öffne. Einer spontanen Eingebung folgend, schicke ich Großmutter eine kurze Nachricht:

Hallo Gran, hättest du eventuell Lust, morgen nach Summerbourne zu kommen? Ich könnte dich vom Bahnhof abholen und habe sogar noch eine von Edwins Quiches im Kühlschrank. LG, Seph

Mein Plan ist, sie ins Kreuzverhör zu nehmen. Es scheint mir unvorstellbar, dass sie nichts wissen soll. Meiner Einschätzung nach hat sie es sich bestimmt nicht nehmen lassen, an dem Tag, als Danny und ich geboren wurden, alles stehen und liegen zu lassen und herzukommen, um ihre neuen Enkelkinder in Augenschein zu nehmen. Vielleicht wird sie mir jetzt, wo Dad nicht mehr lebt, endlich anvertrauen, was genau an jenem Tag vorgefallen ist. Und hoffentlich kann sie mir auch erklären, warum einer von uns beiden auf dem Foto fehlt und was meine Mutter wenige Stunden später in den Selbstmord getrieben hat.

Ich muss wieder an Laura denken und frage mich, wo sie jetzt wohl lebt, wie sie lebt und was sie gerade macht.

Meine Gefühle schwanken zwischen Wut und Enttäuschung, weil sie mir entwischt ist, und widerwilligem Mitgefühl, weil ihre Mutter sie aus irgendeinem Grund abzulehnen scheint. Wie mag sie mit einem so lieblosen Umfeld klarkommen? Ich reibe mir die Schläfen und versuche, mir ihr Leben auszumalen. Hat sie eine eigene Familie, für die sie abends kochen muss, Kinder, deren Hausaufgaben sie kontrolliert, einen Mann, mit dem sie sich nach getaner Arbeit eine Flasche Wein gönnt? Oder ist sie allein wie ich und macht sich Sorgen wegen dieser vermeintlichen Lieferung und der Unbekannten, die ihr gefolgt ist.

Um mich abzulenken, schalte ich den Fernseher ein, doch als ich gleich etwas von armen Waisenkindern höre, mache ich den Apparat sofort wieder aus und werfe die Fernbedienung aufs Sofa. Im selben Moment kommt Veras Antwort:

Liebend gern, mein Schatz. Hol mich bitte um zwölf Uhr am Bahnhof ab.

Am nächsten Tag halte ich mich während des Lunchs zunächst an unverfängliche Gesprächsthemen und warte, bis Gran und ich mit unserem Tee hinaus auf die Terrasse gehen, wo wir auf einen erfrischenden Lufthauch in der noch immer drückenden Hitze hoffen. Wir setzen uns in den Schatten, und aus alter Gewohnheit fahre ich mit dem Finger über den schartigen Rand des steinernen Pflanzkübels, in dem ein welkender Rest Hortensien ums Überleben kämpft. In den anderen Trögen sieht es nicht besser aus.

»Du, Gran?«, wage ich mich vorsichtig vor. »Kann ich dich etwas über Laura fragen?«

Sie erstarrt, die Teekanne, aus der sie uns gerade einge-
schenkt hat, noch in der Hand, den Blick seltsam leer ins
Nichts gerichtet. Ich strecke die Hand aus und nehme ihr
die Kanne ab, setze sie sacht auf dem Holztisch ab. Meine
Großmutter schüttelt den Kopf, als wollte sie sich aus der
Starre lösen, aber in Gedanken ist sie weiterhin ganz weit
weg.

»Welche Laura?«, fragt sie schließlich und lehnt sich zurück.

»Laura Silveira, Edwins ehemaliges Au-pair.«

»Ach nein, mein Schatz. Darüber möchte ich lieber nicht
reden.«

Eine Weile sitzen wir schweigend da und schauen in
den Garten, lauschen den Bienen, die im sonnenbleichen
Lavendel summen. Sie hält sich sehr aufrecht, und ich sehe,
wie sie mit dem Daumen über die Ringe auf der anderen
Hand streicht. Es ist eine Marotte von ihr. Das tut sie immer,
wenn etwas sie beschäftigt.

»Tut mir leid, Gran, ich finde, dass ich alt genug bin und
langsam Bescheid wissen sollte, was damals wirklich passiert ist.«

Sie schweigt einen Moment, dann gibt sie resigniert nach.
»Also gut, was möchtest du wissen?«

»Wie war sie so?«

»Ach, Seraphine. Sie war einfach ein junges Mädchen,
das vor sehr langer Zeit hier gearbeitet hat. Ich kann mich
kaum noch an sie erinnern, geschweige denn, dass ich dir
sagen könnte, wie sie so war. Warum willst du das überhaupt wissen?«

»Das erkläre ich dir später. War sie an dem Tag, als Danny
und ich geboren wurden, hier?«

»Ja, das war sie. Sie hat deiner Mutter sogar bei der Entbindung geholfen, wurde mir erzählt. Ruth hatte sich geweigert, eine Hebamme oder einen Arzt hinzuzuziehen. Eine leichtfertige Entscheidung, wenn du mich fragst. Nun, es war wohl Ausdruck ihrer Krankheit.«

»Tut mir leid, Gran, wenn ich traurige Erinnerungen wecke … Was ist danach passiert? Nachdem Mum gestorben ist, meine ich. Hat Laura Summerbourne daraufhin sofort verlassen? Edwin ist sich sicher, dass er sie anschließend nicht mehr gesehen hat.«

Irritiert schaut sie mich an. »Du hast mit Edwin über Laura gesprochen?«

»Ja, nachdem ich dieses Foto in Dads Schreibtisch gefunden habe.«

»Was für ein Foto?«

Ich springe auf und hole es aus der Küche. Meine Großmutter setzt ihre Lesebrille auf und betrachtet es eine ganze Weile.

»Das sehe ich zum ersten Mal«, erklärt sie schließlich verwundert.

»Edwin vermutet, dass Laura es aufgenommen hat. Mir geht es allerdings um etwas ganz anderes. Ich verstehe nicht, warum Mum so ruhig und friedlich aussieht, wenn sie ein paar Stunden später …« Ich schüttele den Kopf. »Und ebenso wenig verstehe ich, warum nur einer von uns auf dem Bild ist. Warum nicht beide?«

Das Foto zittert in ihrer Hand, und sie lässt es auf den Tisch fallen.

Rasch nehme ich es wieder an mich. »Alles in Ordnung, Gran?«, frage ich besorgt.

»Ja, mein Schatz. Es war ein ziemlicher Schock, das alles

nach so langer Zeit zu sehen. Das Bild muss gemacht worden sein, kurz bevor ich an jenem Tag hier eintraf und das Unglück seinen Lauf nahm. Es ist schön, alle noch einmal so glücklich beisammen zu sehen.«

»Wie war Mum denn, als du eintrafst?«

Sie schweigt einen Moment. »Ruth war verwirrt. Es ging ihr nicht gut.« Mit gequältem Blick sieht sie mich an. »Natürlich hat niemand damit gerechnet, dass sie sich etwas antun würde. Weder ich noch dein Vater haben die Zeichen richtig gedeutet, und als wir es erkannt haben, war es zu spät.«

Die Lippen fest aufeinandergepresst, betrachte ich das Foto. Das Gesicht meiner Mutter ist letztlich zu verschwommen, um sich ein wirklich klares Bild über ihren Gemützustand zu machen.

»Und was glaubst du, weshalb sie diese Aufnahme nicht mit beiden Neugeborenen gemacht haben?«

Erneut schüttelt sie den Kopf und legt die Stirn in Falten. »Das vermag ich dir beim besten Willen nicht zu sagen. Ich kam wie gesagt erst später an. Möglich, dass einer von euch fest geschlafen hat, und sie wollten dich oder deinen Bruder nicht wecken.«

»Kannst du vielleicht erkennen, wer von uns beiden das ist?«

Als ich ihr das Foto ein weiteres Mal hinhalte, wirft sie lediglich einen flüchtigen Blick darauf.

»Nein, nicht mit Sicherheit. Du warst größer als Danny, was sich auf einem solchen Schnappschuss jedoch nicht erkennen lässt.«

»Dann ist es schätzungsweise Danny. Für mich sieht das Baby winzig aus.«

»Mag sein.«

»Ich habe versucht, mit Laura Kontakt aufzunehmen«, berichte ich und springe erschrocken auf, als Großmutter sich verschluckt und zu husten beginnt.

Sie schiebt ihren Stuhl zurück, richtet sich halb auf und versucht, wieder zu Atem zu kommen.

»Alles in Ordnung, Gran?«

Sie winkt ab. »Geht schon wieder.«

»Ich hole dir ein Glas Wasser.«

Während ich in der Küche das kalte Wasser laufen lasse, schiebe ich das Foto zwischen die Seiten eines dicken Kochbuchs, um die umgeknickte Ecke wieder zu glätten. Eine Libelle fliegt von innen gegen die Fensterscheibe und will nicht einmal raus, als ich das Fenster hochschiebe. Ich nehme das Glas Wasser und gehe wieder nach draußen.

Gran steht mit dem Rücken zu mir am Rand der Terrasse. »Wie hast du sie gefunden?«, will sie wissen.

»Ganz einfach, ich bin zu ihrer alten Adresse gefahren, und dort hat man mir gesagt, wo sie arbeitet.«

»Hast du mir ihr gesprochen?«

»Nein.«

Sie dreht sich zu mir um, in ihrem Gesicht steht Panik. So etwas habe ich bei meiner besonnenen Großmutter noch nie gesehen. Die Hände hat sie vor der Brust verschlungen und dreht hektisch an ihren Ringen.

»Seraphine, hör mir zu«, beginnt sie schwer atmend. »Dieses Mädchen hat um ein Haar unsere Familie zerstört. Ich würde alles dafür geben, wenn Ruth sie niemals eingestellt hätte. Sprich nicht mir ihr, Seraphine, hörst du? Ich will das nicht, das ertrage ich nicht. Fragen zu deiner Geburt, zu deiner Mutter oder wozu immer will ich dir so gut wie möglich zu beantworten versuchen. Alles, bloß halt dich bitte von dieser Frau fern.«

»Entschuldige Gran, ich wollte dich nicht aufregen.« Bittend strecke ich die Hand nach ihr aus, aber da ist etwas, das mich zurückschrecken lässt, also wechsle ich das Thema. »Eine Frage gibt es, die mir tatsächlich auf der Seele brennt«, sage ich stattdessen. »Und sie hat nichts mit Laura zu tun.«

Meine Großmutter kehrt an ihren Platz zurück und lässt sich mit einem leisen Schnaufen in ihren Sessel sinken. »Dann lass hören.«

»Welche Pläne hast du eigentlich mit Summerbourne? Ich meine langfristig?«

»Wie meinst du das?«

»Komm, du weißt genau, was ich meine, Gran. Wer von uns bekommt später das Haus: Danny oder ich? Versteh mich nicht falsch, ich will es einfach wissen, um mich darauf einstellen zu können.«

»Seraphine«, seufzt sie, zieht ein Taschentuch aus ihrer Handtasche und betupft sich die Lippen. »Was ist heute in dich gefahren?«

Schweigend sehe ich sie an, bis sie den Blick abwendet.

»Du brauchst dir keine Sorgen zu machen«, murmelt sie schließlich. »Es wird immer ausreichend Geld vorhanden sein, damit du dir etwas Eigenes kaufen kannst.«

In diesem Moment wird mir so schwindelig, dass ich mich an der Lehne des Gartensessels festhalten muss.

»Soll das heißen, dass Summerbourne später einmal an Danny geht?«

Sie betrachtet mich einen Moment nachdenklich, dann nickt sie.

»Warum?«, flüstere ich, halte ihren mitleidigen Blick, den sie auf mich richtet, kaum aus.

Auf einmal ertrage ich ihre Nähe nicht länger, will nichts als weg von ihr, ans Meer. Ich ignoriere ihr Rufen, laufe über den Rasen, ohne einmal zurückzuschauen, bis ich das Wäldchen erreiche. Was geht hier vor? Bis vor ein paar Minuten dachte ich, Summerbourne sei mein Zuhause, das niemand mir wegnehmen könne. Immerhin bin ich es, die hier lebt, die dieses Haus am meisten liebt.

Früher ist Danny regelmäßig ausgerissen, wenn eines der Kindermädchen, an dem er besonders hing, Summerbourne verlassen hatte. Dann packte er seinen kleinen Rucksack und marschierte los. Meist kam er gerade mal bis zum Dorf, ehe man ihn vermisste und wieder einsammelte. Dad prophezeite ihm damals scherzhaft eine vielversprechende Laufbahn als Weltenbummler, was ja eingetreten ist.

Mein Herz hingegen hing nie an einer unserer Nannys. Zu sehr war mir bewusst, dass sie uns alle früher oder später wieder verlassen würden. So wie unsere Mutter. Und weil sich bei mir früh der Gedanke festsetzte, dass auf Menschen kein Verlass sei, wurde das Haus, in dem ich lebte und in dem ich geboren worden war, zu meiner einzig sicheren, unverrückbaren Konstante.

Ich wollte von meinem Vater und meiner Großmutter immerzu Geschichten aus seiner Vergangenheit hören und war schrecklich enttäuscht, dass der eine so gut wie nichts darüber wusste und die andere, die etwas hätte wissen müssen, auf meine Fragerei eher gereizt reagierte. Wie besessen malte ich Bilder von *meinem* Haus und träumte davon, die Königin von Summerbourne zu sein.

Darum rankte sich eine von Dads Lieblingsanekdoten,

die damit begann, dass ich im Alter von fünf Jahren wegen eines kleinen Schnitts im Finger herzzerreißend weinte.

»Allerdings nicht, weil es wehtat«, pflegte er lachend zu erzählen, »sondern weil ich irgendwann mal gesagt hatte, sie habe Summerbourne im Blut, und nun war da diese blutende Wunde, aus der, so sehr sie auch schaute, partout kein gelber Sand herausrieseln wollte.«

Ich muss an Danny denken, meinen Zwillingsbruder, der in vielerlei Hinsicht so völlig anders ist als ich, und plötzlich lache ich laut auf, denn ich weiß jetzt bereits, was er sagen wird, wenn er von der Entscheidung unserer Großmutter hinsichtlich Summerbourne hört.

Entspann dich, Seph. Wir teilen es uns. Wenn du willst, kannst du es haben.

So war er immer schon, sein ganzes Leben.

Der Blick von den Klippen hat wie immer eine beruhigende Wirkung auf mich. Etwas weiter die Küste hinab, in Richtung des Yachthafens, kreisen Möwen am Himmel und schießen hinab auf die Wellen, ihre gellenden Schreie indes gehen unter im Rauschen der Brandung tief unter mir.

Von der See her weht ein leichter Wind, der meine Tränen trocknet, und ich richte den Blick auf den steinernen Turm, der breit und gedrungen am Abgang der Strandtreppe steht. Ein Kuriosum, erbaut von einem meiner Vorfahren, dessen eigentlicher Zweck sich mir nie erschlossen hat. Wir haben ihn immer genutzt, um die Liegestühle und den Windschutz für den Strand dort aufzubewahren.

Ich gehe einmal um ihn herum und setze mich dann ins kurze, borstige Gras der Einfriedung, den Rücken an die sonnenwarme Mauer gelehnt. Vor meinem inneren Auge taucht das Gesicht meiner Großmutter auf, als sie sich vorhin dieses Foto angesehen hat und mir wenig später mitteilte, dass Summerbourne an Danny gehen werde.

Es fällt mir schwer zu glauben, dass sie, trotz all ihrer Fehler und Marotten, aus Prinzip einem männlichen Erben den Vorzug geben würde. Eher hat sie sich so entschieden, weil Danny seit jeher ihr Liebling war. Danny, immer fröhlich und umgänglich, ein richtiger Sonnenschein. Danny, der sich im Gegensatz zu mir nie mit ihr gestritten hat oder sich von ihrer Fürsorge erdrückt fühlte.

Oder steckt womöglich etwas ganz anderes dahinter – etwas, das damit zu tun hat, dass lediglich einer von uns beiden auf diesem Foto ist? Könnten Zweifel bestehen, wer ich wirklich bin?

Ich weiß, dass Dad zum Zeitpunkt unserer Geburt in London war und erst hier eintraf, als wir bereits auf die Welt gekommen waren. Mit Lauras Hilfe, wie ich erst heute von Gran erfahren habe. Wir kamen drei Wochen früher als erwartet, und außer dem damals vier Jahre alten Edwin und dem Au-pair-Mädchen war niemand im Haus, als die Wehen einsetzten.

Alles ist irgendwie undurchsichtig. Hin- und hergerissen von widersprüchlichen Empfindungen, pflücke ich noch einen kleinen Strauß Wildblumen und mache mich auf den Rückweg zum Haus.

Vera ist fort. Auf dem Tisch im Flur finde ich eine Nachricht von ihr:

Sei mir bitte nicht böse, Seraphine. Wir sehen uns kommendes Wochenende.

Ich knülle den Zettel zusammen und werfe ihn in den Papierkorb, ehe ich die Nummer von Winterbourne wähle, um mit meinen Brüdern zu sprechen, aber sogleich meldet sich eine penetrante kleine Stimme in meinem Kopf: *Sind sie überhaupt deine Brüder?*

4. Kapitel

LAURA

September 1991

Ruth und Dominic Mayes holten mich in King's Lynn am Bahnhof ab, als ich die Woche darauf nach Norfolk zurückkehrte. Dominic war ein großer Mann von einer fröhlichen, zupackenden Art.

Er hatte gleich vorgeschlagen, dass wir uns alle duzen sollten, schließlich würden wir künftig sehr eng beieinander leben.

Als er meinen Koffer hochhob, lachte er. »Was hast du denn da drin, Steine?«

»Nein, Bücher.«

»Schatz, sie bleibt ein ganzes Jahr«, erinnerte Ruth ihn. »Dafür ist es wirklich kein großes Gepäck.«

»Ich brauche nicht viel.«

Dominic hielt mir mit einladender Geste die hintere Autotür auf. »Wenn du während deines Aufenthalts hier irgendetwas brauchst, das es im Dorf nicht gibt, sag einfach Bescheid. Wir sind ja nicht aus der Welt, ich besorge es dir gerne. Edwin ist seit Tagen wie aus dem Häuschen und kann es kaum noch erwarten, dich wiederzusehen. Er hat dir allein heute Morgen bestimmt fünf Willkommenskarten gebastelt, wenn nicht mehr.«

Bedauernd warf ich einen Blick auf den leeren Sitz neben mir und wünschte mir, der Junge wäre mitgekommen. Dann hätte ich mich weniger beklommen gefühlt.

Samstagvormittags schien in den kleinen Orten eindeutig mehr los zu sein als unter der Woche. Die Leute waren in ihren Gärten beschäftigt oder gingen mit ihren Hunden spazieren. Während wir auf Summerbourne zusteuerten, machte Dominic mich auf das eine oder andere aufmerksam.

»Zu Fuß bist du in einer guten Viertelstunde im Ort«, sagte er. »Wobei wir bestimmt irgendwo ein Fahrrad für dich auftreiben können. Das Essen im Pub ist ganz in Ordnung. Im Dorfladen kriegt man das Nötigste, und da vorn, hinter der Post, gibt es einen Bäcker und eine Metzgerei. Und gleich hier vorne haben wir einen Arzt und eine kleine Apotheke. Du merkst schon, es fehlt einem an nichts«, fügte er lachend hinzu.

»Und das ist die Schule«, warf Ruth ein und deutete auf ein Gebäude, an dem wir gerade vorbeifuhren.

»Die Vorschule ist in dem kleinen Pavillon untergebracht«, ergänzte Dominic. »Nach Weihnachten wird Edwin sie drei Vormittage die Woche besuchen.«

»Vielleicht«, schränkte Ruth ein.

»Um bereits im Vorfeld ein paar Freunde zu finden, bevor er mit der Schule anfängt«, überging Dominic ihren Einwand. »Schau mal, da ist Helen. Willst du ihr kurz Hallo sagen, oder nicht?«

Er hielt am Straßenrand, und eine junge Frau in einem wallenden Umstandskleid, der das Laufen sichtlich Mühe bereitete, trat an den Wagen.

»Na, Helen, endlich warm genug für dich?«, rief Dominic ihr gut gelaunt zu.

Die Frau lachte. »Das kannst du laut sagen! Ich werde mich nie mehr über Regen beschweren. Und wie geht es euch auf Summerbourne so?«

»Sehr gut, danke«, erwiderte Ruth. »Und dir?«

»Ich kann's kaum noch erwarten, dass es endlich vorbei ist. Die letzten Tage hatte ich ganz schlimmes Sodbrennen, weshalb ich mal denke, dass es ein weiterer kleiner Lockenschopf wird – bei Ralph war's ja richtig heftig. Egal, die Mühen ist es allemal wert, sage ich immer.« Sie wandte sich an Ruth, die einen undefinierbaren Laut von sich gegeben hatte, der wohl Zustimmung signalisieren sollte. »Deine Mutter hat mir einen total süßen Strampelanzug für das Baby geschenkt. Fand ich wirklich nett von ihr. Sag ihr noch mal ganz herzlichen Dank, ja?«

Ruth nickte. »Werde ich ihr ausrichten. Und wir sehen uns dann am Mittwoch.«

»Schönes Wochenende dir und deiner Familie«, verabschiedete sich Dominic. Helen warf einen neugierigen Blick zu mir nach hinten, doch bevor sie eine Frage stellen konnte, waren wir wieder losgefahren.

»Das war Helen Luckhurst.« Ruth drehte sich kurz nach mir um. »Ihr Sohn Ralph ist in Edwins Alter und geht mit ihm zum Kinderturnen.«

Dominic winkte ein paar Passanten zu. »Hier kennt jeder jeden«, seufzte er und suchte meinen Blick im Rückspiegel. »Nun ja, man gewöhnt sich dran.«

Kaum hatten wir vor dem Herrenhaus angehalten, als Edwin angerannt kam und mich sogleich ganz aufgeregt bei der Hand nahm.

»Du musst mitkommen und dir meine Höhle anschauen, Laura. Und meine Kätzchen.«

»Es sind nicht *deine* Kätzchen, Liebling«, stellte seine Mutter richtig. »Sie gehören unserem Nachbarn.«

In diesem Moment tauchte Mrs. Blackwood, Ruths Mutter, mit einer großen Vase gelber Nelken auf.

»Edwin, lass Laura erst mal hereinkommen und begleite sie in ihr Zimmer.«

Gemeinsam gingen wir alle hinüber in den Anbau zu der kleinen Einliegerwohnung, wo Vera, wie ich sie nennen sollte, die Blumen auf den Tisch stellte. Ich war schier überwältigt und wusste kaum, was ich sagen sollte. Auf dem kleinen Sofa waren ein paar orangefarbene Kissen hinzugekommen, und vor dem Gasofen lag ein flauschiger Schaffellteppich. Statt des Sessels, den ich dort bei meinem ersten Besuch gesehen hatte, standen in der Ecke des geräumigen Zimmers jetzt ein Schreibtisch und ein schmales Bücherregal.

»Das ist perfekt«, erklärte ich.

»Ich wollte eigentlich vorher noch eine Schreibtischlampe besorgen.« Dominic brachte soeben mein Gepäck herein. »Ich bringe sie auf jeden Fall am nächsten Wochenende mit.«

Verlegen sah ich in die Runde. Irgendwie fühlte ich mich unter den erwartungsvollen Blicken der versammelten Familie unbehaglich.

Dominic reichte mir einen Schlüsselring mit zwei Schlüsseln. »Der eine ist für die Wohnung, der andere für die Haustür. Wir werden dich jetzt erst mal in Ruhe auspacken lassen.«

Edwins flehentlicher Blick riss mich aus meinem Zustand der Benommenheit, und ich lächelte ihm zu.

»Was meinst du, sollen wir uns jetzt deine Höhle anschauen? Und die Kätzchen«, flüsterte ich ihm verschwörerisch zu. »Auspacken kann ich schließlich später immer noch.«

Der Junge plapperte ohne Punkt und Komma, als er mich hinaus in den Garten zerrte, wo er sogleich losflitzte, als würde er mit mir ein Wettrennen veranstalten wollen. Wir rannten und rannten, bis wir das Wäldchen erreichten, und versteckten uns lachend hinter den Stämmen der Bäume. Es tat gut, sich zu bewegen und das Blut in den Adern strömen zu spüren, nachdem ich den ganzen Morgen über nervös und angespannt gewesen war. Bei seiner Höhle angelangt, sah ich mir all seine Schätze der Reihe nach an und schlug vor, dass wir ein eigenes Museum bauen könnten, um sie alle auszustellen.

»Wir könnten sogar Eintritt verlangen!«, rief Edwin begeistert und zog mich zurück in Richtung Haus zu einem kleinen Schuppen hinter den Stallungen, wo die Katze vom benachbarten Bauernhof zwei Junge bekommen hatte.

Wir gingen in die Hocke, und Edwin streckte die Hand aus, um die beiden noch völlig verschlafenen Kätzchen zu streicheln.

»Mummy will nicht, dass ich sie mit ins Haus bringe«, sagte er. »Das ist Stripes, und der hier heißt Gordon. Sie sind Zwillinge, weil sie genau am gleichen Tag zur Welt gekommen sind.«

Meine Kehle war plötzlich wie zugeschnürt, als mir Edwins toter Zwillingsbruder einfiel. Fast die Hälfte seines Lebens lebte er inzwischen ohne ihn. Ob er sich noch an ihn erinnerte? Über sein Gesicht huschte zwar ein Wechselspiel von Gefühlen, aber ich hätte nicht zu sagen vermocht, was wirklich in ihm vorging.

Die Katzenmutter lag etwas weiter entfernt in der Sonne und beobachtete uns aufmerksam.

»Wenn ich groß bin, können wir alle zusammen in London leben, Stripes und Gordon und ich. Willst du vielleicht mitkommen?«

Ich lächelte ihn an, und so hockten wir eine Weile vor dem Schuppen, schauten uns die Zwillingskätzchen an und redeten dabei über Zugfahrten und den Londoner Zoo, bis vom Haus her ein Gong erklang.

»Mittagessen!«, rief Edwin und sprang auf.

Samstags wurde auf Summerbourne ganz zwanglos am Küchentisch gegessen. Offenbar kochte in der Regel Dominic an den Tagen, wenn er von London herkam, also überwiegend am Wochenende, während Ruth unter der Woche schnell irgendwelche Reste aufwärmte oder Fertiggerichte vom Metzger im Dorf besorgte. Das große Esszimmer wurde eigentlich nur sonntags genutzt, wenn Dominic es sich nicht nehmen ließ, einen traditionellen Sonntagsbraten samt allen Beilagen zuzubereiten.

In jener ersten Nacht lag ich stundenlang wach und versuchte, die Eindrücke des Tages zu verarbeiten. Sämtliche Gespräche gingen mir immer und immer wieder durch den Kopf, und ich wälzte mich im Bett, tauschte ein Kissen gegen ein anderes aus, bis ich eines fand, das sich nicht so schrecklich fremd anfühlte. Selbst die Laken waren ungewohnt, leichter und weniger fest als die Bettwäsche daheim. Ein schwacher Blumengeruch – nach Geißblatt, wenn mich nicht alles täuschte – erinnerte mich ständig daran, dass ich mich unter einem fremden Dach befand und in einem fremden Bett lag.

Bestimmt würde ich mich daran gewöhnen, machte ich mir Mut. Alles war besser, als zu Hause zu sein.

Als ich am nächsten Morgen ins Haupthaus kam, stand Dominic schon in der Küche und war mit Vorbereitungen für das Sonntagsessen beschäftigt. In der Spüle türmte sich ein Berg ungewaschener Kartoffeln, im Bräter lag eine Lammkeule, die er gerade mit Rosmarinzweigen spickte. Mein Angebot, ihm zu helfen, lehnte er freundlich ab.

»Genieß deinen freien Tag, sieh dich um und leb dich erst mal ein. Und lass dich nicht zu sehr von Edwin in Anspruch nehmen.«

Ich nickte, doch weil Vera auf der Terrasse die Sonntagszeitungen las und Ruth noch oben war, verbrachte ich am Ende den Vormittag damit, mich mit Edwin im Garten zu beschäftigen, bis das Mittagessen fertig war.

Im Esszimmer bot sich mir ein einschüchterndes Bild. Der große Esstisch war mit einem dunkelroten Tuch, edlem Porzellan sowie einem schweren Silberbesteck und kristallenen Weingläsern gedeckt. Für die Familie anscheinend ein selbstverständlicher Anblick, der ihnen keine besondere Hochachtung abverlangte. Sie waren mit derartigen Traditionen aufgewachsen. Vera nahm an einem Ende des Tisches Platz, Dominic am anderen; ich saß mit Edwin an einer der beiden Längsseiten, Ruth allein an der anderen. Große Zeremonien fanden nicht statt, gebetet wurde nicht, alle bedienten sich sofort, reichten die Schüsseln herum, und Dominic erhielt reichlich Lob. Wie ich mit leichter Verwunderung feststellte, waren die Teller vorgewärmt – wieder etwas, das völlig neu für mich war.

»Alex hat vergangene Woche endlich den Vertrag für das Cottage unterschrieben«, berichtete Dominic zwischen zwei Bissen. »Er will Samstag vorbeikommen, um die Schlüssel abzuholen.«

Ruth legte ihre Gabel beiseite. »Wirklich? Wann hast du denn mit ihm gesprochen?«

»Er hatte in London zu tun. Mittwochabend waren wir mit den Mellards etwas trinken, und bei der Gelegenheit habe ich ihn für Samstag zum Lunch eingeladen.«

Die Kartoffeln waren außen goldbraun und knusprig, innen hell und zergingen auf der Zunge. Sie schmeckten, als wären sie in Gänseschmalz gebraten worden. Die Möhren hatte Dominic mit Honig glasiert, und das Lamm war so zart, dass es mir von der Gabel glitt. Die Minzsoße, deren Zutaten alle aus dem eigenen Garten stammten, war köstlich und verstärkte den Geschmack des Fleisches.

Noch ganz hingegeben an den Genuss des köstlichen Essens, drang mit einem Mal Dominics Stimme zu mir durch. »Ist der Besuch von Alex irgendwie ein Problem?«,

»Nein, überhaupt nicht«, versicherte Ruth. »Ich freue mich, ihn wiederzusehen.«

»Geht es um das alte Cottage der Collinsons?«, fragte Vera nach. »Ich wusste gar nicht, dass er ernsthaft etwas sucht.«

»Tut er.« Dominic nickte. »Und es ist genau das Richtige, wenn er mal ausspannen will.«

Seine Frau streckte ihre Hand aus und legte sie auf seine. »Wir könnten Samstag ein Picknick am Strand machen. Würdest du die Einkäufe abholen, wenn ich vorher im Laden anrufe und alles bestelle?«

Während die beiden weiter das Picknick besprachen, wandte Vera sich an mich. »Und wie gefällt es Ihnen bislang, meine Liebe? Sie dürfen sich künftig an den Wochen-

61

enden nicht derart von Edwin vereinnahmen lassen, er gewöhnt sich sonst zu sehr daran. Ich hoffe, Sie haben kein Heimweh?«

Ich schluckte einen Bissen Fleisch herunter und schüttelte den Kopf. »Nein, Heimweh habe ich nicht. Es gefällt mir sehr gut, wirklich.«

»Das ist sehr schön«, meinte sie und fügte lächelnd hinzu: »Greifen Sie zu, so etwas Gutes gibt es erst wieder am nächsten Wochenende.«

Nach dem Essen ging ich hinüber in den Anbau, um fertig auszupacken. Meine Taschenbücher passten genau auf das obere Regalbrett, Schulbücher und Ringordner in das darunter. Ich nahm einen Bilderrahmen aus meinem Koffer und betrachtete die leicht verblichene Fotocollage von mir und meinen drei besten Freundinnen: wir vier lachend im Klassenzimmer, gestylt beim Schulball oder ausgelassen allerlei Faxen machend. Ein Anflug von Nostalgie überkam mich und drohte anderen, weniger schönen Erinnerungen den Weg zu bereiten, und so ließ ich das Bild schnell wieder im Koffer verschwinden.

Das alles lag jetzt hinter mir, und für ein Jahr würde das hier mein Leben sein.

Ich trat ans Fenster und sah hinaus in den Garten, wo Vater und Sohn auf dem Rasen herumtollten. Dominic erinnerte mich an einen sanftmütigen Bären, vielleicht seiner Größe wegen, seiner entspannten Art oder wegen des hellbraunen Haars, das er etwas länger trug, als gerade modern war. Wie bei einem Tier des Waldes wirkte jeder Schritt, jede Bewegung sicher und geschmeidig. Und er war ein guter Imitator. Wenn er Edwin packte und mit einem wilden Knurren so tat, als wollte er die Zähne in ihn schlagen, nahm man ihm den hungrigen, ganz und gar nicht mehr sanften Bären ab. Der Junge jedenfalls hatte seinen Spaß. Er kicherte in hellem Entzücken, strampelte und gluckste, bis Ruth die beiden ermahnte, dass es jetzt gut sei und sie aufhören sollten.

Gegen Abend brachen Vera und Dominic auf, um nach London zurückzukehren. Ich erfuhr, dass er normalerweise, wenn er seine Schwiegermutter nicht mitnehmen musste, bis Montag früh blieb.

»Winterbourne – so heißt mein Haus in der Stadt – kommt mir immer so still vor nach einem Wochenende hier«, vertraute Vera mir an, als wir in der Diele darauf warteten, dass Dominic ihren kleinen Koffer von oben herunterbrachte.

Damit spielte sie vermutlich darauf an, dass sie gerne länger bleiben würde, was ihre Tochter, wie ich von meinem ersten Besuch hier wusste, indes nicht sonderlich zu schätzen schien.

Montagmorgen war dann mein offizieller Arbeitsbeginn. Eine strahlende Septembersonne lockte uns gleich nach dem Frühstück hinaus auf die Terrasse. Der Garten sah aus wie ein Meer aus Grün, die Blätter der Pflanzen schimmerten, als wären sie über Nacht blitzblank gewaschen und poliert worden. Ruth trug ein helles Baumwollkleid und sah so sommerlich frisch darin aus, dass ich mir vornahm, mir von meinem ersten Gehalt ein paar hübsche Sachen zu kaufen, etwas Pastelliges statt der dunklen Farben, die ich sonst trug.

»Es dürfte ein herrlicher Tag werden. Das sollten wir ausnutzen. Lass uns ein Picknick unten am Strand machen«, schlug Ruth vor.

Natürlich stimmte ich begeistert zu, und sofort packten wir eine Tasche mit Sandwiches, Getränken und einer Decke. Nachdem er eine Weile im Wandschrank seines Spielzimmers herumgeräumt und rumort hatte, tauchte Edwin mit bunten Eimerchen, Schaufeln und zwei Keschern ausgerüstet wieder auf.

Obwohl der Strand im Grunde nicht mehr als einen Katzensprung vom Haus entfernt war und sie dergleichen mit Sicherheit öfter unternahmen, glich das Unterfangen einer kleinen Expedition. Wobei mir zu dem Zeitpunkt noch nicht klar war, wie lästig es sein würde, wegen irgendeiner vergessenen Kleinigkeit in der prallen Mittagssonne die steile Treppe an den Klippen wieder hinaufsteigen und zurück zum Haus laufen zu müssen.

Unterwegs blieben wir oft stehen, damit unser vierjähriger Entdecker Vogelfedern, Schnecken oder Schmetterlinge untersuchen konnte. Am Tor, das zu den Klippen führte, trafen wir Michael, den Gärtner, und hielten einen kleinen Schwatz mit ihm.

»Wo ist Joel?«, wollte Edwin wissen.

»Der ist gerade in der Vorschule, mein Junge. Später schaut er bestimmt mal vorbei.«

»Joel ist Edwins bester Freund«, klärte Ruth mich auf.

»Mein bester Freund nach Theo«, verbesserte ihr Sohn sie, woraufhin Ruth und Michael einen stummen Blick wechselten.

»Ja, mein Schatz. Nach Theo. Und jetzt sag Mr. Harris auf Wiedersehen, damit wir Laura den Weg zum Strand zeigen können.«

Sowie wir durch das Tor traten, empfing uns ein so überwältigender Ausblick, dass mir der Mund vor Staunen offen stehen blieb. Einen Moment lang stand ich einfach da und schaute aufs offene Meer hinaus. Die Küstenlinie verlief rechts in einem sanften Bogen zurück in Richtung Haus und Dorf, während sie sich linkerhand am Ende der Bucht im fernen Dunst verlor. Ein schmaler Pfad führte zu der Steiltreppe, und ein gedrungener Turm bewachte den Abstieg zum Strand. Er war aus demselben goldgelb schimmernden Stein erbaut.

»Summerbournes kleines Kuriosum«, spottete Ruth. »Dieser Streifen Land gehört noch zu unserem Besitz, der Küstenweg hingegen ist für jedermann zugänglich. Hier geradeaus kommt man zum Yachthafen, in der anderen Richtung geht es ins Dorf. Der Strand ist ebenfalls öffentlich, aber außer uns kommt eigentlich nie jemand her.«

»Können wir hinaufgehen und uns die Kanone anschauen, Mummy?«, bettelte Edwin und hopste erwartungsvoll von einem Bein auf das andere.

»Nicht jetzt, mein Schatz. Lass uns lieber zu den Gezeitentümpeln gehen und nach Krebsen suchen, ehe sie zur Krabbenvorschule müssen.«

»Es gibt überhaupt keine Krabbenvorschule«, widersprach er empört.

Ich schaute zu dem kleinen schwarzen Rohr hinauf, das über die Zinnen ragte. »Das ist keine echte Kanone, oder etwa doch?«

»Jein«, erwiderte Ruth, während wir Edwins Strandausrüstung zwischen uns aufteilten, damit er die Hände frei hatte, um sich auf der Treppe am Geländer festhalten zu können. »Es ist eine sogenannte Meridiankanone, die zu der alten Sonnenuhr gehört. Wenn man sie richtig aufstellt und ausrichtet, soll die Sonne genau zur Mittagszeit auf ein

Brennglas am Kanonenrohr fallen, worauf dann die Pulverladung zündet und die Kanone losgeht.«

»Und wird dabei eine richtige Kanonenkugel abgeschossen?«

»Du lieber Himmel, nein! Es gibt lediglich einen lauten Knall.« Ruth blieb auf den obersten Stufen stehen, um aufzupassen, dass sich Edwin nicht plötzlich allein an den Abstieg machte. »Der Familienlegende nach soll Philip Summerbourne, der das Haus erbaut hat, auf die Idee gekommen sein, damit seine Angehörigen, wenn sie unten am Strand waren, immer wussten, wann es Zeit war, zurück ins Haus zum Lunch zu gehen. Wobei es solche Mühe macht, das Ding betriebsbereit zu machen, dass es kaum allzu oft benutzt worden sein dürfte.«

Schritt für Schritt nahmen wir sodann den Abstieg in Angriff, und ich war ehrlich froh, als wir heil unten ankamen. Ich schaute mich um. Es war nur ein kleiner Strand, der sich in die Bucht schmiegte, aber in der Sommersonne wirkte er so perfekt wie aus einem Reisekatalog. Der feine Sand war von einem hellen Gelb, das mich an das Mauerwerk von Summerbourne erinnerte. Am einen Ende der Bucht ragte eine flache Felszunge ins Meer, in der sich bei Ebbe das Wasser zu Gezeitentümpeln sammelte. Edwin und ich brachten eine gute Stunde damit zu, nach kleinen Krebsen zu fischen und sie in die mitgebrachten Eimer zu schütten. Ruth saß derweil auf der Picknickdecke am Strand und las in einem Buch, ihr Gesicht unter der großen Krempe eines Sonnenhuts verborgen.

Als sie uns schließlich zum Essen rief, stand die Sonne hoch am Himmel und brannte unbarmherzig auf uns herunter.

»Guck mal, Mummy.«

Edwin präsentierte ihr stolz den Inhalt seines Eimers, ehe er wieder losstapfte, um die kleinen Krabbeltiere zurück in ihre Tümpel zu setzen und sich vor dem Picknick die Hände im Meer abzuspülen.

Ich ließ mich neben Ruth in den Sand fallen und nahm dankend ein Sandwich entgegen. »Wo nimmt der Junge überhaupt diese ganze Energie her?«

»Das wüsste ich auch gern. Mich erschöpft es bereits, ihm eine Weile zuzusehen.«

»Schwimmt ihr eigentlich im Meer, oder nicht?«, fragte ich sie, weil mir aufgefallen war, dass sie keine Badesachen eingepackt hatte.

»Dominic schon. Am Wochenende geht er manchmal mit Edwin schwimmen. Wenn das Wetter sich hält, vielleicht am Samstag, wenn er mit Alex kommt.« Sie lächelte und schaute aufs Wasser hinaus. »Als Kind bin ich ab und an in der Bucht geschwommen.« Sie zuckte mit den Schultern. »Jetzt traue ich es mir einfach nicht zu, mich mit Edwin so weit hinauszuwagen.«

»Darf ich paddeln gehen, Mummy?«, bat Edwin mit einem Sandwich in der Hand, er war viel zu aufgedreht, um sich zum Essen hinzusetzen.

»Unter der Bedingung, dass du hier vorne bleibst, wo wir dich sehen können, und nicht weiter als bis zu den Knien ins Wasser gehst, mein Schatz. Und lass deinen Hut auf, ja?«

»Okay, Mummy.« Er flitzte wieder los, und wir schauten ihm zu, während wir aßen.

»Du bist sehr diskret«, sagte Ruth unvermittelt in unser einvernehmliches Schweigen.

Wie ertappt zuckte ich zusammen. »Äh, wieso meinst du das?«

67

»Einfach weil du nicht viele Fragen stellst.« Sie reichte mir die Flasche Sonnencreme, damit ich mich einreiben konnte. »Das ist ja nichts Schlimmes«, beruhigte sie mich mit einem Lächeln. »Es war eher als Kompliment gemeint. Du hast mich nicht gefragt, warum ich nicht mehr im Meer schwimmen mag, wenngleich ich dir angemerkt habe, dass dir die Frage durch den Kopf ging. Und du wolltest beispielsweise nicht wissen, wer Alex ist.«

Sie sah mich an und hob abwartend die Augenbrauen, als wollte sie mir Gelegenheit geben nachzufragen. Tatsächlich fiel mir etwas ein, das ich gerne wissen wollte.

»Wer ist Theo?«

Sowie ich es ausgesprochen hatte, kam mir die schreckliche Erkenntnis. Wen sollte Edwin wohl als seinen besten Freund noch vor dem kleinen Joel bezeichnen? Ich spürte, wie mir vor lauter Scham die Röte ins Gesicht stieg.

Ruth hatte sich bei meiner Frage jäh aufgesetzt. Ich wollte mich entschuldigen, doch sie schüttelte den Kopf.

»Nein, nein, ist in Ordnung. Es kam einfach etwas unerwartet.« Sie lehnte sich erneut zurück. »Theo war Edwins Zwillingsbruder. Er starb kurz nach ihrem zweiten Geburtstag, vorletzten Dezember. Bei einem Unfall.«

»O nein, das tut mir so leid«, stammelte ich, schlug mir die Hand vor den Mund und sah Ruth entsetzt an, wenngleich Vera den Unfall ja bei meinem Vorstellungsgespräch schon kurz angesprochen hatte.

Ruth schwieg einen Moment und atmete tief durch. »Er ist von den Klippen gefallen, gleich da vorn. Ich weiß, wie seltsam es wirken muss, dass wir noch immer herkommen, aber …« Sie schaute sich am Strand um und wählte ihre Worte mit Bedacht. »Hier ist unser Zuhause. Summerbourne ist mein Zuhause – und es ist Edwins Zuhause. So war es immer, und so wird es immer sein.«

Ich wischte mir eine Träne aus dem Augenwinkel, während Ruth zu Edwin schaute, der munter im flachen Wasser plantschte.

»Es tut mir leid«, wiederholte ich.

»Mach dir bitte keine Sorgen deswegen. Für uns gehört es ganz selbstverständlich dazu, es ist Teil unseres Lebens. Ich denke ständig an Theo. Morgens, wenn ich aufwache. Abends, wenn ich zu Bett gehe. Wenn ich mit Edwin zusammen bin. Wenn ich nicht mit Edwin zusammen bin.« Sie ließ Sand zwischen ihren Fingern hindurchrieseln. »Von ihm zu reden oder seinen Namen zu hören nimmt mich also nicht in dem Maße mit, wie du vielleicht denkst.«

Ich zweifelte ein wenig an ihren Worten, vermochte mir das nicht so recht vorzustellen, zumal sie kurz die Augen schloss, als müsste sie die Bilder verbannen, und tief durchatmete, bevor sie weitersprach.

»Edwin war natürlich noch zu klein, als es passierte, um sich wirklich daran erinnern zu können. Deshalb reden wir mit ihm über seinen Bruder – er soll uns später nicht vorwerfen, wir hätten ihn Theo vergessen lassen. Am schlimmsten ist es immer, wenn wir es jemandem das erste Mal sagen müssen. Wenn wir die Bestürzung anderer sehen, die Trauer, das Entsetzen.«

Sie reichte mir eine Papierserviette, damit ich mir die Nase putzen konnte. Ich wusste beim besten Willen nicht, was ich hätte sagen sollen, ohne es noch schlimmer zu machen.

»Wirklich, Laura, es ist völlig in Ordnung«, versicherte Ruth. »Über ihn zu reden, meine ich. Du brauchst dich nicht dafür zu entschuldigen …«

Ihre Worte blieben in der Luft hängen, und schweigend sahen wir Edwin eine Weile beim Spielen zu.

»Und wer ist Alex?«, fragte ich schließlich in dem Versuch, auf ein weniger schmerzliches Thema zu kommen.

»Ach, Alex.« Ein versonnenes Lächeln umspielte ihre Lippen. »Du wirst ihn am Samstag kennenlernen. Ein alter Freund.«

Damit schien für sie alles gesagt zu sein, und sie richtete den Blick erneut auf Edwin.

»Und warum schwimmst du nicht mehr im Meer?«, wollte ich zu guter Letzt noch wissen, nachdem sie mich zum Fragen herausgefordert hatte.

»Keine Ahnung, das hat keinen bestimmten Grund. Vermutlich weil es immer zu kalt ist und weil ich es nicht mag, keinen Boden unter den Füßen zu haben.« Sie sprang auf und rief Edwin zurück. »Wollen wir Laura jetzt mal zeigen, wie man eine richtige Summerbourne-Sandburg baut?«

»Eine Mayes-Sandburg, Mummy.«

»Meinetwegen. Eine ganz tolle Mayes-Sandburg. Und wenn Onkel Alex uns am Wochenende besucht, kannst du ihm gleich davon erzählen.«

Ich stutzte ein wenig, dass sie von einem Onkel sprach, bis mir einfiel, dass es in manchen Familien durchaus üblich war, gute Freunde der Eltern ebenfalls Onkel und Tante zu nennen. Als wir uns zu dritt gerade an den Bau einer Sandburg gemacht hatten, tauchten oben auf den Klippen zwei Personen auf, eine große und eine kleine, die beide winkten.

»Joel ist hier!«, rief Edwin begeistert, rannte zur Treppe und blieb erst stehen, als Ruth ihn scharf zurückrief, damit er auf uns wartete und sich nicht etwa alleine an den gefährlichen Aufstieg machte.

Oben stand Michael, der Gärtner. Er hielt einen kleinen dunkelhäutigen Jungen an der Hand, den er erst losließ, als wir oben angelangt und weit genug vom Klippenrand entfernt waren.

»Die beiden können gerne mit mir in den Obstgarten kommen«, bot Michael an, und sobald Ruth ihre Einwilligung gegeben hatte, schossen sie lachend los und waren unserer Sicht entschwunden, ehe Joels Großvater das Gartentor überhaupt erreicht hatte.

»Die Mama des Jungen ist Nigerianerin und hält sich gerade in ihrem Heimatland auf, um sich um ihre kranke Mutter zu kümmern«, erklärte mir Ruth, als wir zurück zum Haus gingen. »Chris, also Michaels Sohn, fand es einfacher, mit Joel bei seinem Vater einzuziehen, bis Kemi zurück ist. Uns war das gerade recht, denn die Jungs sind ein Herz und eine Seele. Wenn Joel zum Spielen da ist, brauche ich mir keine Sorgen zu machen, dass es Edwin langweilig wird.«

»Geht Joel bereits in die Vorschule?«

»Ja, an den Vormittagen.« Sie seufzte. »Dominic meint, dass Edwin auch gehen sollte, damit er neue Freunde findet, bloß bin ich einfach noch nicht so weit. Mit ist es lieber so, wie es jetzt ist – dass du hier bist und mir mit ihm hilfst.«

Ich folgte ihr durch die Terrassentür in die Küche, streifte mir die Schuhe von den Füßen, ließ meine Tasche neben ihre auf den Boden fallen und nahm dankend ein Glas kalten Orangensaft an.

»Würde es dir etwas ausmachen, hierzubleiben und auf Michael zu warten, bis er Edwin zurückbringt?«, fragte sie. »Ich habe ziemliche Kopfschmerzen und würde mich gerne hinlegen.«

»Nein, kein Problem.«

Auf ihre Schritte auf der Treppe horchend, setzte ich mich an den Küchentisch, die Hände um das kalte Glas gelegt, und fragte mich, was es mit Ruths Kopfschmerzen auf sich haben mochte. Sie schien sie sehr häufig zu haben, es sei denn, sie schützte sie vor. Und selbst wenn, das ging mich nichts an, rief ich mich zur Ordnung.

Umhüllt vom Kokosduft der Sonnencreme, rieb ich unter dem Tisch meine sandigen Füße aneinander und hörte, wie der Sand leise auf den gefliesten Küchenboden rieselte. Was erste Arbeitstage anging, dürfte der hier mit zu den besten gehören.

Den Rest der Woche ging es genauso geruhsam weiter. Edwin und ich waren ein paarmal im Pool, wo er mir seine Schwimmkünste vorführte: ein ziemlich abenteuerliches Hundepaddeln, bei dem es einerseits in alle Richtungen wie verrückt spritzte, das ihn andererseits jedoch gut über Wasser hielt. Außerdem halfen wir Michael, in den Rabatten Unkraut zu jäten, Samen in kleinen Schälchen zu sammeln und die größeren Pflanzen auseinanderzusetzen. Oder wir veranstalteten Wettrennen, pflückten Himbeeren und bauten uns ein Versteck im Wald, von dem aus wir mit Glück Füchse oder Dachse zu beobachten hofften.

Am Mittwoch, als Ruth mit Edwin zum Kinderturnen ging, erstellte ich einen Zeitplan für meine Prüfungsvorbereitungen, mit denen ich mich bislang noch nicht beschäftigt hatte, backte später mit den beiden Jungs einen Crumble mit Äpfeln und Pflaumen, den wir frisch aus dem Ofen mit warmer Vanillesoße verputzten.

Ich staunte selbst, wie schnell ich mich in Summerbourne einlebte. Noch keine Woche war ich dort und fühlte mich schon wie zu Hause. Abends schlief ich ein, kaum dass mein Kopf das Kissen berührte, und wachte erst wieder auf, wenn am nächsten Morgen mein Wecker klingelte.

Über Theo, Edwins verstorbenen Zwilling, versuchte ich mir möglichst wenig Gedanken zu machen. Mir fiel allerdings auf, dass nirgends Fotos von ihm zu sehen waren, zumindest nicht in den unteren Räumen. Was erneut meine Fantasie befeuerte und mich ständig rätseln ließ, wie dieser tragische Unfall überhaupt passiert war. Ruth konnte ich nicht danach fragen, und von sich aus kam sie nicht mehr darauf zurück, zumal sie sich beinahe übertrieben in die Vorbereitungen für das Picknick am Samstag stürzte.

»Würdest du morgen gern mit uns an den Strand kommen?«, fragte sie mich am Freitagabend, nachdem sie Edwin zu Bett gebracht hatte. »Du bist uns jederzeit willkommen, fühl dich aber zu nichts verpflichtet.« Als ich zögerte, fügte sie hinzu: »Es reicht, wenn du dich morgen entscheidest.«

Mit diesen Worten begab sie sich leise summend in den Flur, während ich mir in der Mikrowelle eine Schokolade heiß machte, die ich mit in meine Wohnung nahm. Obwohl ich mir vorgaukelte, noch unentschlossen zu sein, wusste ich im Grunde, dass ich mitgehen würde.

Der Verlockung eines großen Familienpicknicks mit den Mayes vermochte ich nicht zu widerstehen.

5. Kapitel

SERAPHINE

Nachdem Vera nach London zurückgekehrt ist, verbringe ich den Freitagabend damit, die restlichen Unterlagen in Dads Schreibtisch durchzusehen. Ich habe mir ein Glas Weißwein mit ins Arbeitszimmer hinaufgenommen, das jedoch vergessen neben mir auf dem Tisch steht und mittlerweile ziemlich warm geworden ist. Neben einem einzelnen Foto, das Edwin und Theo in gestreiften T-Shirts zeigt, habe ich einen Zeitungsausschnitt gefunden, der einen Nachruf auf meine verstorbene Mutter enthält

Am 21. Juli 1992 ist RUTH ANGELA MAYES, wohnhaft in Summerbourne House, Norfolk, mit nur neunundzwanzig Jahren plötzlich und unerwartet von uns gegangen. Liebende Ehefrau von Dominic Charles Mayes, geliebte Tochter von Vera Ann Blackwood und John Blackwood, schmerzlich vermisste Mutter von Edwin, Daniel und Seraphine, die nun wieder vereint ist mit ihrem über alles geliebten Sohn Theodore, mit ihrem Vater, ihrem Bruder und ihren Großeltern.

Blumige Worte, die sicher Vera gewählt hat. Seltsam, denke ich, dass ich nie etwas über einen Bruder gehört habe. Es gibt in unserer Familie einfach zu viel, das ungesagt geblieben ist.

Ich schließe die Augen und drehe mich mit dem Stuhl hin und her, bin von dem irrealen Wunsch erfüllt, dass ich, wenn ich die Lider wieder öffne, meinen Vater in der Tür stehen sehe, der angesichts der Unordnung in seinem Arbeitszimmer gequält das Gesicht verzieht und mich auffordert, alles so liegen zu lassen und mit ihm nach unten in die Küche zu kommen, wo er uns eine riesige Gemüsepfanne kochen und mir dabei vom Ausgang des Kricketturniers berichten wird. Könnte ich ihn zurückhaben, würde ich nie wieder irgendwelche Fragen stellen. Aber als ich die Augen aufmache, bin ich nach wie vor allein, und die Fragen bleiben.

Am Samstagvormittag, ich sitze noch im Bademantel am Küchentisch mit einem heißen Kaffee vor mir, fährt ein Auto vor. Im nächsten Moment platzen meine Brüder zur Tür herein, poltern durch den Flur und in die Küche, erfüllen alles mit Leben und Lärm, während sie ihre Taschen und Coffee-to-go-Becher abstellen und Handys und Schlüssel auf den Tisch werfen. Edwin beugt sich zu mir herab und umarmt mich, Danny wirft ein paar Scheiben Brot in den Toaster und inspiziert den Pegel der Kaffeekanne.

»Also, was ist los mit dir, Schwesterherz?«, kommt er gleich zur Sache.

In meinen Seufzer mischt sich Erleichterung, denn obwohl sie mir oft unglaublich auf die Nerven gehen, liebe ich meine Brüder über alles. Im Grunde sind sie die einzigen Menschen, bei denen ich einfach ich selbst sein kann.

»Hat Edwin dir von dem Foto erzählt?«

Danny nickt. »Hat er, und?«

»Na ja, ich habe Laura gefunden.«

75

Mein großer Bruder stutzt. »Das ist wohl nicht dein Ernst, oder?«

»Doch«, sage ich, »und gestern habe ich mich zudem mit Gran angelegt, nachdem sie mir mitgeteilt hat, dass Summerbourne einmal an Danny gehen wird.«

Beide schauen sie mich verständnislos an. Ich zähle die Sekunden. Vier, fünf …

»Okay, jetzt der Reihe nach.« Edwin fasst sich als Erster. »Worüber habt ihr gestritten? Was genau hat sie gesagt?«

Danny schleicht sich zum Kühlschrank und sucht umständlich nach der Milch. Ich schicke ihm finstere Blicke hinterher. So war er schon immer: Er stiehlt sich davon, wenn Ärger droht.

»Sie hat es mir einfach mitgeteilt, keine weitere Erklärung, nichts. Vermutlich reicht es als Grund, dass Danny unverändert ihr kleiner Liebling ist.«

Mein Zwilling schlurft mit seinem Kaffee um den Tisch herum, setzt sich auf den Stuhl neben mich und stößt mich kumpelhaft an.

»Was soll ich denn mit dem alten Kasten, Seph? Wenn sie mir das Haus vermacht, vermache ich es sofort dir. Also keine Aufregung.« Er schaut zum Toaster, aus dem es leicht verbrannt riecht. »Solange ich jederzeit vorbeikommen kann und einen ordentlichen Kaffee bei dir kriege, soll mir alles recht sein.«

Ich lehne mich kurz an ihn und schäme mich ein bisschen für meinen bösen Blick von eben.

»Lieb von dir, allerdings geht es mir ein bisschen ums Prinzip.«

»Wie war Großmutter insgesamt drauf?«, will Edwin wissen.

76

Was soll ich berichten? Dass ihre Hand zitterte, als sie das wiedergefundene Foto ihrer Tochter betrachtete? Plötzlich fällt mir die Todesanzeige in der Zeitung ein, aus der hervorgeht, dass sie vor meiner Mutter bereits einen Sohn verloren hat. Ich zupfe ein Blatt von dem Strauß Wildblumen, den ich bei den Klippen gepflückt habe, drehe es zwischen Daumen und Zeigefinger und sehe es weich und dunkel werden, rieche den grünen, leicht muffigen Geruch, der daraus aufsteigt und mich an das Innere des Turms an einem regenfeuchten Tag erinnert.

»Zunächst wie immer, und als ich ihr das Foto gezeigt habe, war sie sichtlich bewegt.« Ich zucke mit den Schultern. »Leider scheint es überall Geheimnisse zu geben. Wusstet ihr, dass Mum einen Bruder hatte? Ich dachte immer, sie sei ein Einzelkind gewesen.«

Von Danny kommt keine nennenswerte Reaktion, bei Edwin hingegen schnellen die Augenbrauen in die Höhe.

»Das ist mir neu. Hast du das von Gran? Und was ist mit ihm passiert?«

»Er wird in der Zeitungsanzeige erwähnt. Was mit ihm passiert ist, weiß ich nicht.«

Edwin schaut mich einen Moment schweigend an. »Und was meintest du damit, dass du Laura gefunden hast?«

Unbehaglich rutsche ich auf meinem Stuhl hin und her. »Ich habe ihre alte Adresse in Dads Schreibtisch entdeckt. Dort habe ich erfahren, dass sie bei einer Versicherung in London arbeitet. Woran kannst du dich noch erinnern? Wie war sie so?«

Mein großer Bruder sieht mich leicht irritiert an, lässt den Blick zum Fenster schweifen und überlegt.

»Sie war nett, ein liebenswertes, lustiges Mädchen. Mehr

weiß ich nicht. Ich erinnere mich lediglich dunkel daran, dass sie eine Weile bei uns gelebt hat. An die Zeit davor kann ich mich ehrlich gesagt überhaupt nicht erinnern. Wahrscheinlich wurde sie eingestellt, um unsere Mutter in der Zeit nach Theos Tod zu entlasten.«

»Sie hat im September 1991 hier angefangen. Da warst du knapp vier.«

»Kein Wunder also, dass ich mich kaum an sie erinnere, oder?«

»Weißt du noch etwas von dem Tag, als Mum starb?«, frage ich betont beiläufig.

Natürlich habe ich ihm diese Frage schon unzählige Male gestellt, vor allem in meiner Teenagerzeit, aber er hat immer behauptet, ihm sei nichts Außergewöhnliches in Erinnerung geblieben.

Jetzt zieht er die Brauen zusammen und betrachtet seine Hände. Man kann ihm ansehen, dass er ernstlich bemüht ist, sich jenen schicksalhaften Tag ins Gedächtnis zu rufen, der unser aller Leben so nachhaltig geprägt hat.

»Ich meine mich wie gesagt vage daran zu erinnern, wie dieses Foto zustande kam. Vielleicht glaube ich das ja bloß, weil du mir das Foto gezeigt hast, von dessen Existenz ich bis dahin nichts wusste.«

Danny will etwas sagen, ich merke es ihm an. Wahrscheinlich möchte er, dass ich ihm das Foto zeige, doch erst mal soll er den Mund halten, bedeute ich ihm, sonst stört er am Ende Edwins krampfhafte Versuche, sich zu erinnern.

»Dunkel fällt mir ein, dass Laura das Foto gemacht hat, und Michael im Obstgarten war und zu uns herüberschaute. Zum Frühstück durfte ich ausnahmsweise zur Feier des

Tages Schokoladenkekse essen. Euretwegen. Das werde ich euch nie vergessen«, schließt er und grinst.

»Edwin und sein bauchgesteuertes Gedächtnis«, spottet Danny.

»Was noch?«, dränge ich. »Wen von uns beiden hatte Mum im Arm?«

»Keine Ahnung, Seph, wie oft soll ich dir das noch sagen. Irgendwann, meine ich, begann sie unruhig zu werden und ging zum Turm. Ich bin ihr gefolgt.«

Edwin sieht uns mit großen Augen an, offenbar ist er selbst erstaunt, wie viele Erinnerungsfetzen auf einmal zurückkehren. Mein Zwilling und ich sitzen mit angehaltenem Atem da und warten, dass er weiterspricht.

»Sie hat geweint, murmelte, jemand werde kommen, um ihr das Kind wegzunehmen. So was in der Art zumindest.«

»*Was?*«, rufen Danny und ich wie aus einem Mund.

Es dauert einen Moment, bis Edwin, der wie in Trance zu sein scheint, uns wieder wahrnimmt und uns verwundert ansieht.

»Komisch, mit einem Mal sind mir diese Bilder gekommen. Wobei das eigentlich nicht sein kann, oder? Das macht ja absolut keinen Sinn.«

»Natürlich nicht. Ich meine, wer sollte ein Interesse an uns kleinen Schreihälsen gehabt haben?« Danny lacht kurz auf, bevor er nachdenklich die Stirn runzelt. »Könnte es sein, dass sie Wahnvorstellungen hatte, dass sie in dem Moment fest daran geglaubt hat? Schließlich treten Psychosen nach dem Ende der Schwangerschaft gar nicht so selten auf. Vielleicht hat sie ja halluziniert oder so etwas in der Art.«

»Durchaus möglich«, räume ich ein. »Doch gibt es nicht

79

auch andere Erklärungen?«, wende ich mich an Edwin. »Woran erinnerst du dich noch?«

»Eigentlich an nichts.« Eine steile Falte steht zwischen seinen Brauen. »Oder warte: Mum wollte, dass ich weggehe, zurück zum Haus, aber ich habe mich im Turm versteckt. Michael hat mich später nach Hause gebracht. Was danach passiert ist, weiß ich nicht mehr. Also ebenfalls nicht, wann Laura uns verlassen hat.«

»Und in der Zeit davor?«, versuche ich es weiter. »Als Mum mit uns schwanger war, wie war das so?«

»Wie soll es schon gewesen sein? Ganz normal vermutlich. Ich habe viel mit Joel gespielt, war oft am Strand.« Er hält einen Moment inne und denkt nach. »Zu Weihnachten habe ich ein Fahrrad bekommen, und Onkel Alex hat mich in seinem Auto mitgenommen. Das war interessanter als die Tatsache, dass ein Geschwisterkind unterwegs ist.«

»Wer ist Onkel Alex?«

»Ein Freund unserer Eltern. Er hatte einen gelben Sportwagen, und ich war ganz vernarrt in den coolen Schlitten.«

Danny trinkt seinen Kaffee aus und greift nach der Cafetiere.

»Alles schön und gut, nur erklärt das alles nicht, warum auf besagtem Foto lediglich ein Baby zu sehen ist. Es sei denn, jemand hätte einen von uns beiden gleich nach der Geburt gestohlen«, er wirft mir einen vielsagenden Blick zu, »und die Kleine dann umgehend zurückgebracht, als demjenigen klar wurde, was für eine Nervensäge er sich da eingehandelt hatte.«

»Das hilft uns kein bisschen weiter«, fahre ich ihn verärgert an. »Ich finde das ganz und gar nicht witzig. Genau deshalb schien es mir sinnvoll, nach Laura zu suchen. Sie müsste uns als Einzige genau sagen können, was an jenem Tag passiert ist. Schließlich war sie dabei.«

Mit einem Mal ist Edwins Interesse geweckt. »Moment mal. Als du sagtest, du hättest Laura gefunden, meintest du damit, dass du ihre Adresse ausfindig gemacht hast oder dass du bei ihr warst?«

»Beides. Ich war in London und habe sie gesehen.«

»Du hast sie gesehen – und mit ihr gesprochen?«

Eine leicht peinliche Frage, und entsprechend winde ich mich.

»Nun ja, ich wollte sie abfangen, als sie von der Arbeit kam, leider kam ich nicht an sie ran ...« Verlegen schaue ich auf. »Sie hat mich abgehängt.«

Danny prustet in seinen Kaffee.

»Bist du bescheuert?«, fragt Edwin ganz ruhig. »Warum? Was erwartest du von ihr zu erfahren, wenn du sie derart überfällst?«

Sein Tadel kränkt mich. Und um das zu verbergen, springe ich auf und greife nach dem Kochbuch, in das ich das Foto gesteckt habe, ziehe es heraus und bleibe noch einen Moment mit dem Rücken zu meinen Brüdern stehen, um gegen meine Tränen anzublinzeln. Dann trete ich wieder zu ihnen und lege das Bild auf den Tisch.

Danny, der es noch nie gesehen hat, betrachtet es schweigend. Ich weise ihn auf die Dinge hin, die mich stutzig machen.

»Sie hat gerade Zwillinge zur Welt gebracht, was bestimmt eine anstrengende Angelegenheit gewesen sein dürfte. Und jetzt schau mal, wie sorgfältig sie zurechtgemacht ist. Auf mich wirkt sie weder wie eine Frau, die eine schwere Geburt hinter sich hat, noch wie eine, die ihrem Leben ein Ende setzen will.«

»Seraphine, bitte …« Edwin versucht mich zu beschwichtigen, wenngleich ihm, sofern ich seine Miene richtig deute, inzwischen selbst Zweifel zu kommen scheinen, ob nicht irgendwas faul an diesem Schnappschuss ist.

»Und warum posiert man überhaupt für ein solches Familienfoto, wenn eines der Neugeborenen nicht mit darauf ist?«, gieße ich Öl ins Feuer. »Warum wirkt alles so normal? Hier, seht euch an, wie glücklich und entspannt Mum und Dad wirken – und ein paar Stunden später ist sie tot. Für mich sieht das irgendwie inszeniert aus, anders kann ich mir das Ganze nicht erklären.«

Danny schiebt das Foto zu Edwin hinüber, lehnt sich zurück und mustert mich einen Augenblick.

»Es kommt einem in der Tat etwas ungewöhnlich vor«, gibt er schließlich zu. »Trotzdem weiß ich nicht, warum man sich nach so langer Zeit noch den Kopf deswegen zerbrechen muss? Irgendeinen Grund wird es gehabt haben. Und dass Mum psychisch nicht ganz gesund war, wissen wir ja. Daher ihre Kurzschlusshandlung, verstärkt vermutlich durch die Schwangerschaft. Insofern sehe ich das Foto eigentlich als Trost. Weil es zeigt, dass sie zumindest für kurze Zeit glücklich war, ehe das Unheil seinen Lauf nahm.«

»Die beiden wirken auf dem Bild, als würden sie glauben, noch alle Zeit der Welt zu haben und noch zig andere Fotos zu schießen.«

»Aber wo ist das zweite Baby?«, insistiere ich.

»Da kann man höchstens spekulieren.« Danny zuckt die Schultern. »Erfahren werden wir es wahrscheinlich nicht mehr, Schwesterherz.«

»So ähnlich hat Gran argumentiert. Sie redete davon, ein Kind könnte geschlafen haben und sollte nicht geweckt werden. Ist für mich nicht gerade überzeugend.«

»Komm, Seph.« Edwin lächelt mich an. »Das allein ist es nicht, oder? Sag schon, wo drückt der Schuh? Ist es, weil Dad das Foto versteckt und es uns nie gezeigt hat?«

Ich drehe mich zu ihm hin und unterziehe ihn wieder einmal einer genauen Musterung. Mit seinem dichten dunkelblonden Haar, den blauen Augen, dem markanten Kinn ist er eindeutig ein Mayes. Er sieht aus wie unser Vater. Das Gleiche gilt für Danny, der dasselbe kräftige Haar hat, wenngleich etwas dunkler, dieselben blauen Augen, dasselbe markante Kinn. Im Laufe der Jahre sind die beiden einander immer ähnlicher geworden. Ich hingegen gleiche anscheinend niemandem.

»Manchmal denke ich, dass ich nicht dazugehöre, dass ich gar nicht das Kind von Mum und Dad bin«, bricht plötzlich aus mir heraus, was mir seit Langem auf der Seele brennt. »Schaut mich an. Meine Haut ist dunkler als eure, meine Haare und meine Augen sind braun. Was, wenn ich wirklich das Kind von jemand anderem bin?« Einen Moment wird mir schwindelig, und ich muss tief durchatmen. »Was, wenn etwa Laura meine Mutter ist?«

Danny fällt die Kinnlade runter, Edwin schüttelt ratlos den Kopf. Beide scheinen nicht zu wissen, was sie darauf erwidern sollten, und schauen mich an, als hätte ich den Verstand verloren. Ich schiebe meinen Stuhl so heftig zurück, dass die Stuhlbeine laut über die Bodenfliesen schrammen, die so alt sind wie das Haus selbst.

»Mir war klar, dass ihr mir nicht glauben würdet«, stoße ich mit kippender Stimme hervor und verlasse fluchtartig die Küche, laufe durch den Flur ins Wohnzimmer und halte nach Taschentüchern Ausschau. Edwin und Danny folgen mir.

»Seraphine, jetzt hör mal zu.« Edwin setzt sich zu mir aufs Sofa. »Du hast seit Wochen nicht richtig geschlafen, du isst kaum etwas. Kein Wunder, dass du nicht mehr klar denken kannst. Dads Unfall ist uns allen unbegreiflich. Doch das, was du da eben gesagt hast – das ist blanker Unsinn. Natürlich bist du das Kind von Mum und Dad, natürlich bist du unsere Schwester.«

Danny hält mir das Foto unter die Nase. »Du bist unserer Mutter wie aus dem Gesicht geschnitten, Seph. Sieh nur, wie hübsch sie war. Alle haben immer gesagt, dass du das von ihr hast.«

Dass er sich ehrlich Sorgen um mich macht, merke ich daran, dass er seinen Worten nicht wie sonst eine flapsige Bemerkung hinterherschickt.

Edwin nickt zustimmend. »Du bewegst dich sogar wie Mum. Leicht und anmutig, nicht wie ich oder unser kleiner Neandertaler hier.«

Ich beiße die Lippen zusammen und betrachte die zierliche Gestalt meiner Mutter, die meiner Figur tatsächlich nicht unähnlich ist. Dann denke ich an Laura, die groß und eher robust ist. Vielleicht haben meine Brüder ja recht. Obwohl ich gerne davon überzeugt wäre, bin ich es nicht wirklich.

Unsicher und hilflos schaue ich sie an. »Ich dachte nur …, dass Gran Danny das Haus deshalb vermachen will.«

»Sei nicht albern«, ermahnt mich mein Zwilling, dem die ganze Angelegenheit schon langsam auf den Geist geht. »Glaubst du etwa, sie hätte dich in dem Fall die ganze Zeit hier wohnen lassen? Ein Kuckucksei auf Summerbourne!

Undenkbar.« Er nimmt Haltung an und ahmt die schneidende Stimme unserer Großmutter nach: »*Wenn Sie nicht von Philip Summerbourne abstammen, junge Frau, verlassen Sie bitte umgehend dieses Haus!*«

Lächelnd trete ich ihm gegen das Schienbein, ohne dass meine Tränen versiegt wären.

»Da kommt jemand«, wirft Edwin ein und horcht in Richtung Flur.

Kurz darauf klingelt es tatsächlich. Wir drei sehen uns an.

»Ich gehe schon.« Mein großer Bruder erhebt sich. Kurz darauf hören wir, wie er jemanden an der Haustür begrüßt und dann ruft: »Es ist Joel. Er hat meinen Wagen gesehen.«

Mir entringt sich ein Stöhnen. Ich bin noch immer im Bademantel, und Besucher sind so ziemlich das Letzte, wonach mir derzeit der Sinn steht. Vor allem nicht nach Joel Harris. Danny macht den Mund auf, als wollte er etwas sagen, zögert aber, als er mein verheultes Gesicht sieht.

»Starr mich nicht so an«, schluchze ich.

»Wie denn?«

»Mitleidig.«

»Ehrlich gesagt, bist du tatsächlich ein Bild des Jammers«, erklärt er wenig einfühlsam grinsend und erhebt sich. »Okay, ich halte die beiden ein paar Minuten im Flur fest, damit du unbemerkt nach oben entkommen kannst. Wäre schade, wenn Joel dich so sähe – dann würde das sein letzter Besuch gewesen sein.«

Statt einer Antwort strecke ich ihm die Zunge raus und renne nach oben, bevor die drei in die Küche kommen.

Joel Harris ist Edwins ältester Freund und hing, während ich heranwuchs, eigentlich ständig bei uns auf Summerbourne herum. Besonders in den Schulferien. Er kannte mich beinahe so gut wie meine Brüder und hatte zudem den Vorteil, eben nicht mein Bruder zu sein. Von daher war er viel geduldiger mit mir, und da ich keine Freunde in meinem Alter hatte, himmelte ich Joel geradezu an.

Als ich vierzehn war, gingen Joel und Edwin an die Uni, und ich blieb mit Danny allein zurück. In der Schule kreuzunglücklich und von meinem Bruder genervt, begann ich davon zu träumen, dass Joel zurückkäme und mir seine Liebe gestehen würde. Nichts wünschte ich mir sehnlicher, als den Hohn und Spott meiner Mitschüler hinter mir zu lassen, Joel zu heiraten und glücklich bis ans Ende meiner Tage mit ihm auf Summerbourne zu leben.

Wie sehr ich diese Zeiten vermisse, als mir Liebe noch ganz einfach und unkompliziert erschien.

Meine romantischen Hoffnungen wurden kurz vor meinem fünfzehnten Geburtstag zunichtegemacht. Damals, ich erinnere mich nicht gern daran, sagte Joel etwas, das sich auf den Tag bezog, an dem Danny und ich geboren wurden. Während ich mich in ein heißes, duftendes Schaumbad lege und die Augen schließe, versuche ich, mir in Erinnerung zu rufen, was genau damals vorgefallen ist und was von wem gesagt wurde.

Es war ein heißer Julitag, und Edwin hatte ein halbes Dutzend seiner Studienfreunde nach Summerbourne eingeladen, um den Abschluss ihres ersten Jahres an der Uni zu feiern. Mit ihren gerade mal neunzehn Jahren wirkten sie auf mich unglaublich erwachsen, wie sie um den Pool saßen, Bier und Cider tranken, dabei über Dinge sprachen, denen ich oft nicht folgen konnte, und Witze rissen, die ich nicht verstand. Verstohlen beobachtete ich die Mädchen und merkte mir jedes noch so kleine Detail: wie sie lachten und die Haare zurückwarfen, wie ihre Nägel schimmerten und wie sie sich die Bikinioberteile zurechtrückten. Anschließend gab ich mir alle Mühe, sie nachzuahmen, ihre Gesten, ihr Lachen, ihre Art zu sprechen, und hoffte, auf diese Weise Joels Aufmerksamkeit zu erregen. Vergeblich. Kein einziges Mal schaute er in meine Richtung.

Ralph Luckhurst, ein weiterer Jugendfreund meines großen Bruders, war mit dem Rad aus dem Dorf gekommen, um sich den Spaß nicht entgehen zu lassen, hielt sich allerdings mehr an Danny, weil Edwin seinen neuen Freunden den Vorzug gab. Ich sehe ihn noch auf seiner Sonnenliege, wo er sich mit einem bärtigen Medizinstudenten über Politik und den neuen Premierminister unterhielt. Ein Mädchen namens Ruby, das Zahnmedizin studierte und einen knallroten Badeanzug trug, wollte ihn überreden, ihr ein bisschen Platz auf seiner Liege zu machen, und zog, als er ihr den Gefallen nicht tat, beleidigt zu Joel weiter, bei dem sie zu meiner stillen Freude auch abblitzte. Deshalb kam sie plötzlich zu mir und riss mich aus meiner Beobachterposition unvermittelt heraus und katapultierte mich ins Zentrum des Geschehens.

»Wie ist das denn so, einen Zwilling zu haben?«, fragte sie mich.

»Ganz normal eigentlich«, erwiderte ich achselzuckend. »Nichts Besonderes.«

In diesem Moment sprang Danny aus dem Wasser und ließ sich neben mich fallen. »Nett hast du das gesagt, Schwesterherz.«

Die Umstehenden lachten, und es folgten die üblichen Fragen – wer von uns beiden der Ältere sei, ob wir die Gedanken des anderen lesen könnten, warum wir uns überhaupt nicht ähnlich sähen. Mittlerweile beteiligten sich alle an dem Gespräch. Die Schwimmer hingen am Beckenrand, die Sonnenanbeter hatten sich auf ihren Liegen aufgerichtet. Ich überließ Danny das Reden, weil es mir unangenehm war, so im Mittelpunkt zu stehen.

Edwin musste natürlich erwähnen, dass ich bei der Geburt fast doppelt so groß wie Danny war, und ich werde nie vergessen, wie Ruby sich an Joel lehnte und kicherte, als wäre das alles ganz wahnsinnig witzig.

Jetzt, viele Jahre später, lehne ich den Kopf gegen den Wannenrand und bemühe mich, alles andere auszublenden und mich allein darauf zu konzentrieren, was Joel gesagt hat. Nachdem er eine Zeit lang eher abwesend gewirkt hatte, meldete er sich unversehens zu Wort.

»Mein Großvater hat sie immer die Koboldskinder genannt«, sagte er.

Weitere Erinnerungen kehren zurück. Koboldskinder, so wurden wir desgleichen in der Schule von den Jungen und Mädchen aus dem Dorf genannt. Und es war alles andere als freundlich gemeint. Ich habe es gehasst, genau wie die Schule insgesamt. Dabei hatten Danny und ich all die Jahre keinen blassen Schimmer, woher diese Bezeichnung rührte und was sie bedeutete. Mit der Zeit lernte ich, mich nicht mehr provozieren zu lassen, und so geriet der Ausdruck mehr und mehr in Vergessenheit. Bis Joel ihn an jenem Tag erwähnte, und das ausgerechnet vor diesen Leuten, die mir so klug und erwachsen und bewundernswert schienen. Es kam mir als ein unglaublicher Verrat vor, den ich ihm nie verziehen habe, zumal ich ihn bis zu diesem Moment für meinen Verbündeten gehalten hatte.

»Koboldskinder«, hakte Ruby sogleich begierig nach. »Warum denn das?«

»Vielleicht können die beiden ja zaubern«, amüsierte sich der bärtige Medizinstudent. »Oder es passieren in ihrer Gegenwart wunderliche Dinge. Dann sollten wir uns lieber vorsehen.«

Alle lachten, während ich mich am liebsten in einem Mauseloch verkrochen hätte. Zum Glück sprang Ralph für mich in die Bresche.

»Hey, hört auf mit dem Scheiß«, mischte er sich ein, strich sich die dunklen Locken aus der Stirn und warf mir einen mitfühlenden Blick zu.

Er war ein paar Jahre älter als ich, sodass wir nicht mehr als ein Jahr zusammen auf der Dorfschule waren, aber als Edwins Freund hatte er mich immer vor den Sticheleien der Großen in Schutz genommen, und das würde ich ihm nie vergessen. Die Studienfreunde meines Bruders hingegen schenkten seinen Worten keinerlei Beachtung, sondern machten munter weiter.

»Edwin, du hast uns gar nicht gesagt, dass du so unheimliche Geschwister hast!«

»Kommt, ihr zwei, verhext uns ein bisschen, ja?«

»Vorsicht, Ruby, ich würde mich nicht mit ihnen anlegen!«

Und Joel saß mit düsterer Miene mittendrin, hielt sich allerdings aus den Frotzeleien der anderen Studenten heraus. Zunächst. Was er dann nämlich vom Stapel ließ, ohne mich anzusehen, schlug dem Fass den Boden aus und ließ die Sache eskalieren.

»Am Tag ihrer Geburt seien hier ein paar seltsame Dinge geschehen, heißt es«, kam er mit einem Mal auf die dummen Gerüchte zurück und befeuerte damit die trunkenen Spekulationen seiner Kommilitonen. Mit gespieltem Grusel dachten sie sich daraufhin allerlei paranormale Szenarien aus und kriegten sich vor Lachen kaum noch ein.

Und was fast am schlimmsten war: Edwin machte mit, statt sie in die Schranken zu weisen und dem Spuk ein Ende zu machen. *Hört auf, das war immerhin der Tag, an dem unsere Mutter gestorben ist,* hätte er sagen müssen. Er tat es nicht. Deshalb sprang ich den Tränen nahe irgendwann auf und stürmte davon, warf dabei eines der Gläser um und flüchtete mich in die Sicherheit meines Zimmers, um mich unter meiner Bettdecke auszuheulen. Dass Danny ähnlich wie sein großer Bruder über ihre dummen Witze lachte, machte es für mich nur noch unerträglicher.

Monatelang ging ich Joel anschließend aus dem Weg. Selbst nachdem Edwin mir erklärte, dass er am Morgen jenes Tages von der Altersdemenz seines Großvaters erfahren habe und von daher nicht ganz bei sich gewesen sei, verzieh ich ihm nicht. Genauso wenig, als Vera sich vermittelnd einschaltete. Nichts vermochte mich zu bewegen, meine unversöhnliche Haltung ihm gegenüber aufzugeben. Nicht einmal die Tatsache, dass ich trotz allem jeden Tag an ihn dachte, änderte daran etwas. Die nächsten zwei Jahre sprach ich so gut wie kein Wort mit ihm.

Und dann tat ich ausgerechnet etwas, das alles noch schlimmer machte. Ich küsste ihn.

Es geschah bei Edwins Abschlussfeier vor den Augen der versammelten Freunde und hätte peinlicher nicht sein können. Ich war ein bisschen beschwipst und fiel Joel ohne Vorwarnung um den Hals. In dem nachfolgenden Durcheinander deutete Ralph Luckhurst, mein Beschützer aus Kinderzagen, die Situation wohl falsch und haute ihm eine rein. Danach unternahm Joel keinen Versuch mehr, sich mit mir zu versöhnen.

Mittlerweile wohnt er wieder im Dorf und arbeitet als Vertretung in der Arztpraxis, bis er etwas Richtiges gefunden hat. Wenn es sich gerade ergibt, reden wir miteinander, doch Freunde sind wir nicht mehr.

Da das Badewasser kalt geworden ist, ziehe ich den Stöpsel. Ohnehin habe ich genug Gedanken an Joel Harris verschwendet.

Die sommergeborenen Summerbournes. Koboldskinder, die Worte wollen mir entgegen allen guten Vorsätzen den ganzen Tag nicht aus dem Sinn. *Am Tag ihrer Geburt sind ein paar seltsame Dinge geschehen.* Edwin hat sich an eine sonderbare Äußerung von Mum erinnert, jemand wolle ihr das Kind wegnehmen. Das Kind, ein Kind also. Und auf dem Foto hält sie lediglich eines im Arm. Wo ist das andere? Es war eine Hausgeburt, hier auf Summerbourne, ohne Arzt und sogar ohne Hebamme. Wäre das bei einer Zwillingsschwangerschaft nicht ausgesprochen riskant, wenn nicht gar unmöglich gewesen?

Ob ich nach so vielen Jahren noch an die Patientenunterlagen meiner Mutter komme? Beim Arzt wird sie während ihrer Schwangerschaft ja wohl gewesen sein. An Joel will ich mich deswegen nicht wenden, eher an Pamela Larch, die ich sehr gut kenne. Sie arbeitet seit einer Ewigkeit in der Arztpraxis als Ambulanzschwester und weiß über alles und jeden im Dorf Bescheid. Wenn jemand mir weiterhelfen kann, dann vermutlich sie.

6. Kapitel

LAURA

September 1991

Von dem Augenblick an, da Alex in Summerbourne vorfuhr und aus seinem gelben Sportwagen sprang, spürte ich es zwischen ihm und Ruth knistern. Da war eine feine atmosphärische Spannung zwischen ihnen, die jede kleine Nettigkeit, jeden noch so banalen Wortwechsel mit Bedeutung auflud, unterschwellige Schwingungen, die beide unsicher machten im Umgang miteinander.

»Ich habe die Schlüssel!«, rief Alex und ließ sie an den Fingern der einen Hand klimpern, mit der anderen hielt er eine Flasche Champagner in die Höhe. »Heute Morgen ist mir eingefallen, dass es genau zehn Jahre her ist, seit wir uns kennengelernt haben. Ist es nicht unglaublich, wie die Zeit vergeht?«

Dominic nahm ihm die Flasche ab und schüttelte dem Freund die Hand, Ruth küsste ihn auf beide Wangen, während Edwin aufgeregt um ihn herumsprang.

»Zehn Jahre seit unserer Erstsemesterwoche? Du lieber Himmel, wir werden alt.«

Alex zauberte einen Blumenstrauß ganz in Gelb und Orange vom Beifahrersitz, den Ruth lächelnd entgegennahm.

Sie beugte sich darüber, um an den Blüten zu riechen. »Freesien und Rosen, wie wunderbar.«

Ihr Gast schlug sich mit der flachen Hand an die Stirn, als er Edwins erwartungsvolles Gesicht sah. »Das wichtigste Geschenk von allen hätte ich ja fast vergessen!«

Er ließ den Jungen unter den Sitzen und im Handschuhfach suchen, ehe er schließlich den Kofferraum des Alfa Romeo öffnete, in dem sich zu seinem Entzücken ein gelber Kipplaster befand, mit dem er sofort losrannte, um ihn im Sandkasten auszuprobieren.

Währenddessen stand ich unschlüssig an der Haustür, bis Dominic mich herbeirief und mich vorstellte. Alex griff nach meiner Hand.

»Wie schön, dich kennenzulernen, Laura«, sagte er mit einem warmen Lächeln.

Unwillkürlich verglich ich die beiden Männer, als sie nebeneinander vor mir standen. Alex war einen guten Kopf kleiner als Dominic, aber breitschultriger und insgesamt eine Spur kräftiger gebaut. Angesichts seiner muskulösen Arme wunderte mich sein sanfter Händedruck.

»Herrlich.« Er legte den Kopf in den Nacken und schloss die Augen. »Es geht wirklich nichts über die Luft auf Summerbourne.«

»Da hast du recht«, stimmte Dominic zu. »Eine wahre Wohltat, wenn man nach einer harten Woche im Büro an die Küste fahren kann. Du scheinst da übrigens etwas in Gang gesetzt zu haben – die Mellards haben sich gerade letzte Woche ebenfalls ein Cottage angeschaut, eine ziemliche Bruchbude, dafür näher am Strand als deins. Sie scheinen damit einiges vorzuhaben.«

Alex grinste. »Na dann, Geld genug haben sie ja.«

»O nein, stell dir das bitte vor, wenn die Mellards jedes Wochenende hier im Dorf einfallen«, stöhnte Ruth. »Uns wird dann wohl nichts anderes übrig bleiben, als nach London zu flüchten«, fügte sie scherzhaft hinzu.

Die beiden Männer lachten, und unter lockerem Geplauder und wild durcheinander redend, begaben sich die drei ins Haus. Wäre es nach Dominic gegangen, hätte er den Champagner gleich aufgemacht, doch seine Frau gebot ihm Einhalt.

»Lass uns damit warten, bis wir am Strand unseren Lunchkorb auspacken.«

Da bis zum Aufbruch noch Zeit blieb, stahl ich mich unbemerkt nach draußen, um mit Edwin zu spielen, der sich nach wie vor im Sandkasten mit seinem neuen Kipplaster vergnügte.

»Kann ich meinen Laster mitnehmen, Laura?«, fragte er, als Ruth uns nach drinnen rief, weil es bald losgehen sollte.

»Natürlich, so einen tollen Laster können wir schließlich nicht hierlassen«, versicherte ich.

In der Küche teilten wir alles, was wir für das Picknick brauchten wie Kühlbox, Geschirr und Decken, und alles, was Edwin zum Spielen brauchte, unter uns auf und zogen bepackt wie Lastesel Richtung Strand. Zum Glück befanden sich Sonnenschirme, Liegestühle und ein großer Windschutz aus verblichenem Segeltuch im Turm und mussten nur die Treppe hinuntergetragen werden. Bis alles einschließlich der aus dem Haus mitgebrachten Sachen unten war, mussten die Männer mehrmals Abstieg und Aufstieg bewältigen, sodass sie froh waren, als sie den Rest Ruth und mir überlassen konnten.

Am Fuß der Klippen lag eine Segeljolle, die zwar den

Nachbarn zu gehören schien, aber von den Mayes benutzt werden durfte. Sofort begann Edwin zu quengeln, dass er dort spielen wolle, und reagierte beleidigt, als seine Mutter es nicht erlaubte.

»Ein Boot ist kein Spielplatz, das weißt du genau«, ermahnte sie ihn. »Daddy fährt später ein bisschen mit dir aufs Meer, mein Schatz. Und so lange beschäftigst du dich mit etwas anderem. Warum gehst du nicht erst mal mit Laura zu den Gezeitentümpeln und schaust, was du dort Schönes findest?«, schlug sie vor und streckte sich zwischen Dominic und Alex auf einer großen Decke aus, durch die die Wärme des Sands in die Haut drang.

»Na, dann mal los!«, ermunterte ich ihn, schnappte mir einen Eimer und den Kescher, und schon rannten wir los zu den Felsen. Während Edwin im ersten Tümpel herumstocherte, wehte das Gelächter der drei Freunde zu uns herüber. Ich war froh, ihnen keine Gesellschaft leisten zu müssen, denn ihre Gespräche über Immobilienanlagen waren mir ebenso fremd wie ihre Witze für Eingeweihte und ihre Vorliebe für teuren Champagner. Lieber beschäftigte ich mich mit Edwin und hob ein paar große Steinbrocken an, damit er in dem Tümpel darunter mit seinem Netz nach Krebsen fischen konnte. Dass ich mir dabei einen Nagel abbrach und mir die Schienbeine zerschrammte, verbesserte meine ohnehin mäßige Laune nicht gerade.

Irgendwie fühlte ich mich in dieser Gesellschaft völlig fehl am Platz.

Das änderte sich auch nicht, als Dominic kam, um uns zum Lunch zu holen, zumal das Picknick nicht das hielt, was ich erwartet hatte nach dem ganzen Theater, das Ruth deswegen veranstaltet hatte. Im Gegensatz zu Alex, der die fertig ins Haus gelieferten Speisen in den höchsten Tönen lobte, hatte ich an allem etwas auszusetzen. Insgeheim selbstverständlich. Die Blätterteigpasteten mit Krabben waren ziemlich durchgeweicht und ließen sich schwer essen, weil alles auseinanderfiel, wenn man hineinbiss. Im Wildreissalat befanden sich noch Spelzen, die zwischen den Zähnen stecken blieben, und die Kruste des Baguettes war derart hart, dass man sie ohne Gefahr nicht abbeißen konnte. Das einzig Reelle waren die kalten Hähnchenschenkel, an die Edwin und ich uns hielten.

Ich schüttelte den Kopf, als Dominic mir auch ein Glas Champagner anbot, beobachtete aber verstohlen, wie Alex und Ruth ihren langsam und genüsslich tranken, während Dominic sein erstes Glas herunterkippte und sich gleich ein zweites einschenkte.

Ruth missfiel das sichtlich, sie legte ihre Hand auf seine und mahnte zur Zurückhaltung. »Willst du damit nicht lieber warten, bis du von deinem Segeltörn mit Edwin zurück bist?«

Ohne zu widersprechen, nickte er und wandte sich an seinen Sohn. »Zwanzig Minuten Zeit, um das Essen sacken zu lassen, junger Mann, dann fahren wir mit dem Boot raus, einverstanden?«

Edwin hüpfte vor lauter Freude auf und ab. Da er mit der Aussage zwanzig Minuten nichts anzufangen wusste, setzte er die Zahl in Bewegungseinheiten um.

»Gut, dann renne ich zwanzigmal zu den Tümpeln und wieder zurück, anschließend können wir fahren. Du musst mir zuschauen, Onkel Alex!«

Irgendwann verlor er allerdings die Lust, weil es zu heiß und zu anstrengend war, hörte auf zu zählen und warf sich zu Ruths Füßen auf die Decke. Sein Vater hatte sich in den Schatten unter einen Sonnenschirm zurückgezogen und gähnte.

»Kaffee wäre jetzt nicht schlecht – müssen wir beim nächsten Mal dran denken. Wir hätten eine Thermosflasche einpacken sollen.«

Seine Frau schenkte ihm keine Beachtung, wahrscheinlich dachte sie an den Champagner, dem er reichlich zugesprochen hatte und der sicherlich schuld an seiner Müdigkeit war.

Es half nichts. Kurz darauf musste er sich erheben und die Jolle startklar machen. Alex half ihm, sie über den Strand bis zum Wasser zu ziehen und sie von dort aus in die Wellen zu schieben. Edwin war bereits vorher, mit einer orangefarbenen Rettungsweste ausstaffiert, hineingeklettert. Wir beobachteten die drei von unserem Platz aus. Ruth stützte sich auf die Ellbogen, um besser sehen zu können.

»Ist das nicht wieder ein herrlicher Tag?«, seufzte sie.

Inzwischen war das Boot weit genug im Wasser, und Alex hielt es fest, damit Dominic sich am Rumpf hochziehen und sich über die Reling schwingen konnte. Edwin redete ohne Unterlass, wir hörten seine helle, aufgeregte Stimme trotz Wind und Brandung. Auf der bewegten Wasseroberfläche wirkte das Boot winzig, und ich als Landratte staunte, mit welcher Zuversicht dieser kleine Junge aufs Meer hinausfuhr. Obwohl ich eine routinierte Schwimmerin war, hatte ich Respekt vor den Tücken der See.

Ruth hing völlig anderen Gedanken nach. »Am liebsten hätte er selbst Kinder.«

Es klang völlig zusammenhanglos, dennoch wusste ich sogleich, wen sie meinte. Ein wenig verlegen putzte ich meine Sonnenbrille. Es schockierte mich einerseits, so ungefragt in Alex' Privatsphäre eingeweiht zu werden, andererseits hätte ich durchaus gerne noch mehr gewusst, aber Ruth ließ es bei diesem einen Satz bewenden und verfolgte erneut den Fortgang des Segeltörns.

Dominic hatte soeben das Segel gesetzt, und die Jolle schoss vor, hüpfte über die Wellen. Edwin jubelte und johlte. Alex, bis zum Bauch im Wasser stehend, feuerte die beiden kurz an und kam zu uns zurück.

»Dein Sohn ist ein richtiger Adrenalinjunkie.«

Er schnappte sich ein Handtuch und rubbelte sich die Haare trocken, wobei Salzwasser auf uns und die Reste des Picknicks spritzte, dann ließ er sich wieder neben Ruth, die ein Glas für ihn bereithielt, auf die Decke fallen.

»Was meinst du, soll ich mit dir einkaufen gehen?«, fragte sie. »Nicht dass du aus dem Cottage so eine grässliche Junggesellenbude machst. Mit der richtigen Einrichtung lässt sich eine Menge rausreißen.«

Alex lachte. »Im Moment ist es zum Möbelkauf noch viel zu früh.«

Sie wirkten unglaublich vertraut. Zu vertraut, wie mir schien. Verstohlen beobachtete ich sie aus dem Augenwinkel, und als Erstes fiel mein Blick auf ihre Füße: Ruths waren blass und schmal mit korallenrot lackierten Nägeln und nahmen sich gegen seine, die groß, breit und sehnig waren, geradezu winzig aus. Als er mit leiser Stimme etwas zu ihr sagte, rollte sie sich zu ihm herum, und ihre Zehen streiften sein Schienbein. Ich kniff die Lippen zusammen, schaute starr geradeaus und fühlte mich immer unwohler und deplatzierter bei diesem merkwürdigen Picknick.

Ich war froh, als das Boot sich wieder der Küste näherte, stand auf und ging ans Ufer, um Edwin in Empfang zu nehmen. Ein schwaches Jammern drang an mein Ohr, als Dominic ins Wasser sprang, um die Jolle an Land zu ziehen. Dort hob er seinen schluchzenden Sohn heraus und drückte ihn mir in den Arm.

Sein Weinen verstärkte sich. »Ich hab Wasser geschluckt«, stammelte er und ließ sich bereitwillig in das Handtuch hüllen, das ich vorsorglich mitgebracht hatte.

Während ich ihn bedauerte, zog sein Vater ihn liebevoll auf. »Anfängerpech, da musst du durch. Aber ich gebe es zu – es war tatsächlich eine Monsterwelle, die dich erwischt hat!«

Edwin nickte schniefend, nahm aus der Kühlbox eine Saftpackung, während Dominic sich mit einem neuen Glas Champagner schwer atmend in einen Liegestuhl setzte.

»Ich würde dir ja anbieten, mal mitzufahren, Laura, für heute allerdings bin ich fix und fertig«, schnaufte er, die Augen halb geschlossen. »Vielleicht ein andermal.«

»Darling, es ist der Champagner, der dich fix und fertig macht«, warf Ruth spöttisch ein.

Dominic zog es vor, ihre Worte zu überhören, und hob kurz den Kopf. »Wenn du magst, segelt Alex sicher eine Runde mit dir. Oder?« Da der Freund nicht antwortete, fügte er hinzu: »Keine Sorge, sie kann ausgezeichnet schwimmen, unsere Laura. Sie ist eine richtige Sportskanone.«

Wenngleich keinerlei Begeisterungsstürme ausbrachen, weder von meiner noch von seiner Seite, stupste Ruth ihren Freund mit dem Fuß an.

»Ja, Alex, mach das.«

»Du musst es ohnehin lernen«, murmelte Dominic schläfrig. »Du kannst nicht hier ein Feriendomizil haben, ohne je einen Topper gesegelt zu haben.«

Dermaßen bedrängt, wandte Alex sich mir zu. »Bist du schon mal gesegelt?«

Als ich den Kopf schüttelte, erhob er sich und streckte mir die Hand entgegen. »Wollen wir?«

Mit einem zufriedenen Lächeln lehnte Ruth sich zurück, die Augen hinter ihrer großen, rosa gerahmten Sonnenbrille verborgen. Hastig schlüpfte ich aus Shorts und T-Shirt und zog meinen schwarzen Schwimmanzug zurecht, den ich bei Wettkämpfen getragen hatte, und wünschte mir einmal mehr, etwas Hübscheres zu besitzen.

Den Blick aufs Meer gerichtet, mühte ich mich ab, das Boot gemeinsam mit Alex wieder ins Wasser zu bugsieren. Ich durfte als Erste hineinklettern, wobei er mir half, indem er mich an den Hüften packte und hochhob.

»Und, wie fühlt es sich da oben an?«, erkundigte er sich lachend.

»Ein bisschen unsicher«, gab ich in Anbetracht des heftigen Schaukelns zurück.

Grinsend stemmte er sich ebenfalls hoch. »Entspann dich und schau dir bei mir ab, was ich mache, dann hast du den Dreh im Nu raus.«

Sowie das Segel aufgezogen war, sahen wir uns den Elementen ausgeliefert. Die aufgewühlten Wassermassen sogen den schmalen Bootsrumpf ein, und ich fürchtete bereits, dass sie uns in die Tiefe reißen würden, aber der Wind trug uns wieder hinauf und jagte uns weiter über die Wellen, peitschte uns Gischt ins Gesicht und zerrte an unseren Haaren. Sonnenlicht brach sich in den Schaumkronen. Alles funkelte und glitzerte. Sein Schenkel presste sich gegen meinen Schenkel, seine Schulter an meine Schulter, ich spürte die Wärme seines Körpers in meine Muskeln strömen, spürte, wie mein Herz weit wurde.

Wir bewegten uns in perfektem Einklang, folgten den Bewegungen des Bootes, lehnten uns in den Wind oder stemmten uns dagegen. Alex warf seinen Kopf zurück, bot sein Gesicht den Elementen dar, und ich rückte näher an ihn heran, vertraute mich seinem Geschick an, mit dem er das Boot beherrschte und darüber bestimmte, wohin es uns trug.

»Gefällt es dir?«

»Ich liebe es!«

Mehr und mehr verlor ich jedes Gefühl für Zeit und Raum, während wir so dahinflogen. Es war, als würden wir nicht bloß durch die Bucht kreuzen, sondern den ganzen Planeten umsegeln.

Später, als wir das Boot durchs flache Wasser an Land zogen, fragte er mich, wie es mir auf Summerbourne gefalle, obwohl auf eine sehr spezielle Weise, von der ich nicht auf Anhieb wusste, ob er es ernst meinte oder mich aufzog

»Bist du dem Zauber der beiden bereits erlegen? Behandeln sie dich anständig?«

Unsicher, wie ich reagieren sollte, begnügte ich mich mit einem unverbindlichen Nicken. Das Gespräch fand ohnehin keine Fortsetzung mehr, weil die Mayes, die merklich entspannter wirkten als vor unserem Aufbruch, uns gleich in Beschlag nahmen.

»Bravo!«, rief Dominic. »Und was meinst du, Laura? Haben wir dich zum Segeln bekehrt?«

Ruth warf mir ein Handtuch zu und deutete mit einem verschwörerischen Lächeln auf den schlafenden Jungen neben sich. »Wir haben ihn tatsächlich geschafft.«

Sie reichte mir einen Plastikbecher mit gekühlter Limonade und strich Alex beiläufig über die Schulter, als er sich erneut neben sie auf die Decke fallen ließ.

»War das herrlich«, sagte er. »Traumhaft. Ich sollte jedes Wochenende herkommen, solange sich das Wetter hält.«

»Du darfst mich gerne auch mal unter der Woche besuchen, da ist es nämlich sterbenslangweilig hier.«

Dominic gab ein vernehmliches Schnauben von sich. »Du tust immer so, als würdest du gegen deinen Willen hier festgehalten, Darling.« Er gähnte. »Du weißt, wie scharf deine Mutter auf eine dieser schicken neuen Eigentumswohnungen in Kensington ist. Ein Wort von dir, und wir könnten sofort nach Winterbourne ziehen.«

Ruth schob ihre breite Hutkrempe ein Stück aus dem Gesicht und sah ihn an. »Du weißt, was ich von London halte. Und für Edwin ist es sowieso besser, wenn er hier aufwächst«, beschied sie ihm und wandte sich wieder Alex zu. »Und du versprichst mir, dass du mich künftig häufiger besuchst. Unter der Woche und im Winter …«

»Mal sehen. Ich habe eine Menge Verpflichtungen«, unterbrach Alex sie leicht gereizt. »Angefangen bei meinem Job.« Er schien noch etwas hinzufügen zu wollen, beließ es dann bei einem kurzen Lachen. »Selbst wenn ich am liebsten jede freie Minute hier verbringen würde.«

»Warum ziehst du nicht ganz her?«

Alex verzog das Gesicht und schwieg. Mit einem Mal war die Stimmung wieder gedrückt, ohne dass ein Grund zu erkennen war. Dazu passte, dass eine Möwe sich schreiend neben mir auf die Decke stürzte, um sich einen Rest Blätterteigpastete zu schnappen. Prompt sprang Ruth auf und beendete ohne Absprache mit den anderen das Picknick.

»So, Zeit zurückzugehen. Ich halte diese Hitze keine Minute länger aus«, erklärte sie, sammelte alles ein und warf es in die Kühlbox oder die diversen Taschen.

»Ruth, Edwin schläft noch«, wandte Dominic ein.

»Du kannst ihn ja tragen, oder?«

»Natürlich kann ich ihn tragen, jedoch nicht zusammen mit dem ganzen anderen Kram, den wir hergeschleppt haben.«

»Dann holst du den Rest eben später.« Sie griff sich eine Tasche und marschierte den Strand hinauf zur Treppe. »Ich habe Kopfschmerzen«, rief sie, »wir sehen uns später im Haus.«

Dominic stöhnte. »Tut mir leid, Leute.«

»Soll ich Edwin tragen?«, bot Alex an.

»Nein, brauchst du nicht. Ich mache das. Wenn ihr beiden stattdessen ein paar Sachen mitnehmen könntet, hole ich das andere später.«

Wir sprachen kaum auf dem Weg zurück. Als ich am oberen Ende der Treppe stolperte, griff Alex nach meinem Arm, um mich zu stützen. In der Kühlbox, die er in der Hand hielt, rollten die leeren Flaschen hin und her und schlugen klirrend aneinander.

»Pass auf, wohin du trittst«, mahnte er und wartete, bis ich meine Füße unter Kontrolle gebracht hatte.

Bei seinem Lächeln wurde mir ganz warm ums Herz. Ich murmelte eine Entschuldigung, ohne dass das Nachglühen seiner Berührung mich verließ. Ich spürte es den ganzen Weg zurück, trug es mit mir über den Klippenpfad, durch das Wäldchen, vorbei an den Dahlien und den Sternblüten der Astern in ihren sorgsam begrenzten Beeten.

Die Terrassentüren standen offen, Ruths Hut lag auf dem

Küchentisch. Als Dominic Alex noch einen Drink anbieten wollte, schlug der das Angebot aus.

»Danke, lieber nicht, Ich sollte sowieso langsam zurückfahren. Im Cottage gibt es ja noch keine Möbel und nichts.«

»Du kannst gerne hier übernachten«, bot Dominic halbherzig an.

»Nein, lass gut sein. Es war ein toller Tag, wirklich. Es war schön, euch alle wiederzusehen und dich kennenzulernen, Laura. Ruf mich unter der Woche mal an, ja?«, verabschiedete er sich. »Bis demnächst, ich finde allein hinaus.«

Als ich bemerkte, dass Edwin, den sein Vater auf das Sofa im Wohnzimmer gelegt hatte, aufzuwachen begann, schlug ich Dominic vor, ihm Toast zu machen und mich bis zum Schlafengehen um ihn zu kümmern.

»Nichts Spektakuläres«, fügte ich hinzu. »Schließlich war der Tag ja aufregend genug.«

»Und es macht dir wirklich nichts aus – immerhin ist heute eigentlich dein freier Tag?«

»Nein, überhaupt nicht.«

»Danke. Ich habe dir übrigens eine kleine Lampe für deinen Schreibtisch besorgt. Liegt noch im Kofferraum, ich bringe sie später mit rein«, versprach er, verschwand Richtung Flur und ging die Treppe hinauf nach oben.

Bis Edwin ganz wach war, würde ich Taschen auspacken. In einer sah ich zwischen nassen Handtüchern Alex' Sonnenbrille hervorlugen. Ich legte sie auf die Fensterbank, damit er sie bei seinem nächsten Besuch mitnehmen konnte, der mit etwas Glück gar nicht allzu lange hin wäre.

7. Kapitel

SERAPHINE

Montagmorgen wache ich früh auf und breche eine gute halbe Stunde vor meinem Termin mit Pamela Larch zu Fuß ins Dorf auf. Ich kenne Pamela bereits mein ganzes Leben lang und hoffe, dass es in Ordnung ist, wenn ich vorbeikomme, ohne am Telefon einen konkreten Grund genannt zu haben. Hayley Pickersgill, die als Sprechstundenhilfe in der Praxis arbeitet, ist mit mir zur Schule gegangen, und ich werde nie vergessen, wie sie, zwei Jahre älter als ich, mir mit ihren hinterhältigen Fragen zusetzte.

Warum ich meinem Zwillingsbruder überhaupt nicht ähnlich sähe? Und ob es stimmen würde, dass auf Summerbourne ein Fluch laste. Ob böse Hexen die wahren Kinder meiner Mutter gestohlen hätten und sie ihre Seele verkaufen musste, um sie zurückzubekommen.

»Aber die Hexen wollten die echten Zwillinge nicht mehr hergeben«, raunte sie damals mit großen Augen. »Und an ihrer Stelle haben sie ihr dann dich und Danny, die Koboldskinder, dagelassen. Gruselig, oder?«

Natürlich ließ ich das nicht auf mir sitzen und prügelte mich mit Hayley, wofür ich drei Tage der Schule verwiesen wurde. Erschwerend kam hinzu, dass meine Kontrahentin

105

bei der Prügelei einen Zahn verlor, worauf ich sehr stolz war, obwohl Danny meine Großtat zu schmälern versuchte, indem er behauptete, es sei sowieso einer von ihren wackeligen Milchzähnen gewesen. Jedenfalls musste Dad extra aus London kommen, um mit der Klassenlehrerin zu sprechen, und bis ich wieder in den Unterricht durfte, hatte Hayley in der ganzen Schule herumerzählt, dass ich gestört sei. Daraufhin wurde ich für lange Zeit zu keinem Kindergeburtstag mehr eingeladen.

Ich schüttele die unerfreulichen Erinnerungen ab und rede mir ein, dass heute alles besser wird und Hayley Pickersgill mir keine Steine in den Weg legt. Das herrliche Wetter erscheint mir in dieser Hinsicht wie ein Fingerzeig Gottes.

Nachdem der Morgennebel sich aufgelöst hat, strahlt der Himmel blau mit feinen Schleierwölkchen, und die Luft ist angenehm mild. In den Hecken entlang der Straße summt und brummt es, und ich sehe Michael, unseren ehemaligen Gärtner, vor seinem Cottage im Garten sitzen. Sein weißes Haar ist noch genauso füllig wie früher, doch er sieht deutlich hinfälliger und abwesender aus als vor ein paar Monaten, seine Demenz schreitet offenbar unaufhaltsam fort. Ich hebe die Hand zu einem zaghaften Gruß.

Immerhin erkennt er mich. »Ja, was sehen meine alten Augen? Wenn das nicht eins der Koboldskinder von Summerbourne ist«, ruft er.

Es kommt so unerwartet, dass ich stolpere. Dieser unsägliche Spitzname scheint mich auf ewig zu verfolgen. Selbst Michael, der so gut wie alles aus seinem Leben vergessen hat, weiß ihn noch. Wobei er der Letzte ist, dem ich einen Vorwurf mache. Ich lehne mich über das Gartentor, sehe ihn freundlich lächelnd an und überlege, ob man aus ihm trotz seiner Demenz etwas herausbekommt. Nein, erkenne ich, als sein Blick erneut unstet an mir vorbeiirrt. Zwischen seinen Brauen steht eine steile Falte als deutliches Zeichen seiner zunehmenden Beunruhigung.

»Ich bin's bloß, Seraphine«, versuche ich seine Aufmerksamkeit zu erlangen. »Seraphine Mayes.«

Sein Gesicht zieht sich vor Anstrengung zusammen. Er erkennt mich nicht, sonst würde er mich nicht siezen. Weiß der Himmel, für wen er mich hält.

»Sind Sie wegen dem …, was war's gleich noch mal … Na, Sie wissen schon … Sind Sie deswegen hier?«

»Nein, ich komme rein zufällig auf dem Weg ins Dorf vorbei.« Ich weiche seinem flackernden Blick aus. »Stimmt es, dass Ihr Enkel bei Ihnen zu Besuch ist, Mr. Harris?«

Der alte Mann runzelt die Stirn, aber in dem Moment schaut Joel aus einem der oberen Fenster.

»Ach, du bist das«, ruft er mir zu. »Wenn du einen Augenblick wartest, komme ich kurz runter.«

Als er endlich aus dem Haus tritt, beginnt mein Puls schneller zu schlagen.

»Seraphine, hi.«

Er trägt Shorts und ein graues T-Shirt, dazu ausgetretene Turnschuhe. Zuletzt habe ich ihn auf der Beerdigung meines Vaters gesehen, und wie ich benimmt er sich ziemlich verklemmt. Offenbar überlegt er, ob er mir über das Gartentor hinweg die Hand geben soll, überlegt es sich dann anders und steckt beide Hände in die Hosentaschen.

»Musst du heute nicht arbeiten?«, frage ich, um irgendetwas zu sagen.

»Nein, ich habe mir ein paar Tage freigenommen. Meine

Eltern sind nicht da, also kümmere ich mich um Großvater, bis sie zurück sind.«

Sein Blick ruht so prüfend auf mir, dass ich am liebsten im Erdboden versinken würde. Ob Edwin ihn womöglich überredet hat, als Arzt und Freund mal nach mir zu schauen, weil er denkt, ich schramme gerade am Rande eines Nervenzusammenbruchs entlang?

»Und was führt dich ins Dorf?«, fragt er zurück.

»Ich wollte gerade in die Praxis«, erkläre ich und hoffe, dass er nicht mehr wissen will.

»Soll ich dich schnell hinfahren?«

»Nein, ich laufe lieber. Ein bisschen Bewegung tut mir ganz gut.«

»Tja dann, sag einfach Bescheid, wenn du irgendetwas brauchst.«

Mit einem fahrigen Winken verabschiede ich mich von den beiden und sehe zu, dass ich weiterkomme. Ich weiß nicht, über wen ich mich mehr ärgere – über mich oder über Joel. Über mich, weil ich so unsicher war, und über ihn, weil ich ihn im Verdacht habe, mit meinem Bruder heimlich gemeinsame Sache zu machen.

Der kleine Wartebereich der Arztpraxis ist leer. Hayley Pickersgill lächelt mir kühl zu, als ich hoch erhobenen Hauptes an ihr vorbei zu der Tafel gehe, auf der Poster und Flyer über allerlei wichtige und unwichtige Dinge aus dem medizinischen Bereich informieren. Aus den Augenwinkeln sehe ich Hayley mit den Fingern wedeln und verzückt ihren funkelnden Ring betrachten, was mir in Erinnerung ruft, dass sie sich kürzlich mit Ralph Luckhurst verlobt hat. Es gab einmal eine Zeit, da Ralph mich das schönste Mädchen auf

108

Erden genannt hat, denke ich ein wenig wehmütig. Armer Ralph. Er hat wirklich Besseres verdient als eine wie Hayley Pickersgill.

Ich bin froh, als Pamela mich ins Behandlungszimmer ruft. Sie ist noch genauso resolut und zupackend wie früher, hat ein großes Herz und für jeden ein Lächeln. Zwar hat uns als Kindern davor gegraut, wenn wir zum Impfen zu ihr mussten, doch ich habe sie von klein auf gemocht – und das keineswegs allein wegen der Schokodrops, die wir von ihr bekamen, wenn alles überstanden war.

»Seraphine Mayes, welch eine Freude, dich zu sehen. Als ich dich gerade im Wartezimmer stehen sah, dachte ich: Genau wie die Mama! Es tut mir so leid wegen deines Vaters, Liebes, ein wirklich schrecklicher Unfall. Martin und ich waren auf der Beerdigung – ich weiß nicht, ob du uns gesehen hast?«

Ich nicke. »Danke, dass Sie gekommen sind. Es hat uns sehr viel bedeutet.«

Wie aus heiterem Himmel fällt mir eine von Michaels alten Geschichten ein: *Das Blut schoss nur so aus Martin Larchs Nase und tropfte geradewegs auf Mrs. Blackwoods schöne weiße Handschuhe.*

Martin war einer der Dorfrabauken, ehe meine Großmutter ihn unter ihre Fittiche nahm, nachdem sie beherzt bei einer Schlägerei dazwischengegangen war.

»Die Trauerfeier war wirklich bewegend«, fährt Pamela fort. »Ich habe mich anschließend noch mit Edwin unterhalten. Aus ihm ist ja ein prächtiger junger Mann geworden. Und Danny sah aus, als würde ihm das Herumreisen gut bekommen. Wie geht es deiner Großmutter?«

Ich kenne Pamela nicht anders als redselig. Sie weiß alles

und teilt ihr Wissen mit anderen, und im Gegenzug erwartet sie von anderen alles zu erfahren, was sie nicht weiß. Diskretion ist also nicht unbedingt ihre Stärke, und das könnte mir sehr entgegenkommen.

»Gran geht es gut, danke«, erwidere ich, was sie ehrlich zu freuen scheint, denn tiefe Lachfältchen bilden sich um ihre Augen.

»Was kann ich denn heute für dich tun?«

»Ich würde mir gern die Patientenakte meiner Mutter ansehen.«

Pamela lehnt sich erstaunt zurück. »Warum das?«

Nervös fahre ich mir mit der Zunge über die Lippen. »Vor allem interessieren mich die Untersuchungen während ihrer Schwangerschaft. Ich wüsste gern, ob es irgendwelche Komplikationen gab«, erkläre ich vage und füge hastig hinzu: »Für den Fall, dass es mich ebenfalls mal betrifft. Von wegen Zwillingen und so.«

Ihr Blick senkt sich fragend auf meinen Bauch. Obwohl sie sich ganz professionell gibt, spüre ich ihre dörfliche Neugier.

»Reine Vorsichtsmaßnahme«, komme ich ihr zuvor. »Die meisten Frauen können ihre Mutter fragen – ich kann das ja leider nicht.«

Meine Mitleidstour zieht. Sie spitzt die Lippen, und ich sehe ihr an, dass sie angestrengt nachdenkt.

»Natürlich, das verstehe ich. Allerdings glaube ich kaum, dass wir die Unterlagen noch haben. Damals wurde ja alles auf Papier dokumentiert, und die Akten wurden ein paar Jahre nach dem Tod eines Patienten vernichtet, das war so üblich. Im Übrigen hätten wir gar nicht den Platz, sämtliche Unterlagen bis in alle Ewigkeit aufzubewahren.«

Mit einem mitfühlenden Lächeln beugt sie sich vor und tätschelt mir die Hand, als ich den Tränen nahe deprimiert die Schultern hängen lasse. Mit so etwas habe ich nicht ernstlich gerechnet.

»Ach, Schätzchen, nicht weinen.« Pamela rückt ihren Stuhl etwas vor und reicht mir mit geübter Geste ein Papiertaschentuch aus der großen Box auf dem Tisch. »Was genau willst du denn wissen? Vielleicht kann ich dir ja mit dem weiterhelfen, was ich im Laufe der Jahre in meinem Kopf gespeichert habe.«

»Danke.« Ich putze mir die Nase. »Und was ist mit den Ultraschallbildern aus dem Krankenhaus? Die sind wahrscheinlich auch nicht mehr vorhanden, oder?«, frage ich und füge, als sie verneint, hinzu: »War meine Mutter während der Schwangerschaft mit uns beiden, also mit Danny und mir, überhaupt hier in der Sprechstunde?«

Pamela lehnt sich mit einem stillen und zugleich zufriedenen Seufzer zurück. Bestimmt freut sie sich schon darauf, heute Abend alles brühwarm ihrem Martin zu berichten, der sich vom Dorfrowdy zum angesehenen Kriminalkommissar gemausert hat und wie seine Frau über alles, was im Dorf vorgeht, bestens informiert ist.

»O ja, mein Kind, das war sie – genauso wie bei ihrer ersten Schwangerschaft mit Edwin und Theodore. So wunderbare Jungen. Und dann eine solche Tragödie.« Sie seufzt erneut. »Bedauerlicherweise wollte sie während der zweiten Schwangerschaft nicht mehr zu Dr. Motte. Nach dem Unglück mit dem kleinen Theo hatte sie von Ärzten und Krankenhäusern genug. Man hat ihr damals nach dem Sturz gesagt, dass er wieder zu sich kommen und sich erholen werde. Eine ganze Woche haben deine armen Eltern im

Krankenhaus an seinem Bett gesessen, ehe die Maschinen abgestellt wurden, weil definitiv keine Hoffnung mehr für den Kleinen bestand. Schlimm war das, ganz schlimm.«

»Das wusste ich nicht«, flüstere ich und spüre, wie meine Fingernägel sich vor lauter Anspannung in meine Handflächen graben. »Mit uns Geschwistern wurde darüber nie gesprochen.« Ich schweige eine Weile, bevor ich weitere Fragen stelle. »Und zu welchem Arzt ist sie stattdessen gegangen? Oder hat sie sich während der zweiten Schwangerschaft gar nicht untersuchen lassen?«

»Lass mich mal überlegen … Ich glaube, sie war in einer Privatklinik in London zum Ultraschall. Betreuung durch eine Hebamme wollte sie nicht, das weiß ich ganz sicher. Und sie wollte ihr Kind unbedingt zu Hause zur Welt bringen. Ihre *Kinder,* wie sich dann zeigen sollte.«

Sie lacht, als würde ihr gar nicht auffallen, wie seltsam die Geschichte klingt und dass daran etwas faul sein muss. Ein Frösteln kriecht mir über die Haut. Ich versuche, möglichst unauffällig durch die Nase ein- und wieder auszuatmen.

»Das heißt, sie hat im Grunde lediglich mit einem Kind gerechnet?«

»Na ja, so hat sie es zumindest allen erzählt. Mag durchaus sein, dass die Zwillingsschwangerschaft beim ersten Ultraschall noch nicht zu erkennen war, das kommt vor. Andernfalls hätte man sie wohl zu regelmäßigen Untersuchungen gedrängt. Wie auch immer, deine Mutter wollte eine Hausgeburt und hat das durchgesetzt. Private Kliniken geben eher den Wünschen der Patienten nach, selbst wenn sie unvernünftig sind. Oder man ging dort davon aus, dass sie hier weiterbehandelt werden würde.«

Noch einmal atme ich tief durch und merke, dass meine Schultern sich etwas entspannen.

»Ich habe ihr seinerzeit angeboten, vorbeizukommen und ihr bei der Geburt zu helfen, falls sie jemanden bräuchte. Fremde wollte sie nicht dabeihaben.« Sie wirft mir einen entschuldigenden Blick zu. »Natürlich hätte ich das mit dem Arzt geklärt und gegebenenfalls Unterstützung gerufen, sonst hätte ich mich schließlich strafbar gemacht.«

»Natürlich«, versichere ich ihr.

»Aber wie gesagt, dazu kam es nicht, weil sich am Ende anscheinend alles überstürzte. Ihr zwei seid deutlich zu früh gekommen. Wann genau war das gleich?«

»Am einundzwanzigsten Juli.«

»Na siehst du. Wir hatten, soweit ich mich erinnere, erst Ende August mit euch gerechnet. Immerhin seid ihr für Zwillinge eurem errechneten Geburtstermin ganz schön nah gekommen, und glücklicherweise ging alles ohne Komplikationen vonstatten trotz Hausgeburt und fehlender medizinischer Hilfe.«

»Haben Sie uns an dem Tag gesehen? Ich meine, nachdem ...«

Wieder will sie meine Hand tätscheln, doch ich ziehe sie schnell weg.

»Ach, Liebes. Ja, ich habe euch gesehen. Sowie ich davon hörte, bin ich rauf nach Summerbourne gelaufen. Eure arme, arme Mama. Schrecklich war das. Und ihr beiden, so winzig – wobei du eigentlich ganz proper aussahst. Dein Bruder hingegen war eine richtig kleine Krabbe. Drei Krankenwagen haben sie losgeschickt, und die Feuerwehr ist wie bei solchen Vorfällen üblich ebenfalls ausgerückt – die Klippen sind ja schwer zugänglich. Für eure Mutter konn-

113

ten sie nichts mehr tun, sie haben lediglich euch beide untersucht und darauf bestanden, Danny mit ins Krankenhaus zu nehmen. Ich habe meine Hilfe angeboten, aber sie haben es anders geregelt. Euer Vater ist mit dem Baby in die Klinik gefahren, und eure Großmutter ist bei Edwin und dir geblieben. Ein grauenvoller Tag.«

Wenngleich ich ihr zuhöre, kreisen meine Gedanken um etwas anderes, versuchen es zu fassen und die richtige, die vielleicht entscheidende Frage zu stellen.

»Und Laura?«, frage ich. »Was ist mit ihr passiert?«

Pamela schaut mich einen Moment entgeistert an. »Ach, Laura. Du meinst das Kindermädchen, oder? Eine sehr nette junge Frau. Für sie war es ein fürchterlicher Schock. Sie ist danach nicht mehr lange geblieben – soweit ich weiß, wollte sie studieren. Schade, wenn du mich fragst, Edwin war ganz vernarrt in sie. Es hätte ihm sicher geholfen, sie wenigstens noch über den Sommer als Bezugsperson zu haben. Andererseits ist es nach allem, was passiert ist, verständlich, dass sie wegwollte.«

»Erinnern Sie sich möglicherweise ebenfalls an einen Freund meiner Eltern, einen gewissen Alex? Er muss damals öfter zu Besuch auf Summerbourne gewesen sein.«

Ein Strahlen überzog ihr Gesicht. »Natürlich erinnere ich mich an ihn! Ich habe ihn seinerzeit häufig im Dorf gesehen – er hatte das Cottage der Collinsons erworben, es nach dem Tod deiner Mutter jedoch wieder verkauft. Ich weiß noch, wie er einmal mit deinem Bruder und dem Kindermädchen zu uns in die Sprechstunde kam.« Sie stupst mich am Arm und lächelt komplizenhaft. »Sah wahnsinnig gut aus, der Kerl, ein echter Hingucker. Was ist eigentlich aus ihm geworden?«

»Ich weiß es nicht«, erwidere ich betont beiläufig und zucke bedauernd mit den Schultern.

»Schade.«

»Meinen Sie, dass Laura das Kindermädchen war, das er in die Praxis begleitet hat?«

»Ja, das war sie hundertprozentig. Ich nehme an, dieser Alex hat Edwin und sie im Auto hergefahren. Ein sehr charmanter Mann. Schade, dass er nicht mehr hier lebt, der hätte bestimmt frischen Wind in dieses verschlafene Nest gebracht.«

»Erinnern Sie sich möglicherweise noch, wie er mit Nachnamen hieß?«

Pamela runzelt die Stirn. »Das war irgendwas Indisches und fing mit K an. Genaueres weiß ich leider nicht mehr. Wenn du möchtest, frage ich Martin, der merkt sich so was. Ein Gedächtnis wie ein Elefant hat der Mann.«

»Das wäre wirklich sehr, sehr hilfreich«, sage ich und stehe auf. »Bitte geben Sie mir so bald wie möglich Bescheid, ja? Ich schreibe Ihnen meine Handynummer auf, unter der Sie mich jederzeit erreichen können.«

»Es tut mir leid, dass ich dir hinsichtlich der medizinischen Unterlagen deiner Mutter nicht helfen konnte, Liebes«, sagt sie, aber ich winke ab.

»Sie haben mir so oder so ein ganzes Stück weitergeholfen, wirklich. Und bitte melden Sie sich, falls Ihnen noch etwas einfällt.«

Ich reiche ihr den Zettel mit meiner Telefonnummer, sie wirft einen kurzen Blick darauf und nickt.

Als ich aus den kühlen Praxisräumen auf die Hauptstraße hinaustrete, schlägt mir helles Spätsommerlicht entgegen, und ich habe das Gefühl, als wäre eine Last von mir genommen worden. Pamelas Auskünften nach scheint alles ganz einfach gewesen zu sein. Meine Mutter wollte eine Hausgeburt, ganz privat und in Ruhe, ohne unnötige medizinische Maßnahmen. Und damit ihr das niemand ausredete, hat sie vielleicht behauptet, dass sie nicht mehr als ein Kind erwarte, oder sie hat es wirklich nicht gewusst. Und Laura ist weggegangen, weil sie an die Uni wollte. Da sie laut Pamela eine nette junge Frau war, dürfte der psychische Zusammenbruch meiner Mutter kaum ihre Schuld gewesen sein. Könnte man das alles nicht so sehen? Ergab so nicht alles einen Sinn, ohne dass man absonderliche Theorien aufstellen und düstere Geheimnisse vermuten musste? Ich würde es ja gerne glauben, doch etwas in mir sträubt sich dagegen.

Während ich durchs Dorf schlendere, grüßen mich einige überwiegend ältere Leute, die mich seit meiner Geburt kennen, die mich bereits als Baby, als Kleinkind und als Schulmädchen kannten. Nachbarn im weitesten Sinne, die vorletzte Woche zur Beerdigung meines Vaters gekommen sind und wahrscheinlich vor fünfundzwanzig Jahren auch meiner Mutter das letzte Geleit gegeben haben. Ich winke Helen und Daisy Luckhurst zu, als sie im Auto vorbeifahren. Es ist eine kleine, überschaubare Welt, denke ich einmal mehr, während ich im Sonnenschein die letzten Häuser hinter mir lasse und dem Gesang der Vögel in den Bäumen und Hecken entlang der Straße lausche.

Ich beschließe, es noch einmal bei Laura zu versuchen. Als ich in unsere Einfahrt biege, hole ich mein Handy aus der Hosentasche, wähle die Londoner Nummer und erfahre von der jungen Frau am Empfang, dass Laura voraussichtlich den ganzen Tag im Büro sein wird. Wenn ich jetzt gleich

losfahre, könnte ich sie heute Nachmittag persönlich sprechen und über Nacht bei meinen Brüdern in Winterbourne
bleiben. Falls ich es schaffe, Laura zu bewegen, mir von den
genauen Umständen meiner Geburt zu erzählen, werde ich
heute Nacht vielleicht endlich wieder ruhig schlafen.

Zu Hause suche ich schnell zusammen, was ich für die
Übernachtung in London brauche, als mir etwas Merkwürdiges auffällt. Ich habe meine Handtasche heute Morgen
nicht mit ins Dorf genommen, sie steht unverändert in der
Küche neben der Mikrowelle, wo ich sie abgestellt habe,
als ich am Donnerstagabend nach Hause kam. Da ich mit
absoluter Sicherheit weiß, dass ich danach das Foto heraus-
genommen habe, ist die Schnalle geschlossen – was ich niemals machen würde, wenn ich die Tasche einfach irgendwo
im Haus abgestellt habe.

Sofort schlägt mein Puls schneller, und wieder einmal
verfluche ich die ländliche Unsitte, die Fenster offen zu lassen und die Türen nicht abzuschließen. Mit zittrigen Händen öffne ich die Schnalle. Um sicherzugehen, packe ich
alles aus und reihe es auf der Arbeitsfläche auf. Zu meiner
Erleichterung ist mein Geldbeutel samt Ausweispapieren
und Kreditkarten noch da, ebenso das ganze Kosmetikzeug
und die Ersatzsonnenbrille. Alles da, oder? Einen Moment
stehe ich nachdenklich vor den aufgereihten Gegenständen,
streiche mit den Fingerspitzen darüber.

Plötzlich merke ich, was fehlt. Ein Frösteln kriecht mir
über die Haut. Es ist der Zettel mit der Anschrift von Lauras
Arbeitsstelle. Ganz sicher war er in der Tasche. Oder etwa
nicht? Doch, war er. Und jetzt ist er weg.

8. Kapitel

LAURA

September 1991

Nach dem Picknick am Samstag legte sich eine gedämpfte Stimmung über Summerbourne. Ruths Kopfschmerzen dauerten noch den ganzen Sonntag an, und Dominic verschwand nach dem Frühstück mit dem Nachbarn, dem die Jolle gehörte, und kam erst Stunden später zurück. Das vom Metzger am Freitag gelieferte Roastbeef lag noch unberührt im Kühlschrank. Um die Mittagszeit, als Edwin und ich langsam Hunger bekamen, machten wir uns am Küchentisch Käsebrote, und danach mixten wir Bananenmilkshakes, die wir mit nach draußen in seine Höhle nahmen.

Im Laufe des Nachmittags zogen immer mehr Wolken auf, und irgendwann trieb uns das drohende Unwetter zurück ins Haus. Während der Regen an die Fenster des Anbaus prasselte, suchten Edwin und ich nach warmen Pullovern und Socken, die wir überziehen konnten.

»Der Sommer ist vorbei«, murmelte Ruth, als sie in die Küche geschlichen kam, um den Wasserkocher anzuschalten.

Jedes Mal, wenn mein Blick auf Alex' Sonnenbrille fiel, die nach wie vor auf der Fensterbank lag, musste ich daran denken, wie warm seine Haut sich angefühlt hatte, wie intensiv sein Blick gewesen war und wie verführerisch sein feines Lächeln. Und vor allem erinnerte ich mich daran, dass er mich auf der Treppe vor einem Sturz bewahrt und mich anschließend fürsorglich gehalten hatte. Unwillkürlich begann ich mich zu fragen, ob er seit dem Picknick überhaupt noch an mich gedacht hatte, und je länger ich darüber grübelte, desto sicherer war ich, dass er mich für ein naives, linkisches Schulmädchen hielt und nicht einen Gedanken an mich verschwendete. Es war besser, wenn ich aufhörte, an Alex zu denken.

Zumal ich zunehmend merkte, dass Summerbourne nicht meine Welt war. Ich vermisste meine Freundinnen, ihre Gesellschaft, ihr harmloses Geplauder und ihre Albernheiten. Sie waren für mich da gewesen, als ich mitten in der Nacht auf der Straße stand, weil mein damaliger Freund mich rausgeschmissen hatte und Beaky, Mums Lebensgefährte, sich schlichtweg weigerte, mich abzuholen. Und sie standen mir zur Seite, als ich im Krankenhaus lag, dadurch meine Prüfungen verpasste und das Gefühl hatte, mir meine Zukunft verbaut zu haben.

Inzwischen hatten sie im Gegensatz zu mir ihren Schulabschluss in der Tasche und waren teilweise weggezogen, um anderswo zu studieren. Überdies war die Vorstellung, sie vom Telefon im Flur aus anzurufen, nicht gerade verlockend, da alle das Gespräch mithören konnten, und ein Handy besaß ich damals nicht.

Als ich Montagmorgen ins Haupthaus kam, war Dominic längst auf den Weg nach London, und Ruth saß verhältnismäßig munter am Küchentisch. Ihre Kopfschmerzen hatten sich verzogen.

119

»Lass uns nach dem Frühstück ins Dorf gehen«, schlug sie vor. »Ich brauche Briefmarken. Und wenn es bis dahin nicht regnet, könnten wir uns ein Eis kaufen.«

Edwin hopste auf und ab. »Auch wenn es regnet, Mummy, bitte!«

»Du hast recht. Dann setzen wir uns einfach ins Warte-häuschen an der Bushaltestelle«, meinte sie lächelnd.

Aber das Wetter hielt, und wir konnten unser Eis auf einer der Bänke an der Dorfwiese essen, genossen die Sonne, kleckerten mit Schokostreuseln herum und versuchten um die Wette, unsere Waffelhörnchen bis auf den letzten Rest mit der Zunge auszuschlecken. Zwei ältere Damen blieben stehen, um mit Ruth ein paar Worte zu wechseln. Theos Name fiel, und sie sprachen ihr noch nachträglich ihre An-teilnahme aus. Offenbar hatten sie sie lange nicht gesehen. Ich hätte gerne gefragt, ob Theo auf dem Friedhof gleich auf der anderen Seite des Dorfplatzes begraben lag, fand es jedoch zu indiskret und verkniff es mir.

Im Laufe der Woche kam noch einmal der Sommer zurück. Ich schwamm mit Edwin und Joel im Pool, und die Jungen lachten sich scheckig über Michaels ulkigen Dialekt, in dem er ihnen alles erklärte, was da kreuchte und fleuchte, und sangen die Wörter wie einen Zauberspruch. So richtig frei und unbeschwert lachen, hörte ich Edwin eigentlich bloß, wenn er mit Joel zusammen war. Wenn sie keine Lust mehr hatten, draußen zu spielen, machten wir Monsterdrachen aus Knetmasse oder zeichneten Piratenkarten, die Edwin in seiner Schatzkiste aufbewahrte.

Am Mittwochnachmittag, als Ruth mit ihm beim Kinder-turnen war, setzte ich mich endlich einmal an den Schreibtisch, nahm mir meinen Prüfungsstoff für Chemie vor und staunte selbst, wie flott ich vorankam.

Für Freitag war im Küchenkalender für zehn Uhr eine Reflexzonenmassage eingetragen. Beim Frühstück erwähnte Ruth den Termin mit keinem Wort – erst als Edwin und ich aus den Küchenschränken Behälter zusammensuchten, weil wir Brombeeren sammeln wollten, teilte sie uns mit, dass sie für ein paar Stunden weg sei.

»Zum Lunch bin ich wieder zurück. Soll ich dir etwas aus der Stadt mitbringen?«

Ich schüttelte den Kopf. »Nein, danke, ich brauche nichts.«

Kurz nachdem sie das Haus verlassen hatte, klingelte das Telefon. Durch das Fenster sah ich Ruth noch in ihrem Wagen sitzend die Sonnenblende herunterklappen und hörte, dass sie den Motor anließ. Es war zu spät, sie zurückzuholen, also nahm ich den Hörer ab.

»Summerbourne, hallo?«

»Hi Laura, hier ist Alex. Alles nach wie vor gut bei dir?«

Der Hörer rutschte mir aus der Hand, ich fing ihn auf und hielt ihn mir schnell wieder ans Ohr.

»Äh, ja. Mir geht's gut, danke.«

»Freut mich zu hören. Ist Ruth da?«

»Leider nein, sie ist gerade eben weggefahren.«

»Weißt du, wann sie zurückkommt? Eigentlich wollte ich kurz etwas vorbeibringen – ich bin nämlich gerade im Cottage, kann aber heute Nachmittag nicht weg, weil der Elektriker kommen will.«

»Mittags wollte sie wieder zurück sein. Edwin und ich sind auf jeden Fall hier. Also, wenn du schnell etwas vorbeibringen willst …«

Er überlegte einen Moment. »Gut, machen wir es so. Danke Laura, dann bis gleich.«

Als ich den Hörer auflegte, stand Edwin vor mir – eine Sandale bereits angezogen, die andere in der Hand.

»Wer war das?«

»Onkel Alex. Er will etwas für deine Mummy bringen.«

Edwin strahlte. »Dann zeige ich ihm das Krokodil, das ich gemalt habe«, freute er sich und hoppelte los, um die Bilder aus dem Spielzimmer zu holen.

Bis Alex kam, verging fast eine Dreiviertelstunde. Edwin war es inzwischen langweilig geworden, und er hatte sich zum Spielen in den Sandkasten verzogen. Kaum hörte er jedoch das Knirschen von Reifen, rannte er wie der Blitz durchs Haus und sprang die Eingangstreppe hinab.

»Nicht so stürmisch, junger Mann! Du bist seit letzter Woche schon wieder ein Stück gewachsen, da muss ich mich ja richtig vorsehen.« Der Junge hüpfte aufgeregt auf und ab, als Alex den Kofferraum öffnete. »Heute habe ich nichts für dich, mein Freund. Tut mir leid, die sind für deine schöne Frau Mama.«

Er nahm einen Strauß rosafarbener Rosen heraus und zupfte hier und da ein paar Blüten zurecht, die während der Fahrt ein bisschen zerdrückt worden waren.

»Sind die schön«, meinte ich und wusste plötzlich nicht, wohin mit meinen Händen.

»Ein kleines Dankeschön für das wunderbare Picknick am Samstag. Danke, dass ich sie kurz vorbeibringen konnte. Soll ich sie in die Küche bringen?«

An seinem Zögern merkte ich erst jetzt, dass ich ganz vergessen hatte, ihn ins Haus zu bitten, und verlegen holte ich das nach.

»Wir wollten Brombeeren sammeln, aber wir haben auf dich gewartet«, hörte ich Edwin plappern.

»Wie nett von dir«, lobte Alex ihn. »Und wo ist deine Mummy?«

Der Junge hob dramatisch die Schultern. »Bei irgend so einem komischen Doktor.«

Als Alex mich fragend ansah, rutschte mir versehentlich »Reflexzonenmassage« heraus. Kaum hatte ich es gesagt, fühlte es sich falsch an. Schließlich stand es mir nicht zu, derartige Auskünfte zu geben. Alex lachte und sah Edwin an.

»Irgend so ein komischer Doktor! Das hast du von deinem Daddy, was?«

»Hm«, machte der Junge und wollte dann wissen: »Kommst du mit Brombeeren sammeln?«

Alex warf einen Blick auf seine Uhr. »Wo wollt ihr denn hin? Zum alten Turm?«

Ich nickte, wartete mit angehaltenem Atem auf seine Antwort und hoffte, dass er mitkommen würde.

»Für ein halbes Stündchen«, wandte er sich an Edwin, ehe er sich mit einem Blick auf mich vergewisserte, ob ich einverstanden war.

»Ja, gerne«, erklärte ich lächelnd, und mein Schützling rannte jubelnd los, um seinen Eimer zu holen.

Als ich nach den Schlüsseln griff, zögerte ich einen Moment. »Soll ich abschließen – dann musst du später ganz außen rumgehen, um zu deinem Auto zu kommen?«

Wieder lachte er. »Ich merke, wir sind beide nicht von hier. Auf dem Land schließt niemand ab, Laura – für mich immer eine etwas beunruhigende Vorstellung. Schließ einfach ab, und falls ich vor euch zurückkommen sollte, nehme ich die Abkürzung über die Stallmauer.«

123

Mein Herz klopfte schneller. Offenbar war er nicht sicher, dass er früher als wir die Brombeersuche abbrechen würde.

»Wie lange bleibst du eigentlich auf Summerbourne?«, wollte er wissen, als wir durch den Garten gingen. »Als Au-Pair, meine ich. Lediglich über den Sommer oder für einen längeren Zeitraum?«

»Ein Jahr.« Ich schaute Edwin hinterher, der uns voraus zum Wäldchen rannte. »Ich habe meine Abschlussprüfungen verpasst, war eine Weile im Krankenhaus, eine lange Geschichte. Deshalb dachte ich mir, es sei vielleicht ganz gut, wenn ich ein Jahr aussetze, ehe ich die Prüfungen nachhole.«

»Eigentlich ist es ja kein Nachholen, wenn du sie überhaupt noch nicht gemacht hast, oder?«

»Na ja …«

Ich versuchte nicht daran zu denken, wie ich mich, entgegen dem ärztlichen Rat, zur ersten Prüfung geschleppt hatte und, noch ehe ich ein Wort geschrieben hatte, fast panisch aus dem Raum geflüchtet war.

Alex umfasste mit einer großen Armbewegung den grünenden, blühenden Garten. »Für eine kleine Auszeit hättest du dir keinen besseren Ort aussuchen können. Hätte ich in deinem Alter besser auch machen sollen. Irgendwann kommst du nämlich aus dem eintönigen Trott nicht mehr raus. Erst lernen, lernen, lernen, dann arbeiten, arbeiten, arbeiten.«

Ich wollte ihn gerade fragen, was er beruflich machte, als Edwin mit lautem Kriegsgeheul zwischen den Bäumen verschwand und mich ablenkte. Alex' Miene hellte sich wieder auf.

»Vielleicht hole ich das ja nach«, meinte er grinsend. »Einfach mal ein Jahr blaumachen. Ich glaube, ich würde ein ziemlich gutes männliches Au-pair abgeben. Was treibst du eigentlich den ganzen Tag so? Brombeeren pflücken, am Strand spielen? Zwei meiner leichteren Übungen.«

»Hey«, gab ich mich entrüstet, musste jedoch lachen. Kam es mir nicht selbst so vor, als wäre das hier gar keine richtige Arbeit?

Ob ich anschließend studieren wolle, und wenn ja, was, fragte er weiter und hörte aufmerksam zu, als ich ihm von meiner Begeisterung für Naturwissenschaften erzählte und dass ich eines Tages gerne ein eigenes Forschungslabor hätte. Sein Blick war dabei mehr auf mein Gesicht als auf den Weg vor uns gerichtet, und plötzlich überkam mich das Gefühl, aufrechter zu gehen, mich anmutiger und leichter zu bewegen, als hätte das Wissen, dass er mir all das zutraute, mich ein Stück wachsen lassen.

Ein durchdringender Schrei beendete mein Hochgefühl jäh. Von Angst gepackt, rannten wir die letzten Meter durch den Wald bis zur Mauer, wo wir Edwin beim Tor zu den Klippen am Boden liegend fanden. Blut strömte ihm über eine Seite seines Gesichts.

»Lass mich mal schauen, ja?«, sagte ich und versuchte, wenigstens seinen Kopf stillzuhalten, während er in Alex' Armen wie wild strampelte und um sich schlug.

»Ich bin runtergefallen!«, schluchzte er.

»Wir müssen zurück ins Haus, damit ich mir die Wunde genauer ansehen beziehungsweise sie erst mal ordentlich säubern kann.«

Alex nickte, hob Edwin auf den Arm und trug ihn im Laufschritt zurück. Dort setzten wir ihn auf den Küchentisch, und erschwert durch Schluchzer und Hickser eines hinzugekommenen Schluckaufs, wusch ich ihm das Blut aus dem Gesicht und desinfizierte die Wunde, einen kaum fingerbreiten Schnitt oberhalb des rechten Ohrs. Unglaublich, dass eine so kleine Verletzung derart stark bluten konnte.

Unschlüssig sah ich Alex an. »Vielleicht bringe ich ihn lieber zum Arzt, ich bin nicht ganz sicher, ob der Schnitt genäht werden muss.«

»In Ordnung, ich fahre dich hin.«

»Ist in deinem Sportschlitten denn Platz für drei?«

Er winkte ab. »Bis ins Dorf sind es zwei Minuten, so lange kann er auf deinem Schoß sitzen.«

Die Sprechstundenhilfe war alles andere als begeistert, als wir einfach so hereinplatzten, die Schwester hingegen, die uns ins Behandlungszimmer führte, war die Freundlichkeit in Person. Sie reinigte die Wunde gründlich und verschloss sie mit zwei schmalen Pflasterstreifen, und weil Edwin so tapfer gewesen war, bekam er am Ende noch einen Lutscher und durfte sich einen Aufkleber aussuchen.

»Bekomme ich etwa keinen?«, scherzte Alex, woraufhin sie ihm lachend in die Brust knuffte, während ich etwas dumm danebenstand und mir ganz klein und völlig unbedeutend vorkam.

Anschließend saßen wir noch ein paar Minuten auf einer Bank am Dorfplatz, damit Edwin in Ruhe seinen Lolli lutschen konnte. Helen, Ruths schwangere Bekannte, kam schwerfällig vorbeigewatschelt und lächelte uns zu. Alex zauste Edwin die Haare und sah mich über seinen Kopf hinweg mit zerknirschter Miene an.

»Was ist?«, fragte ich.

»Ich bin einfach froh, dass es so glimpflich ausgegangen ist«, meinte er, und ich begriff auf der Stelle, worauf er anspielte.

Das Kreischen von Bremsen hinter uns auf der Straße ließ uns beide herumfahren. Ruth. Das Herz schlug mir bis zum Hals, als sie über die Wiese auf uns zugerannt kam. Die Autotür hatte sie sperrangelweit offen gelassen, sodass der Fahrer eines herannahenden Lieferwagens laut hupte, weil er nicht vorbeikam. Alex erhob sich und ging ihr ein paar Schritte entgegen.

»Mein Gott, was ist passiert?« Sie ließ sich vor Edwin auf die Knie fallen, der seinen Lolli mit einem lauten Plopp aus dem Mund zog und kicherte. »Was ist passiert?«, wiederholte sie, wobei jetzt in ihrer Stimme eine unverkennbare Schärfe lag, die mir kalte Schauer über die Haut jagte.

»Er hat versucht übers Tor zu klettern und ist dabei abgerutscht«, setzte Alex zu einer Erklärung an. »Wir wollten am Turm Brombeeren pflücken.« Er zog Ruth hoch, damit sie ihn ansah, legte eine Hand auf ihre Schulter, die andere an ihre Wange. »Ihm ist nichts weiter passiert. Ein kleiner Kratzer, und den haben wir soeben vorsichtshalber verarzten lassen, sonst fehlt ihm nichts.«

Sie machte sich von ihm los und hockte sich erneut vor ihren Sohn. »Erzählst du mir, was passiert ist?«

»Mrs. Larch hat mir einen Lutscher geschenkt, weil ich soooo tapfer war«, erwiderte Edwin und schwenkte stolz den Lolli vor ihrer Nase herum, ehe er ihn wieder in den Mund steckte.

»Was war davor, Edwin? Wie genau und wo hast du dir wehgetan?«

Unwillkürlich wechselten Alex und ich einen verstohlenen Blick. Beide fanden wir, dass Ruth unnötig dramatisierte, während Edwin mit den Beinen baumelte und dem Blick seiner Mutter auswich.

»Ich bin vom Tor gefallen, Mummy. Dabei wollte ich nur hochklettern, weil der Riegel vorgelegt war.«

»Der Riegel soll geschlossen sein, mein Schatz. Damit dir nichts passiert.« Sie stand auf, ohne Alex und mich eines Blickes zu würdigen. »Wir fahren jetzt nach Hause, Edwin. Und den Stiel von deinem Lutscher schmeißt du bitte vorher in den Abfalleimer.«

»Ruth«, begann Alex und streckte die Hand nach ihr aus, aber sie schüttelte ihn ab.

»Er ist alles, was mir geblieben ist, Alex«, zischte sie, griff nach Edwins Hand, der vom Abfalleimer zurückgehüpft kam, und zog ihn mit sich zum Auto.

Ich wusste nicht, was ich tun sollte, und schaute unschlüssig Alex an.

»Geh schon«, meinte er.

Also rannte ich den beiden hinterher und setzte mich nach hinten neben Edwins Kindersitz. Kein Wort von Ruth, keine Frage, kein Vorwurf, nichts. Ich war froh, ein paar Minuten später aussteigen zu können.

Irgendwie brachte ich es nicht fertig, mich bei ihr zu entschuldigen, da ich mir nicht wirklich einer Schuld bewusst war. Sie selbst ließ Edwin bis zur Tür vorlaufen.

»Warum geht ihr nicht ins Wohnzimmer, und ich mache uns einen Tee«, versuchte ich es anders.

Sie schien mit sich zu ringen. »Na schön«, meinte sie nach einer Weile und schob Edwin vor sich her. »Komm, mein Schatz, wir machen den Fernseher an, und du kuschelst ein bisschen mit Mummy.«

Unterdessen eilte ich weiter in die Küche, sammelte die blutigen Knäuel Küchenpapier ein, die dort noch lagen, stopfte sie in eine Plastiktüte, damit Ruth sie nicht sah, und warf sie in den Mülleimer. Anschließend lief ich schnell in mein Zimmer, um mein T-Shirt mit den Blutflecken gegen ein frisches zu tauschen. Als ich in die Küche zurückkam, kochte das Wasser im Kessel, und ich beseitigte mit einer Bürste die letzten Spuren getrockneten Blutes, das sich unter meinen Fingernägeln festgesetzt hatte.

9. Kapitel

SERAPHINE

Ich parke wieder vor Lauras Büro und nehme all meinen Mut zusammen, um sie anzurufen und zu bitten, nach unten zu kommen und mit mir zu sprechen. Durch die Glastüren sehe ich, wie die junge Frau am Empfang einige Bögen Papier zusammenheftet und kurz mit einer Kollegin redet, die dem Aussehen nach ein Lehrling sein könnte und offenbar die Post abholt, um sie zu verteilen.

Mein Handy vibriert, und auf dem Display erscheint eine unbekannte Rufnummer. Als ich die ersten Worte sehe, muss ich lächeln. *Liebe Seraphine, Martin meint ...* Ich stelle mir vor, wie Pamela in der Mittagspause gleich nach Hause geeilt ist, um ihren mit dem Gedächtnis eines Elefanten gesegneten Gatten in die Mangel zu nehmen. Neugierig öffne ich die komplette Nachricht.

Liebe Seraphine, Martin meint, dass der Mann Alex Jay Kaimal hieß und aus Leeds kam. Ungefähr ein Jahr nach dem Tod deiner lieben Mutter hat er das Cottage der Collinsons wieder verkauft. Der junge Billy Bradshaw hat damals den Verkauf abgewickelt. Martin hat nach dem Unfall auch mit diesem Alex gesprochen, aber er konnte nichts

zu den Ermittlungen beitragen. Ganz liebe Grüße an dich,
Pamela Larch

Ich schreibe ihr kurz zurück: *Sie sind ein Schatz! Ganz vielen*
Dank für Ihre Hilfe.

Dann suche ich nach Alex Jay Kaimal in Leeds und finde
ihn als leitenden Angestellten eines Ingenieurbüros. Weitere Einträge zeigen mir eine in Indien registrierte Firma an
sowie ein Laufteam in Roundhay und eine Spendengala für
Diabetesforschung. Alles scheint sich auf ein und dieselbe
Person zu beziehen. Einen Facebook-Account finde ich
nicht, klicke das kleine Vorschaubild auf der Website des
Ingenieurbüros an. Ein Mann in mittleren Jahren, in Anzug
und Krawatte, taucht auf dem Display auf.

Als Erstes fallen mir seine breiten Schultern auf und das Gesicht, in dem sich asiatische und europäische Züge mischen.
Seine Haut ist relativ hell, seine Haare hingegen sind dunkel,
fast schwarz. Seine Körperhaltung drückt Selbstvertrauen aus,
die Andeutung eines Lächelns mildert seine ernste Miene.

Wenn er im selben Alter ist wie meine Eltern, müsste
er jetzt Mitte fünfzig sein, wirkt allerdings deutlich jünger.
Entweder ist die Aufnahme älteren Datums, oder er hat
sich bemerkenswert gut gehalten. Mir fällt ein, dass Pamela
ihn als wahnsinnig gut aussehend und charmant beschrie-
ben hat, und gebe ihr recht: Selbst auf dem kleinen Han-
dydisplay ist etwas von seinem Charisma zu spüren. Ich
betrachte sein Gesicht, als könnte es mir Antworten auf all
meine Fragen geben.

Wer sind Sie, Alex Kaimal? In welcher Beziehung standen Sie
zu Laura? Warum sind Sie nach dem Tod meiner Mutter von der
Bildfläche verschwunden?

Seufzend drücke ich das Bild weg und rufe, ehe mich der Mut verlässt, die Versicherungsgesellschaft an. Das Telefon klingelt zweimal.

»Guten Tag, Sie sind verbunden mit Crowford Insurance. Was kann ich für Sie tun?«

»Ich würde gerne mit Laura Silveira sprechen.«

»Einen Moment bitte, ich stelle Sie durch.«

Wieder der Klingelton, sechsmal, siebenmal, achtmal, ohne dass jemand abhebt. Nach dem neunten Ton meldet sich erneut die Frau vom Empfang.

»Es tut mir leid, Miss Silveira ist offenbar nicht an ihrem Platz. Kann ich Sie vielleicht mit jemand anderem verbinden?«

»Haben Sie mir nicht heute Vormittag gesagt, sie sei den ganzen Tag im Büro?«

Ich halte den Blick auf meine Knie gesenkt, um nicht hinüberschauen und ihr süffisantes Lächeln sehen zu müssen, das ich mir bildhaft vorstellen kann.

In der Tat klingt sie genervt. »Entweder ist sie gerade in einem Meeting oder hat einen Termin außer Haus. Möchten Sie es später noch mal versuchen?«

Kommentarlos lege ich auf. Wenn Laura einen Termin außer Haus hat, wird sie vermutlich gar nicht mehr ins Büro kommen. Also eher in einem Meeting. Oder ist sie argwöhnisch, weil jemand anruft, der nicht mal seinen Namen nennt? Alles ist möglich, deshalb beschließe ich zu warten und rufe Edwin an.

Da ich ihn ebenfalls nicht erreiche, wähle ich die Festnetznummer von Winterbourne in der Hoffnung, dort Danny anzutreffen, der sich nach wie vor dort aufhält. Was seine weiteren Pläne anbelangt, hat er sich bislang recht vage geäußert. Mein Zwillingsbruder hat seinen Platz im Leben bislang nicht gefunden – im Grunde wie ich, wenngleich auf ganz andere Weise. Als der Anrufbeantworter anspringt, lege ich auf und probiere es stattdessen auf Dannys Handy, genauso vergeblich.

Mein Daumen schwebt über Veras Nummer, aber ich scrolle weiter und schicke schließlich Edwin eine SMS. *Kann ich heute bei dir übernachten?*

Winterbourne House ist, anders als Summerbourne, mit zig Sicherheitsschlössern und einer Alarmanlage ausgestattet. Theoretisch käme ich hinein, denn ich habe einen eigenen Schlüssel und kenne den Code für die Alarmanlage, aber der Höflichkeit halber frage ich trotzdem.

Aus dem Augenwinkel beobachte ich die sich automatisch öffnenden Schiebetüren der Versicherungsgesellschaft und begreife dennoch ziemlich spät, dass die große, breitschultrige Frau, die gerade das Gebäude verlässt, tatsächlich Laura ist. Für Feierabend ist es noch zu früh, entsprechend trägt sie keine Tasche bei sich, hat nur einen großen weißen Briefumschlag unter den Arm geklemmt. Sie wendet sich scharf nach links und rempelt dabei einen Herrn im Anzug an, der sich verärgert nach ihr umdreht. Ich schiebe mein Telefon in die Hosentasche, springe aus dem Wagen und schlängele mich möglichst unauffällig zwischen den Passanten hindurch, um sie nicht aus den Augen zu verlieren. Wie bereits beim letzten Mal steuert sie den Park an und verschwindet durch den ersten der beiden Eingänge aus meinem Blickfeld.

Ich sprinte hinterher, bis mein Shirt schweißnass am Körper klebt, denn ich darf sie nicht erneut verlieren. Als ich den Park erreiche, verlässt sie gerade den Weg und geht schnellen Schrittes über die Wiese auf den Pavillon zu. Ich laufe möglichst unauffällig entlang der Hecke weiter und sehe, wie sie eine der Bänke ansteuert, die dort stehen. Bewusst halte ich nicht inne, sondern schlendere langsam weiter, um mich von hinten an sie heranzupirschen.

Leider habe ich nicht so viel Zeit wie gedacht. Sie setzt sich nicht hin, bleibt bloß bei der Bank stehen und reißt den Umschlag auf, nimmt ein gefaltetes Blatt Papier heraus und betrachtet es einen Moment, bevor etwas völlig Merkwürdiges geschieht. Laura wendet sich ab, stützt sich auf einen Papierkorb, während sie sich vorbeugt und auf den Boden des Pavillons erbricht.

Unwillkürlich rebelliert auch mein Magen, und ich ringe nach Luft, um den Würgereiz zu unterdrücken. Was geht hier vor? Hat sie lediglich deshalb das Büro verlassen, um ungestört den Brief zu lesen? Wusste sie, was darin stehen würde? Und, die Frage aller Fragen, was mochte sie derart aus der Fassung gebracht haben?

Im Schutz der Bäume schleiche ich mich näher heran. Sie wischt sich mit dem Handrücken den Mund ab, faltet das Blatt wieder zusammen und reißt es ein paarmal durch, knüllt es zusammen und wirft die Schnipsel in den Papierkorb. Mit dem Umschlag verfährt sie genauso. Anschließend richtet sie sich auf, schaut sich noch einmal um und geht über die Wiese zurück, jetzt allerdings in der entgegengesetzten Richtung. Ich warte einen Moment, ehe ich mich aus der Deckung wage und die Verfolgung aufnehme.

Auf dem Rasen sitzen Leute in der Sonne, es wird Fußball und Frisbee gespielt. Um Laura nicht schon wieder zu verlieren, schließe ich so dicht wie möglich auf und habe sie fast eingeholt, als sie den Park durch das Tor auf der

134

anderen Seite verlässt. Ich folge ihr durch ein Wohngebiet. Die Straßen sind schmal, zu beiden Seiten parken Autos, Menschen dagegen sind so gut wie keine unterwegs, und ich rechne jeden Moment damit, dass sie mich bemerkt. Worauf ich nicht gefasst war, ist, dass sie plötzlich einen Schlüssel aus der Hosentasche holt, in den Vorgarten eines schmalen Eckhauses einbiegt und in dem seitlichen Durchgang verschwindet, der zur Souterrainwohnung führt.

»Entschuldigen Sie!«, rufe ich und laufe ihr hinterher, halte ein paar Schritte von ihr entfernt inne. Wie versteinert steht sie vor der Tür, den Schlüssel bereits im Schloss. Sie scheint außer Atem zu sein, und ein feiner Schweißfilm ist auf ihrer Stirn zu sehen.

»Ich bin Seraphine Mayes.«

»Ja, ich weiß sehr gut, wer Sie sind.«

Ihre Stimme klingt ruhig und seltsam gefasst, ihre Hand hingegen zittert, als sie den Schlüssel umdreht und die Tür aufstößt, ohne mich dabei aus den Augen zu lassen.

»Darf ich Ihnen einige Fragen stellen?«, wage ich mich vor und gehe ein Stück weiter auf sie zu, weil ich Angst habe, sie könnte mir sonst die Tür einfach vor der Nase zuschlagen.

Zumindest zieht sie sie weit genug zu, um mich daran zu hindern, mich hinter ihr rasch in den dunklen Flur zu drängen.

»Ich kann Ihnen nicht weiterhelfen, Seraphine. Bitte lassen Sie mich in Ruhe.«

Als sie die Tür schließen will, schiebe ich schnell meinen Fuß dazwischen.

»Bitte«, versuche ich es erneut. »Ich möchte nur etwas über Summerbourne wissen.«

135

Sie verzieht ihre Lippen zu einem dünnen Strich und schüttelt kaum merklich den Kopf. Ich versuche mir vorzustellen, wie es damals für sie gewesen sein muss. Bestimmt war der Tod meiner Mutter, vor allem die Umstände ihres Todes, für sie ebenfalls ein traumatisches Erlebnis. Doch das ist inzwischen fünfundzwanzig Jahre her. Müsste sie sich nicht eigentlich freuen, mich zu treffen, eines der Babys, denen sie auf die Welt geholfen hat?

»Soviel ich weiß, waren Sie dabei, als wir geboren wurden, oder?«, frage ich sie. »Danny und ich, damals in jenem Sommer.«

Laura wendet das Gesicht ab, entzieht sich mir immer mehr und will gegen meinen Widerstand die Tür zudrücken. Verzweifelt suche ich nach den richtigen Worten, um sie aus der Reserve zu locken.

»Das Foto«, sage ich. »Haben Sie das aufgenommen? Meine Eltern, draußen auf der Terrasse. Sie erinnern sich? Dieses Bild, auf dem meine Mutter das Neugeborene im Arm hält, vielmehr eines der beiden.«

Unverwandt sieht sie mich mit großen Augen an, die braun sind wie meine, und reißt die Tür ein Stück zurück, um mich aus dem Gleichgewicht zu bringen, denn inzwischen stemme ich mich von außen dagegen, um den Druck auf meinen eingeklemmten Fuß zu mildern. Sie zeigt keinerlei Reaktion, schaut mich irgendwie dumpf an.

Ehe alles zu spät ist, platze ich mit der einen, alles entscheidenden Frage heraus. »Sind Sie möglicherweise meine Mutter?«

Mit einem Schlag entspannt sich ihre Miene, und ich lese so etwas wie Mitgefühl in ihren Augen. Sie lässt die Tür los und stößt einen tiefen Seufzer aus. Jetzt bin ich es, die vor Aufregung schneller atmet. Das Blut rauscht mir in den Ohren, ich beiße mir auf die Unterlippe und warte ungeduldig auf ihre Antwort.

»Nein, Seraphine, ich bin nicht Ihre Mutter. Wie kommen Sie überhaupt auf diesen Unsinn?« Sie hält einen Moment inne, in dem sich widerstreitende Gefühle auf ihrem Gesicht abzeichnen. »Ich war dabei, als Sie geboren wurden.« Zu meiner Überraschung streckt sie die Hand nach mir aus, um mich sanft am Arm zu berühren. »Ihre Mutter meinte, dass sie ein so schönes Baby noch nie gesehen habe. Wie ein Engel sahen Sie aus.«

Obwohl mir Tränen über die Wangen zu laufen beginnen, bleibt mein Blick fest auf sie gerichtet, damit mir keine Regung entgeht. Vor allem nicht das flüchtige, etwas wehmütige Lächeln, als sie von meiner Mutter spricht. Ich glaube ihr. Es sind Worte, nach denen ich mich mein ganzes Leben lang gesehnt habe. Worte, die ich viel eher hätte hören sollen, um sie wieder und wieder in meinem Herzen zu bewegen, bis sie so glatt und geschliffen gewesen wären wie vom Meer rund gewaschene Perlen. Und genauso kostbar. Stattdessen zerreißen sie mir das Herz, weil ich sie viel zu spät zu hören bekomme.

»Mehr kann ich Ihnen nicht sagen, Seraphine. Das mit Ihrem Vater tut mir leid – ich habe es eben erst erfahren. Kommen Sie nicht noch einmal her, bitte.«

Mit diesen Worten schlägt sie endgültig die Tür zu, und mir entgeht nicht, dass von innen abgeschlossen und ein Riegel vorgelegt wird. Wie benommen gehe ich hinunter zur Straße, bleibe nach ein paar Metern stehen und lehne mich an einen Torpfosten, atme tief durch und versuche zu begreifen, was da gerade geschehen ist. Irgendwann bin ich immerhin wieder einigermaßen klar im Kopf, sodass ich noch einmal zurückgehe, um mir Lauras Hausnummer und den Straßennamen zu notieren.

Nach wie vor bin ich frustriert. Ich hatte auf eine Erklärung gehofft, die mir helfen würde, mit meiner Geschichte ins Reine zu kommen. Genau das Gegenteil ist eingetreten. Ihren Auskünften zufolge, bin ich das Kind meiner Mutter, wobei für mich weiterhin offen bleibt, warum dann nicht beide Kinder auf dem Foto erscheinen und warum meine Großmutter mich offenbar nicht für ebenbürtig mit Danny hält. Und die merkwürdigen Gerüchte, die im Dorf kursierten und es vielleicht noch immer tun – sie können ja nicht völlig aus der Luft gegriffen sein.

Je weiter ich mich von Lauras Haus entferne, desto stärker wird das Gefühl, dass sie etwas vor mir verbirgt und in ihrer dunklen Wohnung ein nicht weniger dunkles Geheimnis hütet. Völlig in Gedanken versunken, betrete ich den Park, als ein Kind vor mir seinen abgeschleckten Eisstiel in einen Abfallkorb wirft.

Plötzlich kommt mir ein Geistesblitz, der mich meinen Ärger und meine Enttäuschung zumindest für den Moment vergessen lässt.

So schnell ich kann, haste ich hinüber zum Pavillon und zu der Bank mit dem Papierkorb, wo Laura vorhin einen Brief zerrissen hat. Wenngleich es mich ekelt, überwinde ich mich und inspiziere vorsichtig den Müll. Zum Glück muss ich nicht lange darin herumtasten. Beim ersten Versuch bereits fische ich die zusammengeknüllten, inzwischen feucht und schmutzig gewordenen Papierschnipsel heraus. Ich wende den Kopf ab, um den Geruch nicht in die Nase zu bekommen, und verlasse den Park auf direktem

Weg. Zurück im Auto probiere ich die Teile zusammen-zusetzen, merke aber schnell, dass man dafür einen Tisch braucht. Ich werfe einen Blick aufs Telefon und sehe, dass Edwin geantwortet hat. Ich könne gern bei ihm übernach-ten, er werde gegen acht nach Hause kommen, schreibt er.

Winterbourne ist in vielerlei Hinsicht das genaue Gegen-teil von Summerbourne. Durchaus repräsentativ, indes auf eine eher minimalistische Weise, so hat meine Großmutter es gewollt, als sie das Landleben leid war und hier einzog. Keine Spur des gemütlichen Durcheinanders, all der oft un-nützen schönen Dinge, die sich in meinem Elternhaus über Generationen angesammelt haben. Vielleicht ist es gerade diese Ordnung, diese Ruhe und Klarheit, die ich jedes Mal als wohltuend empfinde, sobald ich durch die Tür trete. Als Edwin vor vier Jahren das Anwesen übertragen bekam, hat er so gut wie nichts verändert. Und Danny ist die Einrich-tung ohnehin egal, er ist nichts als ein flüchtiger Gast, der bald weiterzieht. Wo er sich tagsüber so rumtreibt, weiß ich nicht mal.

Ich stelle meine Tasche auf dem dunklen, edlen Holz des Esstisches ab und fange an, die Schichten feuchten Papiers vorsichtig voneinander zu trennen und vor mir auszubrei-ten. Bei dem computergeschriebenen Text handelt es sich um zwei Textzeilen, die mittig in großen Lettern über den Papierbogen laufen. Mit angehaltenem Atem betrachte ich die beiden Sätze, und mich überkommt eine solche Übelkeit, dass ich blindlings zur Toilette stürze. An meinen Händen klebt noch immer der Geruch nach Abfall, und ich wasche sie mir mehrmals gründlich, bevor ich ins Esszimmer zu-rückkehre, um die Nachricht ein weiteres Mal durchzulesen.

*Dominic Mayes ist tot. Sollten Sie mit irgendjemandem über
Summerbourne reden, ist Ihre Tochter als Nächste dran.*

Ich lese die beiden Sätze mehrmals hintereinander, gehe
dann aus dem Zimmer und schließe die Tür leise hinter
mir. Jetzt verstehe ich gar nichts mehr. Bin ich doch Lauras
Tochter, oder wer ist sonst gemeint? Schon wieder geraten
alle Gewissheiten durcheinander und machen neuen Zweifeln Platz. Hat Laura gelogen? Da ich mir auf nichts einen
Reim zu machen vermag, beschließe ich, das Grübeln zu
lassen, erst mal ins Bad zu gehen und später mit Edwin über
die Sache zu reden.

Eine Stunde später begebe ich mich frisch geduscht und
umgezogen wieder nach unten. Meine Hände gleiten über
das polierte Holz des alten Eichengeländers, streichen im
Vorbeigehen über die schweren Vorhänge auf dem Trep-
penabsatz. Ich habe gerade die letzten Stufen erreicht, als
eine mir fremde Person – eine gertenschlanke junge Frau
mit weißblonden Haaren – aus der Toilette kommt, mich
sieht und schreit.

Danny taucht mit einem Geschirrtuch über der Schulter
in der Küchentür auf.

»Brooke?« Sobald er mich entdeckt, wendet er sich mit
einem entschuldigenden Lächeln an das blonde Gift. »Tut
mir leid, ich hätte dich vorwarnen sollen. Das ist meine
Schwester Seraphine. Ich hatte ehrlich gesagt keine Ahnung, dass sie hier sein würde.« Er wirft mir einen finsteren
Blick zu. »Seraphine, das ist Brooke, sie wohnt nebenan.«

»Hi.« Ihre Augen sind blau und so hell wie ein diesiger
Himmel. Sie wirkt alles andere als begeistert, mich hier zu
sehen. Was allerdings auf Gegenseitigkeit beruht.

»Dann sind die beiden Spaßbremsen, die früher dort gewohnt haben, also weggezogen?«, frage ich Danny, der daraufhin die Augen verdreht.

»Nein«, erklärt Brooke. »Sind sie nicht, ich bin ihre Tochter.«

»Oh, das ist mir jetzt peinlich«, sage ich. »Tut mir leid …«

Mein Bruder ist sichtlich angefressen. »Was machst du überhaupt hier?«, erkundigt er sich in frostigem Ton. »Weiß Edwin, dass du kommst?«

»Weiß er. Außerdem habe ich einen Schlüssel, genau wie du. Vergessen?«, gebe ich leicht patzig zurück. »Ich muss mit Edwin reden – und auch mit dir, wenn du sowieso da bist.«

Brooke sucht Dannys Blick und nickt bedeutungsvoll zu der alten Standuhr hinüber.

»Na ja, das ist ein bisschen ungünstig«, sagt er in meine Richtung. »Ich habe Brooke nämlich zum Abendessen eingeladen.«

Interessiert mustere ich die beiden und frage mich, ob es wohl das erste Mal ist, dass Danny sie einlädt. Während der Tage, die er vor und nach Dads Beerdigung auf Summerbourne verbrachte, hat er ihren Namen kein einziges Mal erwähnt.

»Ich war heute bei Laura«, erkläre ich. »Sie wird bedroht.«

Danny schaut mich verständnislos an, und Brooke richtet gleichfalls ihren blassblauen Blick auf mich. Anders als erwartet, bleibt ihre Miene völlig ruhig, ohne jede Spur von Ärger, weil ihre Pläne durcheinandergeraten. Sie huscht hinüber zu Danny, haucht ihm einen Kuss auf die Wange und geht zur Tür.

»Das Essen holen wir ein anderes Mal nach«, sagt sie zu ihm und wendet sich dann freundlich an mich. »War schön, dich kennenzulernen, Seraphine. Das mit deinem Vater tut mir leid. Ich finde allein hinaus.«

Sie geht, ohne sich noch einmal umzuschauen.

Ganz anders Danny. Er wirft mir einen wütenden Blick zu und verschwindet in die Küche, wo er lautstark mit Töpfen hantiert. Egal, ich gehe ihm hinterher, setze mich auf einen der Küchenstühle und reibe mir die Augen.

»Dann lass mal hören«, fordert er mich nach längerem Grollen auf. »Und es sollte eine halbwegs gute Geschichte sein, das bist du mir schuldig.«

»Wollen wir nicht lieber auf Edwin warten?«, schlage ich vor, und Danny ist einverstanden.

Beim Abendessen beichte ich meinen Brüdern alles: dass ich Laura in den Park gefolgt bin, dass ich gesehen habe, wie sie den Brief gelesen und sich übergeben hat, dass ich ihr bis zu ihrer Wohnung hinterhergeschlichen bin und sie nach unserer Mutter und dem Tag unserer Geburt gefragt habe.

Wir sitzen an dem riesigen Esstisch und stochern ohne allzu großen Appetit in unserem Ragout herum, das Danny gekocht hat, denn der zusammengesetzte Brief lauert wie ein ungebetener Gast am anderen Ende des Tisches. Ich beginne zu ahnen, in welche Richtung das Gespräch laufen wird, und mein Unbehagen nimmt mit jeder Minute zu.

»Wir sollten zur Polizei gehen«, findet Edwin. »Um was genau es da gehen mag – wir müssen Anzeige erstatten.«

»Und was bitte schön kann ich denen erklären? Ich habe diesen Brief aus einem öffentlichen Abfallkorb gefischt und ihn wieder zusammengesetzt. Die müssen ja denken, dass ich nicht mehr ganz gut im Kopf bin.«

»Verstehe ich ja. Andererseits hat diese Warnung irgendwie mit Dad zu tun, und das können wir nicht so ohne Weiteres ignorieren. Immerhin geht uns alles etwas an, das Summerbourne oder unsere Familie betrifft. Und wer weiß: Weil du heute zu Lauras Haus gegangen bist, könntest du dich im Übrigen selbst in Gefahr gebracht haben.«

Ich schiebe meinen Teller mit einer heftigen Bewegung weg. »Warum denn?«

»Solange wir nicht wissen, was dahintersteckt, müssen wir vorsichtig sein.« Edwin greift beschwichtigend nach meiner Hand. »Allein dass du dort warst und ihr Fragen zu Summerbourne gestellt hast, reicht womöglich. Wer immer ihr diesen Brief geschrieben hat, will sie zwingen, über irgendetwas zu schweigen.«

»Nicht zu vergessen«, wirft Danny ein, »dass der Schreiber andeutet, Dads Unfall und damit seinen Tod bewusst herbeigeführt zu haben.«

Einen Moment schauen wir ihn entsetzt an. »Zumindest wäre das eine mögliche Interpretation«, räumt Edwin ein.

»Oder eine leere Drohung«, halte ich dagegen.

»Ebenfalls denkbar«, überlegt Edwin. »Vielleicht will man ihr einfach Angst machen mit diesem Hinweis auf Dads Tod.«

»Wissen wir nicht definitiv, dass es ein Unfall war«, hake ich nach. »Oder?«

Im Esszimmer wird es auf einmal so still, als würde Winterbourne selbst die Ohren spitzen und gespannt auf eine Antwort warten.

»Ja, klar«, sagt Danny nach einer gefühlten Ewigkeit. »Wissen wir.«

»Na also«, setze ich erneut an, »womit dieser Brief uns

nichts weiter verrät, als dass Laura etwas über Summerbourne weiß und jemand sie davon abhalten will, darüber zu sprechen.«

Edwin seufzt. »Etwas, das mit uns gar nichts zu tun haben muss, willst du damit sagen. Gut möglich. Wer weiß denn, was in dem Jahr alles passiert ist? Es könnte mit einem Freund zusammenhängen, den sie damals hatte – also mit etwas, das nichts mit unserer Familie zu tun hat, sondern sich zufällig zu der Zeit ereignete, als sie auf Summerbourne lebte.«

Danny schüttelte den Kopf. »Das würde nicht erklären, warum Dad erwähnt wird.«

»Genau«, pflichte ich ihm bei. »Sie muss irgendetwas über uns wissen, das für uns peinlich wäre …«

»Nein, Seraphine«, fällt Edwin mir ins Wort und sieht mich scharf an. »Wenn du nicht zur Polizei gehen willst, in Ordnung. Aber hör dann endlich auf, Detektiv zu spielen, und halt dich von Laura fern.«

Hilfe suchend sehe ich zu Danny hinüber, doch statt mir den Rücken zu stärken, trägt er jetzt dieselbe besorgte Miene zur Schau wie Edwin.

»Sehe ich genauso«, pflichtet Danny ihm bei. »Sie hat dir ja selbst gesagt, dass du sie in Ruhe lassen sollst und sie nicht darüber reden kann und will. Lass es einfach gut sein, Schwesterherz. Versprich uns das.«

Als ich nicht sofort antworte, sondern an all die rätselhaften Dinge denke, mustern meine Brüder mich mit jenem leisen Argwohn, der mir längst vertraut ist.

»Einverstanden, ich werde keinen Kontakt mehr zu Laura aufnehmen«, erkläre ich seufzend und stehe vom Tisch auf. »Ich bin so müde, dass ich im Stehen einschlafen könnte.

Danke für das Essen. Und Danny, tut mir leid, dass ich deine Pläne mit Brooke durchkreuzt habe, war keine böse Absicht. Ich lege mich ins Bett, schlaft gut.«

Nachdem ich noch meinen Teller in die Küche getragen und in den Geschirrspüler gestellt habe, gehe ich in das Zimmer, das auf Winterbourne für mich reserviert ist. Etwas lässt mir keine Ruhe. Der Zettel mit der Anschrift von Lauras Arbeitsstelle, der aus meiner Handtasche verschwunden ist, der Drohbrief, der an ebendiese Adresse geschickt wurde – könnte hinter beidem nicht ein und dieselbe Person stecken, frage ich mich.

Während mein Blick dem Muster der feinen Risse an der Zimmerdecke folgt, das mir seit meinen Kindertagen wohlvertraut ist, beginnen sich meine Gedanken erneut zu drehen wie ein Karussell, und eine Idee beginnt Gestalt anzunehmen.

Ich habe meinen Brüdern versprochen, von jetzt an keinen Kontakt mehr zu Laura aufzunehmen. Niemand hat dagegen verlangt, dass ich mich ebenfalls von Alex Kaimal fernhalten soll.

10. Kapitel

LAURA

September/Oktober 1991

Es war nicht meine Schuld. Während Ruth an jenem Abend mit Edwin oben war und ihn fertig zum Schlafengehen machte, räumte ich seine Spielsachen weg und erledigte schnell den Abwasch. Jedes Mal, wenn ich von draußen ein Geräusch hörte, das Dominics Auto hätte sein können, krampfte sich mein Magen zusammen. *Es war nicht meine Schuld.* Aber wenn ich Edwin nicht so weit hätte vorauslaufen lassen, wenn ich ihn im Auge behalten hätte und nicht derart in mein Gespräch mit Alex vertieft gewesen wäre … Wenn, wenn, wenn.

Es war ein kleiner Unfall. Dominic würde das sicher verstehen.

Ich schaute erneut auf die Uhr und hörte in diesem Moment tatsächlich das vertraute Knirschen von Autoreifen auf dem Kies.

»Daddy!« Edwin kam im Schlafanzug die Treppe heruntergesprungen und warf sich in Dominics Arme.

»Was ist denn mit dir passiert?«

»Ich war oben am Tor und bin runtergerutscht. Und weil

ich so tapfer war, habe ich beim Doktor einen Lutscher gekriegt.«

Ruth stand auf einer der unteren Stufen an die Wand gelehnt und hatte die Arme verschränkt.

»Laura wird es dir erzählen«, sagte sie.

Dominic schaute fragend von ihr zu mir.

»Er ist vorausgerannt und hat versucht, am Tor hinaufzuklettern, ist abgerutscht und gefallen. Ich war ein paar Schritte hinter ihm, Alex war dabei. Er hat für Ruth einen Blumenstrauß vorbeigebracht und uns zum Arzt gefahren, nachdem das Malheur passiert ist. Es ist wirklich nur ein ganz kleiner Schnitt.«

»Es war alles voller Blut!«, rief Edwin und strahlte.

Dominic gab ihm einen Kuss und setzte ihn wieder ab. »Was für einen Lutscher hast du denn bekommen?«

»Einen runden. In Rot.«

»Erdbeer? Als der Junge mit den Schultern zuckte, setzte er hinzu: »Na gut. Du kletterst nie wieder am Tor hoch, verstanden? Das ist keine gute Idee. So, und jetzt wollen wir dich mal ins Bett bringen. Ich lese dir noch eine Geschichte vor.«

Dominic strich kurz über Ruths Arm, als er an ihr vorbei die Treppe hinaufging, und da sie nach wie vor komisch war, zog ich mich auch in mein Zimmer zurück, konnte jedoch lange nicht einschlafen und lauschte dem Regen, der das herrliche Sommerwetter beendet hatte.

Am nächsten Morgen frühstückte ich mit Edwin, ehe wir nach draußen zum Klettergerüst gingen. Ich rieb mir fröstelnd die Arme und sah ihm zu, wie er auf den Knien die Rutsche hinaufkroch. Alles war feucht vom nächtlichen Regen. In der Luft hing schwach der Geruch von Laubfeuern, der sich mit dem modrigen der nassen Erde mischte.

Dominic gesellte sich zu uns, noch in Hausschuhen, die Hände um einen Becher Kaffee gelegt. Er stellte sich neben mich, und eine Weile schauten wir schweigend Edwins Kletterkünsten zu.

»Es tut mir leid, falls Ruth gestern überreagiert hat«, sagte er schließlich.

»Nein, hat sie nicht. Außerdem habe ich ihre Sorge gut verstanden.«

»Sie ist im Augenblick ziemlich dünnhäutig.«

»Und ich habe ein total schlechtes Gewissen, ihr so einen Schrecken eingejagt zu haben. Das muss sehr schwer gewesen sein nach dem, was eurem anderen Sohn zugestoßen ist.«

Mit einem Mal stand ihm der Schmerz so deutlich ins Gesicht geschrieben, dass ich den Blick abwandte.

»Das allein ist es nicht. Sie hatte gehofft, *wir* haben gehofft, bald freudigere Neuigkeiten zu erfahren. Einen kleinen Bruder oder eine Schwester für Edwin. Leider …« Er räusperte sich. »Es hat bislang nicht sein sollen.«

Am Tag darauf traf Vera in Summerbourne ein. Dominic bereitete gerade den Schweinebraten zu und das Apfelkompott, Ruth fühlte sich mal wieder nicht gut und sah sich außerstande, ihre Mutter vom Bahnhof abzuholen, sodass diese eine Taxe nehmen musste.

»Vielleicht könnten wir dir ein paar Fahrstunden spendieren, Laura«, meinte Mrs. Blackwood anzüglich und prüfte im Flurspiegel ihre Frisur.

Ich wusste nicht, was ich darauf sagen oder wie ich mich verhalten sollte.

»Wie wäre es, wenn wir *dich* ein paar Fahrstunden nehmen ließen«, konterte Ruth spitz.

Ihre Mutter winkte ab. »O nein, dafür bin ich mittlerweile zu alt.«

»Du bist noch keine fünfzig, meine Liebe! Egal, es ist uns natürlich ein Vergnügen, dich, wann immer du es wünschst, durch die Gegend zu kutschieren. Sonst kämen wir schließlich nie raus, nicht wahr?«

Vera zog es vor, den boshaften Kommentar zu überhören, und wandte sich ihrem Enkel zu.

»Und was hast du diese Woche Schönes gemalt? Das musst du mir unbedingt zeigen.«

Edwins Verletzung sah mittlerweile viel dramatischer aus als am Tag zuvor. Eine dicke Kruste hatte sich über dem Ohr gebildet, doch seine Großmutter verlor kein Wort darüber. Vermutlich war sie bereits am Telefon darüber informiert worden. Nachdem Edwin seine Kunstwerke und Bastelarbeiten präsentiert und sich in sein Spielzimmer zurückgezogen hatte, um gleich noch ein neues Bild zu malen, bedeutete Vera mir, mich zu ihr auf das Sofa in der gegenüberliegenden Ecke zu setzen.

»Wie kommen Sie denn so zurecht?«, erkundigte sie sich. »Mit der Arbeit und ganz generell.«

»Gut, es läuft prima.«

Sie betrachtete mich aufmerksam. »Ich will hoffen, die beiden nutzen Sie nicht aus. Heute zum Beispiel sollten Sie eigentlich überhaupt nicht arbeiten. Zweiundzwanzig Stunden die Woche waren vereinbart, oder?«

Ich breitete die Hände aus, umfasste mit dieser Geste den gesamten Raum. »Mir macht das nichts aus, wirklich. Es kommt mir überhaupt nicht wie Arbeit vor. Ich bin gern mit Edwin zusammen, ob nun während oder außerhalb meiner regulären Arbeitszeiten.«

Sie musterte mich einen Moment. »Haben Sie kein Heimweh oder Sehnsucht nach der Stadt so mitten im Nirgendwo? Oder Langeweile?«, bohrte sie weiter nach, als ich den Kopf schüttelte. »Fehlen Ihnen Ihre Freunde nicht?«

»Nein, wirklich nicht. Ich finde es ganz wunderbar hier.«

»Na gut. Ich werde meine Tochter trotzdem noch einmal daran erinnern, dass sie Ihre Gutmütigkeit nicht ausnutzen sollte.« Sie seufzte. »Und wie würden Sie sagen, geht es Ruth? Edwins kleiner Unfall war offenbar ein ziemlicher Schock für sie.«

Es blieb mir erspart, darauf zu antworten, weil Dominic just in dem Moment kam, um uns zum Essen zu rufen.

Mit Ruth selbst redete ich eigentlich erst wieder am Montag, nachdem die beiden Wochenendbesucher sich auf den Weg nach London gemacht hatten und wir beide in der Küche saßen, das graue Wetter auszublenden versuchten und uns überlegten, was wir die Woche über machen wollten.

»Meine Mutter hat mich sehr nachdrücklich ermahnt, dich nicht zu hart ranzunehmen«, begann sie und sah mich zweifelnd von der Seite an.

Ich musste grinsen. »Keine Sorge, alles im grünen Bereich. Und ich melde mich schon, wenn es mir zu viel werden sollte.«

Damit gab Ruth sich zufrieden und schob mir einen Flyer über den Tisch zu.

»Schau mal, das kam von einem Indoor-Spielplatz, der kürzlich eröffnet hat. Ich wollte heute Nachmittag mal mit Edwin hinfahren, damit er sich ein bisschen austoben kann. Für die Mütter gibt es ein Café.« Sie legte eine Pause ein. »Vielleicht möchtest du lieber hierbleiben, dich ein bisschen ausruhen, lernen oder Zeit für dich haben ...« Sie sah mich an. »Falls du allerdings mitkommen willst, um das Café zu testen, würde ich mich über deine Gesellschaft natürlich sehr freuen.«

Mir wurde ganz warm ums Herz, und begeistert nahm ich ihre Einladung an.

Wie sich dann herausstellte, war der Laden laut, eng und völlig überheizt. Wir mussten fast schreien, um uns über den Lärm heulender Babys und kreischender Kinder verständlich zu machen. Wenigstens Edwin hatte seinen Spaß und turnte ausgiebig im Kletterbereich herum, während Ruth und ich uns fast anderthalb Stunden unterhielten. Die Verstimmung wegen Edwins kleinem Unfall war vergessen.

Das schlechte Wetter hielt für den Rest der Woche an, sodass ich Edwin im Spielzimmer oder in der Küche beschäftigen musste. Irgendwann schlug ich ihm vor, einen Kuchen zu backen.

»Meine Mum hat ganz viel mit mir gebacken, als ich in deinem Alter war«, erzählte ich ihm.

»Hast du den Teig alleine rühren dürfen?«

Ich lachte. »Nein, sie musste meine Hand mit dem Mixer immer festhalten. Genauso wie ich das bei dir machen werde, sonst verletzt du dich am Ende wieder.«

Mit seinen pummeligen Händen unter meinen hielt er das Handrührgerät so fest umklammert, dass seine Ellenbogen spitz zur Seite hervorstachen. Das Geräusch der gegen die Schüssel schlagenden Metallquirle bescherte mir einen Anflug nostalgischer Gefühle, in die sich, wie üblich, ohnmächtige Wut mischte. Wie oft Mum und ich früher gemeinsam gebacken hatten! Bis Beaky bei uns einzog, dem es nicht gefiel, wenn in der Küche Chaos herrschte. Ihn störte eigentlich alles: insbesondere wenn *irgendwelche Bälger,* wie er es ausdrückte, dauernd bei den Nachbarn klingeln und Kuchen vorbeibringen würden, der am Ende ohnehin im Mülleimer lande.

An einem anderen Tag zogen wir uns Regenjacken und Gummistiefel an und liefen die Straße Richtung Dorf entlang, um zu schauen, ob Joel bei Michael in seinem Cottage war, aber wir mussten unverrichteter Dinge umkehren und waren patschnass, als wir wieder in Summerbourne ankamen. So verging die Woche. Samstags erklärte ich mich dann noch zum Babysitten bereit, damit Dominic und Ruth abends essen gehen konnten.

Die Tür zu ihrem Schlafzimmer stand offen, und ich konnte, nachdem ich Edwin in seinem Zimmer nebenan zu Bett gebracht hatte, der Versuchung nicht widerstehen, kurz hineinzuschauen. Auf einer Kommode am Fenster stand ein einzelnes gerahmtes Foto. Zwei kleine blonde Jungs in geringelten T-Shirts waren darauf zu sehen, die die Arme umeinander gelegt hatten. Der, den ich für Edwin hielt, grinste frech in die Kamera, der andere schob die Unterlippe vor, als würde er schmollen. Vermutlich war die Aufnahme nicht lange vor Theos tödlichem Unfall gemacht worden.

Nach einem ereignislosen Sonntag rief am Montagmorgen, als Dominic schon abgefahren war, Alex an.

Ich stand gerade in der Küche herum und wartete darauf, dass Edwin seinen Milchbrei aufaß.

»Diesen Freitag?«, hörte ich Ruths Stimme aus dem Flur. »Ja, das ginge.« Dann herrschte eine Weile Ruhe, bis sie wieder mit Reden an der Reihe war. »Ja, in Ordnung.« Sie lachte leise. »Absolut. Ganz entspannt. Komm einfach vorbei, wenn du so weit bist.«

Sobald sie die Küche betrat, stellte ich den Wasserkocher an. »Tee?«

»Ja, bitte.« Sie beugte sich über Edwin und gab ihm einen Kuss auf die Wange. »Das war Alex. Er will mich am Freitag zum Lunch einladen.«

»Nett von ihm«, sagte ich automatisch, doch sie schüttelte den Kopf.

»Ich weiß nicht, wieso er anzunehmen scheint, dass ich hier auf Abruf bereitstehe. Weil wir auf dem Land leben, heißt das noch lange nicht, dass wir nicht genügend anderes zu tun hätten.« Sie strich Edwin übers Haar. »Am liebsten würde ich dich immer in diesem Alter um mich haben wollen«, murmelte sie.

Ihre Bemerkung verwunderte mich. Zu gut erinnerte ich mich daran, wie sie vor ein paar Wochen beim Picknick Alex förmlich angefleht hatte, er möge sie bitte auch mal unter der Woche und im Winter hier besuchen, ehe sie vor Langeweile umkomme. Und jetzt beschwerte sie sich über ihn.

Bis Freitagmorgen wurde Alex nicht mehr erwähnt, und Ruth machte zudem keinerlei Anstalten, sich für den Restaurantbesuch entsprechend anzukleiden. Vielmehr warf sie ihren Regenmantel über und schien das Haus verlassen zu wollen.

»Ich fahre kurz ins Dorf«, erklärte sie mir. »Helen Luckhurst hat Montag ihr Baby bekommen. Ein kleines Mädchen. Sie machen sich Sorgen, dass etwas nicht stimmen könnte mit ihr. Deshalb will ich ihr ein paar Blumen bringen und schauen, ob ich irgendwie helfen kann.«

Entgeistert sah ich sie an. »Wollte Alex dich nicht zum Lunch abholen?«

Sie lachte und tat meine Frage mit einer flüchtigen Handbewegung ab. »Ach Gott, das hätte ich beinahe vergessen. Macht nichts, er kann ruhig ein bisschen warten. Ich bleibe höchstens ein Stündchen oder so«, sagte sie, nahm ihre Tasche und verschwand.

Am Fenster stehend, sah ich ihren Wagen langsam die Einfahrt hinunterfahren und nach ein paar Metern neben Joel und Michael halten. Sie ließ die Scheibe hinunter und sagte kurz etwas zu den beiden, ehe sie weiterfuhr in Richtung Dorf, während der Gärtner und sein dunkelhäutiger Enkel dem Haus zustrebten. Ich ging sofort zur Tür, ohne auf ihr Klingeln zu warten.

»Darf ich bitte mit Edwin spielen?«, fragte Joel artig und reckte den Hals, um an mir vorbei ins Haus nach seinem Freund zu spähen.

»Die Vorschule fällt mal wieder aus.« Michael Harris zuckte mit den Schultern. »Ich wollte ihn eigentlich mit rüber zu den Matthews nehmen, aber Mrs. Mayes meinte eben, dass es Ihnen nichts ausmachen würde, den Jungen ein Weilchen um sich zu haben – sagen Sie ruhig, wenn es Ihnen nicht passt.«

Ich hielt die Tür auf und winkte Joel herein. »Edwin wird sich bestimmt freuen«, sagte ich, und gleich darauf hörten wir ihn lauthals jubeln.

Es war ein frischer, stürmischer Tag, obwohl ab und an die Sonne zwischen den rasch dahinjagenden Wolken hervorschien. Ich beschloss, die Jungs eine halbe Stunde drinnen spielen zu lassen, und wenn Alex bis dahin nicht gekommen war, mit ihnen zum Strand zu gehen, damit sie ein bisschen überschüssige Energie loswerden konnten.

Alex erschien pünktlich. Als ich sein Auto die Einfahrt hinaufkommen hörte, begab ich mich nach draußen, um ihn zu begrüßen.

Überrascht starrte er mich an. »Hi Laura. Ist Ruth …?«

Bedauernd lächelte ich ihn an. »Tut mir leid, sie ist nicht da. Vor zwanzig Minuten ist sie ins Dorf gefahren und will in einer Stunde oder so wieder zurück sein. Möchtest du derweil hereinkommen?«

Er nickte und folgte mir in die Küche. »Weißt du, wo sie ist?«, fragte er und ließ seinen Blick über das schmutzige Geschirr vom Frühstück, über Edwins Bilder am Kühlschrank und den Kalender an der Wand schweifen.

Ich nahm seine Sonnenbrille von der Fensterbank. »Hier, die hast du neulich beim Picknick vergessen. Ruth wollte bei einer Bekannten vorbeischauen, die gerade ein Kind bekommen hat.«

Er steckte die Sonnenbrille ein und musterte mich. »Na gut«, meinte er und überlegte einen Moment. »Was habt ihr beiden denn die nächste Stunde vor, Edwin und du?«

»Wir wollten zum Strand, um uns mal ein bisschen durchpusten zu lassen. Willst du mitkommen?«

Alex zögerte. »Würde es dich stören, wenn ich einfach hier warte?«

»Nein. Natürlich nicht.«

»Wobei Strand natürlich nicht schlecht klingt«, änderte er sogleich seine Meinung und deutete zum Fenster, durch das gerade heller Sonnenschein fiel.

Die beiden Kinder kamen angelaufen. »Onkel Alex! Schau mal, Joel ist da!«, rief Edwin.

»Hervorragend. Ich hatte gehofft, hier zwei clevere Burschen zu finden, die mir zeigen, wo man auf dem Weg zum Strand die besten Brombeeren pflücken kann.«

Keine fünf Minuten später waren wir unterwegs in Richtung Klippen.

»Und diesmal nicht am Tor hochklettern«, ermahnte Alex ihn noch, bevor er mit seinem Freund vorausrannte.

»Neiiin!«, schallte es zurück.

Am Turm blieben wir stehen und schauten zum Kanonenrohr hinauf, das über die Zinnen ragte.

»Können wir bitte hochgehen?«, bat Joel und sah mich treuherzig an.

»Was meinst du, Edwin – hast du ebenfalls Lust?«, fragte Alex ihn.

Gleich rannte der Junge los, durch das Törchen in der Umgrenzungsmauer und die beiden Stufen hinauf zur Tür des Turms, wo er vergeblich versuchte, die schwere Klinke hinunterzudrücken. Im Gänsemarsch stiegen wir schließlich die schmale Wendeltreppe hinauf. Ich voran, dann Edwin und Joel und Alex als Schlusslicht, damit er die Kinder sichern und auffangen konnte, falls einer ins Straucheln geriet. Unsere Schritte hallten von den gusseisernen Stufen wider und erfüllten das ganze alte Gemäuer. Zwar war der Turm nicht übermäßig hoch, und dennoch verursachte mir der Aufstieg Unbehagen, und das Herz schlug mir bis zum Hals.

Meine Erleichterung, oben angekommen zu sein, wurde indes getrübt durch die Sturmböen, die uns manchmal von den Beinen zu reißen drohten, und ich war heilfroh über die robuste Steinbrüstung, die die kleine Aussichtsplattform umgab. In der Mitte erhob sich ein steinernes Podest, das

Skulpturen von Seeschlangen zierten und auf dem die ungewöhnliche Kanone stand. Alex erklärte, wo das Schießpulver hinkam und wie die Sonne im entscheidenden Augenblick, wenn sie durch das Brennglas genau darauf fiel, den
Schuss auslöste. Joel war fasziniert davon, während Edwin
die meiste Zeit hinaus auf die Klippen schaute.

»Ich gucke nach Theo«, verkündete er plötzlich, und
weder Alex noch ich wussten, wie wir darauf reagieren
sollten

Es endete damit, dass wir uns an den Abstieg machten.
Wieder unten angelangt, begannen die Jungen Brombeeren
zu suchen, und Edwin schien Theo vergessen zu haben. Ich
packte die Gelegenheit beim Schopf und fragte Alex nach
dem Unglück.

»Edwin war oben auf dem Turm, als Theo in die Tiefe
gestürzt ist«, begann er leise. »Ruth war erst mit Theo oben
gewesen, um ihm die Kanone zu zeigen, hat ihn dann nach
unten gebracht und im Buggy festgeschnallt, ehe sie mit
Edwin hinaufgegangen ist. Sie stiegen damals regelmäßig
auf den Turm, und wenn Ruth alleine mit den beiden unterwegs war, ließ sie einen immer unten. Schließlich konnte
sie nicht mit beiden gleichzeitig die Treppe in Angriff nehmen.«

Ohne den Rest der Geschichte gehört zu haben, tauchten
sogleich Schreckensbilder vor meinem inneren Auge auf.

»Theo hat sich irgendwie losgeschnallt und ist aus dem
Buggy geklettert. Ruth war gerade mit Edwin oben angekommen, als sie sah, wie er mit wackeligen Schritten auf
den Abgrund zusteuerte.«

Ich hielt mir die Hand vor den Mund. Alex' Blick war auf
unbestimmte Fernen gerichtet.

»Wahrscheinlich wollte er die Treppe zum Strand hinunterkrabbeln und ist abgestürzt. Er sah gar nicht schwer verletzt aus, hatte einzig eine Beule am Kopf, aber er hat das Bewusstsein nie wiedererlangt«, schloss er sichtlich bewegt.

»Das muss ja furchtbar gewesen sein«, stammelte ich, und auf einmal wurde mir so schwindelig, dass ich mich abwandte und auf die Steinmauer setzte.

Alex ging unterdessen zu den Jungen, half ihnen an einen Zweig zu gelangen, der hoch über ihren Köpfen hing, und riss einen kleineren für mich ab. Die Brombeeren waren so reif, dass sie mir süß auf der Zunge zergingen.

Während ich sie aß, versuchte ich die lateinische Inschrift am Eingang zum Turm zu entziffern, auch sie umkränzt von Seeschlangen und Wellenmustern.

»*A fronte praecipitium a tergo lupi*«, las ich stockend. »Was bedeutet das?«

»*Vor mir der Abgrund, hinter mir die Wölfe*«, übersetzte Alex. »Es ist das Sinnbild für eine ausweglose Situation.«

Eine kräftige Windbö fegte wie aus dem Nichts mit einem Mal über uns hinweg, und ein Frösteln durchlief mich. Ich wickelte mich fester in meine Jacke.

»Hat man hier früher Gefangene gehalten, oder worauf spielt die Inschrift an?«

»Dominics Theorie dazu lautet, dass jener Summerbourne, der einst das Haus erbaut hat, ein ziemlich windiger Hund war. Er hatte ein großes Vermögen gemacht, dann alles wieder verloren, und als er nicht mal mehr seine Rechnungen bezahlen konnte, hat er sich das Dorf zum Feind gemacht. Bis heute behaupten die Leute, dass Summerbourne …, nun ja, dass es unter keinem guten Stern steht. Warst du inzwischen öfter mal im Dorf?«

Ich schüttelte den Kopf. »Zumindest habe ich mit niemandem gesprochen.«

»Hör dich gelegentlich ein bisschen um«, riet er mir. »Du kannst fragen, wen du willst – sobald du Summerbourne erwähnst, kriegen sie alle so ein Leuchten in den Augen. Jeder hier im Dorf ist mit irgendwelchen Geschichten über Summerbourne aufgewachsen. Und zwar nicht allein, was seinen zweifelhaften Erbauer angeht. Nein, es sind richtige Geistermärchen mit Elfen und Kobolden, manche gruselig, andere nicht, alles jedenfalls nicht so ganz geheuer.«

Mir fiel der Gärtner ein, der den Kobolden die Schuld gab, wenn ihm die Saaten im Gewächshaus durcheinandergerieten oder nicht angingen. Edwin war ganz fasziniert von diesen Geschichten und hoffte immer darauf, irgendwann einen von ihnen auf frischer Tat zu ertappen und zu fangen. Ich hingegen dachte dabei immer an die Gremlins, die ich mit elf oder zwölf im Kino gesehen hatte. Im Grunde konnte ich mit beiden nichts anfangen.

»Geistermärchen?«, fragte ich ungläubig. »Ist das nicht ausgesprochen seltsam, wenn Erwachsene noch an so einen Spuk glauben?«

»Was soll man machen, wenn es nicht mit rechten Dingen zugeht?« Alex grinste mich an. »Letztlich weiß niemand, was damals wirklich passiert ist. Den Leuten ist das egal, sie lieben solche Geschichten. Vor ein paar Wochen hat mich mein künftiger Nachbar, dem das Cottage neben meinem gehört, gleich gewarnt, ich solle mich vorsehen, wenn ich nach Summerbourne fahre. Als ich ihm dann von dem geplanten Picknick erzählte, hat er sich fast bekreuzigt.«

Ich schlang meine Arme um den Oberkörper. »Das ist bestimmt purer Neid. Summerbourne und alle, die dort gelebt haben über die Jahre, müssen den Leuten im Dorf vorgekommen sein wie …«

»Wie Wesen aus einer anderen Welt?«, schlug Alex vor. »Reich und privilegiert, fern aller Sorgen? Ja, wahrscheinlich hast du recht.«

Nachdenklich betrachtete ich die Inschrift. »Wie auch immer, ein seltsames Motto, um es für alle Zeiten in Stein schlagen zu lassen. Es klingt, als hätte jener Ahne sein Verhalten bereut und wäre nun in seiner Schuld gefangen oder fühlte sich von den Folgen seines Tuns verfolgt.«

»Mir gefällt es eigentlich ganz gut«, erwiderte Alex, lehnte sich etwas näher zu mir und senkte die Stimme. »Im Übrigen finde ich, dass es durchaus zur Familie passt. Kommen sie dir nicht manchmal wie Wölfe vor, unsere Freunde dort drüben im Haus?«

Bestürzt schaute ich ihn an. »Wie meinst du das?«

Er beugte sich weiter zu mir vor. »Ach, du weißt schon. Dominic hält sich für den Alpharüden, der die ganze Woche in der City der fetten Beute hinterherjagt und Freitagabend als Held heimkehrt, um sein Rudel durchzufüttern. Dabei wissen alle, dass eigentlich Vera hier das Sagen hat. Sie hat das Geld, das richtig große Geld, und sie hat Macht. Aus diesem Grund ist sie die Leitwölfin, der das Rudel folgt, und ganz nebenbei sorgt sie für frisches Blut, um es zu stärken. Ich würde darauf wetten, dass sie dabei war, als du dich hier vorgestellt hast, oder? Um dich einer Musterung zu unterziehen, ehe Ruth dir den Job gegeben hat?«

»Nicht ganz, sie hatte mir den Job bereits angeboten, wobei die endgültige Entscheidung erst nach Veras Inspektion fiel. Insofern hast du recht.«

»Siehst du. Das halbe Dorf frisst ihr aus der Hand. Sie ist

immer zur Stelle, hilft, wenn Not am Mann ist – aber sie fordert allerdings im Gegenzug kompromisslos etwas ein, wenn sie oder die Familie es braucht.«

»Und was bist du?«, fragte ich ihn leicht ketzerisch. »Frisches Blut?«

Er lachte schallend. »Wohl kaum. Dazu bin ich nicht gefügig genug. Nein, ich bin der sprichwörtliche einsame Wolf, der hin und wieder durch ihr Revier streift. Dann umkreisen wir uns eine Weile, ehe ich weiterziehe und mir ein passenderes Rudel suche.«

»Und du bist nie fündig geworden?«

»Noch nicht, nein«, gab er mit diesem für ihn so typischen angedeuteten Lächeln zurück.

»Und was bedeute ich für die Familie?«

»Ach du. Du bist ein Omegatier, die untergeordnete Hüterin ihrer Brut.« Er tätschelte meinen Arm. »Du stellst keine Bedrohung für sie dar, deshalb sind sie so nett zu dir.«

Erneut verstand ich nichts und runzelte die Stirn. »Wie meinst du das?«

»Das Rudel kommt immer an erster Stelle. Es ist fast noch wichtiger in seiner Gesamtheit als jeder Angehörige für sich allein. Sobald du zu einer Bedrohung für das Rudel wirst, kannst du dir ausrechnen, was sie mit dir machen.«

Ich schaute auf seinen Mund, sah das helle Aufblitzen seiner Zähne. Er kam mir ganz nahe und flüsterte: »Du hättest keine Chance.«

In diesem Augenblick sprang Edwin heran und baute sich vor uns auf. »Können wir jetzt an den Strand gehen?«

Alex lehnte sich zurück und betrachtete seinen und Joels dunkellila Münder, mit denen sie wie kleine Vampire aussahen.

161

»Sagt bloß, ihr habt genug Brombeeren gegessen?«

»Mein Bauch platzt fast!«, rief Edwin, und Joel nickte zustimmend.

»Na dann«, meinte Alex und schwang sich zu einer ganz passablen Robin-Williams-Imitation auf: »*Carpe diem,* Jungs, nutzet den Tag! Nichts wie runter an den Strand.«

Also ließen wir den alten Turm hinter uns und kletterten die Stufen zum Strand hinunter, wo die Kinder sich sogleich dem Wind entgegenwarfen, die Arme von sich gestreckt wie Flugzeugflügel.

Da wir nichts zum Draufsetzen dabeihatten und Herumstehen langweilig war, forderte ich Alex zu einem Wettrennen auf.

»Wer als Erster bei den Felsen ist«, sagte ich und sprintete los.

»Hey!«, hörte ich ihn hinter mir rufen, doch sosehr er sich abmühte, ich schlug ihn um Längen.

»Vor meinem Dreißigsten sollte ich unbedingt ein bisschen fitter werden«, schnaufte er und stand eine Minute mit den Händen auf die Knie gestützt da. Dann, ehe ich es mich versah, schlug er mich ab. »Fang mich!«, rief er und düste zurück Richtung Treppe. Edwin und Joel schlossen sich uns an, und wir spielten am Strand Fangen, bis wir alle ziemlich außer Puste waren und die Jungs sagten, sie hätten Hunger.

Bevor wir die Treppe in Angriff nahmen, ermahnte ich die Kinder streng zur Vorsicht – einen neuerlichen Unfall, und mochte er noch so klein sein, wollte ich nicht riskieren. Im letzten Moment hielt Alex mich am Handgelenk zurück, pflückte einen Zweig des an den Klippen wuchernden Strandflieders mit seinen zarten violettfarbenen Blüten und steckte ihn mir hinters Ohr.

»Perfekt«, fand er.

Wie von selbst neigte ich mich ihm zu, ganz sicher, dass er mich küssen würde. Seine Nähe ließ mein Herz flattern, und meine Haut kribbelte dort, wo seine Finger mich berührt hatten. Seine Lippen waren so nah und …

»Laura!«, rief Edwin von einer der unteren Stufen aus. »Komm endlich, damit wir nach oben gehen können.«

Wir wichen auseinander. Ich riss meinen Blick von Alex los und wandte ihn den Jungs zu, um mich sodann in Richtung der Treppe zu bewegen. Zu gerne hätte ich gewusst, ob das alles – die Blumen, die Nähe, das Zurückweichen – etwas zu bedeuten hatte oder nicht.

»Du sollst immer dicht hinter mir bleiben«, beschwerte sich Edwin und schob empört seine brombeerverfärbte Unterlippe vor.

»Und du sollst nicht ohne mich auf die Treppe gehen«, wies ich ihn zurecht, um ihn sofort zu begütigen. »Wir sind ja hier, keine Sorge.«

»Gut macht ihr das, ihr beiden«, warf Alex ein. »Einfach immer so weiter und aufpassen, wo ihr hintretet.«

Meine Stimmung sank weiter, als wir aus dem Wäldchen in den Garten traten und die Türen zur Küche offen fanden. Ruth wartete auf der Terrasse.

Edwin rannte zu ihr. Alex sah sie unverwandt an, und mir kam es mit einem Mal so vor, als wäre ich gar nicht mehr da. Ich zupfte mir die Blüten aus dem Haar und verlangsamte meine Schritte.

Sie drückte Edwin einen Kuss auf die Stirn. »Geh und wasch dir das Gesicht und die Hände, mein Schatz. Und nimm Joel gleich mit. Ihr könnt drinnen spielen, bis euer Mittagessen fertig ist.«

»Ruth. Wunderbar siehst du aus.«

Alex breitete die Arme aus, als er auf sie zuging. Sie gestattete ihm, sie auf beide Wangen zu küssen, wenngleich mit angespannter Miene. Ich hielt mich abseits und wandte mein Gesicht dem Garten zu.

»Gilt unsere Verabredung zum Lunch noch?«, fragte er, und ich merkte, dass er sich ihrer Antwort nicht ganz sicher war.

»Warum nicht?«, erwiderte sie nach kurzem Zögern. Und fügte an meine Adresse hinzu: »Laura, du sorgst bitte dafür, dass Edwin erst etwas Ordentliches isst, bevor er noch mehr Obst bekommt, ja?«

Als ich mich zu ihr umdrehte, verschwand sie gerade mit Alex im Haus, und kurz darauf hörte ich, wie das Auto mit ihnen davonfuhr.

Auf dem Terrassentisch lag ein schrumpeliger kleiner Apfel. Ich nahm ihn und betrachtete die bräunlichen Stellen, an denen ein Vogel gepickt hatte. Ruths Worte klangen mir in den Ohren – wieso Alex glaube, dass sie immer auf Abruf bereitstünde. Ich drückte den Daumennagel durch die zähe grüne Haut ins weiche Fruchtfleisch. Alex hatte es nicht verdient, dass man ihn warten ließ und ihm Schuldgefühle machte, schließlich hatte er sich überhaupt nichts zuschulden kommen lassen. Er verdiente jemanden, der mit ihm am Strand durch Wind und Wetter rannte und zum Himmel hinauflachte. Er verdiente jemanden, der ihn liebte. Jemanden der frei war, ihn zu lieben.

In der Küche bereitete ich Sandwiches für mich und die Jungs zu, schnitt dazu zwei frische, makellose Äpfel in dünne Schnitze und arrangierte sie mit Schokokeksen auf einem Teller. Später, als Edwin und Joel im Spielzimmer Züge über Holzschienen tuckern ließen, huschte ich kurz nach nebenan, legte den Strandfliederzweig mit den hellvioletten Blüten, den Alex für mich gepflückt hatte, in das dickste meiner Schulbücher und drückte die Seiten fest zusammen.

11. Kapitel

SERAPHINE

Ich liebe es, auf Winterbourne zu erwachen, mit noch geschlossenen Augen dazuliegen und den Geräuschen der Stadt zu lauschen. Dem steten Rauschen des Verkehrs, den Gesprächsfetzen vorbeifahrender Radfahrer, dem kurzen Geplauder der Nachbarn, wenn sie in der Frühe das Haus verlassen.

An diesem Morgen höre ich erst das schrille Kläffen eines kleinen Hundes, dann das Rumpeln des Müllwagens, der sich langsam unsere Straße hinaufarbeitet. Ich streiche mit den Fingern über das eingestickte Muster der Bettdecke, spüre den filigranen Linien nach, wie ich es bereits als Kind tat, wenn ich bei Gran zu Besuch war. Selbst der Geruch der Holzpolitur, den das kleine Mahagoninachtschränkchen ausströmt, trägt mich zurück in die Zeit, als ich sechs, sieben Jahre alt war. Und für einen Moment kann ich mir tatsächlich einreden, dass alles wie damals ist, friedlich und gut, dass mein Vater noch lebt und unten in der Küche herumhantiert, sich seinen Kaffee aufbrüht und die Zeitung liest.

Bis ich hinuntergehe, ist Edwin längst aus dem Haus. Danny brät Schinken und gähnt herzhaft, als ich mich zu ihm geselle.

»Wie viele Gäste erwartest du?«, frage ich nach einem Blick in die Pfanne.

»Sehr witzig. Ich muss mich stärken. Brooke hat mich eingeladen, sie bei einer Stadtbesichtigung mit Freunden ihrer Eltern zu begleiten.«

Verwundert hebe ich die Augenbrauen. »Mit Freunden ihrer Eltern? So ernst also?«

Danny wirkt auf einmal verlegen – mein Zwillingsbruder, dem sonst nichts peinlich ist. Einerseits amüsiert es mich, ihn so zu erleben, andererseits habe ich das unbestimmte Gefühl, ihn beschützen zu müssen.

»Ich mag sie, das ist alles«, erklärt er achselzuckend und lenkt sogleich ab: »Mir ist da noch was eingefallen wegen gestern Abend. Dieser Brief und Dads Unfall.« Er schaut mich an und zögert.

»Ja?«

»Ein paar Tage vor seinem Tod, als ich gerade aus Kenia zurückgekehrt war, meinte Dad, dass er uns etwas zu sagen habe und dass er damit warten wolle, bis er uns alle beisammen hatte.«

»Worauf willst du hinaus?«, frage ich und gieße Milch auf mein Müsli.

»Weiß ich nicht. Er meinte nur, er sei froh, dass wir an diesem Wochenende, an unserem Geburtstag also, alle zusammenkämen. Es gebe da etwas, das er uns sagen müsse.«

Mein Löffel verharrt auf halbem Wege zum Mund. »Und? Was wollte er uns sagen?« Als ich Dannys Miene sehe, setze ich schnell nach: »Ja, schon klar, du weißt es nicht.«

Dads Unfall ereignete sich an einem Donnerstag, einen Tag bevor Danny und ich fünfundzwanzig wurden. Mein Vater war ein paar Tage früher nach Summerbourne gekommen, um mit den Vorbereitungen für die Familienfeier zu beginnen, die am Samstag stattfinden sollte. Wir wissen bis heute nicht genau, was passiert ist, nehmen jedoch an, dass er versucht hat, eines der Kätzchen vom benachbarten Bauernhof zu retten, das sich wieder einmal auf unser Garagendach verirrt hatte. Dabei muss er von der Leiter gestürzt sein, ist unglücklich mit dem Kopf aufgeschlagen und war sofort tot.

Edwin und ich waren an dem Tag beide arbeiten, er in London, ich in Norwich, während Danny, der gerade von einem seiner Projekte im Ausland zurückgekehrt war, sich bei irgendwelchen Jugendfreunden im Dorf aufhielt und somit der Erste von uns dreien war, der auf Summerbourne eintraf und Dad fand. Er war es auch, der den Krankenwagen rief und hilflos mit ansehen musste, wie Sanitäter und Notarzt den Kopf schüttelten, der mit der Polizei sprach, der uns verständigte, der neugierige Nachbarn abwimmelte und mich auffing, als ich völlig aufgelöst nach Hause kam.

»Weiß Edwin davon? Hat Dad zu ihm etwas Ähnliches gesagt?«, frage ich ihn.

Mein Bruder zuckt mit den Schultern. »Keine Ahnung. Mir ist es selbst erst heute Morgen wieder eingefallen. Meinst du, das hat etwas zu bedeuten? Immerhin gab es keine Zeugen für seinen Sturz.« Er senkt den Blick auf den Speck, den er sich aufs Brot gehäuft hat. »Das will mir einfach nicht aus dem Kopf. Niemand war da, als das Unglück passiert ist. Wie können wir da hundertprozentig sicher sein, dass es wirklich ein Unfall war?«

»Danny!« Ich springe von meinem Stuhl auf. »Was soll es denn sonst gewesen sein? Sogar die Polizei ist zu dem Schluss gekommen, dass es ein Unfall war!«

168

»Ich weiß, geschenkt.«

Er denkt eindeutig an unser Gespräch von gestern Abend, an den Brief mit der kaum verhohlenen Andeutung, dass Dads Tod keineswegs ein Unfall war – und an meinen Einwand, dass es genauso gut eine leere Drohung sein könne, um Laura Angst zu machen. Ich wollte es einfach nicht wahrhaben, jetzt hingegen bin ich mir dessen nicht mehr so sicher, und ich merke selbst, wie lahm mein Protest ist.

»Du kannst nicht ernsthaft glauben, dass jemand ihn vorsätzlich getötet, ihn *ermordet* hat? Weil er uns etwas sagen wollte?« Meine Stimme zittert. »Warum, um Himmels willen? Bitte, Danny. Das kann nicht wahr sein, das darf einfach nicht wahr sein.«

Wir sehen einander stumm an, und ich rechne jeden Moment damit, dass er aufspringt, mich bei den Schultern packt und sagt: *Es ist wahr, und es ist die schreckliche, grausame Wahrheit.* Andererseits: Wie soll er sicher sein, wenn niemand etwas gesehen hat?

»Vielleicht hast du ja recht, und ich verrenne mich«, räumt er seufzend ein. »Wahrscheinlich ist es ganz normal, wenn man nach einem Schuldigen sucht. Ich weiß es nicht und hätte besser gar nicht erst davon anfangen sollen. Vergiss es einfach.«

Scheinbar gelassen widmet er sich wieder seinem Schinkensandwich, während ich meine Müslischale auswasche. Durchs Fenster sehe ich eine schlanke weißblonde Gestalt. Brooke. Bevor sie reinkommt, wende ich mich schnell noch einmal an Danny.

»Nein, so ohne Weiteres vergessen sollten wir das nicht. Immerhin glaubst du, dass das, was er uns sagen wollte, mit dieser ganzen Geschichte zu tun hat, oder?« Ich deute hinüber in Richtung Esszimmer. »Dieser Brief, die Sache mit Laura, der Sturz von der Leiter ...«

Als es klingelt, bleibt Danny noch einen Moment ganz still sitzen und sieht mich an, ehe er mit dem Sandwich in der Hand aufsteht.

»Ich weiß selbst nicht mehr, was ich glauben soll«, murmelt er und geht zur Tür.

Ich folge ihm in den Flur, um nach oben zu gehen.

»Was hast du heute vor?«, ruft er mir hinterher. »Fährst du zurück nach Summerbourne?«

Als ich nicke, sieht er mich lange an. »Versprich mir, keine Dummheiten zu machen, okay?«

»Kann man etwas Dümmeres tun, als an einem heißen Tag wie diesem einen Stadtrundgang durch London zu unternehmen«, spotte ich.

Daraufhin streckt mein Zwilling mir die Zunge raus, und ich sehe zu, dass ich nach oben komme, ehe er die Haustür öffnet.

Von meinem Zimmer aus rufe ich Alex Kaimals Geschäftsnummer an und erfahre von einem verbindlich klingenden Mann, dass er den ganzen Tag in seinem Büro sein werde. Deshalb beschließe ich, ihn aufzusuchen und nicht erst mit ihm zu telefonieren. Ich hoffe inständig, dass Alex auf meine Fragen umgänglicher und gesprächiger reagiert als Laura.

Nachdem Danny und Brooke aufgebrochen sind und niemand mehr lästige Fragen stellen kann, mache ich mich auf den Weg nach Leeds. Aufgrund etlicher Baustellen dauert die Fahrt am Ende über vier Stunden, und als ich den Wagen endlich auf dem trostlosen Parkplatz eines Gewerbegebiets abstelle, knurrt mir der Magen. Darum werde ich mich später kümmern. Ich fahre mir noch schnell mit der Bürste durchs Haar, trage Lippenstift auf, streiche mein Kleid einigermaßen glatt und steige aus.

Das Bürogebäude ist ein eher schlichter Zweckbau, der Eingangsbereich wirkt fast ein wenig beklemmend mit seiner niedrigen Decke. An einem Ende stehen bei einem Wasserspender einige Sessel in verschiedenen Pastellfarben, am anderen sehe ich einen Mann und eine Frau am Empfang sitzen und leise telefonieren. Sowie der Mann auflegt, gehe ich zu ihm hin. »Ich müsste mit Alex Kaimal sprechen. Können Sie ihn vielleicht bitten, nach unten zu kommen und sich hier mit mir zu treffen? Es ist ziemlich dringend.«

»Natürlich. Erwartet er Sie?«

»Nein, ich wollte ihm eigentlich eine Nachricht schicken, möchte die Sache aber lieber persönlich mit ihm besprechen.« Ich zögere, weiß für einen Moment nicht, wie ich weitermachen soll. Zum Glück kommt mir eine Idee. »Wissen Sie, es geht um meinen kürzlich verstorbenen Vater, der ein Jugendfreund von Mr. Kaimal war.«

Mein Gegenüber bleibt unerschütterlich freundlich. »Wen darf ich denn melden …?«

Ich schlucke. »Seraphine.« Selbst jetzt weicht das Lächeln nicht von seinen Lippen, »Harris. Seraphine Harris«, füge ich schnell hinzu und umfasse den Rand des Empfangstresens, als müsste ich mich festhalten.

Nach ein paar leise ins Telefon gemurmelten Sätzen wendet er sich mir wieder zu. »Es tut mir leid, Mr. Kaimal ist in einer Vorstandssitzung. Seine Sekretärin lässt fragen, ob Sie eventuell für nächste Woche einen Termin ausmachen möchten?«

Obwohl ich ihm am liebsten das Telefon aus der Hand gerissen hätte, zwinge ich mich zu einem gleichmütigen Lächeln, als wäre mein Anliegen so wichtig nicht.

»Nicht nötig, danke«, sage ich und gehe weg, noch ehe er aufgelegt hat.

Mir ist seltsam schwindelig, als wäre mein Kopf voller Watte, wahrscheinlich vor Hunger, und ich steuere den Wasserspender an. Dabei fällt mein Blick im Vorbeigehen auf den Fahrstuhl. Würde man mich aufhalten, wenn ich dreist nach oben fahre? Ich spähe hinüber zum Empfang. Der Mann und die Frau sind wieder beschäftigt und schenken mir keine Beachtung mehr. Also müsste es machbar sein. Und dann? Soll ich sämtliche Flure ablaufen und jede Bürotür aufmachen, bis ich Alex gefunden habe? Wie weit würde ich wohl kommen? Und wie würde er reagieren? Ich beiße die Zähne zusammen. Nein, keine gute Idee.

Vielleicht sollte ich hier unten warten und auf eine Gelegenheit hoffen, ihn abzufangen. Wie er aussieht, weiß ich ja. Ich fülle einen Plastikbecher mit kaltem Wasser aus dem Spender und setze mich so in einen der Sessel, dass ich den Fahrstuhl im Blick habe.

Es wird eine Geduldsprobe. Die nächste Stunde verbringe ich damit, verschiedene Zeitschriften durchzublättern, ohne dass jemand mich behelligt. Gegen halb fünf kommt eine junge Frau mit einer pink gefärbten Strähne im schwarzen Haar herein, die mir kurz zulächelt, in einem der anderen Sessel Platz nimmt und sich mit ihrem Handy beschäftigt.

Vierunddreißig Leute sind aus dem Fahrstuhl gekommen, ehe mein Warten endlich belohnt wird. Ich erkenne ihn sofort wieder, wenngleich er im Gesicht fülliger geworden ist und deutlich älter aussieht als auf dem Firmenfoto, doch es ist eindeutig Alex Kaimal. Ich mache Anstalten, mich zu erheben, aber die junge Frau mit der pinkfarbenen Haarsträhne ist schneller.

»Hallo, Dad«, höre ich sie sagen.

»Kiara.«

Sie umarmen sich kurz und scheinen mich überhaupt nicht wahrzunehmen. Was soll's, denke ich und folge ihnen nach draußen.

»Mr. Kaimal«, rufe ich.

Seine Tochter dreht sich als Erste um, bei Alex dauert es ein paar Sekunden. Er mustert mich schweigend. Ein unangenehmes Frösteln kriecht mir wie kalte Nadelstiche über Nacken und Arme. Fragend sieht er mich an. Kiara schaut neugierig zwischen uns hin und her.

»Ich bin Seraphine«, bringe ich mühsam hervor, »die Tochter von Dominic und Ruth Mayes. Wenn mich nicht alles täuscht, waren Sie mit meinen Eltern befreundet.«

Mit einem Schlag verändert sich seine Miene, sein ganzes Gebaren. Seine Augen weiten sich, er holt zweimal tief Luft, dann weicht er vor mir zurück und hebt die Hände, als müsste er einen Angriff abwehren.

»Dad?«, wendet seine Tochter sich besorgt an ihn.

Unverwandt sieht er mich an. »Das kann nicht sein«, ringt er sich schließlich ab. »Sie können nicht ihre Tochter sein. Ruth ist gestorben.«

Vorsichtig trete ich einen Schritt vor. »Das stimmt, sie starb am Tag meiner Geburt.«

Alex schüttelt den Kopf, erst langsam und ungläubig, dann immer entschiedener.

»Nein. Nein, das ist unmöglich.«

»Dad?«, spricht seine Tochter ihn erneut an, und er greift, ohne mich aus den Augen zu lassen, haltsuchend nach ihrer Hand.

»Komm, lass uns gehen«, sagt er und weicht noch einen Schritt vor mir zurück.

»Mein Bruder Edwin erinnert sich noch an Sie«, versuche ich zu ihm durchzudringen und sehe, wie in seiner Miene mit einem Mal ein jäher Schmerz zum Ausdruck kommt. »Warum glauben Sie, es sei unmöglich?«

Nach wie vor antwortet er nicht, öffnet lediglich kurz den Mund, ohne dass ein Laut über seine Lippen kommt.

»Haben Sie noch Kontakt zu Laura?«, dringe ich weiter auf ihn ein. »Haben Sie ihr eventuell kürzlich einen Brief geschickt?«

»Laura?«, platzt es aus ihm heraus. »Nein. Wieso sollte ich?« Dann fasst er sich wieder, sieht mich aus weit aufgerissenen Augen an und kommt mir so nah, dass kaum eine Handbreit mein Gesicht von seinem trennt. »Wer sind Sie?«, herrscht er mich so heftig an, dass ich erschrocken zurückweiche.

Seine Tochter zieht ihn von mir weg. »Dad, hör auf. Wir müssen gehen. Bitte, lass es gut sein.«

Er entspannt sich etwas und mustert mich von oben bis unten. »Ich habe keine Ahnung, wer Sie sind oder was Sie von mir wollen«, sagt er mit rauer Stimme. »Halten Sie sich von mir fern, hören Sie? Halten Sie sich in Zukunft von uns beiden fern.«

Vater und Tochter klammern sich förmlich aneinander, als sie über den Parkplatz davoneilen und in eines der Autos steigen. Mehrere Angestellte, die zwischenzeitlich aus dem Gebäude gekommen sein müssen, sind stehen geblieben und taxieren mich neugierig. Ich merke, wie ich am ganzen Körper zittere.

Unmöglich, hat er gesagt. Es sei unmöglich, dass ich das Kind meiner Eltern sei. Tief in mir nagt die Überzeugung, dass er recht hat, dass er mir das bestätigt, was ich immer geahnt habe. In meinem Hinterkopf hämmern ständig dieselben drei Worte in einem unermüdlichen Staccato: *Wer bin ich?*

12. Kapitel

LAURA

Oktober/ November 1991

Als Alex Ruth nach dem Lunch zurückbrachte, ging sie sofort auf ihr Zimmer, da sie angeblich Kopfschmerzen hatte. Was mich zu der Vermutung veranlasste, dass ihr Ausflug nicht gerade ein Erfolg gewesen war, zumal Alex sie auch nicht ins Haus begleitete. Durchs Küchenfenster sah ich seinen gelben Sportwagen die Einfahrt hinab verschwinden.

Am Samstagmorgen klingelte das Telefon. Dominic, der wie üblich am Abend zuvor aus London gekommen war, nahm den Anruf entgegen.

»Das war Alex«, teilte er seiner Frau mit. »Anscheinend hast du ihn für heute zum Lunch eingeladen, wusste ich gar nicht. Jedenfalls ist ihm etwas dazwischengekommen. Irgendeine Krise bei der Arbeit, deshalb muss er sofort zurück nach Leeds.«

Ruth nahm es mit einem Achselzucken hin. »Wir werden es verschmerzen. Gestern hat er mich eine Stunde ununterbrochen mit den Renovierungsplänen für sein Cottage gelangweilt. Irgendwann konnte ich es nicht mehr hören.

Warum ruft er für so etwas nicht dich an? Immerhin ist er dein Freund.«

Dominic runzelte die Stirn. »Jetzt komm, du kennst ihn genauso lange wie ich. Habt ihr euch gestritten? Mir kam es nämlich so vor, als wäre das mit seinem Job lediglich vorgeschoben.«

»Wenn es als streiten gilt, dass ich ihm gesagt habe, ich sei nicht seine Angestellte und stünde nicht auf Abruf bereit, um ihm bei seinen Einrichtungsproblemen zu helfen, dann vermutlich ja. Und das hat er sich selbst zuzuschreiben.«

Um dem sich anbahnenden Disput zu entfliehen, zog ich mich in den zwischen Küche und Anbau liegenden Wirtschaftsraum zurück, wo ich beschäftigt tat und gleichzeitig lauschen konnte.

»Mein Gott, Ruth. Er braucht deine Hilfe nicht. Er freut sich darauf, bald einzuziehen und will uns an seinen Renovierungsplänen teilhaben lassen.« Dominic klang reichlich entnervt. »Warum musst du immer gleich schlecht über alles und jeden denken?«

»Du hast ja keine Ahnung, wie das ist, die ganze Woche hier draußen festzusitzen! Glaubst du vielleicht, mir macht das Spaß? Vergiss nicht, dass ich meinen Beruf dafür aufgegeben habe.«

Ich hielt den Atem an. Ruth hatte mir erzählt, dass sie nach der Geburt der Zwillinge ihren Job bei einer großen Londoner Bank an den Nagel gehängt habe und dass ihr die Arbeit sehr fehle. Und im Augenblick klang es wirklich so, als wäre das Leben auf Summerbourne mit ihrem Sohn eine Zumutung, wenngleich sie das bei anderen Gelegenheiten gerne vehement bestritt. Gespannt verfolgte ich den Fortgang der Diskussion weiter.

»Also gut, dann ziehen wir eben nach Winterbourne«, stöhnte Dominic. »Melde Edwin auf der Schule an, die die Kinder der Mellards besuchen, such dir was in Teilzeit und schau, wie es sich anlässt …«

Ein Stuhl schrammte über die Fliesen.

»Edwin bleibt auf Summerbourne«, beschied Ruth ihrem Mann verärgert. »Das kannst du nicht von mir verlangen. Niemals.«

War das nicht eine komplette Kehrtwende? Immer öfter fand ich es schwierig, Ruths sprunghaftes Verhalten zu verstehen. Ich huschte schnell nach nebenan, schloss leise die Tür hinter mir und sorgte dafür, dass Edwin seinen Eltern für den Rest des Vormittags nicht in die Quere kam.

Am Montag wirkte Ruth weiterhin zerstreut, und ich fragte mich, ob es immer noch der Streit mit Dominic war, was ihr im Kopf herumging. Die ganze Woche über blieb die Atmosphäre gespannt. Edwin und ich waren vormittags meistens draußen, entweder im Garten, am Turm oder am Strand und gelegentlich auf dem Spielplatz im Dorf, wenn wir Lust auf einen Spaziergang und einen Abstecher in den Dorfladen hatten.

Nachmittags dagegen beschäftigten wir uns meistens im Haus, bastelten Flugzeuge aus Pappkartons, backten Kekse oder bereiteten eine Schatzsuche für den nächsten Tag vor. Ich war froh, wenn meine Tage ausgefüllt waren, dann blieb mir weniger Zeit, mich einsam und allein zu fühlen oder mir Gedanken darüber zu machen, was genau nun eigentlich zwischen Alex und mir vor ein paar Tagen unten an der Strandtreppe geschehen war.

Wenn Edwin und ich zu Mittag aßen, fand Ruth sich ebenfalls des Öfteren in der Küche ein und wirkte sogar meistens durchaus munter. Komisch, dass sie ausgerechnet immer, wenn ihr Mann nach Hause kam, über Kopfschmerzen klagte und sich stundenlang in ihr abgedunkeltes Zimmer zurückzog. Und genauso komisch war, dass sie Alex nicht mehr erwähnte.

An einem Dienstag gegen Ende des Monats rief Vera an. »Würde es Ihnen etwas ausmachen, Laura, Edwin morgen zum Kinderturnen zu bringen? Ich möchte Ruth gerne zum Lunch entführen, weil ich in aller Ruhe ein paar Dinge mit ihr klären muss.«

»Ja«, sagte ich, »überhaupt kein Problem.«

»Vielen Dank, meine Liebe. Ich wüsste wirklich nicht, was wir ohne Sie tun sollten.«

Edwin machte es nichts aus, zu Fuß zum Kinderturnen zu gehen. Helen Luckhurst war mit Ralph da, der auf mich sehr ernst und still wirkte, die erst ein paar Wochen alte Daisy hatte sie sich in einem Tuch vor die Brust gebunden. Sie spendierte mir einen Kaffee aus dem Automaten und fragte mich nach meinem Leben auf Summerbourne aus, während wir den Kindern zuschauten, die unter Anleitung über Kästen und Balken turnten.

»Ist sie wenigstens bei sich daheim eine gute Mutter?«, erkundigte Helen sich plötzlich und brachte mich damit völlig durcheinander.

»Wie bitte, wen meinen Sie damit?«

»Na, Ruth. Sie wirkt immer so … kalt. Vor allem seit sie ihren anderen kleinen Jungen verloren hat. Gibt sie Edwin etwa die Schuld daran? Weil er sie abgelenkt hat? Was meinen Sie, liebt sie ihn deswegen weniger? Nicht mehr so bedingungslos, wie eine Mutter ihr Kind eigentlich lieben sollte?«

179

Sofort machte ich dicht und wandte mich ab. Damit gab ich ihr zu verstehen, dass sie von mir keine Antwort bekommen würde. Einsicht zeigte sie nicht. Eher wirkte sie beleidigt, denn sie erhob sich und suchte jemand anderen zum Tratschen. Über Ruth und nun vermutlich zudem über mich.

Ruth und Vera waren noch nicht zurück, als Edwin und ich nach Hause kamen. Ich ließ ihn im Spielzimmer seinen liebsten Zeichentrickfilm anschauen und war gerade in der Küche beschäftigt, als das Telefon klingelte.

»Summerbourne, hallo?«

»Laura, hier ist Alex.«

»Oh«, sagte ich und wickelte die Telefonschnur nervös um meinen Finger.

Drei Wochen und fünf Tage war es jetzt her, seit er mir den Strandflieder ins Haar gesteckt und mich angesehen hatte mit diesem feinen Lächeln um die Lippen, seit er sich ganz nah zu mir gebeugt hatte, bis unsere Lippen sich fast berührten. Ob er die Tage, die vergangen waren, genauso gezählt hatte wie ich?

»Eigentlich wollte ich Ruth sprechen … Ist sie da?«

Ich dumme Gans, dachte ich und hätte mich am liebsten geohrfeigt. Wie konnte ich selbst im Geheimen nur einen einzigen Moment lang hoffen, dieser Mann würde meinetwegen anrufen.

»Nein, tut mir leid. Sie ist aus dem Haus gegangen.«

»Könntest du ihr vielleicht etwas ausrichten?«

»Natürlich.« Ich bemühte mich um einen gleichgültigen Ton und griff nach dem Bleistift, der neben dem Notizblock lag.

»Sag ihr bitte, dass ich bis Sonntag im Cottage bin. Falls

sie vor dem Wochenende vorbeikommen will, ist sie jederzeit willkommen. Meine Nachbarn meinten, dass morgen Abend im Dorf eine Halloweenparty stattfindet – du weißt nicht zufällig, ob sie vorhat hinzugehen? Oder nein, lass mal.« Er legte eine Pause ein. »Vielleicht rufe ich erst mal Dominic an.«

»Gut, mach das. Ich kann es ihr ja trotzdem ausrichten, wenn du willst.«

»Super, Laura. Und danke noch mal für den kleinen Ausflug neulich zum Strand. Hat echt Spaß gemacht.«

Ich grub mit der Bleistiftspitze ein großes Loch ins Papier.

»Hm, alles klar. Bis dann.«

Alex ist bis Sonntag im Cottage, kritzelte ich auf den Block. *Morgenabend Party?*

Nachdem sie und Vera von ihrem Lunch zurückgekehrt waren, rauschte Ruth sogleich ins Spielzimmer.

»Wie war dein Turnen, mein Schatz?«, fragte sie Edwin und gab ihm einen Kuss.

»Gut, Mummy.«

Ihre Wangen waren gerötet, und sie funkelte mich über Edwins Kopf hinweg an. Aus irgendeinem Grund wirkte sie irgendwie hektisch und leicht gestresst.

»Tu mir bitte einen Gefallen und sieh zu, dass du sie loswirst«, zischte sie mir zu.

»Wen bitte?«, hakte ich nach, hatte keine Ahnung, was sie wollte.

»Na, wen wohl. Meine Mutter natürlich«, stieß sie gereizt hervor. »Bring sie irgendwie dazu, nach Hause zu fahren, sie geht mir nämlich fürchterlich auf die Nerven. Die ganze Zeit liegt sie mir in den Ohren, dass wir nach Winterbourne ziehen sollen, um noch mal neu anzufangen. Wenn ich sie dauerhaft tagein, tagaus ertragen muss, drehe ich durch. Bitte, Laura.«

Widerstrebend folgte ich ihr ins Haupthaus. Während Ruth gleich nach oben ging, begab ich mich nach kurzem Zögern in die Küche, wo Vera an der Terrassentür lehnte und hinaus in den Garten schaute.

»Alles in Ordnung?«, fragte ich sie, woraufhin sie sich aufrichtete und mich anlächelte.

»Aber ja, alles bestens, danke. Allerdings glaube ich, dass ich nicht mehr zum Abendessen bleiben werde. Würden Sie mir wohl ein Taxi rufen, meine Liebe?«

Am nächsten Tag kamen Edwin und ich aus dem Garten ins Haus gestapft und wollten gerade unsere Jacken und Gummistiefel im Flur ausziehen, als wir bemerkten, dass Ruth telefonierte. Sie hielt die Hand über den Hörer und wartete, bis wir wieder verschwunden waren, und setzte erst dann das Gespräch fort. Etwas später kam sie herüber.

»Laura, ich weiß, wir hatten abgemacht, dass ich heute Nachmittag mit Edwin zu diesem Halloweendings im Gemeindehaus gehe – würde es dir etwas ausmachen, das für mich zu übernehmen?«

»Kein Problem«, versicherte ich.

»Danke, Laura, ganz vielen Dank. Du bist wirklich meine letzte Rettung. Ich wollte schnell in die Stadt fahren und mir ein Kostüm für die Halloweenparty heute Abend besorgen. Wie es aussieht, kommt die halbe Nachbarschaft.«

»Kann ich mitkommen?«, fragte Edwin.

»Heute Abend?« Ruth strubbelte ihm durchs Haar. »Nein, mein Schatz. Das ist ausschließlich für Erwachsene. Laura kann ja hier etwas Lustiges mit dir spielen.« Sie warf mir einen bedeutungsvollen Blick zu. »Vorausgesetzt, du hast nichts dagegen, auf ihn aufzupassen.«

Ich schüttelte den Kopf, inzwischen waren Sonderschichten sowieso gang und gäbe. »Mache ich.«

Nach dem Mittagessen zog Edwin sein Piratenkostüm an, und ich malte ihm mit meinem schwarzen Kajalstift einen Seeräuberschnurrbart und Bartstoppeln ins Gesicht. Ehe wir aufbrachen, steckte ich noch eine Taschenlampe ein, da der Weg ins Dorf nicht beleuchtet war und die Dämmerung mittlerweile immer früher hereinbrach.

Das Gemeindehaus war brechend voll mit verkleideten Kindern, von kleinen Gespenstern in Kissenbezügen bis zu Teufeln und Vampiren mit rot blinkenden Hörnern. Helen Luckhurst stellte mir Kemi Harris vor, Joels Mutter, die kürzlich erst aus Nigeria zurückgekehrt war, und Kemi bedankte sich für die Kekse, die ich mit ihrem Sohn für sie als Willkommensgruß gebacken hatte.

Edwin zog mich sogleich ins Getümmel. Mit großen Augen sah er den kreischenden und johlenden Kindern zu, die kreuz und quer durch den Saal rannten, und stellte sich an meiner Hand bei allerlei Spielen an. Er versuchte sein Glück bei den an langen Schnüren herabhängenden Donuts, wo es ihm gelang, zweimal abzubeißen, und steckte dann mutig die Hand in einen Eimer voller Sägemehl, in dem kleine Spielzeugtiere versteckt waren. Allerdings zeigte er hier weniger Auftrieb als zu Hause, vermutlich weil er so viele Kinder um sich herum nicht gewöhnt war. Als sich zwei Zauberer auf ihn stürzten, die sich als Joel Harris und Ralph Luckhurst entpuppten, vergrub er sein Gesicht in meiner Strickjacke und hatte keine Lust mehr mitzuspielen.

Ehe wir uns auf den Heimweg machten, band ich ihm seinen Schal um und zog ihm die Mütze fest über die Ohren, doch der kalte Wind fand seinen Weg durch die Kleider und ließ uns frösteln. Mit einem Mal hielt ein Auto neben uns. Es war Ruth.

»Das trifft sich ja gut«, meinte sie, als wir auf die Rückbank kletterten. Meine Finger waren so durchgefroren, dass ich kaum den Gurt von Edwins Kindersitz zubekam. »Wie war die Party, mein Schatz?«

Edwin schob die Unterlippe vor, ohne einen Kommentar abzugeben. Also nicht so toll, hieß das wohl. Seine Mutter merkte es offenbar nicht, zu sehr schwelgte sie in ihren eigenen Erlebnissen.

»Ich habe ein absolut göttliches Hexenkostüm ergattert«, schwärmte sie. »Und Alex hat noch schwarze Umhänge für uns aufgetrieben. Es wird wunderbar, sage ich dir.«

Später, nachdem ich Edwin Käsetoast gemacht, ihn gebadet hatte und ihm gerade eine Gutenachtgeschichte vorlas, kam Ruth in sein Zimmer getänzelt. Sie trug einen spitzen schwarzen Hut und ein Kleid aus braunem und schwarzem Samt. Sie drehte sich vor uns im Kreis und ließ ihren Rock wirbeln. Nägel und Lippen waren blutrot, die Lider dunkel geschminkt, und ihre Augen glänzten.

»Mag ich nicht.« Edwin vergrub sein Gesicht an meiner Schulter, woraufhin Ruth mit dem Herumtanzen aufhörte und zu ihm ging.

»Ich bin's, Edwin, deine Mummy. Das ist bloß ein Kostüm. Sieh mal, ist der Rock nicht schön?«

Der Junge schüttelte den Kopf, ohne hinzuschauen.

»Na gut.« Ruth stemmte die Hände auf die Hüften. »Alex müsste jede Minute kommen, um mich abzuholen. Du brauchst nicht wach zu bleiben, Laura. Lass einfach die Tür zum Anbau offen. Wir sehen uns dann morgen.«

»Viel Spaß«, wünschte ich ihr.

Sie rauschte hinaus, und Edwin rieb sich mit seinen kleinen Fäusten die Augen.

»So mag ich Mummy nicht«, flüsterte er leise.

»Ich auch nicht«, erwiderte ich. »Aber keine Sorge, morgen wird sie wieder ganz normal aussehen.«

Ich las ihm vor, bis er eingeschlafen war, und blieb noch eine Weile an seinem Bett sitzen, strich ihm übers Haar und lauschte seinem ruhigen Atem. Dann brachte ich die Küche in Ordnung und verschloss die halb leere Flasche Rotwein mit einem Stück Alufolie.

Um näher bei Edwin zu sein, nahm ich mein Bettzeug mit ins Spielzimmer und legte mich dort aufs Sofa. Als ich aufwachte, waberte grauer Nebel vor den Fenstern, und die Sonne war am Horizont bereits als bleicher Schimmer zu erkennen. Ich ging hinüber ins Haus und sah Ruths schwarze Stiefel hingeworfen im Flur, das Leder glänzend vor Nässe. Wasserlachen auf den Fliesen ließen vermuten, dass bis vor Kurzem noch ein Paar größere Schuhe hier gestanden hatte. Ich beschloss, mir schnell einen Tee zu machen und mich wieder nach nebenan zu verziehen. Auf dem Weg in die Küche fiel mein Blick durchs Flurfenster. Wie erstarrt blieb ich stehen und spähte hinaus in die Dämmerung.

Unter den Bäumen entlang der Einfahrt bewegte sich etwas. War dort draußen jemand? Ich trat näher ans Fenster und versuchte, etwas zu erkennen. Zwei dunkle Gestalten schwankten am Rande des Rasens hin und her. Schlagartig war ich hellwach. Zum Glück hatte ich kein Licht gemacht, sodass ich kaum gesehen werden konnte. Dennoch wich

ich vom Fenster zurück und streckte die Hand nach dem Telefon aus. Das Herz schlug mir bis zum Hals. Sollte ich die Polizei rufen oder erst Ruth wecken? Oder einfach wieder ins Bett gehen, da sich ohnehin wahrscheinlich eine harmlose Erklärung fand. Nachbarn, die früh mit dem Hund unterwegs waren zum Beispiel, oder Partygäste, die am Strand ausnüchtern wollten.

Dann ein Geräusch, ein hohes, leises Quietschen, das sich zweimal wiederholte. Ich erkannte es sofort und schlich erneut ans Fenster. Michael stand jetzt bei den beiden Gestalten und stellte bedächtig seinen Schubkarren ab. Mit einem Mal fiel mir auf, dass etwas nicht stimmte, dass diese schwankenden Figuren unmöglich Menschen sein konnten, denn ihre Füße berührten den Boden nicht.

Entschlossen schob ich Zweifel und Ängste beiseite, nahm ein Paar Gummistiefel aus dem Schrank und zog meine Jacke über, drückte dann mit zitternden Händen die Türklinke hinunter und trat hinaus auf den Vorplatz. Inzwischen begann die Sonne sich immer mehr durchzusetzen und vertrieb die Nebelschwaden.

Der Gärtner blickte mir mit finsterer Miene entgegen, schien über den Schabernack in seinem Revier nicht lachen zu können.

»Was ist das?«, flüsterte ich in den stillen Morgen.

Michael antwortete nicht, sah mich jedoch an, als würde er darauf warten, dass ich etwas unternahm. Vorsichtig streckte ich die Hand aus und strich mit den Fingern über Samt, nassen schwarzen Samt. Es waren die Umhänge, die Alex und Ruth zur Halloweenparty getragen hatten, aufgehängt an ihren Kapuzen.

Ich lachte kurz auf, eher vor Erleichterung, als dass ich

es besonders witzig gefunden hätte. Edwin würde sich zu Tode erschreckt haben, wäre er im Zwielicht am Fenster vorbeigetappt. Michael hatte ebenfalls nicht das geringste Verständnis für derartige Scherze.

»Das ist nicht recht, so was«, brummelte er grimmig und zog mit seinem Schubkarren ab.

Plötzlich wurde ich von einem unerklärlichen Unbehagen erfasst. Hastig eilte ich zum Haus zurück, trug mein Bettzeug wieder in mein Zimmer und zog mir die Decke über den Kopf, bis aus dem Spielzimmer einer von Edwins Zeichentrickfilmen losdröhnte. Als ich aus dem Fenster schaute, waren die Umhänge und damit der nächtliche Spuk verschwunden.

Der Vormittag verlief ereignislos, bis sich zur Lunchzeit der gelbe Sportwagen mit den typischen knirschenden Geräuschen ankündigte. Ich schob die Tür zum Wohnzimmer, wo Ruth im trüben Dämmerlicht saß, einen Spaltbreit auf.

»Alex kommt gerade an.«

Sogleich sprang sie aus ihrem Sessel, riss die Vorhänge auf und fuhr sich mit fahrigen Fingern durchs Haar. Irgendwie wirkte sie verstört.

»Ich hatte ihm eigentlich gesagt, dass er nicht noch einmal kommen soll«, murmelte sie unwirsch. Dann straffte sie die Schultern und sah mich an. »In Ordnung. Lass ihn herein.«

Genau wie Ruth war er anders als sonst. Sein Blick irritiert, sein Verhalten verkrampft, stand er vor der Tür, ohne wie sonst zunächst ein paar lockere Sprüche vom Stapel zu lassen. Ich trat beiseite, um ihn hereinzubitten, und deutete zum Wohnzimmer hin. Was dort geschah, davon sah und hörte ich nichts, da ich den ganzen Nachmittag mit Edwin Zeichentrickfilme anschaute. Nach drüben wagten wir uns erst wieder, nachdem Alex' Wagen verschwunden war.

Später am Abend traf Dominic ein, den Kofferraum voller Einkaufstüten, und als ich am nächsten Morgen in die Küche kam, war er schon schwer beschäftigt mit Essensvorbereitungen, während Ruth müßig an der Spüle lehnte.

»Wann kommt Alex?«, fragte er sie.

»Ich weiß nicht, ob er überhaupt kommt«, antwortete sie träge.

Dominic unterbrach das Gemüseschneiden. »Und warum nicht?«

Ruth zuckte nur mit den Schultern.

Unterdessen hatte ich mich mit dem Jungen ins Spielzimmer zurückgezogen. Er musste nicht mitkriegen, dass zwischen seinen Eltern erneut dicke Luft herrschte. Irgendwann kam Dominic zu uns.

»Na, Edwin, hast du Lust auf einen kleinen Abstecher ins Dorf, um Onkel Alex zu besuchen?«

»Au ja!«, rief er begeistert und warf sein Malzeug zur Seite.

Sein Vater bedachte mich mit einem schmalen Lächeln. »Es ist Wochenende, Laura, du solltest frei haben. Ich fürchte ernstlich, dass wir dich über Gebühr ausnutzen.«

»Es macht mir nichts aus, wirklich nicht«, versicherte ich.

»Möchtest du nicht mal irgendwohin? Soll ich dich vielleicht in der Stadt absetzen?«

Das Bild meiner Freundinnen tauchte vor mir auf – wir vier, wie wir samstags im Einkaufszentrum abhingen, uns eine Riesenportion Pommes teilten und über die Leute an unserer Schule lästerten.

»Nein, brauchst du nicht, alles gut.« Mit einer vagen Kopfbewegung deutete ich zu meinem Zimmer. »Vielleicht lerne ich noch ein bisschen.«

»Na gut.«

Entgegen meinen Beteuerungen, dass ich nichts und niemanden vermisste, dachte ich an meine Freundinnen, nachdem die beiden weg waren, und fragte mich, was sie wohl gerade machten. Selbstmitleid schnürte mir die Kehle zu. Hazel paukte bestimmt für ein Seminar, das erste Studienjahr Medizin war angeblich ziemlich heftig. Jo war nach der Schule zur Polizei gegangen und schob vielleicht Wochenenddienst, stürzte noch schnell einen Kaffee hinunter, ehe sie zu einem Einsatz aufbrach. Pati lag in ihrer Studenten-WG ganz sicher noch im Bett und würde erst irgendwann am Nachmittag in die Gänge kommen. Mittlerweile hatten sie vermutlich neue Freunde gefunden, interessierten sich für andere Dinge, planten ihre Zukunft und kamen bestimmt nicht mehr dazu, einen einzigen Gedanken an mich zu verschwenden.

Eine Bewegung im Garten holte mich jäh in die Gegenwart zurück. Ruth lief in ihrer ausgebeulten grauen Strickjacke und mit Hausschuhen über den nassen Rasen und verschwand zwischen den Bäumen. Wieder eine Sache, für die ich keine Erklärung fand. Ich überlegte, was ich tun sollte. Zum Lernen hatte ich keine Lust, also holte ich mir im Wohnzimmer zwei Bücher aus dem Regal, machte mir noch schnell einen Tee und kehrte zurück in mein Zimmer.

Ein paar Stunden später hörte ich nebenan im Spielzimmer erneut Zeichentrickfilme laufen. Edwin war so vertieft in das verrückte Treiben auf dem Bildschirm, dass er sich nicht einmal nach mir umdrehte, als ich hinter ihm am Sofa vorbei in die Küche ging. Dort waren Gesprächsfetzen von einer Unterhaltung im Wohnzimmer zu vernehmen.

»Er überlegt, es zu verkaufen«, hörte ich Dominic sagen. »Nach so kurzer Zeit, einfach lächerlich. Selbst wenn er es nicht selber nutzt, ist es eine gute Anlage, das müsste ihm eigentlich klar sein.«

Ruths Antwort konnte ich nicht entschlüsseln.

»Irgendetwas muss vorgefallen sein«, kam wieder Dominics Stimme. »Sonst würde er nicht derart überreagieren.«

Da Ruth leiser sprach, war sie schlechter zu verstehen. Sie sagte etwas, das klang wie »Es ist sein Leben«.

»Du hast dich wieder mit ihm gestritten, stimmt's? Ihm erst in den Ohren liegen, wie gern wir ihn hier in der Nähe hätten, um ihm dann zu sagen, dass er sich bitte schleichen soll. Glückwunsch, du hast es geschafft. Ich hoffe, du bist jetzt zufrieden.«

Das Knarren der Wohnzimmertür zeigte mir an, dass er offenbar den Raum verließ. Immer deutlicher wurde mir, dass auf Summerbourne so einiges im Argen lag und die vorgebliche Familienidylle letztlich nichts als Fassade war.

»*Er* sollte nach Winterbourne ziehen«, rief Ruth ihrem Mann nach. »Zusammen mit dir zu meiner Mutter. Das würde dir gefallen, oder? Du und Alex. Dann hättet ihr endlich eure Ruhe.«

Diesmal musste es ganz schön gekracht haben. Ich merkte es daran, dass Dominic am Sonntagmorgen zurück nach London fuhr, einen Tag früher als sonst. Natürlich war ich zum einen neugierig, mochte aber zum anderen nicht allzu sehr involviert werden. Deshalb verbrachte ich so viel Zeit wie möglich mit Edwin außer Haus. Bei einer dieser Gelegenheiten zeigte Michael mir stolz seine Quittenbäume – eine Frucht, die ich bislang nicht gekannt hatte. Zusammen mit Äpfeln kochte ich ein Kompott daraus, an dem ich am meisten den Duft liebte, ein ganz feines Aroma, das mich an den Earl-Grey-Tee erinnerte, den Vera immer trank. Ein paar Früchte legte ich auf die Fensterbank in meinem Zimmer und bildete mir ein, der beruhigende Geruch, den sie ausströmten, würde die angespannte Atmosphäre im Haus vertreiben.

Leider wurde die nicht besser. Am nächsten Wochenende setzten Dominic und Ruth ihre Streitigkeiten fort, wobei ich nicht wirklich wusste, ob es sich immer um dasselbe Thema drehte oder um verschiedene. Am Sonntagnachmittag kam Dominic nach draußen, um mit mir zu sprechen.

»Tut mir leid, dass du das alles mitbekommst, Laura«, entschuldigte er sich. »Ruth braucht dringend einen kleinen Tapetenwechsel. Kannst du dir vorstellen, Edwin ein paar Tage allein zu betreuen? Ich würde ihr gern einen Kurzurlaub mit Vera spendieren, damit sie mal ein paar Tage was anderes hört und sieht.«

»Ja, natürlich. Wenn es hilft …«

Er presste die Lippen zusammen. »Danke. Ich weiß wirklich nicht, womit wir dich verdient haben. Ich zahle dir während ihrer Abwesenheit das Doppelte für die ganzen Überstunden, die Nachtschichten und so.«

Als ich höflicherweise widersprechen wollte, dass das nicht nötig sei, weil es letztlich kaum mehr Aufwand für mich bedeutete, hob er rasch die Hand, um meinem Einwand zuvorzukommen.

»Das ist wirklich das Mindeste, was ich tun kann«, insistierte er und deutete auf Edwin, der gerade Kopf voraus die Rutsche heruntergesaust war und seinem Vater gegen die

191

Beine krachte. »Im Grunde könntest du sogar eine Gefahrenzulage verlangen«, fügte er hinzu, und diesmal erreichte das Lächeln sogar seine Augen.

In der Folgezeit hellte die Stimmung im Haus sich merklich auf. Ruth teilte mir aufgekratzt mit, dass sie demnächst ein paar Tage mit ihrer Mutter in einem Schlosshotel verbringen werde, um ein wenig auszuspannen. Insgesamt veränderte sich ihr Verhalten. Sie erschien regelmäßig zu den Mahlzeiten, nahm Anteil an Edwins Aktivitäten und kümmerte sich nachmittags ab und an selbst um ihn, damit ich in Ruhe lernen konnte. Trotz des inzwischen kalten Wetters trieb es sie manchmal sogar an den Strand, was ihr, wie sie meinte, half, den Kopf freizubekommen. Außerdem ging sie an den Samstagabenden gelegentlich wieder mit Dominic aus. Mittlerweile setzte sie voraus, dass ich auf Edwin aufpassen würde. Natürlich sagte ich nie Nein, wenn sie mich danach fragte.

Je näher allerdings der Termin ihres Kurzurlaubs rückte, desto mehr begann sie sich erneut in sich zurückzuziehen, wurde unruhig und zerstreut. Und ich glaube nicht, dass es einer Sorge um Edwin entsprang. Wenn ich ihr nämlich versprach, gut auf ihn aufzupassen, hörte sie kaum zu. Mir kam es fast vor, als plagten sie ganz andere Ängste. Von Dominic wusste ich ja, dass sie darunter litt, nicht längst ein weiteres Mal schwanger geworden zu sein, und dass Vera sie für depressiv hielt und sie drängte, endlich zum Arzt zu gehen, wurmte sie zusätzlich.

Lauter Theorien, von denen mich keine überzeugte. Viel eher glaubte ich, dass Ruths Stimmungsschwankungen, ihre Kopfschmerzen, ihre mentale Abwesenheit und Lustlosigkeit irgendwie mit Alex zusammenhingen. In welcher Weise indes, das war mir schleierhaft. Jedenfalls kam mir ihr Verhältnis zu ihm sehr ambivalent und ziemlich undurchschaubar vor. Ich verstand das. Schließlich war ich selbst hin- und hergerissen, was diesen Mann betraf, und schwankte zwischen dem Wunsch, ihn wiederzusehen, und der Hoffnung, ihm niemals mehr begegnen zu müssen.

Am Morgen des Reisetags schaute ich andauernd auf die Uhr. Dominic würde gegen Mittag aus London kommen und die beiden Damen an ihren Urlaubsort bringen. Insgeheim rechnete ich damit, dass Ruth womöglich in letzter Minute abspringen würde.

Nichts dergleichen geschah. Sie umarmte Edwin noch einmal ganz fest, ehe sie sich zu Vera in den Fond des Wagens setzte. Es war ein grauer, nasskalter Donnerstagnachmittag, und wir standen bibbernd an der Haustür, um ihnen zum Abschied zu winken. Edwins Unterlippe begann zu zittern, als der Wagen langsam unseren Blicken entschwand.

»Kommt Daddy später zurück?«, fragte er und schaute sehnsüchtig die Einfahrt hinunter.

»Ich weiß es nicht«, sagte ich.

13. Kapitel

SERAPHINE

Genau einhundertvierzig Meilen Wegstrecke liegen zwischen Alex Kaimals Büro und Summerbourne. Die immer gleichen Fragen gehen mir wie in einer Endlosschleife durch den Kopf, während ich mich vom Navi heimwärts lotsen lasse. Warum wirkte Alex so geschockt, als er meinen Namen hörte? Hat er die Wahrheit gesagt, als er behauptete, sich nicht bei Laura gemeldet zu haben? Und was hatte er damit gemeint, dass ich unmöglich Ruths Tochter sein könne?

Wer bin ich?

Mein Nacken ist verspannt, meine Schläfen pochen, und mit jeder Meile wird es schlimmer.

Als ich endlich zu Hause ankomme, finde ich einen toten Vogel vor der Haustür. Ich schiebe ihn mit der Schuhspitze beiseite. Dünne rosa Krallen und ein spitzer schwarzer Schnabel recken sich dem Himmel entgegen, die Augen sind halb geschlossen und eingesunken. Ich trete einen Schritt zurück und schaue zum Fenster über der Tür hinauf, vielleicht ist er ja dagegen geflogen und hat sich das Genick gebrochen. Im Flur sehe ich eine einzelne schwarze Feder, die über die Fliesen weht.

Ein unheimliches Kribbeln erfasst meinen Körper. Ich könnte schwören, dass die Feder schon im Haus war, als ich die Tür geöffnet habe. Also muss vorher jemand drinnen gewesen sein. So langsam verliere ich den Verstand, schießt es mir durch den Kopf. Oder es geht hier wirklich nicht mit rechten Dingen zu. Nachdem ich den Schlüssel zweimal im Schloss umgedreht habe, stelle ich mich auf die Zehenspitzen, um zusätzlich den schweren Riegel vorzulegen, den ich sonst nie benutze.

Mit angehaltenem Atem stehe ich da und lausche. Mein Nacken verkrampft sich mit jeder Minute mehr, und ich merke, dass ich die Schultern bis zu den Ohren hochgezogen habe. Nach einer gefühlten Ewigkeit gehe ich in die Küche, um zwei Schmerztabletten zu schlucken, die ich dort aufbewahre. Anschließend öffne ich den Kühlschrank, aber trotz meines Hungers macht nichts mich an. Die Tupperdosen mit kalter Pasta, die Edwin mir dagelassen hat, schauen mir trostlos entgegen. Darauf habe ich absolut keinen Appetit. Also suche ich mir in der Speisekammer etwas zum Knabbern.

Eine flüchtige Bewegung im Garten lässt mich zusammenfahren. Zum wievielten Mal an diesem Tag? Ich drücke meine Stirn gegen die Terrassentür und spähe angestrengt hinaus auf die dichten Sträucher, die den Rasen auf einer Seite begrenzen. Sie müssten unbedingt mal zurückgeschnitten werden. Zwar ist am Himmel noch ein letzter Hauch Abendrot zu sehen, doch die Dämmerung hat längst eingesetzt und erschwert es, überhaupt etwas zu erkennen. Vielleicht war es ja ein Fuchs oder ein anderes Wildtier.

Als ich mich wieder umdrehe, fällt mein Blick auf die Dose mit Grans Schlaftabletten, die versehentlich bei meiner Suche nach Ibuprofen aus dem Schrank gefallen ist. Ich schraube den Deckel ab und betrachte die winzigen Pillen – sollte eine wirklich genügen, um mein Gedankenkarussell auszubremsen? Die Aussicht auf friedlichen, ungestörten Nachtschlaf ist so verlockend, dass ich tatsächlich eine mit einem Glas Wasser herunterspüle.

Während ich ein paar Cracker esse, gehe ich durchs Erdgeschoss, um sämtliche Türen und Fenster zu überprüfen. Die Wirkung des Schlafmittels setzt früher ein als erwartet. Oder meine Erschöpfung tut ein Übriges. Als ich mich die Treppe hinauf nach oben schleppe, kann ich kaum noch die Augen offen halten. Eine seltsame Mattigkeit senkt sich über meine Gedanken und entzieht sie meinem Bewusstsein. Komplett angezogen, lasse ich mich aufs Bett fallen und sinke in einen tiefen, traumlosen Schlaf.

Bilder vom Meer ziehen durch mein Bewusstsein, tragen mich langsam hinauf an die Oberfläche, als ich am nächsten Morgen wach werde. Helles Sonnenlicht fällt ins Zimmer, und ich brauche eine Weile, bis ich kapiere, dass dieser schwache Brummlaut, den ich in regelmäßigen Abständen höre, nichts anderes als der Vibrationsalarm meines Telefons ist. Bis ich klar genug im Kopf bin, um irgendetwas auf dem Display zu erkennen, vergeht noch mal eine Minute.

Pamela Larch hat mir eine Nachricht geschickt: *Mir ist noch etwas eingefallen. Leider ist es nicht so schön, fürchte ich, und ich würde es dir gern persönlich sagen. Wenn du heute Vormittag in die Praxis kommst, können wir reden.*

Was soll das denn heißen? Was kann jemand wie sie meinen, wenn sie etwas als nicht so schön umschreibt? Immerhin ist sie eine erfahrene Krankenschwester, die praktisch nichts mehr zu erschüttern vermag. Es dürfte kaum etwas geben, das sie in ihrem langen Berufsleben nicht erlebt hat. Krankheiten aller Art, darunter viele hoffnungslose, Todesfälle und persönliche Schicksale. Was würde bei ihr in die Kategorie *nicht so schön* fallen?

Meine Beine sind schwer wie Blei, als ich die Treppe hinunterwanke, meine Kehle ist wie ausgedörrt, aber ehe ich in die Küche gehe, will ich unbedingt nachsehen, ob der tote Vogel noch vor der Tür liegt. Der schwere Riegel widersetzt sich mir, und ich verstauche mir fast die Finger bei dem Versuch, ihn zurückzuschieben. Als die Tür endlich offen ist, bin ich einen Moment wie geblendet vom grellen Sonnenlicht. Der Vogel ist verschwunden. Ich suche die Einfahrt ab, nichts. Vielleicht hat eine Katze ihn sich in der Nacht geholt oder ein Fuchs.

Dafür fällt mir etwas anderes ins Auge, und zwar auf dem seitlichen Rasenstreifen, der das Kiesrondell begrenzt. Mir kommt es vor, als wäre dort etwas in das ohnehin halb verdorrte Gras gebrannt worden. Da ich keine Schuhe anhabe und zudem friere, beschließe ich, mir die Sache erst mal von meinem Schlafzimmerfenster im ersten Stock aus anzusehen. Ich hatte recht. Zwei Worte sind in den Rasen gebrannt worden, und die Buchstaben sind exakt so ausgerichtet, als sollten sie von diesem Fenster aus gelesen werden. Es läuft mir eiskalt über den Rücken, als ich die Botschaft entziffere: HÖR AUF.

Zitternd und verängstigt, gehe ich wieder hinunter in die Küche und suche, während der Wasserkocher sich erhitzt, nach harmlosen Erklärungen. Ein dummer Scherz gelangweilter Dorfjungen? Oder sollte einer meiner Brüder auf diese Schnapsidee gekommen sein? Meine überreizte Fantasie kennt keine Grenzen. Zudem meldet der bohrende

Kopfschmerz sich zurück, und ich schlucke zwei weitere Ibuprofen. Am liebsten würde ich aus dem Haus stürzen, um so viel Abstand wie möglich zwischen mich und diese sonderbaren Ereignisse zu bringen. Ich muss mich beruhigen, sonst kann ich nicht darüber nachdenken, wie ich weiter vorgehen soll.

Mein erster Schritt wird sein, Pamela aufzusuchen, die Praxis dürfte inzwischen geöffnet haben. Ich nehme mir gerade noch Zeit für einen Tee, dann bin ich startklar. Auf dem Weg zu meinem Auto bemühe ich mich, weder nach rechts noch nach links zu schauen. Weder zu der eingebrannten Warnung auf dem Rasen und der Stelle, wo der tote Vogel gelegen hat, noch zu der Garage, von deren Dach mein Vater in den Tod gestürzt ist.

Wieder ist die Praxis wie ausgestorben. Hayley Pickersgill sitzt im Anmeldebereich und glotzt mich an. Unter ihren spöttischen Blicken wird mir erst bewusst, dass ich nach wie vor mein zerknittertes Kleid von gestern trage und ich mir weder die Haare gekämmt noch mich geschminkt habe. Dass ich mich nicht einmal gewaschen und mir nicht die Zähne geputzt habe, sieht man ja gottlob nicht. Pamelas Tür steht offen, und ich klopfe an den Türrahmen.

»Seraphine, da bist du ja. Komm rein und setz dich«, fordert sie mich mit ernster Miene auf, die nichts Gutes verheißt.

»Hallo Mrs. Larch«, sage ich leicht irritiert und versuche ein Lächeln. »Sie meinten, Ihnen sei noch etwas eingefallen?«

Sie rückt sich auf ihrem Stuhl zurecht. »Ja, wobei ich mir nicht sicher bin, ob ich es überhaupt erwähnen sollte. Martin findet, ich solle es auf sich beruhen lassen.« Sie runzelt die Stirn. »Ich hingegen bin der Meinung, es könnte wichtig sein. Also im Hinblick auf das, was du über die Schwangerschaften und Geburten in deiner Familie wissen möchtest.«

Ich nicke, klammere mich an den Armlehnen meines Stuhls fest und sehe Pamela gleichermaßen gespannt wie ängstlich an.

»Es gibt etwas, worüber man gesprochen hat – früher, als ich noch klein war«, beginnt sie. »Hier, im Dorf. Auf dem Spielplatz und auf dem Pausenhof der Schule. Deine Mutter war ein paar Jahre älter als wir und gehörte schon zu den Großen, als Martin und ich eingeschult wurden. Trotzdem wusste jeder über sie Bescheid. Du weißt ja, wie das hier im Dorf ist.« Als ich zustimmend nicke, fährt sie fort. »Nun ja, sie hatte einen Zwillingsbruder, deine Mutter.«

»Oh«, entfährt es mir. Ja, ein Bruder ohne Namen wurde in ihrer Traueranzeige erwähnt. »Wissen Sie, was mit ihm passiert ist?«

»Er starb noch vor seiner Geburt. Deine Großmutter war mit Zwillingen schwanger, von denen lediglich Ruth lebend zur Welt kam.«

»O nein«, entfährt es mir ehrlich betroffen. »Wie traurig. Gran hat nie darüber gesprochen.«

»Ob er je einen Namen bekam, weiß ich leider nicht mehr«, ergänzt Pamela und zuckt bedauernd die Schultern. »Tut mir leid.«

»Muss es nicht«, erwidere ich. »Zu diesem Zeitpunkt waren Sie ja noch gar nicht geboren. Für meine Großmutter ist es bestimmt schrecklich gewesen. Vielleicht nennt sie Danny und mich deshalb immer voller Stolz die Summerbourne-Zwillinge.«

Ich erinnere mich, dass es mir früher gewaltig auf die Nerven ging, wenn sie so tat, als gäbe es uns ausschließlich im Doppelpack. Jetzt, da ich weiß, dass in der Familie zweimal ein Zwillingskind gestorben ist, verstehe ich das besser. Wir sind für sie eine Art Wiedergutmachung.

Dennoch macht etwas mich stutzig. »Warum meinte Martin, dass Sie es besser auf sich beruhen lassen sollten? Die Tatsache ist schließlich einfach traurig, sonst nichts.«

Pamela spielt wie vorher wieder mit ihrem Stift herum. »Er meinte nicht das mit dem Bruder deiner Mutter, sondern das, was die anderen Kinder sich darüber erzählten. Gemeinheiten, wie bei Kindern nicht selten.« Einen Moment hält sie inne. »Gehässigerweise wurde sein Tod so gedeutet, dass es Ruths Schuld sei.«

»Wie bitte?« Mir bleibt vor Entsetzen der Mund offen stehen. »Wie sind die Leute auf diese hirnrissige Idee verfallen? Mit Sicherheit waren es ja nicht die Kinder, die sich das ausgedacht haben.«

»Der Junge wurde tot geboren, mit der Nabelschnur um den Hals. Und sofort waren die Geschichten in der Welt, dass er von Ruth im Mutterleib erwürgt worden sei. Sie habe ihm die Nabelschnur um den Hals gelegt, hieß es, sie zweimal herumgewunden und dann so lange gezogen, bis er erstickte. Und das habe sie mit Absicht getan.«

Mir verschlägt es für eine Weile die Sprache, und ich sehe sie fassungslos an. »Das ist ja lächerlich. Wer denkt sich denn solche Schauergeschichten aus? Das ist ja wie im Mittelalter, als man an den Teufel und an Hexen glaubte, die den Menschen böse Gedanken eingaben. Das ist furchtbar, wirklich.«

»Natürlich hast du recht. Du weißt vielleicht, dass solche Probleme bei Zwillingsschwangerschaften gelegentlich auftreten. Dass einer dem anderen nicht Platz genug lässt, und es dadurch zu Fehlentwicklungen kommt. Und wenn das mit altem Aberglauben verknüpft wird, kommt so was raus.« Sie hält einen Moment inne, bevor sie weiterspricht. »In eurem Fall kam hinzu, dass nicht das erste Mal in eurer Familie Schlimmes mit Zwillingen passierte, dadurch wurden bei den Leuten Erinnerungen an eine ältere Geschichte geweckt, bei der ebenfalls dunkle Mächte im Spiel gewesen sein sollen.«

Sie legt die Hände in den Schoß, als wollte sie mir Gelegenheit geben zu entscheiden, ob sie weitererzählen soll oder nicht.

Gespannt beugte ich mich vor. »Welche alte Geschichte?«

»Dass keine Zwillinge auf Summerbourne überleben«, antwortet Pamela fast verlegen, und wie um Verzeihung bittend sieht sie mich an.

»Was soll das heißen? Können Sie mir das näher erklären? Das hört sich ja an, als würde ein Fluch auf unserer Familie liegen.«

»Der erste Summerbourne«, beginnt Pamela, »derjenige, der damals das Haus erbaut hat, soll in finanzielle Schwierigkeiten geraten und mehr oder weniger bankrottgegangen sein. Seine Frau hatte gerade Zwillinge geboren, als es zur offenen Feindschaft zwischen ihm und dem Dorf kam. Es heißt, er habe alle Handwerker betrogen und sie um den ihnen zustehenden Lohn geprellt. Du kennst diese Gerüchte wahrscheinlich.«

»Nicht wirklich, das ist alles sehr lange her.«

»Wie auch immer, ein Körnchen Wahrheit findet sich meist in solchen Geschichten. Zu den Geprellten soll der

Steinmetz gehört haben, der den Turm oben an den Klippen erbaut hat. Ebenso der Schmied, der die Kanone für die Sonnenuhr angefertigt hat. Als alles fertig war, zahlte Mr. Summerbourne nicht den geforderten Preis, redete sich auf anderslautende Vereinbarungen heraus, und es entbrannte ein heftiger Streit. Am Ende tat sich das ganze Dorf zusammen und drohte damit, den Turm wieder abzureißen. Eine wütende Horde zog zu den Klippen hinauf, und als sie dort ankamen, sahen sie am Fuß des Turms den Kinderwagen mit den Zwillingen stehen. Die Kleinen schliefen tief und fest.«

Gebannt höre ich ihr zu. Obwohl ich Böses ahne, zieht die Geschichte mich in ihren Bann. »Erzählen Sie weiter«, dränge ich.

Pamela atmet tief aus. »Du wirst es nicht glauben, sie haben kehrtgemacht. Es waren anständige Menschen, und sie wollten keine Szene machen, wenn die Kleinen dabei waren. Noch in derselben Nacht allerdings«, sie sieht mich an und hebt die Brauen, »ist auf Summerbourne eines der Kinder aus seiner Wiege verschwunden. Einfach so.«

Ich schlucke. »Und was dann?«

»Es fanden sich keine Spuren, weder für einen Einbruch noch von dem Kind. Es wurde nie wiedergesehen. Im Dorf erzählte man sich, der Kobold habe es geholt, um den Vater zu strafen.«

Freudlos lache ich auf. »Ist natürlich viel einfacher, ein Fabelwesen als Täter aus dem Hut zu ziehen, als das halbe Dorf zu verdächtigen.«

Pamelas Blick enthält einen leisen Tadel. »Ich gebe nur wieder, was man sich so erzählt. Und es heißt, dass es den Summerbournes von jenem Tag an nicht mehr vergönnt war, ihre Zwillinge zu behalten. Wie viele Zwillinge es genau gab, weiß ich nicht. Geredet wurde immer über die allerersten und über eure. Ruths Zwillingsbruder, im Mutterleib gestorben. Edwins Zwilling Theo, die Treppe zum Strand hinuntergestürzt. Und dann du und Danny …«

Alarmiert horche ich auf. »Was ist mit mir und Danny?«

»Nun, manch einer meint, eure arme Mutter habe ihr Leben dafür gegeben, euch beide vor dem Schlimmsten zu bewahren …«

Ich schiebe meinen Stuhl zurück und will protestieren, doch kein Ton kommt aus meinem Mund.

»Und manche behaupten zu wissen«, fährt sie fort und streckt die Hand nach mir aus. »Es tut mir leid, Seraphine, du wolltest es wissen …«

Mein Herz pocht wie verrückt. Hektisch springe ich auf, weiche langsam zurück, bis ich mit dem Rücken gegen die Tür stoße.

»Was?«, frage ich. »Was wollte ich wissen?«

»Nun ja, sie denken, dass es nicht funktioniert hat mit dem Handel, den deine Mutter mit dem Schicksal – oder mit dem Teufel – eingehen wollte. Dass jemand ihr trotzdem die Kinder weggenommen hat und dass ihr beiden, du und Danny, keine echten Summerbourne-Zwillinge seid.« Sie sieht mich mitfühlend an. »Tut mir leid, Seraphine, die Leute im Dorf erzählen sich so etwas hinter vorgehaltener Hand. Vielleicht etwas weniger häufig als früher, aber sie glauben noch an Parallelwelten mit guten und bösen Wesen, das hat einen festen Platz in ihrem Denken.«

Ohne mich bei Pamela zu bedanken oder mich von ihr zu verabschieden, taste ich nach der Türklinke und verlasse das Zimmer. Vage registriere ich, dass Hayley meinen über-

203

stürzten Abgang mit großen Augen verfolgt. Die Sonne steht mittlerweile hoch am Himmel, die Straße flirrt in der letzten Sommerhitze. Häuser, Autos, Menschen, alles wirkt seltsam unwirklich und verzerrt. Und ich bin mir nicht mehr sicher, ob ich heute Morgen wirklich erwacht oder nach wie vor in einem Albtraum gefangen bin.

14. Kapitel

LAURA

November 1991

Dominic kehrte, nachdem er Ruth und Vera zum Hotel gebracht hatte, tatsächlich nach Summerbourne zurück. Es war längst dunkel, und er brachte die klare Kälte der Novembernacht mit ins Haus.

»Rate mal, wo wir morgen hingehen«, sagte er zu Edwin. »Kleiner Tipp: Es gibt dort viel Wasser und ganz viele Fische.«

»Ans Meer!«, rief Edwin.

»Ins Aquarium«, erwiderte Dominic und grinste mir kurz zu. »Lohnt sich nicht, für den einen Tag wieder nach London zu fahren. Ich habe mir freigenommen.«

Als ich, nachdem ich Edwin zu Bett gebracht hatte, wieder nach unten kam, rief Dominic mich ins Wohnzimmer. Die Vorhänge waren offen, er stand am Fenster und blickte in den Nachthimmel hinauf.

»Ein Blue Moon«, erklärte er und drehte sich nach mir um. »Komm und schau ihn dir an, von hier aus hat man eine perfekte Sicht.«

Ich ging zu ihm. Von der Heizung stieg warme Luft auf und mischte sich mit der Kälte, die das Fenster abstrahlte.

»Der sieht überhaupt nicht blau aus«, warf ich ein, als ich zum Mond hinaufsah, der hell und voll am nächtlichen Himmel stand.

Dominic lachte. »So nennt man das hier, wenn es im Laufe einer Jahreszeit nicht dreimal, sondern viermal Vollmond gibt. Der dritte wird dann Blue Moon genannt.«

»Aha, ich wusste gar nicht, dass es das wirklich gibt. Ich dachte immer, das sei eine Erfindung von Poeten, die den Mond anhimmeln. Und warum nennt man nicht den vierten Vollmond Blue Moon, wenn er das eigentlich Ungewöhnliche ist?«

Dominic sah mich von der Seite an. »Keine Ahnung. Darüber habe ich mir ehrlich gesagt noch nie Gedanken gemacht.«

Ich beugte mich vor zum Fenster, um die leuchtende Himmelsscheibe besser sehen zu können. Mein Atem ließ die Scheibe beschlagen.

»Jedenfalls ein ziemlich abwegiger Name dafür, dass er genauso aussieht wie immer, oder? Ohne den kleinsten Hauch von Blau.«

»Dann warte mal bis zum Black Moon – so nennt man es, wenn zweimal im Monat Neumond ist.« Er drehte sich zu mir um und lehnte sich gegen die Fensterbank. »Irgendwann im kommenden Sommer, ich kann dir das genaue Datum raussuchen, ist es so weit. Du wirst sehen, der macht seinem Namen alle Ehre.« Er lächelte, als er meine skeptische Miene sah. »Für die meisten Menschen ist ein Blue Moon natürlich einfach der zweite Vollmond binnen eines Monats.«

»Wie prosaisch«, gab ich mich entrüstet.

Dominic lachte und schien ein wenig überrascht. »Stille Wasser sind tief, was?«

»Inwiefern?«

»Du erzählst nicht viel von dir beziehungsweise von deinem Zuhause.«

Ich zuckte mit den Schultern. »Wahrscheinlich, weil ich nicht allzu oft daran denke.«

»Den meisten ist die Familie sehr wichtig. Zu wissen, woher sie kommen, ist ihnen vielleicht das Wichtigste überhaupt.«

»Mir nicht.«

»Du hast bei deiner Mutter gelebt?«

Ich nickte. »Genau. Bei ihr und Beaky – das ist ihr Lebensgefährte, bereits seit Jahren. Das Problem ist, er konnte mich noch nie ausstehen.«

»Beaky? Witziger Name.«

»Hm, witzig ist er nicht gerade.«

Er musterte mich aufmerksam. »So schlimm?«

Ich wandte mich ab und schlenderte zum Couchtisch, auf dem eine geöffnete Flasche Rotwein und zwei Gläser standen. Dominic folgte mir, und sein Arm streifte meinen flüchtig, als er an mir vorbei zum Sofa ging.

»Möchtest du?« Er griff nach der Flasche und hob fragend eines der Gläser.

Einen Moment zögerte ich, bevor ich nickte.

»Ich mache gleich den Kamin an, dann wird es gemütlicher, und wir können den Blue Moon gebührend feiern. Komm, setz dich.«

Wie ein gehorsames Kind folgte ich seiner Aufforderung, zog vorher noch schnell die Vorhänge zu, man konnte ja nie wissen … Der Wein war gut temperiert, und ich ließ ihn im Mund kreisen, versuchte mich mit dem herben, leicht pelzigen Gefühl anzufreunden, das er auf meiner Zunge hin-

207

terließ, und sah Dominic zu, wie er vor dem Kamin hockte, ein paar Scheite aufschichtete und ein Feuer anfachte. Eine kleine Rauchwolke stob ins Zimmer und verbreitete einen muffigen Geruch, der mich daran erinnerte, dass das Herdfeuer im Alltag der Menschen seit alters her eine wichtige Rolle spielte.

»Was hast du eigentlich Schönes mit deinem Leben vor?«, wollte Dominic wissen, als er sich wieder zu mir setzte und die Hand nach seinem Glas ausstreckte. »Ich meine später, wenn dein Jahr hier um ist und du dich für ein Studium in Biochemie, oder was immer du dann studieren willst, entscheidest?«

Ich zog die Beine aufs Sofa und seufzte. »Weiß ich noch nicht so genau. Vielleicht erst mal reisen, bevor ich zu studieren beginne.«

»Mit deinen Freunden?«

»Keine Ahnung. Wir hatten uns das während der Schulzeit mal überlegt, aber wahrscheinlich haben sie inzwischen andere Pläne.«

»Du machst das wirklich großartig mit Edwin. Ich kann mir gut vorstellen, dass du irgendwann eine eigene Familie haben wirst.«

Mittlerweile hatte ich am schweren Geschmack des Weins Gefallen gefunden und leerte mein Glas mit einem Zug.

»Gut möglich, ja.«

»Und bis dahin willst du das Leben genießen.«

»Am liebsten würde ich alles hinter mir lassen«, hörte ich mich sagen. »Noch mal unbelastet anfangen und jemand völlig anderes sein.«

»Dich neu erfinden?«

Seine Miene war offen und interessiert, und in seinem

Blick lag nicht ein Hauch von Kritik. Einen Moment lang schaute ich in seine Augen, verlor mich darin.

»Genau. Das wäre toll.«

Er nickte bedächtig und fragte nicht weiter. Die Kombination aus Wein und Wärme und einvernehmlichem Schweigen half mir, mich zu entspannen, und ich kuschelte mich behaglich in meine Ecke des Sofas. Dominic goss mir noch einmal nach, und so saßen wir und schauten den tanzenden Flammen zu, lauschten dem leisen Knistern der Glut.

»Irgendwie komisch, das Leben«, begann er nach einer Weile wieder zu sprechen, und seine Stimme klang jetzt tief und rau. »Eben noch hast du alles, was du dir wünschst, und von einem Moment auf den anderen …«

Seine Pupillen waren groß und dunkel, und ich sah, wie der warme gelbliche Schimmer des Kaminfeuers sich darin spiegelte.

»Du denkst an Theo, nicht wahr?«

»Hat Ruth dir erzählt, wie es passiert ist?«

»Nein, ich weiß es von Alex.«

»Ich denke ständig daran. An ihn und an das Unglück.«

Aus einem Impuls heraus legte ich meine Hand auf seine. An den Fingerknöcheln hatte er Spuren von Ruß, und irgendwie ließ ihn das seltsam verletzlich wirken.

»Es tut mir so leid«, sagte ich, weil ich nicht wusste, was ich sonst hätte sagen sollen.

Daraufhin richtete er sich aus seiner Sofaecke auf, drehte meine Hand um und strich mit dem Daumen über meine Handfläche. Ich spürte, wie ein leises Kribbeln durch meinen Körper lief und hätte ewig so sitzen können.

Dominic wechselte das Thema, kam auf mich und Alex zu sprechen.

»Irgendwie komisch«, überlegte er laut. »Ich hätte schwören können – an dem Tag, als wir alle zusammen am Strand waren und ihr beide, du und Alex, mit der Jolle draußen wart –, dass ihr beiden vielleicht …«

Rasch schüttelte ich den Kopf und versuchte zu lächeln. »Nein.«

»Nein?« Er strich erneut über meine Handfläche. »Hättest du denn gern?«

Da ich nicht sogleich etwas erwiderte, wandte er seine Aufmerksamkeit wieder meiner Hand zu und löste Empfindungen aus, denen ich mich ganz und gar hingab. Die Augen geschlossen, konzentrierte ich mich darauf zu spüren, wie sein Daumen über die Innenseite meiner Finger strich, zurück über die Handfläche glitt und schließlich sacht auf meinem Handgelenk kreiste. Ich fühlte mich, als würde ich schweben, als wäre mein Körper völlig losgelöst und schwerelos.

»Jemand wie er würde sich niemals für jemanden wie mich interessieren«, murmelte ich.

Überdeutlich sah ich die Szene vor mir, wie Alex Ruth angeschaut hatte an jenem Tag am Strand, wie er ihre Bewegungen unter halb gesenkten Lidern verfolgte. Oder wie er am Tag nach der Halloweenparty völlig durchnässt vor der Tür stand und an mir vorbei ins Haus spähte in der Hoffnung, einen Blick auf Ruth zu erhaschen. Sie war es, nach der er sich verzehrte. Ich hätte ebenso gut nicht da sein können, so war es mir vorgekommen.

Dominic hörte auf, meine Hände zu streicheln, strich mir stattdessen eine Haarsträhne aus dem Gesicht.

»Dann muss jemand wie er ziemlich dumm sein.«

Wie gebannt schaute ich auf seine Lippen, als er sich

langsam vorbeugte. Seine Finger glitten durch mein Haar, bis er mit der Hand meinen Nacken umfing. Als unsere Gesichter einander ganz nah waren, hielten wir inne.

»Es ist falsch«, raunte er. »Bloß bist du einfach so ...« Flüchtig berührten sich unsere Lippen, dann zog er sich von mir zurück, und mit einem Mal schien es kalt um mich herum zu werden. Ich streckte die Hand nach ihm aus, um ihn zurückzuholen.

Seit Langem war ich nicht mehr mit einem Mann zusammen gewesen. Zunächst dachte ich noch an Alex, als Dominic mich küsste. Doch ihn konnte ich nicht haben. Niemals. Statt seiner war hier jemand, der mich tatsächlich wollte, der jetzt und hier nach mir verlangte. Je begehrlicher ich ihn küsste, desto begehrlicher küsste er mich; je heftiger ich an seinen Kleidern zerrte, desto heftiger zerrte er an meinen.

Bald machte es mir nichts mehr, dass er nicht Alex war. Ich gab mich ganz dem Moment hin – der Stille, die uns umgab, den tanzenden Flammen im Dunkel des Zimmers und dem Gefühl dieses fremden Körpers auf meinem. Ohne einen Gedanken an die Grenzen zu verschwenden, die zwischen uns bestanden und bestehen mussten, oder die Folgen zu bedenken, überließ ich mich ihm. Wir wollten einander, wir brauchten einander.

»Geh nicht«, sagte ich, als es vorbei war.

Er kehrte mir den Rücken zu und hielt mich auf Abstand, während unsere Körper sich noch abkühlen, unser Atem sich noch beruhigen musste. Das Zimmer war dunkel, das Feuer heruntergebrannt. Er stand auf und zog die Vorhänge so unvermittelt auf, dass die metallenen Gardinenringe laut über die Vorhangstange schrammten, und rieb mit der flachen Hand über das beschlagene Fenster. Sein Haar schimmerte silbern im Mondschein.

»Und wann ist der nächste Blue Moon?«, fragte ich vom Sofa aus, um das verlegene Schweigen zu durchbrechen.

Er schüttelte den Kopf und ließ die Schultern hängen, während ich die Arme fester um meine Knie schlang.

Ein schlurfendes Geräusch aus der Diele ließ uns zusammenfahren. Schnell schnappte ich mir meine lange Strickjacke und wickelte mich darin ein. Dominic war zur Tür gegangen, um in den Flur zu spähen. Ich sah, wie er sich entspannte.

»Da ist nichts.« Er drehte sich zu mir um, sein Gesicht im Dunkel verborgen. »Das darf uns nicht noch mal passieren, Laura.«

Ich schluckte, als ich erkannte, dass er es schon bereute. »Das ist mir klar.«

»Du hast hoffentlich …?« Er räusperte sich und deutete vage auf meinen Bauch.

»Keine Sorge«, erwiderte ich mit klopfendem Herzen. »Natürlich nehme ich die Pille.«

»Gut«, seufzte er erleichtert und verließ das Wohnzimmer.

Einsam und allein blieb ich zurück und lauschte dem Knarren der Treppenstufen unter seinen Schritten. Unglücklich rollte ich mich auf dem Sofa zusammen, strich sanft mit dem Daumen der einen Hand über die Handfläche der anderen, den Blick starr in die mondhelle Nacht gerichtet, als wollte ich heraufbeschwören, was sich nicht mehr zurückholen ließ. Ich empfand nichts, konnte nicht einmal weinen. Durch die alten, nicht ganz dichten Fenster drang kalte Nachtluft herein, und ein fahler Mond blickte ungerührt hinab auf das erloschene Feuer und meine fröstelnde Haut.

15. Kapitel

SERAPHINE

Ich stolpere, als ich die Straße überquere, um zu meinem Auto zu gelangen. Ein stechender Schmerz schießt mir in die Schläfen. Das Licht ist zu grell für meine Augen. Als ich den Türgriff anfasse, verbrenne ich mir fast die Finger – das Metall ist so heiß, als käme es geradewegs aus einem offenen Feuer. Außerdem nimmt die Hitze mir die Luft zum Atmen, es fühlt sich fast an, als wäre mein Hals verschlossen, als gäbe es dort irgendeine Blockade. Offenbar ist mir anzusehen, wie elend ich mich fühle, denn Helen Luckhurst kommt besorgt über die Straße auf mich zugeeilt.

»Seraphine, was hast du? Fühlst du dich nicht wohl, geht es dir schlecht?«

Ich tue so, als hätte ich sie nicht gehört, und tauche schnell in die Bruthitze meines Wagens ab, schlage die Tür zu und starte den Motor.

Langsam krieche ich im zweiten Gang den Zufahrtsweg nach Summerbourne hinauf. Michael steht vor seinem Cottage und hebt die Hand zu einem vagen Gruß. Ein paar Meter weiter halte ich am Straßenrand an und mustere ihn im Rückspiegel. Edwin glaubt sich zu erinnern, dass der Gärtner an jenem Morgen auf Summerbourne war, als das

213

Foto gemacht wurde, das uns allen Rätsel aufgibt. Ich steige aus und gehe zurück zum Cottage. Vielleicht stimmt es ja, dass Demenzkranke sich manchmal an weit zurückliegende Begebenheiten eher erinnern als an das, was am Tag zuvor passiert ist.

»Morgen«, sagt Michael und mustert mich argwöhnisch, als ich meine Hand auf das Gartentor lege.

»Guten Morgen, Mr. Harris. Erinnern Sie sich an mich? Ich bin Seraphine Mayes.«

Er kneift die Augen zusammen und kommt langsam näher.

»Wissen Sie noch, dass Sie mich und meinen Bruder immer die Koboldskinder genannt haben?«

Jäh reißt er die Augen auf und schaut über die Schulter zurück zum Haus. »Joel!«, ruft er. »Joel!«

Eine ganze Weile geschieht überhaupt nichts, und ich frage mich, was ich hier eigentlich tue, was mir einfällt, diesen alten Mann derart aufzuregen. In meiner Kindheit war er eine wahre Quelle der Inspiration für mich, weil er mich mit einem ganzen Schatz kuriosen Wissens und mit wunderbaren Geschichten versorgte. Ich könnte heulen, ihn jetzt so zu sehen, die Verheerungen, die seine immer rascher voranschreitende Demenz anrichtet. Die Krankheit hat ihn in eine Welt geworfen, in der er sich nicht mehr zurechtfindet. Man merkt ihm an, dass er froh ist, als Joel sich endlich blicken lässt.

»Seraphine.« In seiner Stimme liegt ein frostiger Unterton, der mich mit resigniertem Bedauern erfüllt, wohlwissend, dass allein ich daran schuld bin. Ich habe Joel so oft vor den Kopf gestoßen, dass von unserer Freundschaft nicht viel geblieben ist. Wer uns heute sieht, hält uns vermutlich für flüchtige Bekannte, für mehr nicht. Und dennoch: Könnte ich eine Person wählen, die ich an meiner Seite haben möchte, dann würde meine Wahl auf ihn fallen. Leider scheint es dafür zu spät zu sein.

»Ich wollte … Nun, ich würde deinen Großvater gerne etwas fragen. Sofern er einigermaßen ansprechbar ist …«

Als ich zu Michael hinübersehe, stelle ich zu meiner Verwunderung fest, dass seit Joels Erscheinen eine Veränderung mit ihm vorgegangen ist. Er wirkt wacher, nicht mehr so weggetreten, und von seinem Misstrauen ist nichts mehr zu spüren. Mit einem Mal strahlt er mich sogar an und fuchtelt mit dem Finger vor meiner Nase herum.

»Und wie ich mich an dich erinnere«, sagt er. »Seraphine Mayes, der kleine Wechselbalg.«

Joel steht bei diesen Worten die Bestürzung ins Gesicht geschrieben. Er will eingreifen, aber ich komme ihm zuvor.

»Alles gut. Kein Problem, wirklich.«

Ich halte seinen Blick eine Sekunde fest, bis ich das Gefühl habe, dass er meiner Beteuerung zumindest halbwegs Glauben schenkt. Er deutet auf die Gartenstühle, die im Schatten der alten Bäume stehen.

»Na gut, wie du meinst. Setz dich dorthin, ich hole uns etwas zu trinken.«

Sein Großvater kommt herangetappt und macht es sich unter heftigem Ächzen und Schnaufen in dem Stuhl mir gegenüber bequem.

»Sind die schön.« Ich deute auf die rosa Blütenpracht der Fleißigen Lieschen, die sich aus dem Tontopf ergießt, der zwischen uns auf dem Tisch steht. Michael scheint es nicht zu hören, er ist ganz auf mich konzentriert.

»Ach ja, Seraphine Mayes«, beginnt er zu räsonieren.

»Ganz schön nachtragend kann sie sein, diese Kleine, da muss man sich gut vorsehen. Immer sind die anderen an allem schuld.«

Er hat es mehr zu sich selbst als zu mir gesagt, weshalb ich mir eine Antwort ersparen und gleich zur Sache kommen kann.

»Erinnern Sie sich an den Tag, an dem wir geboren wurden, Mr. Harris? Danny und ich, die Koboldskinder von Summerbourne. Und an meine Mutter? An Ruth?«

Der Alte beugt sich vor, um eine welke Blüte abzuknipsen, die er mit einem versonnenen Lächeln zwischen Daumen und Zeigefinger dreht.

»O ja, Mrs. Mayes. Eine gute Frau war das. Immer freundlich. Weiß nicht, was ich ohne sie hätte machen sollen, als ich für den Kleinen hier zu sorgen hatte.« Er deutet mit dem Kinn auf Joel, der gerade mit einem Krug Limonade und Gläsern zurück in den Garten kommt. »Eine Tragödie, wie sie über die Klippen gegangen ist.«

»Granpa, bitte«, will Joel ihm Einhalt gebieten und schenkt allen ein Glas Limonade ein.

»Alles gut, lass ihn.«

»Wie du meinst«, erwidert er skeptisch und zieht seinen Stuhl ein Stück zurück, als wollte er demonstrieren, dass er bewusst auf Abstand geht zu dem, was ich hier abziehe.

»Bitte erzählen Sie weiter, Mr. Harris«, wende ich mich erneut an Michael. »An meine Mutter erinnern Sie sich also. Wissen Sie noch mehr? Warum sie zu den Klippen gelaufen ist und was aus ihren Babys wurde?«

Er wirft mir einen verschlagenen Blick zu. »Die zwei Wechselbälger, was?« Er nickt bedächtig. »Ihr eigenes Kind haben sich nachts die Elfen geholt, so war das. Und weil sie

Erbarmen mit ihr hatten, haben sie ihr dafür die Zwillinge gebracht, die Koboldskinder von Summerbourne. Genauso ist es gewesen.«

Michael streckt die Arme auf den Lehnen aus und wirkt sehr zufrieden mit sich.

Ich weiß nicht, was von dem, was er da von sich gegeben hat, zu halten ist. Ruths Kind soll verschwunden sein? Heißt das, es gab tatsächlich nur eins? Oder sind das Wahnbilder eines nicht mehr funktionierenden Gehirns? Zwar habe ich selbst Zweifel an dieser Zwillingsschwangerschaft meiner Mutter, doch die Geschichte, die Pamela mir erzählt hat, scheint dafür zu sprechen, zumal die Ambulanzschwester uns sogar am Tag unserer Geburt gesehen haben will.

»Mr. Harris, das ist alles wirklich spannend, obwohl wir natürlich beide wissen, dass es keine Kobolde und Elfen gibt, oder?«

Als ich ihn mit einem verschwörerischen Lächeln zu gewinnen suche, verdüstert sich seine Miene.

»Da wär ich mir mal nicht so sicher, junge Dame. Es gab Zeiten, da gingen Hexen auf Summerbourne um. Ich habe sie in den Bäumen lauern und kleine Kinder rauben sehen. Ihre Umhänge habe ich verbrannt, o ja, da ging alles nicht mit rechten Dingen zu, dort oben im Haus. Und das waren gar nicht die richtigen Zwillinge.«

Joel räuspert sich, will vermutlich seinen Großvater bremsen, der es sichtlich genießt, seine Schauermärchen vor mir auszubreiten. Deshalb komme ich ihm zuvor und stelle gleich die nächste Frage.

»Welches waren nicht die richtigen Zwillinge? Meinen Sie Danny und mich, Mr. Harris? Oder wen sonst?«

»Auf Summerbourne konnte es keine Zwillinge mehr

217

geben.« Michaels Blick wandert die Straße hinab, wo man über den dichten Hecken gerade noch die Schornsteine des Herrenhauses aufragen sieht. Einen von ihnen, vielleicht auch den anderen, aber niemals beide. »Ruth und Robin, die Geister konnten sie nicht beide leben lassen. Und wie hieß er noch, dieser blonde Junge, der die Treppe bei den Klippen hinabgestürzt ist?«

»Theo«, flüstere ich.

»Genau«, bestätigt er. »Theo.«

»Und was ist mit uns, Mr. Harris? Was ist mit Danny und Seraphine?«

Gespannt warte ich, was jetzt kommt. So langsam frage ich mich, ob die kryptischen Ausführungen des Demenzkranken überhaupt etwas enthalten, das als unumstößliche, rational nachvollziehbare Tatsache gelten kann.

»Das war nicht recht.« Er schüttelt den Kopf und spricht jedes Wort mit Bedacht aus. »Ich werde es nie verstehen. Diese Familie …, sie wollte ihre Zwillinge zurück. Egal, was sie getan haben, es war nicht recht. Ich habe die Mitternachtsfrau kommen sehen …«

»Die was?«, hake ich nach. Irgendwie ist mir der Begriff nicht ganz unbekannt, und dann fällt es mir plötzlich ein. »Meinen Sie die Hebamme? Meine Mutter wollte damals keine, sie hat uns ganz allein, ohne fremde Hilfe zur Welt gebracht.«

Michael beugt sich zu mir vor. »Woher kommst du wirklich, Mädchen? Wir wissen schließlich beide, dass du kein Summerbourne-Zwilling bist, nicht wahr?«

Ein helles Knacken durchschneidet die Stille, vor lauter Anspannung und wachsendem Entsetzen habe ich mein Glas zerbrochen, halte allein die untere Hälfte in der Hand.

Joel ist sofort bei mir. »Zeig her. Hast du dich geschnitten?«

»Nicht der Rede wert.«

Noch immer ringe ich um Fassung – nicht wegen des zerbrochenen Glases, sondern wegen dem, was Michael gerade verkündet hat. In diesem Moment kommt der alte Gärtner mir ähnlich unheimlich vor wie Dickens' Geist der vergangenen Weihnacht. Joel hingegen nimmt es gelassen. Bestimmt hat er die Geschichte nicht zum ersten Mal gehört.

Es dauert eine Weile, bis ich merke, dass bei Michael eine Veränderung eingetreten ist, vielleicht hat das Zerbrechen des Glases ihn verwirrt. Er ist unruhig geworden und scheint wieder in seine eigene Welt abzudriften, in der er mich nicht mehr erkennt.

Schwerfällig erhebt er sich. »Joel, wer ist das?«

»Alles in Ordnung, reg dich nicht auf«, versucht er seinen Großvater zu beruhigen und drückt ihn zurück auf den Gartenstuhl.

»Du bist ein guter Junge«, murmelt er und zupft eine weitere welke Blüte aus dem Blumentopf.

Da es keinen Sinn macht, weiter in den alten Mann zu dringen, begleitet Joel mich zurück zu meinem Auto. Mein Herz schlägt wie verrückt, ich zittere am ganzen Körper, so sehr hat mich das Gehörte aufgewühlt, wenngleich mir nach wie vor völlig unklar ist, was damals wirklich passiert ist und wer ich bin.

»Es tut mir leid«, entschuldigt Joel sich. »Es wird in letzter Zeit immer schlimmer mit ihm, in seinem Kopf vermischt sich alles. Realität und Fantasie sind für ihn ein und dasselbe, wie du gerade selbst gemerkt hast.«

219

»Ich hätte ihm diese Fragen nicht stellen sollen, das hat ihn überfordert und zu sehr aufgeregt, wer weiß.«

»Diese Geschichten«, fängt er an, »hat er mir als Kind immer erzählt. Ich kenne sie in- und auswendig. Er war früher ein großartiger Geschichtenerzähler. Im Pub hat man sich um ihn geschart, wenn er loslegte. Er kannte sie alle, die Sagen und Märchen von Feen, Geistern und Kobolden. Manches dürfte er von seiner Großmutter gehört haben, das meiste ist heimische Folklore, den Rest wird er frei hinzugedichtet haben. Er liebte es, im Mittelpunkt zu stehen. Wenn alle die Ohren spitzten und ihm lauschten, lief er regelmäßig zur Hochform auf.«

Joel hat recht. Ich werde nie vergessen, wie Michael Danny und mir die wunderlichsten und schauerlichsten Geschichten erzählte, wenn er mit einem dampfenden Becher Tee in der Hand eine Pause von der Gartenarbeit machte. Wie ein Puppenspieler erweckte er ganze Scharen von Kobolden und Piraten, erzürnten Elfen, herrischen Königen und Königinnen und bösen Hexen in unserer Fantasie zum Leben.

»Natürlich hat er sich daneben für jeden Klatsch und Tratsch interessiert«, fährt Joel fort, »wobei ihn die Geschichte deiner Familie besonders beschäftigt haben dürfte, immerhin war er auf Summerbourne angestellt. Ob er allerdings über fundiertes Wissen verfügt oder ob er sich diesbezüglich ebenfalls von abergläubischen Fantasien, die in der Gegend kursieren, hat leiten lassen, mag dahingestellt bleiben.« Er legt die Stirn in Falten, kramt in seinem Gedächtnis. »Ruth und Robin. Und Theo. Immer wieder Theo. Sein Unfall wurde zum Ammenmärchen, mit dem man Kindern Angst machen will. Geh nicht zu nah an die Klippen, sonst ergeht es dir wie dem armen Theo. Ich bekam Albträume davon. Manchmal fragte ich mich …« Er verstummt und schließt einen Moment die Augen. »Ich glaube, ich hatte Angst, dass *ich* es gewesen sein könnte, der Theos Gurt löste. Ich bildete mir ein, seinen Sturz selbst gesehen zu haben.«

»Nein, Joel. Das kann nicht sein. Du warst damals selbst erst zwei! Nie im Leben warst du allein dort oben an den Klippen. Oder wie stellst du dir das vor?«

Er betrachtet mich lange, dann gibt er sich einen Ruck, um den Gedanken abzuschütteln.

»Natürlich, du hast recht. Eine abwegige Vorstellung. Großvaters Erzählung hat wohl die Erinnerung an diesen Albtraum meiner Kindheit zurückgebracht.«

Da er noch immer sehr bedrückt wirkt, strecke ich die Hand nach ihm aus, und einen Moment stehen wir einfach so da, Hand in Hand, und ein Gefühl lange vermisster Vertrautheit überkommt mich.

»Ich wünschte …«, beginnt er und sucht meinen Blick, doch dann gleitet sein Blick hinüber zu Michael, der noch immer abwesend im Schatten der Bäume sitzt, und er lässt meine Finger los.

Mir bleibt nichts anderes übrig, als in meinen Wagen zu steigen und die letzten hundert Meter nach Summerbourne zu fahren. Im Rückspiegel sehe ich, dass er reglos auf der Straße stehen bleibt und mir hinterherschaut.

Im Schuppen hinter den Garagen werfe ich in meiner Hast Rechen, Sensen und Spaten um, ohne sie wieder zu ordnen, schnappe mir eine Forke und steuere die Stelle an, wo die eingebrannten Buchstaben den Rasen verschandeln. Der

Boden ist so hart, dass ich die Zinken kaum in die Erde bekomme. Mit größter Mühe gelingt es mir schließlich, die Grasnarbe zu lockern, und Stück für Stück arbeite ich mich vor, bis man die Worte nicht mehr erkennen kann. *Idioten,* schimpfe ich in mich hinein, *irgendwelche Halbstarken aus dem Dorf, die sich einen dämlichen Spaß erlaubt haben.* Den Gedanken, dass etwas anderes dahinterstecken könnte, verdränge ich.

Es gelingt nicht wirklich. Die Angst kehrt zurück. Ich denke an das, was Michael so von sich gegeben hat, und wie schrecklich es ist, aus Leid und Tragödien seiner Nachbarn solche Schauergeschichten zu spinnen, an die man zu allem Überfluss glaubt und die man als Vorwand nimmt, andere aus der Gemeinschaft auszuschließen, sie zu verleumden oder gar als Gefahr zu betrachten. So nämlich müssten die Drohungen gesehen werden, falls es sich nicht um einen verantwortungslosen Dummejungenstreich handelt.

Wie soll man damit umgehen, wenn man als Wechselbalg oder Koboldskind bezeichnet wird, wenn man erfährt, dass das Schicksal der Familie unter einem schlechten Stern steht, durch eigene Schuld, und dass auf einem selbst als Zwilling ein Fluch liegt?

Das alles ist zu viel für mich, und immer mehr steigere ich mich in irgendwelche Verschwörungstheorien hinein. Plötzlich stellt sich mir die Frage, ob Michael, der gute alte Michael, seiner zunehmenden Gebrechlichkeit und den Gedächtnislücken zum Trotz, nicht dazu fähig wäre, einem auf ganz andere Weise Angst einzujagen. Könnte er sich im Schutz der Dunkelheit zum Haus geschlichen und mit irgendwelchen Unkrautvernichtern die Warnung ins Gras geätzt haben? Nein, sage ich mir und schüttele den Kopf. Zu so einer Bosheit wäre er nie im Leben fähig.

Aber wer war es dann? An den Dummejungenstreich glaube ich bei längerem Nachdenken immer weniger, während die Ahnung, dass es eine weniger harmlose Erklärung geben muss, sich zunehmend verstärkt. Ich weiß nicht, was am Tag meiner Geburt geschehen ist, und ich weiß nicht, warum meine Eltern die Geburt bloß eines Kindes gefeiert haben. Warum will jemand mich davon abhalten, weitere Fragen zu stellen? Was soll ich nicht erfahren? Wer versucht hier etwas zu verbergen?

Die Sonne ist mittlerweile ums Haus gekrochen und fällt jetzt direkt in die Küche. Großmutters silberne Pillendose, die ich gestern Abend nicht mehr weggeräumt habe, glitzert in ihrem hellen Schein und zieht mich magisch an. Vorerst widerstehe ich und beschließe, erst mal ein Bad zu nehmen. Mit einem Becher frisch aufgebrühtem Kaffee gehe ich nach oben, betrete das Bad und erstarre. Der Becher gleitet mir aus der Hand und zerspringt auf den Fliesen, heißer Kaffee rinnt mir über die Beine und verbrüht mir die Haut, doch ich nehme es kaum wahr. Mein Blick ist auf den Spiegel über dem Waschbecken gerichtet. Mit dunkelrotem Lippenstift hat dort jemand eine weitere Botschaft hinterlassen:

HÖR AUF, FRAGEN ZU STELLEN, ODER DU VERLIERST DEINE FAMILIE!

Jemand muss in meiner Abwesenheit hier gewesen sein, obwohl das Haus einbruchsicher verrammelt war. Zehn blutrote Worte, die mich anstarren und den letzten Zweifel ausräumen. Jemand bedroht mich. Jemand war hier im Haus und will nicht, dass ich die Wahrheit herausfinde.

Wahrscheinlich sollte ich die Polizei verständigen, was ich anfangs vermeiden wollte. Jetzt bleibt mir keine Wahl mehr. Länger zu warten wäre gefährlich. Für uns alle.

Als ich das Bad verlassen will, trete ich in eine Scherbe und handele mir einen Schnitt an der Ferse ein. Mich am Geländer abstützend, humpele ich die Treppe hinunter und ziehe eine Spur hellroter Blutstropfen hinter mir her. Auf dem Tisch im Flur fehlt das Mobilteil des Festnetztelefons. Habe ich das irgendwo liegen lassen? Egal, ich gehe weiter in die Küche, wo ich mein Handy hingelegt habe. Noch ehe ich danach greifen kann, leuchtet das Display zweimal hintereinander kurz auf – irgendwelche Nachrichten, die mich im Augenblick herzlich wenig interessieren. Stattdessen gebe ich zweimal die Neun ein, den Notruf der Polizei, zögere allerdings vor dem dritten Mal. Unschlüssig lausche ich nach Geräuschen im Haus, spüre, wie mein Puls sich langsam beruhigt.

Ist eine Botschaft auf dem Badezimmerspiegel wirklich ein Notfall, frage ich mich. Vielleicht sollte ich erst mal in Ruhe nachdenken.

Trotz meiner Ängste schrecke ich davor zurück, die Pferde scheu zu machen. Schätzungsweise fürchte ich mich davor, dass keiner mich ernst nimmt, weil ich letztlich keine unumstößlichen Beweise in der Hand habe. Ich kann ja nicht einmal mit Sicherheit behaupten, dass die Schmiererei auf dem Spiegel von heute stammt – immerhin war ich nach meiner Rückkehr aus Leeds nicht mehr im Bad. Wie soll ich das alles der Polizei erklären? Überdies würde ich mir bestimmt Vorwürfe anhören müssen, warum ich mich nicht früher gemeldet habe.

Ich stelle mir vor, wie ein Polizeiauto mit Blaulicht die

Einfahrt hochgefahren kommt, wie zwei Beamte heraus-
springen, die ich nach oben ins Bad führe, um ihnen ein
paar mit Lippenstift an den Spiegel geschmierte Worte zu
zeigen. Sie würden verärgert sein, dass ich ihnen die Zeit
stehle. Oder, schlimmer noch, sich über mich lustig machen. Ich schüttele den Kopf, nein danke.

Natürlich könnte ich, statt den Notruf in Anspruch zu
nehmen, die Sache auf der nächsten Polizeiwache melden.
Bei Martin Larch. Aber wäre das besser?

Egal, wo und wie. Ich käme nicht drum herum, die ganze
Geschichte auszubreiten. Angefangen mit dem Verschwinden des Zettels mit Lauras Anschrift und dem erpresseri-
schen Brief an sie, bis hin zu den heutigen Drohungen an
mich. Und ich müsste es mir gefallen lassen, über meine Eltern und Laura ausgefragt zu werden. Schließlich weist das
alles auf ein dunkles Geheimnis in der Vergangenheit hin
und würde die Spekulation um Summerbourne aufs Neue
befeuern. Ich bezweifle, ob ich mir das wirklich antun will.

Wie so oft in Momenten der Verunsicherung greife ich
auf das Mantra meiner Kindheit zurück: Edwin wird wissen, was zu tun ist.

Also rufe ich ihn auf dem Handy an. Es klingelt und klingelt, ohne dass jemand drangeht, nicht mal die Mailbox.
Dann versuche ich es in Winterbourne, danach bei Danny
und zuletzt bei Vera. Nirgends erreiche ich jemanden. Einen
Moment verharrt mein Daumen über Dads Nummer, die
zu löschen ich noch nicht über mich gebracht habe, ehe ich
das Telefon ratlos weglege. Hinsichtlich einer Entscheidung
bin ich kein Stück weitergekommen. Um mich abzulenken,
öffne ich die beiden Nachrichten, die heute gekommen sind
und die ich bislang nicht gelesen habe.

Die erste ist von Pamela: *Es tut mir leid, dich heute Morgen so verstört zu haben. Ich hoffe, es ist alles in Ordnung bei dir. Pamela*

Bei der zweiten handelt es sich um eine Freundschaftsanfrage auf Facebook. Ich überlege, ob ich sie ignorieren soll. In letzter Zeit meide ich soziale Medien noch mehr als früher, denn meistens handelt es sich um verspätete Geburtstagswünsche von irgendwelchen Bekannten oder um nachträgliche Beileidsbekundungen zum Tod meines Vaters. Nach beidem steht mir derzeit absolut nicht der Sinn.

Warum ich sie trotzdem anklicke, keine Ahnung. Das Bild einer jungen Frau mit dunkler Kurzhaarfrisur und einer pinkfarbenen Haarsträhne erscheint auf dem Display. Das Telefon zittert in meiner Hand, und ich sinke auf den Stuhl. *Kiara Kaimal möchte mit dir auf Facebook befreundet sein,* steht da.

Ich klicke das Bild an. Ihr Profil ist nicht öffentlich, und außer ihrem Namen, dem Foto und einem Hintergrundbild mit türkisblauem Meer unter wolkenlosem Himmel ist nichts zu sehen. Während ich noch zögere, ob ich die Anfrage bestätigen soll, fällt mein Blick auf das kleine rote Fähnchen, das ungelesene Nachrichten anzeigt. Als ich die Liste öffne, entdecke ich gleich ganz oben eine Nachricht von Kiara Kaimal.

Hi, ich hoffe, es ist okay, dass ich dich hier kontaktiere. Mein Vater will nicht mit mir über dich sprechen, aber ich werde das Gefühl nicht los, dass du irgendetwas mit meiner Mutter zu tun haben könntest. Sie ist gestorben, als ich noch ganz klein war, und ich habe keinerlei Erinnerungen an sie. Mein Vater

behauptet, es mache ihn zu traurig, über sie zu sprechen, allerdings glaube ich, er verschweigt mir etwas. Können wir uns mal treffen? Wenn nicht, hätte ich dafür vollstes Verständnis. Jedenfalls würde es mich sehr freuen. Bis dahin alles Gute,
Kiara Kaimal

16. Kapitel

LAURA

November/Dezember 1991

Nach jener Nacht begann das Leben auf Summerbourne komplizierter zu werden. Dominic überschlug sich am nächsten Morgen mit reumütigen Entschuldigungen, schickte Edwin zum Spielen in den Garten und erklärte mir sehr eindringlich, dass es nie wieder vorkommen dürfe.

»Ruth darf es unter keinen Umständen herausfinden«, beschwor er mich.

Seine Stimme klang, als hätte er die ganze Nacht kein Auge zugetan, und er war unfähig, meinen Blick länger als den Bruchteil einer Sekunde zu erwidern.

»Ja, klar.« Ich nickte. »Wir haben einen Fehler gemacht, und es wird nicht wieder passieren.«

Allen Beteuerungen zum Trotz war ich nach wie vor aufgewühlt, schwankte zwischen schlechtem Gewissen und verletzten Gefühlen und vermochte sie nicht in Einklang zu bringen. Wobei mir bewusst war, dass ich es schaffen musste. Falls Ruth aufgrund meines sonderbaren Verhaltens den leisesten Verdacht schöpfte, würde mich das meine Anstellung auf Summerbourne kosten.

In einer Hinsicht zumindest war ich erleichtert: dass Dominic mich nicht gleich rausgeworfen hatte. Das nämlich war meine größte Sorge gewesen. Was also hatte ich zu befürchten? Sofern ich vorsichtig bei Ruth war, nichts, beruhigte ich mich. Alles andere wäre schrecklich für mich, denn in den elf Wochen auf Summerbourne war ich ein anderer Mensch geworden. Hier wurde ich respektiert, man hörte mir zu, war freundlich und nett zu mir. Allein die Vorstellung, das alles aufgeben und den Rest des Jahres zu Hause bei Mum und Beaky leben zu müssen, sollte Anreiz genug sein, die peinliche Episode mit Dominic schnell zu vergessen und so zu tun, als wäre nie etwas passiert.

Während der nächsten Tage wuchs meine Zuversicht, dass alles gut würde, dass Ruth rundum erholt und voller Optimismus von ihrem Kurzurlaub zurückkehrte und alles wieder so wäre wie am Anfang. Wie sich dann zeigte, war genau das Gegenteil der Fall. Sie kam blass, zerstreut und in sich gekehrt nach Hause, klagte, dass sie sich nicht wohlfühle, und verbrachte ein paar Tage im Bett. Unwillkürlich fragte ich mich, ob die Tatsache, dass Alex sein Cottage verkaufen wollte, womöglich etwas mit ihrer schlechten Stimmung zu tun hatte.

Ich wusste es von Michael, der es wiederum von Billy Bradshaw, dem Immobilienmakler, hatte. Alex sei kürzlich im Büro der Agentur gewesen, und Billy glaube, dass er sich mit Mrs. Mayes überworfen habe.

Die Augen des Gärtners hatten vergnügt gefunkelt, als er hinzufügte: »Was soll er da noch hier, wird er sich wohl denken, wenn er auf Summerbourne nicht mehr willkommen ist?«

»Das glaube ich nicht«, hatte ich widersprochen. »Die

drei kennen sich ewig und werden sich sicherlich wieder vertragen.«

Ein Grinsen war über Michaels Gesicht geglitten. »Abwarten. Auf Summerbourne hat es immer schon böse Geister gegeben, die Unfrieden stiften. Mischen Sie sich da lieber nicht ein, meine Liebe, sonst lassen sie es womöglich noch an Ihnen aus.«

Ich mochte es nicht, wenn der Mann so redete. Es waren genau solche Geschichten, dieser dumme, provinzielle Aberglaube, der sich in letzter Zeit immer öfter in Edwins Träume schlich. Nicht zuletzt deshalb hatte ich den Gärtner gebeten, die Umhänge nicht zu erwähnen, die am Morgen nach Halloween im Baum hingen. Es war zu spät, er hatte den Jungs bereits genüsslich von dem unheimlichen Fund erzählt.

Die Umhänge hätten sich kaum trocknen lassen, und als er sie dann im Garten verbrannt habe, seien grüne Funken aufgestoben. Prompt berichtete Edwin am Tag darauf, dass er von Hexen geträumt habe, die ihn im alten Turm verfolgt hätten, immer schneller auf ihren Besen um ihn herumgeflogen seien, bis ihre Umhänge in grünen Flammen aufgingen. Jedenfalls hielt ich zunehmend Distanz zu Michael und seinen Gruselgeschichten.

Ob etwas an den Gerüchten dran war, die er über Alex ausstreute, blieb hingegen unklar. Im Haus wurde nichts dergleichen erwähnt, selbst der Name wurde nicht mehr genannt. Ansonsten verlief alles im gewohnten Trott. Wenn Dominic an den Wochenenden kam, gingen wir höflich miteinander um, doch eine Spur weniger locker und herzlich als früher.

Zum Glück lenkten die Vorbereitungen für Edwins Geburtstagsfeier mich ab, zu der ein halbes Dutzend Kinder aus dem Dorf eingeladen waren. Ich dekorierte sein Spielzimmer und überlegte mir, wie ich die Rasselbande ein paar Stunden bei Laune halten konnte.

»Würdest du ihm einen Kuchen backen?«, bat mich Ruth.

»Normalerweise erledige ich das, aber …«

»Kein Problem. Das mache ich gern.«

Edwin wünschte sich einen Schokoladenkuchen und hatte großen Spaß daran, ihn später in Stücke zu schneiden, die wir in Form einer Vier anordneten und mit Schokocreme überzogen. Außerdem half er mir, Sandwiches und Waffelröllchen auf Tellern zu arrangieren, während ich eine halbe Grapefruit mit Ananas-und-Cheddar-Spießchen versah, um einen Käseigel zu formen, dem Edwin zum Schluss noch eine kandierte Kirsche als Nase verpasste.

Zur Feier des Tages erschien natürlich ebenfalls Vera. Sie drückte meine Hand und versicherte mir, ich sei eine echte Perle. Die kleinen Gäste erwiesen sich als erfreulich wohlerzogen, was man von den Eltern nach Ruths Meinung nicht behaupten konnte. Jedenfalls beschwerte sie sich später, dass die Gäste dem Weißwein allzu reichlich zugesprochen und insgesamt keine guten Manieren gehabt hätten.

»Hast du gesehen, wie viel Helen getrunken hat?«, lästerte sie ihrer Mutter gegenüber. »Und du wirst es nicht glauben – später habe ich sie glatt erwischt, wie sie im Flur unser Adressbuch durchgegangen ist!«

»Sie hat es schwer, da benehmen sich die Leute manchmal daneben«, verteidigte Vera sie. »Sie macht sich Sorgen um ihre Tochter, die ja wohl nicht ganz gesund ist. Bestimmt hat es ihr gutgetan, mal ein paar Stunden auf andere Gedanken zu kommen.«

»Na, ein Glück, dass Kemi da war, um sie nach Hause zu fahren«, schob Ruth nach. »Sie wäre dazu nicht mehr in der Lage gewesen.«

Vera seufzte. »Sei nicht immer so gnadenlos, Ruth. Du bist schließlich selbst nicht ohne Fehler«, fügte sie spitz hinzu.

Dominic kam erst nach Hause, als der Kindergeburtstag vorbei war. Mit einem ganzen Schwung Geschenken unter dem Arm posaunte er: »Wo steckt denn mein wintergeborener Summerbourne?«

Im Dezember gab es den ersten Frost, auf den klare, kalte Tage folgten. Die Klippen glitzerten unter einem Überzug aus Raureif, und die Möwen umkreisten uns hungrig am Strand. Mittlerweile kannte ich das ganze Anwesen und die nähere Umgebung so gut, dass ich mich im Schlaf zurechtgefunden hätte. Edwin und ich verbrachten ungeachtet der Kälte dennoch jeden Tag einige Stunden draußen, dick eingemummelt in unsere Winterjacken und die Mützen tief über die Ohren gezogen. Kaum einmal begegneten wir einem anderen Spaziergänger, gelegentlich sahen wir Michael, wenn er hin und wieder kam, um in seinem Garten oder bei den Außengebäuden nach dem Rechten zu sehen.

Gleich zu Beginn des Monats begann ich den sonntäglichen Familienessen fernzubleiben. Ich entschuldigte mich damit, dass ich lernen müsse. In Wahrheit wollte ich das Zusammensein mit Dominic auf ein Minimum beschränken. Als Ruth mich allerdings einlud, mich am letzten Sonntag, bevor ich über Weihnachten nach Hause fahren würde, zu ihnen zu gesellen, sagte ich widerstrebend zu. Warum sie dann so angespannt war, verstand ich nicht. Sie betrieb beim Decken des Tisches einen Riesenaufwand und schimpfte mit Edwin herum, weil er helfen wollte und die Servietten falsch hinlegte. Endlich saßen alle, und Dominic trug das Essen auf. Es war noch nicht beendet, als er mit der Gabel an sein Glas klopfte.

»Wir haben eine kleine Überraschung für euch«, begann er und lächelte in die Runde, den Blick zuerst auf Vera gerichtet, die ihn erwartungsvoll musterte, dann auf mich, die keine Miene verzog, und zuletzt auf Edwin, der nicht begriff, was das Ganze sollte. »Wir erwarten ein Baby«, verkündete Dominic strahlend. »Du bekommst einen kleinen Bruder oder eine kleine Schwester, Edwin.«

Ich schaute Ruth an und gab mir alle Mühe, mir nichts anmerken zu lassen, unter dem Tisch indes ballte ich die Hände, bis meine Fingernägel sich schmerzhaft in die Handflächen gruben.

»Das sind ja wunderbare Neuigkeiten!«

Vera klatschte in die Hände, während Edwin so tat, als würde er vor Schreck vom Stuhl kippen, und Ruth damit zum Lachen brachte.

Es war tatsächlich eine gute Nachricht, wenigstens aus Sicht der Familie. Ich dachte an das Foto der Zwillinge im Schlafzimmer der Mayes. »Glückwunsch«, sagte ich, obwohl meine Stimme in dem allgemeinen Durcheinander unterging.

»Und wie weit bist du?«, erkundigte Vera sich bei ihrer Tochter.

»Noch ganz am Anfang, ein paar Wochen erst.«

»Ein sommergeborener Summerbourne«, rief sie pathetisch aus, und ich konnte mich nicht erinnern, die distinguierte Dame jemals so ausgelassen erlebt zu haben. Fast schien es, als freue sie sich am meisten von allen über die gute Nachricht.

Dominic lachte. »Genau. Wurde auch Zeit, dass wir das mal hinbekommen.«

»Wird es ein Junge oder ein Mädchen, Mummy?«, fragte Edwin.

»Das wissen wir noch nicht, mein Schatz. Vielleicht lassen wir uns einfach überraschen«, erklärte sie, was ihn nicht davon abhielt, sich Namen zu überlegen, die allesamt aus dem Cartoon *Thomas, die kleine Lokomotive* stammten.

»Es könnten wieder Zwillinge werden«, warf Vera ein, woraufhin ein merkwürdiges Schweigen folgte.

»Wie geht es dir denn so?«, erkundigte ich mich und wurde von der werdenden Mutter mit einem verzagten Lächeln bedacht.

»Lausig«, gab sie zurück.

Tatsächlich sah sie etwas blass aus und schien überdies Dominics und Veras Überschwang nicht ganz zu teilen. Von dem ihres Sohnes ganz zu schweigen. Irgendwie alles seltsam, fand ich und klinkte mich so bald wie möglich aus dem Kreis der Familie aus.

Leider lief ich in der Küche Dominic über den Weg. »Das freut mich wirklich für euch«, sagte ich, und als er mich ansah, schimmerte in seinen Augen wieder etwas von der alten Freundschaft auf.

»Danke, Laura«, erwiderte er.

Im Laufe des Nachmittags ging es mit meiner Stimmung immer weiter bergab. Es war mir unmöglich, das Geschehene zu vergessen und zu dem alten zwanglosen Umgang zurückzufinden. Deprimiert verzog ich mich ganz früh in mein Bett.

Ein paar Tage später, ich saß gerade mit Edwin auf dem Schoß in der Küche, mein Koffer stand fertig gepackt an der Tür, klingelte das Telefon. Es war Mrs. Blackwood. Es war nicht zu überhören, dass Mutter und Tochter wegen einer Schwangerschaftsuntersuchung stritten, wobei ich, da das Telefon nicht auf Lautsprecher gestellt war, lediglich hörte, was Ruth sagte.

»Dann wirst du es wieder absagen müssen.« Schweigen. »Ich entscheide selbst, wann ich zum Ultraschall gehe.« Schweigen. »Nein, ich sage dir nicht vorher Bescheid.« Es folgte eine längere Pause. »Ich höre mir das jetzt nicht länger an. Doch, ich weiß, was ich tue. Du willst mich einfach immer bevormunden …«

Kurz darauf legte sie auf. Als sie in die Küche kam, war sie aschfahl. Ich schob Edwin von meinem Schoß und schickte ihn in sein Zimmer.

»Mal mir noch ein Bild?«, schlug ich vor. »Ein ganz schönes, das ich über Weihnachten mit nach Hause nehmen kann?«

Sein Blick huschte zwischen mir und seiner Mutter hin und her. »Ich will die Züge sehen, ihr habt es mir versprochen.«

»Die wirst du sehen, versprochen. Es dauert noch ein bisschen. Ich mache deiner Mummy schnell einen Tee, und wenn sie den getrunken hat, fahren wir los, okay?«

Ruth schaute mit einem matten Lächeln auf, als ich die Tasse vor sie hinstellte, verzog dann das Gesicht und schob sie von sich weg.

»Ich kann gerade keinen Tee trinken, mir ist die Lust darauf vergangen. Das war gerade meine Mutter. Sie hat für mich einen Termin bei einem Spezialisten gemacht, den sie kennt und der angeblich ganz toll sein soll. Auf diese Weise will sie mich von einer Hausgeburt abbringen, dabei weiß sie genau, dass mich keine zehn Pferde noch mal in ein Krankenhaus kriegen.«

Als ich sie daraufhin ganz arglos fragte: »Wann ist eigentlich der Geburtstermin?«, wich das Blut erneut aus ihren Wangen. Sie sah mich mit großen Augen an und griff nach meiner Hand.

»O Laura. Ich kann mit niemandem darüber reden«, stammelte sie, fing an zu weinen und sank schluchzend über dem Tisch zusammen.

»Warum nicht? Was ist los?«, fragte ich entgeistert.

Sie stöhnte gequält auf, wand sich noch eine Weile und rückte schließlich mit der Sprache raus.

»Das Kind ist von Alex«, flüsterte sie mit geschlossenen Augen und drückte meine Hand so fest, dass ich kurz zusammenzuckte. »Es ist sein Baby, Laura. Was soll ich nur tun?«

Mein Hals war wie zugeschnürt, ich musterte ihr tränenüberströmtes Gesicht. »Das ist unmöglich«, stieß ich mit belegter Stimme hervor.

Sie ließ meine Hand los. »Leider nein. Es ist so ein heilloses Durcheinander.«

»Wie kannst du dir da so sicher sein?«

»Ich bin es einfach. Ich wünschte, es wäre anders, aber nein, so ist es. Ganz sicher. Es war die Woche, als meine Mutter mir damit in den Ohren lag, nach Winterbourne zu ziehen. Ich war so wütend und völlig am Ende. Dann bin ich mit Alex zu dieser Halloweenparty gegangen. Und er war … einfach nett zu mir, Laura. Er ist der Einzige, der mich immer so gemocht hat, wie ich bin – meine Mutter

236

wollte übrigens anfangs, dass ich ihn heirate. Sie meinte, Dominic werde mich niemals so lieben wie Alex.«

Da irrte sie sich, dachte ich. Ich wusste ja zu gut, wie sehr Dominic sie liebte und dass er alles versuchte, sie glücklich zu machen. Oder täuschte ich mich? Die Erinnerung daran, wie er sich über mich gebeugt, mich geküsst hatte, überfiel mich mit Macht. Alles in mir krampfte sich zusammen, und mir wurde schlecht.

»Das Schlimmste ist vielleicht, dass sie recht hatte«, stöhnte Ruth.

»Nein«, rutschte es mir heraus, und schnell setzte ich hinzu: »Was willst du jetzt tun?«

»Was soll ich schon machen? Ein bisschen mit den Daten mauscheln, wobei Dominic kaum nachrechen dürfte, und außerdem hoffen und beten, dass das Kind Alex nicht allzu ähnlich sieht.« Sie ließ den Kopf in die Hände sinken, setzte sich jäh auf und schob den Ärmel ihres Pullovers hoch, streckte mir ihren Arm mit der Innenseite nach oben entgegen. Ihre Haut war so hell, dass man die Adern bläulich durchschimmern sah. »Meinst du, das reicht, um seine Hautfarbe auszugleichen, damit am Ende ungefähr die von Dominic herauskommt?«

Ich gab einen ungläubigen Laut von mir. »Ruth, darüber nachzudenken ist verrückt.«

Sie ließ nicht erkennen, ob sie mich überhaupt gehört hatte. »Sein Vater ist Inder, seine Mutter hingegen kommt aus Yorkshire, und seine Schwestern haben alle viel hellere Haut als er. Wenn ich Glück habe …« Sie runzelte die Stirn und schaute ins Leere. »Er war immer neidisch auf sie, musst du wissen. Seine Schwestern haben längst selbst Familie – so viele Nichten und Neffen, einzig und allein er hat bislang niemanden. Zwar tut er immer so, als wäre sein Job ihm das Wichtigste, doch ich weiß, dass er sich eine eigene Familie wünscht …« Plötzlich beugte sie sich vor und packte meinen Arm so fest, dass ihre Nägel sich in meine Haut bohrten. »Du darfst es niemandem erzählen«, zischte sie mir zu, ihre Augen ganz schmal, ihr Gesicht so nah, dass ich ihren heißen Atem spürte. »Niemals, hörst du? Weder Alex noch Dominic. Niemandem.«

Ich schüttelte den Kopf. »Natürlich nicht, du kannst dich darauf verlassen.«

Sie drückte noch fester zu und sah mich mit einem irren Blick an. »Versprochen?«

»Ja, ich werde es niemandem erzählen«, rief ich und machte mich von ihr los, sprang auf und rieb die roten Striemen auf meinem Arm.

Dann kehrte ich ihr den Rücken zu und verfolgte in der Spiegelung des Küchenfensters, wie sie sich die Tränen aus dem Gesicht wischte, sich mit den Fingern durchs Haar fuhr und noch ein paarmal schluckte, um schließlich nach ihrem Sohn zu rufen.

»Edwin, mein Schatz. Komm und zieh deine Schuhe an. Es ist Zeit, Laura zum Bahnhof zu bringen.«

Der Junge kam mit dem Bild angerannt, das er für mich gemalt hatte, und hielt es seiner Mutter hin, damit sie es gebührend bewundern konnte, bevor er es mir gab.

Er erklärte, dass es Dominic und mich auf der einen Seite des geschmückten Weihnachtsbaums zeige, den er gemalt hatte, und ihn selbst auf der anderen. Über unseren Köpfen wand sich ein großes, unförmiges Gebilde.

»Das ist eine Seeschlange«, klärte er uns auf. »Die wird uns zum Weihnachtsessen alle verschlingen.«

238

17. Kapitel

SERAPHINE

Ich kann in der brütenden Hitze der Küche keinen klaren Gedanken fassen. Kiaras Nachricht überfordert mich. Die ins Gras gebrannte Botschaft, die Lippenstiftwarnung am Spiegel, der Drohbrief an Laura, den ich aus dem Abfall gefischt habe. Plötzlich ist mir alles zu viel. Was habe ich da um Himmels willen ins Rollen gebracht? Ich hätte die Finger davon lassen sollen und wünsche mir, dass alles wieder so sein möge wie früher, ehe ich dieses Foto gefunden habe. Dann könnte ich in Ruhe um meinen Vater trauern, ohne mich ständig fragen zu müssen, ob er überhaupt mein Vater war.

Erst mal muss ich wieder einen klaren Kopf bekommen und beschließe, zu den Klippen zu gehen.

Bevor ich das Haus verlasse, vergewissere ich mich, dass alle Fenster und Terrassentüren so fest verschlossen sind, wie es eben möglich ist, einschließlich der Verbindung zwischen Herrenhaus und Anbau. Am Ende meines Kontrollgangs sperre ich nach dem Rausgehen noch alle Schlösser der Eingangstür ab.

Der Garten liegt bleich in der Nachmittagssonne, Insekten summen in den von Unkraut überwucherten Beeten, die glutroten Fackellilien lassen matt die Köpfe hängen. Einzig die alten Rosensorten scheinen nichts von ihrer Schönheit verloren zu haben, sie widerstehen den Kapriolen des Wetters ebenso wie der mangelnden Pflege durch die Menschen. Ihr lieblicher Duft begleitet mich, als ich über die Wiese zum Wäldchen gehe.

Wie immer beruhigt die kühle Meeresbrise mich sogleich, und ich lasse mich im hohen Gras zu Füßen des Turms nieder, lehne mich an das alte Gemäuer und lasse die Wärme der von der Sonne aufgeheizten Steine in mich einsickern. Hier ist mein Lieblingsplatz, sogar im Winter. Fast jeden Tag komme ich nach der Arbeit her – zum Missfallen von Edwin, der findet, ich solle lieber mal ausgehen und neue Leute treffen. *Ab und an eine Party wird dich nicht umbringen, Seraphine,* pflegt er gerne zu scherzen.

Edwin hat mich noch nie verstanden, zumindest nicht so wie Danny. Oder wie früher Dad.

Mein Vater konnte sich seine Arbeitszeiten in London relativ flexibel einteilen und versuchte es immer so einzurichten, dass er jeden Monat ein paar Tage nach Summerbourne kam. Wenn ich abends heimkehrte, aßen wir zusammen, und an den Wochenenden unternahmen wir oft lange Spaziergänge. Gleichzeitig störte es ihn nicht, wenn ich Zeit für mich brauchte und es mich allein zu den Klippen zog. Angenommen, ich wäre nicht die Tochter meiner Eltern – Dad wird für mich immer Dad bleiben. Ich will keine anderen Eltern – ich will die bleiben, die ich bislang zu sein glaubte.

Aber trotz aller Bemühungen, sie zu verdrängen, lässt mir diese eine Frage keine Ruhe: *Wer bin ich?*

Zu stark war bereits in meiner Kindheit das Gefühl, nicht dazuzugehören, eine Außenseiterin zu sein. Edwin und Danny schlossen schnell Freundschaften und tobten nach der Schule mit den anderen Kindern über den Dorfplatz. Versuchte ich mich ihnen anzuschließen, kam es mir immer irgendwie falsch vor, und so blieb ich lieber für mich. Im Gegensatz zu meinen Brüdern störte es mich beispielsweise, wie grausam und gemein die Spiele der Jungen und Mädchen aus dem Dorf oft waren. Ich dagegen wollte, dass es fair und gerecht zuging. Weil das nicht möglich war, gewöhnte ich mir irgendwann ab, ständig dagegen anzukämpfen und wütend zu werden. Wie etwa bei einem Vorfall, an den ich mich noch gut erinnere.

Einmal hörte ich, wie zwei Frauen im Dorfladen über mich sprachen und meinten, dass mir eben die Mutter fehle. Wäre sie noch da und könnte für mich sorgen, würde ich gewiss sanfter und ausgeglichener sein. Als wollte ich ihre Worte bestätigen, sah ich sofort Rot und stürmte durch den Gang, riss dabei eine Reihe Konservendosen aus dem Regal und warf den beiden an den Kopf, dass sie schrecklich dumm seien und überhaupt keine Ahnung hätten. Zum Schluss forderte ich sie auf, künftig besser den Mund zu halten.

Vielleicht war es, rückblickend gesehen, kein Wunder, dass niemand mich mochte. Die Mädchen in meiner Klasse behandelten mich wie Luft, die größeren Kinder auf dem Spielplatz ärgerten mich, und so gab es eigentlich bloß einen Ort, an dem ich mich glücklich und geborgen fühlte, und das war zu Hause, auf Summerbourne. Ich ging sogar so weit, in den Ferien manchmal heimlich das Telefon auszustöpseln, damit keines der Kinder aus dem Dorf anrufen und meine Brüder zum Spielen einladen konnte. Am schönsten fand ich es, wenn wir vier unter uns waren: Danny, Edwin,

241

Joel und ich. Diese Erinnerungen bewahrte ich in meinem Gedächtnis wie einen Schatz. Unser Spielplatz waren der Garten, der Weg zum Cottage und der Strand.

An diesen Tagen hatte ich das Gefühl, angenommen und akzeptiert zu werden.

Ich versuche mich zu erinnern, womit die Kinder im Dorf mich genau aufgezogen und bis aufs Blut gereizt haben. Mir fiel nichts anderes ein als das Altbekannte: dass wir Koboldskinder oder Wechselbälger seien und die falschen Summerbourne-Zwillinge, also nicht die Sprösslinge von Ruth und Dominic. Natürlich versicherte Dad uns immer wieder, dass das absoluter Unsinn sei, doch als Kind ist man anfällig für so etwas, vor allem wenn man in einer Umgebung lebt, die ernstlich an übersinnliche Kräfte und an ein Schattenreich glaubt, in dem Hexen, Elfen und Trolle als reale Wesen angesehen werden. Und in mir wuchs dadurch die Furcht heran, nicht die zu sein, die ich sein sollte.

Ein Kind wurde geboren oder zwei, eines wurde geraubt oder beide. Die Geschichten widersprechen sich da. Und keine erklärt, woher die falschen Zwillinge gekommen sein sollen. Natürlich ist das meiste eine Ausgeburt kranker Fantasie, zugleich aber heißt es, dass selbst die haarsträubendsten Gerüchte immer ein Körnchen Wahrheit enthalten.

Als meine Wangen und Schultern zu brennen beginnen, erhebe ich mich und suche mir auf der anderen Seite des Turms einen Platz im Schatten.

Wenn ich alles hinter mir ließe und aufhören würde, Fragen zu stellen, wie sähe mein Leben dann aus? Ich hätte die beruhigende Routine meines Jobs, die Familienzusammenkünfte mit Edwin, Danny und Vera und könnte vermutlich

242

auf Summerbourne wohnen bleiben. Mein Leben wäre ruhig und vorhersehbar, selbst wenn vieles unbeantwortet bliebe wie die Frage, ob ich das nun bin auf dem Foto vom Tag meiner Geburt oder nicht. Andererseits: Muss man wirklich alles wissen?

Und wenn ich von Kiara tatsächlich etwas erfahren würde – etwas, das ihr gar nicht weiter wichtig erscheint, in Wirklichkeit hingegen der Schlüssel zu allem ist? Kann ich diese Chance ungenutzt vorübergehen lassen? Ich greife nach meinem Telefon, das neben mir im warmen Gras liegt, rufe Kiaras Nachricht auf und lese sie noch einmal durch. Erneut weiche ich innerlich zurück, gebe meinen Bedenken und Zweifeln Raum. Vielleicht ist es ja leichtsinnig, mich mit ihr zu treffen. Vielleicht ist ihr Vater ja auf eine Weise in die Geschichte verwickelt, von deren Ausmaßen ich nichts ahne. Vielleicht sollte ich tatsächlich zur Polizei gehen. Was allerdings bedeuten würde, dort viel mehr preisgeben zu müssen, als ich will. An diesem Punkt bin ich erst vor Kurzem gewesen und zu keiner Lösung gelangt. Ich merke, dass meine Gedanken sich im Kreis drehen.

Seufzend erhebe ich mich und mache mich auf den Rückweg. Nachdem ich die Eingangstür hinter mir abgeschlossen habe, gehe ich langsam von Zimmer zu Zimmer. Nichts ist auffällig. Das Mobilteil des Festnetztelefons liegt auf dem Couchtisch im Wohnzimmer und blinkt mit einer neuen Nachricht von Joel. Er nennt mir seine Handynummer in jenem bestimmten Ton, den Ärzte gerne bei widerspenstigen Patienten einsetzen. *Ruf mich an, wenn du irgendetwas brauchst.* Ich höre mir die Nachricht mehrmals hintereinander an.

Eine Sekunde überlege ich, es noch mal bei Edwin zu

versuchen, um ihm von der neuesten Entwicklung zu berichten. Lieber nicht, sonst besteht er am Ende darauf, Kiaras Nachricht zu löschen und keinen Kontakt zu ihr aufzunehmen. Oder er setzt mir massiv zu, auf jeden Fall die
Polizei einzuschalten. Und solange ich nicht weiß, was ich
wirklich will, möchte ich mir die Entscheidung nicht aus
der Hand nehmen lassen.

Ich gehe nach oben, um die Scherben aufzukehren. Eine
Weile bleibe ich vor dem Badezimmerspiegel stehen und
starre auf die rote Schrift. Ich will meine Familie nicht verlieren, dennoch will ich erfahren, was am Tag meiner Geburt geschehen ist. Ich muss wissen, wer ich bin.

Die Porzellanscherben schlagen auf dem Kehrblech leise
aneinander. Nachdem ich sie beseitigt habe, wische ich
erst den Boden auf, entferne dann mit einem Glasreiniger
die Schmiererei auf dem Spiegel. Edwin wird mich dafür
schimpfen, schießt es mir durch den Kopf. Wahrscheinlich
war es ein Fehler, alle Spuren der Drohungen zu beseitigen.
Wenigstens Fotos hätte ich machen sollen. Zu spät.

Nach einer ruhigen Nacht, in der es keine weiteren Vor-
kommnisse gegeben hat, setze ich mich am nächsten Morgen mit meinem Kaffee auf die Terrasse und antworte Kiara:

*Von mir aus können wir uns sehr gern treffen. Könntest du am
Samstag nach Norfolk kommen? Mittags zum Lunch?*

Sie meldet sich keine zehn Minuten später: *Ja, das ginge. Du
müsstest mir noch deine Adresse geben.*

Ich zögere einen Moment, dann schreibe ich: *Würde es dir
etwas ausmachen, wenn meine Brüder dabei sind?*

Darauf antwortet sie am späten Nachmittag: *Kein Problem. Ich lasse meinem Dad eine Nachricht da, damit er informiert ist, wo ich bin.*

Erst stutze ich, dann geht mir auf, dass sie einfach nicht weiß, ob sie mir vertrauen kann. Sie will sich absichern für den Fall, dass meine Familie irgendetwas Finsteres im Schilde führt, sie in eine Falle locken will. Während ich noch darüber nachdenke, wie kompliziert das alles ist, höre ich ein Auto draußen vorfahren und husche schnell zurück ins Haus, um durch das Flurfenster hinauszuschauen. Es ist ein fremder Wagen, der auf dem Vorplatz ein gekonntes Wendemanöver vollführt und dann zur Straße hinunterfährt. Wieder etwas, das nicht gerade zu meiner Beruhigung beiträgt. Ich beschließe, Joel anzurufen. Vielleicht hat er das Auto ja an seinem Cottage vorbeifahren sehen.

»Joel? Hier ist Seraphine.«

»Hi. Alles in Ordnung bei dir?«

»Wie man's nimmt. Du hast in letzter Zeit nicht irgendjemanden auf der Straße gesehen, der dir verdächtig vorkam?«

»Nein, warum? Was ist passiert?«

Ich zögere. »Ach, nichts. Oder ich weiß nicht. Wahrscheinlich bin ich gerade ein bisschen schreckhaft, hier so ganz allein. War wohl etwas viel die letzten Tage.«

»Soll ich vorbeikommen?«, fragt er, wobei er nicht gerade begeistert klingt.

»Nein, lass mal. Ich frage Edwin und Danny, ob sie übers Wochenende hierbleiben. Mach dir keine Sorgen, mir geht's gut. Alles in Ordnung.«

Ich höre noch, wie er etwas erwidern will, aber ich lege auf. *Mir geht's gut. Alles in Ordnung.* Ist es nicht furchtbar,

wie höflich und distanziert, wie unverbindlich wir miteinander umgehen? Für solchen Smalltalk hätte ich ihn nicht
anzurufen brauchen.

Um einen Anruf bei Edwin komme ich dagegen nicht
mehr herum, obwohl ich nicht vorhabe, ihm brühwarm
von den neuen Drohungen zu berichten. Zunächst geht es
darum, dass ich ihn dabeihaben möchte, wenn ich mich mit
Kiara treffe. Mit ihm und Danny fühle ich mich auf der sicheren Seite, falls Alex' Tochter mich mit etwas überfällt,
womit keiner von uns gerechnet hat.

Nach dem Duschen und Anziehen gebe ich mir einen
Ruck und wähle Edwins Handynummer.

»Hey, wie geht's dir?«, fragt er etwas atemlos, und ich
merke, dass er gerade joggt.

»Ganz okay. Hast du einen Moment Zeit?«

»Ja, habe ich. Später treffe ich mich mit Danny und
Brooke. Wir dachten uns, bei dem schönen Wetter könnten
wir noch was trinken gehen.«

Ich weiß nicht, warum Dannys neue Flamme bei mir solche Aversionen auslöst. Vielleicht weil er von festen Bezie-
hungen bislang nie viel gehalten hat und es diesmal anders
zu sein scheint. Und zwar weil Brooke es will. Das blonde
Gift macht auf mich den Eindruck, als würde es stets bekommen, was es sich in den Kopf gesetzt hat.

»Ich mach's kurz, Edwin. Pass auf, ich muss dir etwas
sagen.«

»Ach Seraphine«, seufzt er. »Sag nicht, dass du bei Laura
warst …«

»Nein, war ich nicht«, erwidere ich pikiert, und es folgt
eine kurze Pause, in der ich ihn vernehmlich atmen höre.

»Okay, schieß los«, sagt er endlich. »Ich bin ganz Ohr.«

Jetzt, wo es ernst wird, weiß ich nicht, wie und womit ich anfangen soll.

»Bist du noch dran?«, höre ich die Stimme meines Bruders.

»Ich war bei Alex, Alex Kaimal«, platze ich ohne Vorbereitung heraus.

»Du warst was?«, fragt er so laut, dass ich das Telefon ein Stück weghalte.

Ich lehne mich auf meinem Bett zurück und warte, bis er die Nachricht verdaut hat.

»Du bist verrückt, Seph. Was hat er gesagt?«

»Er meinte, ich sei unmöglich.«

»Was?«

Ich seufze. »Er gab zu, Mum und Dad zu kennen – von meiner Existenz hingegen hatte er keine Ahnung. Behauptete er wenigstens. Er meinte, ich könne unmöglich Ruths Tochter sein.«

»Seraphine …«

»Edwin, hör zu. Er hat selbst eine Tochter, ich habe sie gesehen, als sie ihn abgeholt hat. Sie heißt Kiara und dürfte ungefähr in meinem Alter sein.«

»Grundgütiger, du kannst nicht so mir und dir nichts wildfremden Leuten nachstellen! So was nennt man Belästigung.«

»Keine Sorge, das ging klar«, lüge ich. »Die Sache ist die, und deshalb rufe ich an: Diese Kiara möchte sich gerne mit uns treffen. Ich habe sie für Samstag zum Lunch eingeladen.«

Edwin stöhnt. »Du hast Alex' Tochter eingeladen? Nach Summerbourne? Sag bitte, dass das nicht dein Ernst ist. Und warum überhaupt?«

»Weil sie darum gebeten hat, vielleicht weiß sie ja etwas Interessantes.« Ich denke an Kiaras Worte, dass sie genau wie ich ihre Mutter sehr früh verloren hat. »Würdest du am Samstag mit Danny kommen? Bitte. Ich möchte nicht mit ihr allein sein.«

Mit angehaltenem Atem warte ich auf seine Antwort.

»Ich habe Gran einen Tag im Kreis der Familie auf Winterbourne versprochen«, rückt Edwin zögernd mit der Sprache raus. »Sie möchte, dass du ebenfalls kommst, Seph. Ich will am Sonntag für uns kochen.«

»Sonntag würde für mich in Ordnung gehen«, erkläre ich. »Was uns nicht daran hindert, uns am Samstag mit Kiara zu treffen. Bitte, es ist mir wirklich wichtig, dass ihr dabei seid.«

Wieder folgt ein längeres Schweigen, ehe er seufzend einwilligt: »Gut, ich denke, das ließe sich einrichten. Ich spreche mit Danny.« Und dann setzt er versöhnlich hinzu: »Das klappt schon, keine Sorge.«

Erleichtert schließe ich die Augen und atme leise auf. »Danke.«

»Ich versuche, morgen früher aus dem Büro zu kommen, würde dann gleich losfahren und wäre abends bei dir. Versprich mir, bis dahin keine Dummheiten zu machen, okay?«

»Mache ich nie«, verspreche ich. »Und dir einen schönen Abend mit Danny und der Eiskönigin.«

Als ich mir etwas später gerade einen Käsetoast machen will, klingelt es. Vor der Tür steht Joel, die Schultern hochgezogen und die Stirn in Falten gelegt, als wäre er sich nicht sicher, ob er willkommen ist. Er hat eine Einkaufstüte dabei, darin sind ein paar Flaschen, Kekse, Schokolade und Obst.

»Habe ich dir nicht gesagt, dass ich nichts brauche?«, empfange ich ihn nicht übermäßig freundlich, bevor ich ihn hereinbitte.

Er geht in die Küche und stellt die Tasche auf dem Tisch ab. »Ich dachte, ich schau mal kurz vorbei«, sagt er und setzt mit einem Blick auf den angeschnittenen Cheddar hinzu: »Ich will dich nicht lange stören.«

»Nein, bleib«, antworte ich und packe die Sachen aus, die er mitgebracht hat. »Danke. Das ist echt nett von dir. Guck mal. Ich bin gerade dabei, überbackenen Toast vorzubereiten – du kannst also Edwin berichten, dass ich mir durchaus was Ordentliches zu essen mache.«

Joel setzt sich ans Ende des Tisches und gönnt mir ein schmales Lächeln. Der Dreitagebart ist verschwunden, die dunklen Ringe unter seinen Augen, die mir neuerdings auffallen, dagegen nicht.

»Wie geht es deinem Großvater heute?«, erkundige ich mich, weil ich Joel nicht nach seinem eigenen Befinden fragen will.

»Nicht schlechter als sonst. In zwei Wochen kommen meine Eltern zurück. Sobald die beiden wieder da sind, wird es einfacher.«

»Heißt das, du kannst überhaupt nicht arbeiten, während sie weg sind?«

»Ein bisschen ist es so. Ich bin ein paarmal kurz in der Praxis gewesen, lange kann ich nicht weg.« Er reibt sich die Augen. »Na ja, ist ja nur für ein paar Wochen.«

»Weißt du niemanden, der sich zwischendurch mal um ihn kümmert? Solange ich noch meinen Sonderurlaub habe, würde es mir nichts ausmachen, ihm ab und an ein bisschen Gesellschaft zu leisten.«

Jetzt lächelt er so warm und aufrichtig, dass mir ganz anders wird.

»Danke, das ist sehr nett von dir, doch ein paar Stunden kommt er zur Not allein zurecht. Zum Glück hantiert er nicht mehr am Ofen herum, um sich etwas zu kochen, das war immer unsere größte Sorge. Meistens werkelt er im Garten oder geht über die Felder spazieren. Jedenfalls lieb von dir, das anzubieten. Ich hätte gedacht, dass du von seinen Geschichten ein für alle Mal genug hast.«

Ich zucke mit den Schultern. »So empfindlich bin ich nun auch nicht.«

Unsere Blicke treffen sich, und er schaut mich an, als könnte er jeden meiner Gedanken lesen. Rasch wende ich mich von ihm ab und wieder meinem Essen zu.

Als die Toastscheiben fertig belegt sind und der Grill vorgeheizt ist, strecke ich die Hand nach den Topflappen aus, da die Grillpfanne keinen Griff mehr hat. Joel kommt mir zuvor, schnappt sich die Lappen vom Haken und reicht sie mir grinsend.

»Ich kann mich noch genau daran erinnern, wie Edwin den Griff abgebrochen hat.«

»Ach ja, wirklich?«, frage ich, während ich das Blech in den Ofen schiebe. »Wann war das?«

»Irgendwann mal nach der Schule, als wir uns Toasties machen wollten. Wir müssen so zehn gewesen sein.« Er lehnt sich in seinem Stuhl zurück und entspannt sich ein wenig. »Ein eisiger Wintertag. Wir haben die Toasties in den Ofen geschoben und sie dann vergessen. Ihr hattet damals dieses deutsche Kindermädchen. Kannst du dich erinnern? Sie hat ständig gesungen.«

Ich schüttele den Kopf. »Muss ich wohl vergessen haben.«

»Sie war echt nett. Du erinnerst dich wirklich nicht an sie?«

»Weißt du, wir hatten im Laufe der Jahre so viele Nannys. Und im Gegensatz zu Danny habe ich immer versucht, erst gar keine Bindung zu ihnen zu entwickeln, weil sie ja nach ein paar Monaten meist weg waren.«

Er stutzt einen Moment. »Aha, lassen wir das. Also, wie gesagt, wir hatten die Toasties vergessen, und plötzlich brannte es im Ofen, richtig. Edwin riss das Blech heraus und ließ es fallen, und dabei brach der Griff ab. Wir sind dafür ziemlich zusammengeschissen worden.«

»Kann ich mir denken.«

Joels Blick schweift durch die Küche. Wenngleich ich ihm den Rücken zukehre, weil ich an der Spüle stehe, kann ich schwach seine Spiegelung im Fenster sehen. Mir kommt es vor, als wäre er hier nach wie vor heimisch. Wie damals, als er wie ein Schatten an Edwin klebte. Je länger das Schweigen zwischen uns andauert, desto lauter erscheint mir das Ticken der Küchenuhr.

»Erinnerst du dich noch an Laura?«, frage ich in die Stille hinein. »Sie war Edwins Au-pair, in dem Jahr bevor Danny und ich geboren wurden.«

Er wiegt nachdenklich den Kopf. »Ja und nein, höchstens ganz vage. Sie hat oft mit uns gebacken, glaube ich.«

»Und Alex?«

»Nein, wer soll das sein?«

»Ein Freund meiner Eltern, der damals wohl oft zu Besuch gewesen ist. Sag, hast du überhaupt irgendwelche Erinnerungen an die Zeit, bevor Danny und ich geboren wurden?«

»Seraphine, bitte …«

Ich schneide ihm das Wort ab. »Aha, verstehe. Edwin

hat dir was eingeflüstert, oder? Was genau? Behalt die arme Seraphine ein bisschen im Auge, sie hat nicht mehr alle Tassen im Schrank und glaubt, sie sei nach der Geburt vertauscht worden?«

Joel schüttelt resigniert den Kopf. »Seraphine, dein Toast verbrennt.«

Mit den Topflappen bewaffnet, eile ich zum Grill und hole das Blech mit meinem angekokelten Toast heraus, lasse es scheppernd auf das Schneidebrett fallen. Dann reiße ich die Terrassentür auf, bleibe einen Moment dort stehen und warte, bis der Kloß in meinem Hals sich löst und der Rauch langsam hinauszieht.

»Eure Geburt ist mir ehrlich gesagt nicht in Erinnerung geblieben«, höre ich Joel hinter mir sagen. »Vielleicht habe ich gar nicht wahrgenommen, dass bei euch Nachwuchs anstand. Im Grunde war ich ausschließlich auf Edwin fixiert. Bevor wir in die Schule kamen, haben wir ganze Tage lang hier gespielt: im Haus, im Garten, unten am Strand. Eigentlich habe ich nichts als schöne Erinnerungen an die Zeit. Als wir zur Schule kamen, war es plötzlich vorbei damit. Alles war auf einmal anders. Ich habe mich hier nicht mehr wirklich wohlgefühlt, die Stimmung war irgendwie angespannt. Euer Dad war völlig neben der Spur, desgleichen eure Großmutter, die ständig durchs Haus geisterte. Dauernd kamen neue Nannys, dazu euer schreckliches Geschrei.« Er sieht mich verlegen an. »Na ja, irgendwann wurde es zwar besser, aber nie mehr so wie früher.«

Ich drehe mich zu ihm um und lächle.

»Gran behauptet, ich sei ein schreckliches Baby gewesen, also mach dir nichts draus.«

»Du warst ein unglaublich jähzorniges Kind, daran

kann ich mich erinnern. Weißt du noch, wie Edwin und ich Danny und dir das Radfahren beibringen wollten? In dem Sommer, ehe ihr in die Schule kamt?« Er verdreht die Augen. »Mir kommt es im Nachhinein vor, als hätten wir die ganzen Ferien über nichts anderes gemacht, und du bist jedes Mal völlig ausgerastet, wenn du hingefallen bist. Hast mit den Füßen gestampft und uns angeschrien, dass es unsere Schuld sei.«

»Daran kann ich mich leider nicht mehr erinnern.«

»Vielleicht besser so«, meint Joel trocken.

»Und was ist mit Danny? Er war bestimmt ein gelehriger Schüler«, bemerke ich spitz.

Joel gibt keine Antwort, das leise Zucken seiner Mundwinkel verrät genug.

Ich greife nach den Schokokeksen, die er mitgebracht hat, und halte ihm die Packung hin.

»Nein danke, ich muss los. Melde dich einfach, wenn irgendwas ist und du Hilfe brauchst.«

Auf dem Weg zur Tür dreht er sich zu mir um, und wir stehen uns schweigend gegenüber. Zum ersten Mal bemerke ich die Narbe an seinem Kinn, einen feinen hellen Sichelmond auf seiner dunklen Haut. Ohne nachzudenken, strecke ich die Hand aus und streiche mit dem Finger darüber.

»Wo hast du die her?«

Seine Augen weiten sich, er greift nach meiner Hand und schiebt sie sanft zurück. »Von dem Glas damals«, sagt er und sieht mich lange an.

Ich habe keine Ahnung, was er meint. »Wie, damals? Und von welchem Glas?«

Er holt tief Luft. »Es war an dem Tag, als wir alle am Pool

waren, als ich etwas gesagt habe, das dich verärgert hat und du einfach weggelaufen bist. Dabei hast du eines der Gläser vom Tisch gefegt, die Scherben flogen in meine Richtung, und eine hat mich am Kinn getroffen.«

Ungläubig schüttele ich den Kopf. »Nein, ich …«

»Kein Problem«, beruhigt er mich. »Längst vergeben und vergessen. Zumindest ging mir bei der Gelegenheit auf, dass Großvaters Geschichten alles andere als harmlos waren. Es tut mir leid. Ich wollte es danach eigentlich wiedergutmachen …«

Trotz dieser Versicherung mache ich mir Vorwürfe. Wie kann ich ihn verletzt und es nicht mal bemerkt haben? Ein Frösteln kriecht über meine Haut, und es scheint völlig still um mich zu werden, als halte ganz Summerbourne den Atem an.

»Es tut mir leid, wenn ich dich erschreckt habe, denk nicht mehr dran«, sagt Joel, lässt meine Hand los und wendet sich zum Gehen.

»Nein, warte. Geh nicht«, bitte ich ihn.

Er legt die Arme um mich. »Was ist eigentlich los mit dir?«

In seiner Stimme schwingt leiser Argwohn mit, und ich begreife, was er zu denken scheint: dass ich nicht mehr ganz bei Sinnen bin. Alle denken das und warten angespannt darauf, dass ich den Verstand ganz verliere. Vielleicht haben sie ja recht.

Den Arm noch immer um mich gelegt, gehen wir ins Wohnzimmer und setzen uns aufs Sofa. »Sag mir, was los ist«, wiederholt er.

Ich weiß nicht, wo ich anfangen soll, weiß nicht, wie viel Edwin ihm mittlerweile erzählt hat. Mein Bauchgefühl sagt mir, dass ich ihm alles erzählen kann und er nicht hinter meinem Rücken mit Edwin reden wird. Dass er bestimmt versteht, warum ich mit Kiara reden muss, ehe ich die Polizei verständige – dass er ganz einfach auf meiner Seite ist. Wir mögen uns fremd geworden sein in den letzten Jahren, und doch ist der Wunsch, mich ihm anzuvertrauen, überwältigend.

Ermutigend nickt er mir zu, sein Blick ist ruhig und ernst.

»Jemand war hier im Haus«, beginne ich, und dann bricht alles aus mir hervor: Laura, Alex und Kiara, die Nachricht auf dem Spiegel, die Worte im Gras, die aus meiner Handtasche entwendete Adresse, der tote Vogel vor der Haustür. Und die Angst, er könnte glauben, dass ich mir das alles ausgedacht habe.

Joel hört mir aufmerksam zu, ohne mich zu unterbrechen, und als ich schließlich zum Ende komme, habe ich mich heiser geredet, und mein Hals schmerzt.

»Ich glaube dir«, sagt er, und seine Worte legen sich wie eine warme Decke um mich. Erschöpft und erleichtert zugleich, lasse ich mich zurücksinken, schließe meine Hand um seine und beobachte ihn, wie er in Ruhe über alles nachdenkt, was ich ihm gerade erzählt habe. Zwar mag er sich in den letzten Jahren verändert haben, aber er ist mir noch immer so vertraut wie eh und je.

»Wer hat einen Schlüssel zum Haus?« Bei dieser Frage fühle ich mich sofort daran erinnert, wie praktisch er immer gedacht hat, wie nüchtern und sachlich er jedes Problem anzugehen pflegte. »Wenn du dir sicher bist, am Montag alle Türen abgeschlossen zu haben, und nichts auf einen Einbruch hindeutet, solltest du als Erstes eine Liste aller Personen aufstellen, die einen Schlüssel zum Haus haben. Vermutlich habt ihr jemanden, der zum Putzen kommt, oder?«

»Das organisiert Vera. Manchmal ist es jemand aus dem Dorf, manchmal schickt eine Agentur jemanden.«

»Da würde ich auf jeden Fall nachhaken. Und was ist mit Handwerkern? Klempner, Elektriker. In so einem alten Kasten fällt bestimmt öfter mal was an. Ach ja, vergiss nicht den Cateringservice bei der Beerdigung deines Vaters«, fügt er hinzu und drückt kurz meine Hand.

»Bei allem muss ich passen. Das sind lauter Dinge, die Gran regelt. Eigentlich kümmert sie sich um alles, es ist ja nach wie vor ihr Haus. Ich musste ehrlich gesagt noch nie selbst etwas unternehmen …«

Joel überlegt kurz und sieht mich an. »Ich verstehe irgendwie, dass du nicht zur Polizei gehen willst, ehe du mit Alex' Tochter gesprochen hast. Trotzdem ist es gefährlich, damit zu warten. Du solltest auf keinen Fall allein hier wohnen, bis geklärt ist, wer hinter diesen merkwürdigen Vorfällen steckt. Die Vorstellung, dass jemand …«

»Edwin und Danny kommen morgen«, unterbreche ich ihn.

»Gut, das ist sehr gut.« Er senkt den Blick auf meine Hand in seiner, und ich merke, dass er die nächsten Worte sehr sorgfältig wählt. »Und heute Nacht, hast du jemanden, bei dem du bleiben kannst? Sonst könntest du mit in Großvaters Cottage kommen. Du kannst mein Zimmer haben, ich schlafe unten auf der Couch.«

Vergeblich versuche ich zu analysieren, was er damit sagen will, und eine passende Antwort zu finden. Zu sehr lenkt seine Nähe mich ab – seine Brust, die sich unter seinem T-Shirt hebt und senkt, das leichte Flattern seiner Lider, als er mich abwartend ansieht.

»Ich wünschte mir …«, setze ich an.

Auf einmal sitzt er ganz still da, rührt sich nicht mehr, sein Blick hält den meinen fest. Eine halbe Ewigkeit vergeht, bis er ruhig weiteratmet.

»Du wünschst dir was⸮«

»Ich wünschte, wir hätten das damals geklärt, als du dich entschuldigen wolltest und ich dich abgeblockt habe.«

»Und ich wünschte, ich hätte dieses blöde Wort gar nicht erst erwähnt. Allerdings konnte ich nicht ahnen ...«

»Wie schlecht ich es aufnehmen würde⸮«

Er schaut mich an und versucht mein Lächeln zu erwidern.

»Tut mir leid«, sage ich, »dass ich dich nicht zurückgerufen habe. Und überhaupt.«

Eigentlich will ich noch mehr sagen, bloß versagt mir die Stimme. Das Schweigen zieht sich hin, und ich schließe die Augen, spüre die Wärme seines Körpers, das Gefühl seiner Hand auf meiner.

»Du hast mir gefehlt, Seraphine«, murmelt er nach einer Weile.

Als ich die Augen öffne, wischt er mir eine Träne von der Wange und erhebt sich. Etwas in seiner Miene, der angespannte Zug um den Mund, die hochgezogenen Brauen, ruft mir plötzlich einen diesigen Herbstabend im Garten von Summerbourne in Erinnerung. Wir vier, wie wir blinzelnd in die tiefstehende Sonne blickten, Edwin, der uns zu überreden versuchte, noch mal zum alten Turm zu laufen, und Joel, der es ihm, vernünftig wie immer, auszureden versuchte, weil wir sonst bestimmt Ärger kriegen würden.

Sein Blick ist ernst auf mich gerichtet. »Ich würde sagen, deine Sicherheit hat heute Nacht oberste Priorität – alles andere sehen wir später. Wenn du nicht mit zu uns kommen

257

willst, gibt es vielleicht jemanden im Dorf …« Er räuspert sich. »Nein? Also dann auf ins Cottage, oder?«

Ich lege den Kopf zur Seite und horche in Richtung Flur. Nichts rührt sich, alles bleibt still. Auch bei mir kein Unbehagen, keine Gänsehaut, kein Kribbeln im Nacken.

»Und wenn du stattdessen hierbleibst?«, schlage ich vor. »Bei mir?«

Als er nicht sofort etwas erwidert, rechne ich bereits damit, dass er Nein sagen wird. Und dann? Mein Blick huscht zur Tür.

Er zögert kaum. »Warum nicht? Kann ich machen. Ich müsste kurz Granpa Bescheid sagen …«

Nachdem er gegangen ist, um nach Michael zu schauen und ein paar Sachen zu holen, denke ich an unser Gespräch zurück. Wobei heute Abend kaum der richtige Zeitpunkt sein dürfte, dieses Thema zu vertiefen. Als er zurückkommt, bin ich gerade dabei, die Küche aufzuräumen.

Er hat Schinken mitgebracht, dicke Scheiben, die in das braune Pergamentpapier der Dorfmetzgerei gewickelt sind. Er macht uns Sandwiches, die wir am Küchentisch essen und zu denen wir uns ein Bier teilen. Am Anfang verläuft unsere Unterhaltung recht bemüht, weil wir beide versuchen, auf dem sicheren Terrain der kleinen dörflichen Begebenheiten und der nicht nachlassenden Hitzewelle zu bleiben. Sowie wir dann zu gemeinsamen Kindheitserinnerungen zurückkehren, fällt die Anspannung von uns ab.

»Erinnerst du dich noch an unser Signalsystem, wenn wir auf Beutezug ins Gewächshaus wollten?«, fragt Joel.

»Du meinst die Vogelrufe? Ein Taubenruf, wenn dein Großvater kam, und ein Möwenschrei, wenn Gran im Anmarsch war.«

»Wobei das eher ein Möwenflüstern war, das du dann von dir gegeben hast.«

»Ach was«, weise ich alle Verantwortung von mir und verdrücke den Rest meines Sandwichs. »Früher oder später hätte man euch sowieso erwischt.«

Er lacht. »Wie verfressen wir damals waren – ich meine, kaum zu Mittag gegessen und eine Stunde später wieder hungrig. Was blieb uns anderes übrig?«

»Frische Maiskolben«, gerate ich ins Schwärmen. »Oder weißt du noch, wenn wir Kartoffeln im Feuer gebacken haben?«

»Das Beste überhaupt.« Er trank einen Schluck Bier. »Heiß aus der Glut und mit viel Butter. Und wir mussten immer das Blechbesteck aus der Campingausrüstung mitnehmen, weil deine Granma nicht wollte, dass wir das Besteck aus der Küche benutzten, geschweige denn ihr Tafelsilber. Und ich werde nie vergessen, wie du uns einmal unsere mühsam aufgeschichtete Feuerstelle komplett hast zerlegen lassen!«

»Weil ich gesehen hatte, dass ein Igel sich darunter versteckt hat.«

»Tja nun …« Er hebt die Hände.

Jetzt muss ich ebenfalls lachen. »Ich hatte ihn definitiv gesehen. Armer kleiner Kerl.«

»Klar«, sagt Joel. »Es hat Edwin ja nicht wirklich geschadet, eine halb rohe Kartoffel essen zu müssen.«

»Ich habe ihm etwas von meiner abgegeben«, stelle ich klar.

»Meistens waren wir es aber, die etwas geteilt haben«, sagt er und sieht mich so eindringlich an, dass ich verlegen auf meinen leeren Teller schaue.

»Weil ich dich mochte«, gebe ich achselzuckend zurück.
»Du warst nicht ganz so nervig wie meine Brüder.«

»Wegen diesem einen Abend«, sagt er plötzlich nach
einer längeren Pause. »Du weißt schon, Edwins Abschlussfeier …«

Wir sehen einander an.

»Es war meine Schuld«, sage ich. »Natürlich konnte ich
nicht ahnen, dass Ralph auf dich losgehen würde …«

»Was hältst du davon, wenn wir noch mal von vorn anfangen? Einen neuen Versuch wagen.«

Mein Herz setzt einen Schlag aus. Meint er Freundschaft?
Oder mehr? Ich will etwas erwidern, weiß leider nicht, was.
Er scheint meine Unsicherheit zu spüren.

»Keinen Stress bitte. Du musst erst mal die nächsten Tage
überstehen. Hoffen wir, dass diese Kiara wenigstens ein
bisschen Licht ins Dunkel bringt.« Er lächelt flüchtig. »Danach sehen wir weiter. Ich bin ja nicht aus der Welt.«

Wenig später gehen wir nach oben, und leicht verkrampft
zeige ich ihm das Gästezimmer.

»Gute Nacht, Seraphine«, sagt er, seine Augen schimmern dunkel im schwachen Schein des Treppenlichts.

Spätestens jetzt trifft mich die Erkenntnis mit voller
Wucht, was er mir bedeutet. Ich erinnere mich wieder
daran, dass er früher für mich immer derjenige war, mit
dem ich mein Leben auf Summerbourne verbringen wollte.
Kurz, ganz kurz, ist die Versuchung da, über seinen Arm zu
streichen und seine Haut zu spüren, ihn an mich zu ziehen
und nicht mehr loszulassen.

»Gute Nacht«, flüstere ich und gehe in mein Zimmer.

In meinem Bett liegend, überkommt mich eine umfas-
sende Müdigkeit, die nicht auf Schlafmangel zurückzu-

führen ist. Ich bin es leid, im Dunkeln zu tappen, mir über seltsame Drohungen den Kopf zu zerbrechen und Geheimnisse vor Edwin und Danny zu haben. Und ich bin es leid, vor allem und jedem Angst zu haben und gleich an das Schlimmste zu denken. Momentan ist Joels Anwesenheit für mich der einzige Lichtblick. Sie lässt mich hoffen, dass alles sich zum Guten wenden wird, auch zwischen uns beiden. Wir müssen einfach miteinander reden, die Missverständnisse der Vergangenheit ausräumen. Und das werden wir. Sobald das alles hier überstanden ist und ich endlich weiß, wer ich wirklich bin.

18. Kapitel

LAURA

Dezember 1991

Weihnachten bei Mum war schrecklich. Beaky unterzog mich einem regelrechten Kreuzverhör: was Dominic beruflich mache, ob Vera Summerbourne eines Tages Ruth vererben werde, ob sie mir Weihnachtsgeld gezahlt hätten. Kein Wunder, er war es schließlich gewesen, der mich dazu gedrängt hatte, mich als Au-pair zu bewerben. Ich erinnerte mich noch genau, was er zu mir gesagt hatte, als ich aus dem Krankenhaus entlassen wurde und wieder zu Hause einzog.

Gleich morgen meldest du dich bei dieser Agentur, verstanden? Wollen wir doch mal sehen, wie es dir gefällt, dich um fremde Bälger zu kümmern.

Jetzt, da er merkte, dass ich meinen kleinen Schützling wirklich ins Herz geschlossen hatte, suchte er nach neuen Angriffspunkten und begann, jede kleine Veränderung an mir zu kritisieren, und äffte mich jedes Mal nach, wenn ich etwas sagte, das in seinen Ohren vornehm klang.

»Oh, so machen wir das auf Summerbourne«, flötete er dann affektiert. Und gleich darauf: »Hab gestern Abend übrigens deinen Ex im Feathers getroffen und mich ein bisschen mit ihm unterhalten. Netter Kerl. Leider konnte er sich nicht mal mehr an deinen Namen erinnern.«

»Hör einfach nicht hin, Schätzchen«, seufzte meine an Kummer gewöhnte Mutter. »Er kommt nicht damit klar, dass du erwachsen wirst, daran muss er sich noch gewöhnen. Rede einfach in seiner Gegenwart nicht mehr von Summerbourne, okay? Du merkst ja, wie ihn das provoziert.«

Ich verbrachte die beiden Wochen größtenteils in meinem alten Zimmer, das inzwischen nicht mehr meins war. Die Bon-Jovi-Poster waren von den Wänden verschwunden, und auf jedem freien Fleck hatte Beaky seine Kartons mit Duty-free-Wein gestapelt. Lediglich mein Bett war nach wie vor da, und auf dem Regal darüber standen wie früher ordentlich aufgereiht meine Schwimmtrophäen. Meist saß ich mit meinen Schulbüchern im Schneidersitz auf dem Bett und versuchte zu lernen, aber ich konnte mich in dieser Umgebung nicht konzentrieren. Zu sehr ärgerte ich mich über die ständigen Sticheleien. Von wegen, er tue sich schwer damit, dass ich erwachsen wurde – er hasste mich und wollte mich ein für alle Mal aus dem Haus haben.

Dann dachte ich an Summerbourne, wobei dort ebenfalls nicht nur eitel Freude und Sonnenschein herrschte. Würde Ruth Alex von ihrer Schwangerschaft erzählen? Mir fiel wieder ein, was sie beim Picknick an Strand zu mir gesagt hatte: *Am liebsten hätte er natürlich selbst Kinder.* Dabei dürfte sie kaum daran gedacht haben, dass ausgerechnet sie dafür sorgen würde, ihm diesen Wunsch zu erfüllen. Einmal mehr wurde mir schwer ums Herz, weil Alex sich nie wirklich für mich interessiert hatte. Statt zu lernen, heulte ich in meine Bücher, bis das Papier sich wellte.

263

Am Weihnachtsmorgen schloss ich mich in meinem Zimmer ein, um in Ruhe die Geschenke auszupacken, die ich von den Mayes bekommen hatte: einen wunderbar weichen Kaschmirschal mit passenden Handschuhen von Ruth und Dominic, ein Adressbuch von Vera und von Edwin eine Schachtel Pralinen. Erst zum Mittagessen ging ich nach unten. Es gab Truthahn mit Röstkartoffeln und Würstchen, doch mein Magen spielte den ganzen Tag verrückt, und ich stocherte entsprechend lustlos in meinem Essen herum.

Zwei Tage später war mein Geburtstag, der genauso unspektakulär verlief wie Weihnachten. Mum schenkte mir ein Buch und einen Schlafanzug, der mir deutlich zu klein war, das war's. Ich blieb auf meinem Zimmer, las mein Buch und futterte mich durch Edwins Pralinen. Als meine Schulfreundinnen Pati, Jo und Hazel sich ein paar Tage später meldeten und fragten, ob wir nicht was unternehmen wollten, lehnte ich ab. Ich sei krank, redete ich mich raus. In Wirklichkeit mochte ich mit ihnen nicht über Summerbourne reden, und zudem war ich nicht sonderlich scharf darauf, sie von ihren tollen neuen Freunden und ihrem tollen neuen Leben erzählen zu hören.

Meine Rückkehr nach Summerbourne kam mir deshalb vor, als würde ich aus einem schlechten Traum erwachen. Früher als geplant verließ ich London schon an Silvester. Ich hatte mich angeboten, Edwin zu hüten, da Ruth und Dominic zu einer Party eingeladen waren. Fast hatte ich sogar das Gefühl, ihnen etwas dafür schuldig zu sein, dass sie mich von Beaky erlösten, obwohl ich ihnen ja genau genommen einen Gefallen tat.

Edwin sprang mir gleich in die Arme. »Laura«, rief er völlig aufgedreht, »weißt du, was ich zu Weihnachten bekom-

264

men habe? Ein Fahrrad! Der Weihnachtsmann hat mir ein Fahrrad gebracht, ein ganz tolles rotes Fahrrad! Können wir rausgehen, damit ich es dir zeige?«

Der letzte Tag des Jahres war kalt und grau – eigentlich kein Wetter, um die wohlige Wärme des Hauses zu verlassen. Andererseits würde es mir bestimmt guttun, meinen Kopf in der frischen, klaren Seeluft von Summerbourne von den Rückständen des Londoner Miefs zu reinigen.

»Dann zieh schnell deine Jacke an«, sagte ich, und wenige Minuten später sah ich ihm bereits zu, wie er mit dem neuen Rad eine Runde im Garten drehte. Zwar fielen seine Fahrkünste noch ziemlich wackelig aus, dennoch war er stolz wie Oskar. Wir lachten und freuten uns, wieder zusammen zu sein.

Abends, nachdem Ruth und Dominic zu ihrer Party aufgebrochen waren und Edwin schlafend im Bett lag, sah ich mir im Wohnzimmer die Weihnachtskarten an, die sie bekommen hatten. Es mussten über hundert sein, die auf dem Kamin, der Anrichte und in den Bücherregalen standen. Langsam arbeitete ich mich durch und fand endlich die von Alex: *Habt frohe Weihnachten,* hatte er geschrieben. *Und hoffentlich auf bald im neuen Jahr.* Ich stellte die Karte zurück an ihren Platz. Damit würde er mühelos den ersten Preis für die nichtssagendsten Weihnachtswünsche des Jahres gewinnen.

Anschließend machte ich es mir auf dem Sofa gemütlich und schaltete den Fernseher ein, um mir das spektakuläre Londoner Feuerwerk anzusehen und Big Ben schlagen zu hören. Auch im Dorf stiegen ein paar Raketen in den Himmel, wie ich durchs Fenster sah.

»Ein gutes neues Jahr«, flüsterte ich ins Dunkel.

Eine besonders große einzelne Lichtkugel stieg in diesem Moment in den Himmel, sank in einem weiten Bogen zischend wieder herab, zerstob und erlosch. Ich überlegte, ob ich mir wie bei einer Sternschnuppe etwas wünschen sollte. Nein, es war schließlich ein Feuerwerk, und überdies hätte ich nicht gewusst, was ich mir wünschen sollte: dass Alex zurückkam oder dass er für immer wegblieb.

19. Kapitel

SERAPHINE

Freitagmorgen klopft Joel an meine Tür. Trotz der frühen Stunde bin ich seit einer ganzen Weile wach und habe mir unser Gespräch von gestern Abend noch einmal durch den Kopf gehen lassen. Wie blöd von mir, nicht längst aufgestanden zu sein und mir nicht zumindest die Haare gebürstet zu haben, denke ich und bereue meine Trägheit. Jetzt liege ich hier völlig verstrubbelt in einem alten grauen T-Shirt von Edwin. Als Joel lächelnd hereinkommt und mir einen dampfenden Becher Kaffee auf den Nachttisch stellt, ziehe ich mir die Decke bis zum Hals und wäre am liebsten ganz darunter verschwunden.

»Ich muss los, da ich vor der Arbeit noch schnell bei Granpa vorbeischauen will. Du kommst allein klar, bis Edwin und Danny kommen, hoffe ich. Pass auf dich auf und ruf mich an, wenn was ist.« An der Tür dreht er sich noch einmal um und grinst. »Du siehst übrigens ganz bezaubernd aus.«

Während ich meinen Kaffee trinke, überlege ich mir, was ich meinen Brüdern vor unserem Treffen mit Kiara alles berichten muss. Vielleicht sollten wir gemeinsam darüber nachdenken, wer überhaupt einen Schlüssel zum Haus hat und als Eindringling infrage kommt. Was ist eigentlich mit Michael? Dunkel habe ich in Erinnerung, dass Edwin einmal, als er seinen Schlüssel verloren oder irgendwo vergessen hatte, zu dem Gärtner gegangen ist, um sich dessen Reserveschlüssel zu holen. Vielleicht hat er ihn ja bereits von Veras Eltern bekommen – meine Großmutter wird nächstes Jahr fünfundsiebzig, und ich würde Michael zehn Jahre älter schätzen, also könnte er durchaus schon als junger Bursche für ihre Eltern gearbeitet haben.

Bei der Gelegenheit wird mir mal wieder bewusst, dass ich erschreckend wenig über meine Urgroßeltern weiß. Außer ein paar skandalösen Geschichten, die mir der alte Dorfpostbote mal erzählt hat. Offenbar haben sie in den Fünfzigern recht wilde Partys geschmissen: Es sei nackt am Strand getanzt worden, Kinder wurden am Lagerfeuer gezeugt, und nächtlicher Gesang sei wie Geisterstimmen vom alten Turm erschallt. Kein Wunder, dass Summerbourne seinen Ruf, eine Welt für sich zu sein, nie losgeworden ist.

Wenngleich ich Michael nichts Böses zutraue, spiele ich in Gedanken die Theorie durch, dass er mich am Montag hat wegfahren sehen, dass er dann zum Haus hochgeschlurft ist, sich mit seinem Schlüssel Zugang verschafft und sich die Treppe hinaufgeschleppt hat, um mit Lippenstift die Nachricht an meinen Badezimmerspiegel zu schreiben. Wirklich? Nein, eine absolut lächerliche Vorstellung trotz seines unbestreitbaren Glaubens an den ganzen Zauber- und Hexenwahn. Seufzend werfe ich meine Bettdecke zurück und gehe unter die Dusche.

Auf dem Küchentisch liegt eine Nachricht von Joel: *Frühstück nicht vergessen!* Ich mache mir Instantporridge in der

Mikrowelle und würge den Pamp pflichtschuldig hinunter. Danach bringe ich die Küche auf Vordermann und sauge im Erdgeschoss gründlich durch, denn die von meiner Groß- mutter organisierten Putzteufel kommen höchst sporadisch. Da kann ich bisweilen lange warten. Außerdem hilft mir die Arbeit, mich abzulenken. Ich reiße sämtliche Fenster und Terrassentüren auf und lasse den vom Meer wehenden Wind herein, um die stickige Luft zu vertreiben.

Bis letzten Monat wurde meine selbst gewählte Einsamkeit auf Summerbourne regelmäßig von Dads Besuchen un- terbrochen. Manchmal, zumindest am Wochenende, kam Edwin mit, und die beiden zauberten gemeinsam ein schö- nes Sonntagsessen auf den Tisch. Falls Gran sich zusätzlich ankündigte, wurde es besonders pompös. Dann legten wir zur Feier des Tages das rote Tischtuch auf und holten das Tafelsilber hervor. Ab und an kam Danny hinzu, wenn er sich zwischen zwei Auslandsaufenthalten mal wieder in London aufhielt. Gelegentlich blieb er sogar eine Woche auf Summerbourne. Wir genossen diese Zeit, machten uns Popcorn und schauten uns stundenlang alte Filme an. Wie es jetzt nach Dads Tod weitergeht, steht in den Sternen.

Ansonsten habe ich kaum Besuch. Vielleicht weil ich nicht dieses Bedürfnis nach Freunden verspüre, wie es für die meisten Menschen normal ist. Allein Joel bildet da eine Ausnahme. Werde ich hingegen von Bekannten oder Kolle- gen auf einen Drink im Pub, auf eine Party oder zum Gril- len eingeladen, finde ich meist irgendeine Ausrede. Ich bin lieber für mich. Und genau das ist mit ein Grund dafür, dass Kiaras bevorstehender Besuch mich derart nervös macht. Und nicht weil ich Angst hätte vor dem, was sie uns sagen würde, oder weil ich es zutiefst bereuen könnte, mich überhaupt mit ihr getroffen zu haben.

Während ich den Inhalt des Kühlschranks inspiziere und überlege, ob der Nudelsalat von letzter Woche noch genießbar ist, kommt eine Nachricht von Danny: *Ist es okay, wenn ich Brooke heute Abend mitbringe?*

Als hätte ich wegen morgen nicht genug Sorgen! Soll das heißen, dass es Danny ernst mit ihr ist? Hat er ihr womöglich erzählt, dass dieses Haus eines Tages ihm gehören wird?

Ich knalle die Kühlschranktür wieder zu und schreibe kurz zurück: *Ich würde Brooke wirklich gern mal kennenlernen, aber dieses Wochenende passt es nicht gut. Hoffe, das ist okay?* Später, gefühlt viel später, kommt seine Antwort: *Alles klar, kein Problem.*

Am Nachmittag, als das Haus mehr oder minder vorzeigbar ist, klingelt es an der Tür. Ich werfe einen Blick durchs Flurfenster. In der Einfahrt parkt ein Lieferwagen mit der Aufschrift *Luckhurst Landschaftsgärtnerei,* der Motor läuft, die Fahrertür ist geöffnet. Ralph Luckhurst? Was will der zum Teufel hier?

»Hi«, sagt er, als ich aufmache. Er steht ein paar Schritte entfernt und hat die Hände in den Hosentaschen vergraben. Seit ich ihn das letzte Mal gesehen habe, hat er sich einen Bart wachsen lassen, was ihm in Kombination mit seinen dunklen Locken, ziemlich gut steht. Er wirkt älter damit und noch ernster, als er ohnehin war.

»Tut mir leid, wenn ich störe – ich habe deiner Großmutter versprochen, mir mal den Rasen hinter dem Haus anzusehen. Wenn es gerade nicht passt, kann ich gerne ein anderes Mal kommen. Meine Mutter meinte, ich sollte sowieso mal nachfragen, ob bei dir alles in Ordnung ist.«

»Mir geht's prima«, erwidere ich automatisch und starre ihn leicht entgeistert an.

Ralph ist mir in letzter Zeit fremd geworden. Früher, als wir Kinder waren, gehörte er zu den wenigen, die nett zu mir waren. Später veränderte sich sein Interesse an mir, und wir sind ein paarmal ausgegangen. Ich redete mir ein, dass ich ihn toll fand, war aber vermutlich lediglich froh, dass er mich von meinem Debakel mit Joel ablenkte. Wir blieben mehr oder weniger locker befreundet, bis ich mit der Schule fertig war und anfing zu studieren, danach verloren wir uns aus den Augen. Mein recht überschaubares Liebesleben war von Anfang an eine einzige Katastrophe.

»Na gut«, sagt er. »Mum meinte bloß, sie habe dich kürzlich gesehen, und da seist du ziemlich neben der Spur gewesen, aber wenn es dir gut geht, ist ja alles okay.«

Hitze steigt mir ins Gesicht, als ich mich daran erinnere, wie ich am Mittwoch völlig benommen aus der Praxis gestürzt bin und mich in mein Auto geflüchtet habe. Was muss Helen wohl gedacht haben? Ich strecke die Hand nach der Tür aus, als kleinen Wink mit dem Zaunpfahl, dass ich ihn jetzt gerne loswerden würde.

»Das mit deinem Dad tut mir leid«, sagt er ganz leise, fast schüchtern, und für einen flüchtigen Moment erinnert er mich wieder an den Ralph von früher, diesen stillen, ernsten Jungen, der stets so nett und hilfsbereit war. Ich gebe mir einen Ruck und trete einen Schritt von der Tür zurück.

»Weißt du was, wo du gerade da bist, kannst du dir den Rasen von mir aus gleich ansehen.«

Er schaut unschlüssig zu seinem Wagen. »Nein, ich hätte vorher anrufen sollen …«

»Brauchst du nicht. Komm rein, nachdem wir uns ewig

271

nicht gesehen haben.« Ich halte ihm die Tür auf. »Um ehrlich zu sein, drehe ich hier langsam ein bisschen durch. Vor allem wenn ich tagelang keine Menschenseele sehe.«

»Na dann, wenn du meinst.«

In der Küche fülle ich zwei Gläser mit kaltem Wasser, und Ralph folgt mir nach draußen auf die Terrasse. Ich setze mich und schaue zu, wie er über den Rasen geht, sich ein paarmal bückt und mit den Fingern im Boden herumstochert. »Richtig schlimm, oder?«, frage ich, als er zurückkommt. »Kein Vergleich zu früher, als Michael Harris sich darum gekümmert hat. Großmutter sollte sich von den derzeitigen Gärtnern trennen. Würdest du den Job übernehmen, falls sie dich fragt?«

Er räuspert sich. »Na ja, die Sache ist die: Ich habe mit ihr gesprochen. Den Vertrag mit dem derzeitigen Gartenbaubetrieb hat sie vor ein paar Tagen gekündigt. Wie es weitergehen soll, darüber hat sie noch nicht definitiv entschieden. Sie scheint an eine größere Sanierung des Gartens zu denken. Trotzdem werde ich mich auf jeden Fall um den Rasen kümmern.«

»Das ist nett«, sage ich und versuche mir nicht anmerken zu lassen, wie sehr es mich kränkt, dass er besser in die Pläne meiner Großmutter eingeweiht ist als ich. Wenn er von ihr spricht, schwingt in seiner Stimme regelmäßig ein großer Respekt mit. Offenbar ist er ihr sehr dankbar dafür, dass sie im Laufe der Jahre sehr viel für seine Familie getan hat. Nicht zuletzt für seine jüngere Schwester, die leicht behindert ist.

»Gran hat erzählt, dass sie Daisy kürzlich zu einer Stelle verholfen hat.«

»Ja, richtig. Beim Bäcker. Es macht ihr riesig Spaß.«

»Freut mich«, sage ich, und dann schauen wir wieder in den Garten, trinken schweigend unser Wasser.

Ich mag ihn nicht nach Hayley und seinen Zukunftsplänen fragen und bereue es inzwischen, ihn hereingebeten zu haben, weil ich nicht weiß, was ich mit ihm reden soll. Plötzlich kommt mir eine Idee.

»Was würde eigentlich passieren, wenn man das alles hier«, ich deute hinaus auf den Rasen, »mit Unkrautvernichter besprühen würde? Würde dadurch das Gras eingehen?«

»Kommt drauf an, was du verwendest. Wenn du das richtige Mittel nimmst, macht das dem Rasen nichts aus.«

»Und womit könnte man das Gras vernichten? Ich meine, was würde im Rasen richtige Brandspuren hinterlassen?«

Reglos fixiert er mich und schaut auf unseren verdorrten Rasen. »Was meinst du mit Brandspuren?«

»Angenommen, du würdest das falsche Mittel verwenden, würde das Spuren im Rasen hinterlassen, die aussähen, als wäre das Gras regelrecht weggebrannt worden?«

Er nickt. »Ja, wenn du ein Abflämmgerät einsetzt. Dadurch geht nicht allein das Unkraut kaputt, sondern zudem der Rasen. Was allerdings wohl niemand will.« Zum ersten Mal sieht er mich direkt an und runzelt die Stirn. »Warum fragst du?«

»Nur so«, sage ich. »Macht ihr das in eurem Betrieb öfter?«

Er lehnt sich in seinem Stuhl zurück, meine Fragen scheinen ihn zu irritieren.

»Jede Landschaftsgärtnerei setzt bei Bedarf diese Geräte ein, mir ist kürzlich eins von den Dingern aus meinem Wagen gestohlen worden, wobei ich nicht vermute, dass es ein Kollege war.«

»Ehrlich? Hast du das der Polizei gemeldet?«

»Was ist los mit dir? Man könnte glatt vermuten, dass du ein Geständnis ablegen willst«, scherzt er.

»Nein, um Himmels willen. Sei nicht albern. Was sollte ich wohl mit so einem Gerät?«

Sein Blick schweift über den verdorrten Rasen. »Dort könnte so ein Gerät zum Einsatz gekommen sein.« Er lacht. »Spaß beiseite. Nein, ich habe bislang keine Anzeige erstattet. Wenn ich Martin das nächste Mal sehe, sage ich ihm Bescheid. Es war im Grunde eigene Dummheit, denn ich hatte den Wagen nicht abgeschlossen. Keine Ahnung, wer sich so was ausleiht, um es vorsichtig auszudrücken.« Sein Lächeln ist verschwunden, und er erhebt sich, schaut auf seine Uhr. »Entschuldige, ich muss los. Danke für das Wasser.«

Ich folge ihm ins Haus. »Warte einen Moment, ich wollte dich noch etwas fragen.«

»Was?«

»Wer glaubst du, könnte dieses Abflämmgerät aus deinem Wagen entwendet haben?«

Er hält meinem Blick stand, wirkt besorgt, vermutlich findet er mein Interesse abwegig. Unschlüssig zuckt er die Schultern und weicht einer Antwort aus.

»Das mit deinem Dad tut mir wirklich leid, Seraphine. Wenn irgendwas ist, wenn du irgendetwas brauchst, sag einfach Bescheid, ja? Ich will sehen, was ich tun kann.«

Mit diesen Worten dreht er sich um, eilt zu seinem Wagen und lässt mich völlig verwirrt stehen.

Zurück in der Küche, lehne ich mich an die Spüle und schaue in den Garten hinaus. Was sollte das jetzt wieder? Warum ist Ralph mir ausgewichen? Mittlerweile kommt es mir vor, als hätten sich alle gegen mich verschworen. In sämtlichen Begegnungen der letzten Tage schwang im Hintergrund etwas mit, das ich mir nicht zu erklären vermag. Wissen alle etwas, das ich nicht weiß und nicht wissen soll? Verfolgen sie eine bestimmte Absicht, steckt ein Plan dahinter? Sollte ich es persönlich nehmen, geht es um mich? Oder bilde ich mir das alles ein?

Ich gelange zu keiner Antwort. Im Flur schlägt die alte Standuhr, und ich versuche, meine durcheinanderwirbelnden Gedanken zur Ruhe zu bringen. Nachdem ich mir einen Tee gemacht habe, gehe ich hinüber ins Wohnzimmer, hole noch einmal sämtliche Fotoalben hervor und blättere darin. Eine Erinnerung regt sich in mir, eine vage Idee …

In der Ecke des ehemaligen Spielzimmers gibt es einen großen Wandschrank, in dem sich allerlei Gerümpel stapelt, das seit Jahren niemand mehr angesehen hat. Als ich jetzt hineinschaue, kommt der Schrank mir vor wie eine Zeitkapsel, in der sich die Hinterlassenschaften mehrerer Kindergenerationen befinden, verpackt in unzählige Kartons. Zum Glück weiß ich, wonach ich suche, und werde tatsächlich nach ein paar Minuten fündig. Vorsichtig ziehe ich eine mit aufgeklebten Postkarten, gemalten Kinderbildern und kleinen bunten Eintrittskarten verzierte Schachtel heraus, die Edwin früher als seine Schatzkiste bezeichnete. Ich trage sie zu dem alten Basteltisch, dem die Spuren der Zeit deutlich anzusehen sind, und hebe den Deckel an.

Ganz zuoberst liegen vertrocknete Kienäpfel und ein paar schrumpelige Kastanien. Ferner ein Stein mit einer schlangenförmigen Vertiefung. Eintrittskarten fürs Weihnachtsspiel der Schule, fürs Aquarium, für Madame Tussauds Wachsfigurenkabinett. Und immer wieder Zugfahrkarten, unglaublich viele. Programmhefte für Schulaufführungen,

Urkunden und Auszeichnungen im Schwimmen, bei Recht-schreibwettbewerben, in Karate. Und ganz zuunterst ein kleines Bündel Postkarten und Kinderzeichnungen. Edwin muss sieben oder acht gewesen sein, als er aufhörte, seine Schätze in dieser Schachtel zu horten. Ich kann mich er-innern, als Danny und ich Windpocken hatten und eine Woche überhaupt nicht aus dem Haus durften – damals holte Edwin seine Schatzkiste aus ihrem Versteck und ließ uns darin stöbern, um unsere Langeweile zu vertreiben.

Ich sehe mir zuerst die Zeichnungen an. Auf fast allen sind Menschen zu sehen, angefangen von krakeligen Strich-männchen bis hin zu ausgereifteren Figuren mit Gesichtern. Sie sind so typisch für Edwin, und ich frage mich, was es über mich verrät, dass ich als Kind fast ständig unser Haus zeichnete, Menschen hingegen selten. Und wieder ist da die-ser Gedanke, wie wir uns wohl entwickelt hätten, wären wir nicht ohne Mutter aufgewachsen. Würden wir vielleicht ganz anders sein, als wir es heute sind?

Bei einem Bild mit zwei Figuren halte ich inne. Die eine ist mit einem E markiert, die andere mit einem T. *Edwin und Theo.* Beide haben sie wilde gelbe Farbstiftkringel als Haar. Ein späteres Bild zeigt »Daddy, Gran, Edwin, Seph, Danny.« Auf anderen sind Edwin und Joel zu sehen, umgeben von lauter Tieren.

Anschließend nehme ich mir die Postkarten vor. Sie sind zumeist von Gran, abgestempelt in London, und von unse-ren Großeltern väterlicherseits, die in Schottland lebten und vor einigen Jahren gestorben sind.

Ich klappe eine Weihnachtskarte auf, die nicht von den Großeltern stammt. *Lieber Edwin, ich bin jetzt bei mir zu Hause und vermisse dich ganz doll. Fröhliche Weihnachten und bis bald!*

Alles Liebe, deine Laura. Es ist die einzige Karte von Laura, von Alex findet sich nichts.

Abends, kurz vor neun, höre ich draußen in der Einfahrt ein Auto. Meine Brüder sind gekommen. Am liebsten würde ich sofort hinausrennen und ihnen alles erzählen, von den Spuren im Gras und dem Lippenstift auf dem Spiegel, doch ich halte mich zurück. Edwin und Danny bringen wie immer Leben in die Bude, lassen ihre Taschen im Flur auf den Boden fallen, den ich vorhin so penibel geputzt habe, werfen ihren Kram in der Küche auf die sauber geschrubbten Arbeitsflächen, machen Lärm und Dreck, meine Brüder eben.

»Du hast gesagt, du würdest gleich nach Summerbourne zurückfahren«, warf Danny mir als Erstes an den Kopf. »Was sollte das mit diesem Alex Kaimal? Hast du sie nicht mehr alle?«

»Wenigstens unternehme ich etwas«, giftete ich zurück. »Wenn es dich nicht interessiert, schön für dich. Ich jedenfalls will wissen, was damals passiert ist.«

Edwin geht beschwichtigend dazwischen. »He, ganz ruhig ihr beiden. Oh, du hast Bier gekauft, danke«, sagt er und nimmt sich eine Flasche aus dem Kühlschrank.

»Das hat Joel mitgebracht, bedank dich bei ihm.«

»Kommt er heute Abend?«

»Nein.« Ich schüttele den Kopf.

Danny öffnet zwei weitere Flaschen und reicht eine davon mir. »Also dann, schieß los.«

Sie folgen mir nach nebenan. Das Licht der untergehenden Sonne färbt den auf dem Maltisch ausgebreiteten Inhalt von Edwins Schatzkiste rosarot und golden, eine Szene von so

277

betörender Schönheit, dass sie nicht zu dem bedrückenden Anlass passt, der uns heute zusammenführt. Wie sehr würde ich mir wünschen, dass Dad noch leben würde und wir uns einfach zu einem fröhlichen Abend versammelt hätten.

Edwin betrachtet ungläubig die Schätze seiner Kindheit. »Das habe ich ja ewig nicht gesehen. Wo hast du die Sachen gefunden? Hier, schaut euch das mal an.« Er blättert durch den Berg von Ansichts-, Eintritts- und Zugfahrkarten und hält ein paar davon Danny hin.

»Kann mich noch gut daran erinnern«, erklärt mein Zwilling. »Ich hatte mir damals selbst eine Schatzkiste gebastelt, weil ich unbedingt auch so ein Ding haben wollte, konnte mich dann aber nie aufraffen, irgendwas zu sammeln.«

Ich lehne mich an ihn, während wir Edwin beobachten, wie er in seinen alten Kinderzeichnungen blättert.

»Das seid ihr beiden«, sagt er und hebt ein Bild in bunten Farben hoch, »wie ihr auf zwei Riesenvögeln fliegt.«

»Alles klar«, murmelt Danny.

Bei einer Zeichnung hält Edwin inne, legt sie vor sich auf den Tisch und betrachtet sie eine Weile. Sie zeigt einen Vogel mit spitzem Schnabel und dürren Beinchen, scharfen Krallen und daneben eine kleine Person, die mit trauriger Miene auf dem Boden liegt. Sie ist mir vorhin schon aufgefallen, weil sie ganz in Schwarz und mit dicken, wütenden Strichen gemalt ist. Der einzige Farbtupfer ist ein kleiner roter Punkt auf dem Vogelkörper.

»Theo und Robin, das kleine Rotkehlchen«, murmelt unser großer Bruder leise.

Robin? Ein kalter Schauer läuft mir über den Rücken.

»Rotkehlchen?«, fragt Danny irritiert. »Was denn für ein Rotkehlchen?«

»Weiß ich nicht.« Edwin schüttelt den Kopf. »Gran hat es an jenem Tag erwähnt, oben an den Klippen.«

»Robin war Mums Zwillingsbruder«, erkläre ich. »Er starb vor seiner Geburt, kam mit der Nabelschnur um den Hals auf die Welt.«

Meine Brüder schauen mich völlig entgeistert an. Edwin findet als Erster die Sprache wieder.

»Woher weißt du das?«

»Von Joel. Und Pamela Larch, die Krankenschwester, hat mir erzählt …«

Ich halte inne, bringe es nicht über mich, meinen Brüdern von dem Gerücht zu berichten, dass es niemals mehr Zwillinge auf Summerbourne geben kann, dass immer einer gehen muss. Und dass das der Grund ist, warum niemand im Dorf uns für echte Summerbourne-Zwillinge hält.

Edwin und Danny mustern mich so eindringlich, als wüssten sie genau, dass da noch mehr ist, und ich versuche, ganz normal zu tun, weil ich ihnen vorerst den bedrohlichen Rest verschweigen will: die Buchstaben im Gras, die Schrift am Spiegel.

»Egal, nicht so wichtig. Ich bin jedenfalls froh, dass ihr hier seid. Hoffen wir, dass wir morgen von Kiara mehr erfahren.«

»Wann will sie kommen?«

»Gegen zwölf.«

»Und später fährst du mit uns nach Winterbourne, damit wir Sonntag zum Lunch mal wieder alle zusammen sind, okay?«

Ich nicke und bohre gleichzeitig meine Fingernägel in die Handflächen.

Edwin zupft an den in mehreren Schichten auf den Deckel geklebten Papierschnipseln herum, als er sich jäh aufsetzt und eines der Zugtickets abreißt.

»Was haben wir denn da?«

Er lacht kurz auf. Unter der Bahnfahrkarte kommt ein Stück glänzendes Papier mit körnigem Schwarzweißmuster zum Vorschein. Vorsichtig löst er es ab, beugt sich darüber und schiebt es uns über den Tisch zu. Es ist ein Ultraschallbild, mit dem Vermerk *Ruth Mayes 10. 02. 92.* Und darauf ist ein Embryo zu sehen. Einer, nicht zwei.

Danny und ich starren wechselweise einander und das Ultraschallbild an.

Wer von uns beiden ist es?

»O verdammt«, flüstert Danny.

»Habe ich es mir nicht gedacht?«, hauche ich kaum hörbar.

Schweigend betrachten wir den Beweis für das, was ich geahnt und gefürchtet habe. Niemand wollte mir glauben. Jetzt haben wir es schwarz auf weiß vor uns liegen und wünschen uns, wir würden träumen.

»Kann das nicht ein Darstellungsfehler sein?«, durchbricht Danny die Stille. »Oder lassen Zwillinge sich vielleicht separat im Ultraschall abbilden?«

»Es kann angeblich gelegentlich vorkommen, dass man anfangs nicht beide Embryonen sieht, habe ich gehört, weil einer sich hinter dem anderen versteckt, separate Aufnahmen dagegen … Keine Ahnung, wir könnten Joel fragen.«

»Wie kommt das Bild überhaupt unter die Aufkleber?«, fragt Danny seinen Bruder. »Hat Mum es dir gegeben?«

Edwin zuckt mit den Schultern. »Wahrscheinlich.«

Da wir vorerst nicht weiterkommen, lassen wir den

Tisch, wie er ist, und begeben uns mit unserem Bier ins Wohnzimmer, lassen uns auf die beiden alten Sofas fallen.

»Hast du für den Lunch morgen etwas organisiert, oder müssen wir noch einkaufen gehen?«, erkundigt Edwin sich, nachdem wir eine Weile schweigend dagesessen haben.

»Nein, wird alles zwischen neun und zehn geliefert. Ich habe Zutaten für Risotto bestellt. Würdest du das Kochen übernehmen? Vielleicht geben wir Joel Bescheid, dass er vorher kommen soll, falls er dich sehen will. Nicht dass er gerade auftaucht, wenn Kiara da ist.«

»Seltsam, dass sie extra aus Leeds herkommt, weil ihr Dad unsere Eltern kannte«, wirft Danny ein, dann seufzt er dramatisch und tätschelt mir den Arm. »Aber dich hat's ja auch schwer erwischt, Schwesterherz.«

»Wie meinst du das?«

»Erwähneritis«, raunt Danny bedeutungsvoll.

»Danny …«, kommt es mahnend von Edwin.

Ich sehe meine Brüder leicht irritiert an. »Tut mir leid, Danny, ich habe keine Ahnung, was du meinst.«

»Joel. Seit wir hier sind, hast du ihn bestimmt fünfzehn-mal erwähnt.«

»Stimmt gar nicht, du Idiot.« Ich schlage mit dem Sofa-kissen nach ihm, doch plötzlich fällt mir etwas ein. »Halt, Frieden. Ich muss euch beide etwas fragen.«

Als Erstes wende ich mich an Edwin. »Du erinnerst dich sicher an den Tag am Pool, als deine Leute von der Uni zu Besuch waren und Joel erwähnte, dass wir die Koboldskin-der genannt würden?«

»Ja«, erwidert er schließlich. »Das ist ewig her, dennoch erinnere ich mich dunkel.«

»Was ist passiert, nachdem ich ins Haus gerannt bin?« Ich

schaue zwischen den beiden hin und her. »Hat Joel sich bei der Gelegenheit irgendwie verletzt?«

Edwin lehnt den Kopf zurück und schaut hoch zur Decke, Danny wartet schweigend ab, lässt seinem Bruder den Vortritt.

»Als du aufgesprungen und weggerannt bist, hast du ein Glas vom Tisch geworfen. Für uns sah es so aus, als hättest du es mit Absicht getan, aber vielleicht war es einfach ein Versehen. Die Scherben flogen in alle Richtungen, und eine hat Joel am Kinn erwischt.«

»Ich muss das total verdrängt haben, jedenfalls hatte ich keine Erinnerung daran. Es war bestimmt keine Absicht, ehrlich.« Als beide schweigen, hake ich nach: »Und dann? Musste er genäht werden?«

Edwin sieht mich wieder an. »Ja, es musste genäht werden, Michael hat ihn zum Arzt gebracht, war allerdings nicht weiter schlimm.«

»Na ja«, wirft Danny ein. »Wie man's nimmt. Er hat geblutet wie ein Schwein.«

Ich blicke auf die Bierflasche in meiner Hand und stelle sie auf dem Couchtisch ab. »Und warum habt ihr mir das nie erzählt?«

»Weil du immer aus allem ein Drama gemacht hast, Seph. Wer weiß, wie du reagiert hättest. Außerdem hast du jeden zur Schnecke gemacht, der dich auf Joel ansprechen wollte. Da darfst du dich nicht wundern, wenn man eine Sache lieber auf sich beruhen lässt.«

Keiner meiner Brüder spricht es aus – ich hingegen weiß, dass sie bis heute so über mich denken.

20. Kapitel

LAURA

Januar bis März 1992

Im neuen Jahr kam Vera häufiger als bislang nach Summerbourne – mindestens einmal, oft zweimal die Woche. Bei jedem ihrer Besuche fand sie einen Vorwand, mich beiseitezunehmen und sich detailliert nach Ruth zu erkundigen, ob wirklich alles in Ordnung sei.

Es behagte mir überhaupt nicht, derart zwischen die Fronten zu geraten – schließlich wollte ich ihr weder von Ruths teils seltsamem Verhalten erzählen, noch wollte ich sie anlügen und vorgeben, alles sei in bester Ordnung. Mir begann vor diesen Besuchen zu grauen.

Einen Tag nachdem Ruth mit Edwin zur ersten Eingewöhnung in der Vorschule gewesen war, hörte ich, wie sie am Telefon seinen Platz wieder kündigte. »Haben Sie ganz herzlichen Dank, wir versuchen es noch mal nach Ostern.« Einen Grund dafür nannte sie mir gegenüber nie, und ich fragte sie nicht danach. Desgleichen nicht, warum sie ihn nicht mehr zum Kinderturnen brachte.

Ihr Verhalten war und blieb sprunghaft. So beauftragte sie einen Maler, das Spielzimmer neu zu streichen, aber nachdem er die Möbel von den Wänden abgerückt und alles abgedeckt hatte, schickte sie ihn wieder weg, da sie den Geruch frischer Farbe angeblich nicht ertrug.

Zu mir meinte sie später: »Hast du seine Augen gesehen? Dem war nicht zu trauen.«

Oder ein anderes Beispiel: Eines Nachmittags stand sie zehn Minuten an der Haustür und unterhielt sich mit einer fliegenden Händlerin, ließ die eisige Kälte des trüben Januartags ins Haus ziehen und alle Wärme entweichen. Am Ende kaufte sie der Frau ein paar Kerzenständer aus Glas ab, um sie sogleich in der Spüle zu zerschlagen, die Scherben mit dem Nudelholz zu zerkleinern und sie den Ausguss hinunterzuspülen.

Dann wieder war sie beinahe euphorisch gestimmt. Sie sang, wenn sie in der Küche herumwirtschaftete, und dachte sich lustige Fantasiewörter und Reime aus, um Edwin zum Lachen zu bringen, begleitete uns trotz des frostigen Wetters oft hinunter an den Strand, und wenn wir durchgefroren und mit roten Wangen zurückkamen, machten wir uns heißen Kakao und saßen noch eine Weile in der Küche beisammen.

Natürlich hätte ich das alles Dominic erzählen können, doch er stellte nie Fragen, und so ließ ich es sein. Sein Verhalten in jenen Tagen erinnerte an das eines lauernden Raubtiers, denn es war nicht einfach für ihn, die Launen und Sprunghaftigkeit seiner Frau zu ertragen.

»Ich weiß, dass du wieder hinter meinem Rücken mit Mutter über mich geredet hast«, hörte ich Ruth zu ihm sagen. »Ihr drescht sogar dieselben Phrasen, das ist so was von erbärmlich. Mir geht es gut, *uns* geht es gut. Am elften Februar gehe ich zum Ultraschall, und ich bin vollauf zufrieden mit meinem Arzt, danke der Nachfrage. Lass es mich bitte einmal so machen, wie *ich* es für richtig halte, Dominic. Vertrau mir: Ich weiß, was für mich und mein Baby am besten ist.«

»Unser Baby«, verbesserte Dominic sie, woraufhin Ruth zu schluchzen begann und er sie zu beschwichtigen versuchte. Als der Arzttermin in London anstand, erklärte ich mich bereit, von Sonntagabend bis Dienstag Edwin zu hüten, damit sie gemeinsam ein paar Tage in der Stadt verbringen konnten. Am Montagnachmittag, ich war gerade mit Joel und Edwin beim Kuchenbacken, hörte ich ein Auto vorfahren.

Erst dachte ich, es sei vielleicht Alex, und spähte von der Küchentür aus durchs Flurfenster, aber es war ein Taxi, dem Ruth mit einem strahlenden Lächeln entstieg.

»Bin wieder da!«, rief sie gut gelaunt, während sie ihren Mantel auszog und im Spiegel einen prüfenden Blick auf ihre Frisur warf. »Und weißt du was: Es ist nur ein Baby, und alles ist in Ordnung!«

Edwin kam aus der Küche angesprungen und schlang seine kleinen Arme um sie; Joel blieb an der Küchentür stehen, einen Striemen Mehl auf der Wange.

»Das sind ja wunderbare Neuigkeiten«, sagte ich. »Allerdings dachte ich, die Untersuchung sei erst für morgen angesetzt.«

»Das war sie auch, ich bin einfach auf gut Glück heute vorbeigegangen, und sie meinten, es sei kein Problem, mich dazwischenzuschieben. Du kannst dir dieses Gefühl nicht vorstellen, wenn du dein Kind zum ersten Mal siehst – ich muss gleich Dominic anrufen und es ihm erzählen.«

Ich strich Joel das Mehl von der Wange und schickte die beiden Jungs zurück in die Küche.

»Konnte Dominic dich nicht begleiten?«

»Nein, das war heute Morgen ein ganz spontaner Entschluss.« Ihre Augen strahlten. »Willst du das Bild mal sehen?«

Wenn ich ehrlich war, hätte ich eher damit gerechnet, dass sie gar nicht zur Untersuchung gehen würde, und war daher etwas überrascht, als sie mir den Beweis des Gegenteils so bereitwillig zeigen, ja fast aufdrängen wollte. Sie kramte in ihrer Handtasche, holte das kleine quadratische Bild hervor und reichte es mir.

Ich hielt es vorsichtig mit zwei Fingern. Man sah nicht viel – weißes Gewimmel vor schwarzem Hintergrund und oben drüber Ruths Name und das Datum. Sie beugte sich vor, und ihr Haar kitzelte mich am Kinn.

»Das ist der Kopf«, erklärte sie, »und das die Wirbelsäule. Die Beine sind da oben, und hier, das ist ein Stück vom Arm.«

»Unglaublich«, tat ich begeistert, obwohl ich so gut wie nichts erkannte.

»Während der Untersuchung habe ich sogar das Herz schlagen sehen. Es war wundervoll. Erst dachte ich ja, ich würde enttäuscht sein, wenn es keine Zwillinge sind, doch jetzt fällt mir fast ein Stein vom Herzen. Es dürfte einiges leichter machen.«

Unwillkürlich musste ich an Mum und ihre Zwillingsschwester denken, die praktisch kein Wort mehr miteinander wechselten. Lediglich Ansichtskarten aus aller Welt trafen bei uns ein, die die Laune meiner Mutter jedes Mal auf einen absoluten Tiefpunkt senkten. Deshalb fand ich es albern oder einfach sentimental, traurig zu sein, dass es diesmal keine Zwillinge waren.

»Und wann weißt du, ob es ein Junge oder ein Mädchen wird?«

»Oh, das möchte ich vorher gar nicht wissen. Ich will das Baby kennenlernen, wenn es bereit dazu ist. Also einfach alles auf mich zukommen lassen und jeden Moment so genießen, wie er ist.«

»Aber den Geburtstermin haben sie dir schon genannt, oder?«

Ich merkte, wie sie erstarrte, und biss mir auf die Zunge. Es war dumm gewesen, sie das zu fragen. Als sie sich einigermaßen gefangen hatte, riss sie mir das Bild förmlich aus der Hand und sah mich herausfordernd an.

»Ende August.«

»Gut«, erwiderte ich knapp – was hätte ich sonst sagen sollen.

»Jetzt muss ich endlich Dominic anrufen. Würdest du bitte wieder nach den Jungs schauen?«

»Ja, klar«, versprach ich und schloss die Küchentür hinter mir, um das Gespräch zwischen den beiden nicht mit anhören zu müssen.

Später, nachdem Edwin und ich Joel wieder bei Michael abgeliefert hatten und nach Hause zurückgekehrt waren, zeigte Ruth ihrem Sohn ebenfalls das Ultraschallbild.

»Das ist dein kleiner Bruder oder deine kleine Schwester«, sagte sie lächelnd.

Edwin rümpfte die Nase. »Sieht komisch aus.«

»Weil das Baby noch so klein und in meinem Bauch ist. Wenn es erst mal auf der Welt ist, wird es ganz bestimmt viel hübscher aussehen, versprochen.«

»Ich male uns ein ganz hübsches Baby«, verkündete er daraufhin und verschwand mit dem Ultraschallfoto nach nebenan. »Und das hier klebe ich auf meine Schatz-kiste.«

»Eine gute Idee«, meinte Ruth und fügte hinzu, als sie meine Verwunderung bemerkte: »Dominic kann es sich ja immer noch anschauen, wenn er nach Hause kommt. Im Augenblick ist es mein Baby. Wenn es erst mal auf der Welt ist und bei ihm die Vaterliebe einsetzt, wird sich das sicher ändern.«

Mit diesen Worten ging sie nach oben, um sich ein wenig hinzulegen.

Am frühen Abend setzte heftiger Schneefall ein, der an-hielt, sodass wir in den kommenden Tagen alle mehr oder weniger im Haus blieben. Am Abend vor dem Valentinstag dann fand Ruth ein Päckchen vor der Haustür und machte einen Riesenwirbel darum.

»Edwin, schau mal, was der gute Jack Valentine uns ge-bracht hat!«

Sie und Edwin waren an diesem Abend bester Laune, aßen die Bonbons und Pralinen, die ihnen so wundersam beschert worden waren, und drückten sich die Nasen am Fenster platt, ob nicht Fußspuren im Schnee den mysteriö-sen Verehrer verrieten. Mir war Jack Valentine vorher kein Begriff gewesen, hier schien ihm dieselbe Bedeutung zuzu-kommen wie der Zahnfee oder dem Weihnachtsmann.

Ruth bat Dominic, bei den widrigen Wetterverhältnis-sen lieber das Wochenende über in London zu bleiben, um nicht auf vereisten Straßen nach Norfolk fahren zu müssen. Nach kurzer Diskussion stimmte er zu, und so genossen wir ohne ihn die Tage, die wir auf Summerbourne einge-schneit waren, machten uns Popcorn, schauten Filme, bau-ten Schneemänner, plünderten sämtliche Pizzen und Fischstäbchen aus der Tiefkühltruhe, gingen früh zu Bett und standen spät auf. Als es zu tauen begann, empfand ich beinahe eine leise Enttäuschung, dass unsere kleine entrückte Auszeit zu Ende war.

Nie war Summerbourne schöner gewesen als an jenem Tag, als wir durch das kleine Wäldchen in Richtung Klippen gingen und Schneeglöckchen zu beiden Seiten des Weges die Köpfe aus dem Schnee reckten und selbst im dunklen Geäst der Pflaumenbäume helle Knospen als erste Boten des nahenden Frühlings hervorspitzten.

Am darauffolgenden Freitag kam Dominic nach Hause. Er steckte voller Pläne und schlug Ruth vor, dass sie unbedingt noch mal richtig Urlaub machen sollten – sie drei allein, ehe das Baby kam.

»Ich möchte nicht hochschwanger verreisen«, wandte Ruth prompt ein. »Wenn, müsste es bald sein. Außerdem finde ich, wir sollten Laura mitnehmen, damit sie sich um Edwin kümmern kann.«

Während die beiden sich besprachen, wollte ich unauffällig die Küche verlassen, doch Dominic hielt mich zurück.

»Halt, Laura, warte mal. Versteh mich bitte nicht falsch. Ich will damit nicht sagen, dass ich dich nicht dabeihaben will, aber vielleicht ist es die letzte Gelegenheit, noch einmal zu dritt zusammen zu sein – ein letztes Mal, bevor das Baby kommt.«

Ruth seufzte, und Dominic warf mir einen flehenden Blick zu in der Hoffnung, dass ich ihn unterstützte.

Ich tat ihm den Gefallen. »Wenn du mich so fragst – ich könnte eine Woche zu Hause zum Lernen ganz gut gebrauchen.«

»Siehst du«, wandte Dominic sich triumphierend an

Ruth. »Da hörst du es. Lass uns gleich mal in den Center-Parcs-Katalog schauen.«

Leider sollte alles anders kommen. Erst fing Edwin sich eine fiebrige Bronchitis ein, dann folgten Ruth und ich. Danach fuhren Ruth, Dominic und Edwin in Urlaub, während ich so erschöpft war, dass ich geschlagene drei Wochen bei meiner Mutter bleiben musste, um mich auszukurieren. Beaky war zum Glück ein paar Wochen geschäftlich unterwegs, sodass zu Hause Frieden herrschte und Mum und ich uns so gut verstanden wie seit Jahren nicht mehr. Trotzdem blieb ich viel auf meinem Zimmer, lernte ein bisschen und schlief viel.

Eigentlich hatte ich keine Lust, nach Summerbourne zurückzukehren. Es war alles so anstrengend geworden in letzter Zeit, und ich wusste nicht, ob ich noch einmal die Kraft aufbringen würde oder wollte, mich Ruths Launen auszusetzen. Zusätzlich belasteten mich Dominics bemüht distanziertes Verhalten und meine alberne Hoffnung bei jedem Klingeln des Telefons oder der Türglocke, dass es Alex sein könnte. Ich begann in der Lokalzeitung die Stellenanzeigen durchzusehen und überlegte ernsthaft, ob es nicht besser wäre, mich den Rest der Zeit gründlich auf meine Prüfungen vorzubereiten und nebenbei ein bisschen zu kellnern, damit ich Mum nicht auf der Tasche lag.

»Ich dachte, es würde dir dort so gut gefallen?«, wunderte meine Mutter sich, als sie mich Annoncen anstreichen sah.

»Tut es ja. Oder hat es zumindest. Hier könnte ich dafür deutlich mehr verdienen und dir Miete zahlen. Im Übrigen habe ich bei dir mehr Ruhe zum Lernen.«

»Du brauchst mir keine Miete zu zahlen, Liebes.«

»Das dürfte Beaky ganz anders sehen.«

Mum seufzte. »Er möchte im Grunde bloß, dass du lernst, für dich Verantwortung zu übernehmen.«

Ich warf die Zeitung auf den Couchtisch und sprang auf. »Ich habe einmal einen Fehler gemacht. Wie lange wird mir das noch vorgehalten?«

»Er glaubt eben …«

»Was er glaubt, ist mir völlig egal.« Wütend sah ich sie an. »Weißt du eigentlich, dass du inzwischen genauso klingst wie er?«

Den Rest des Tages verbarrikadierte ich mich in meinem Zimmer, indem ich Beakys Weinkartons von innen gegen die Tür schob. Dann nahm ich mir mit zitternden Händen den Kündigungsbrief vor, den ich am Morgen an Ruth und Dominic geschrieben hatte, und las mir alles noch einmal gründlich durch. Noch stand kein Datum auf dem Brief, und unterschrieben war er auch nicht.

Ein paar Tage später kam Beaky zurück und machte mir erst mal eine Szene.

»Wir sind hier kein Hotel, junge Dame. Du bist längst wieder fit und könntest arbeiten. Also sieh zu, dass du zurückfährst und dich nicht länger vor deinen Pflichten drückst.« Verächtlich schaute er auf mich herab. »Deine Mutter hat mir erzählt, du hättest hier die ganze Zeit auf der faulen Haut gelegen. Ich dachte eigentlich, du würdest dich lieber auf dem Land ausruhen, wo doch alles angeblich so toll ist. Oder sind deine feinen Freunde dich mittlerweile leid?«

Das gab den Ausschlag. Am selben Abend rief ich auf Summerbourne an und teilte für den nächsten Tag meine Rückkehr mit. Das Kündigungsschreiben verbarg ich in meinem Prüfungsordner.

Als ich dann im Taxi zum Haus hinauffuhr, besserte sich meine Laune jäh, und als Edwin sich mit einem Freudenschrei in meine Arme warf, war ich froh, dass ich nicht gekündigt hatte.

»Es war nicht einfach mit ihm«, vertraute Ruth mir an, sobald er außer Hörweite war.

»Wird Zeit, dass er in die Schule kommt«, fügte Dominic hinzu.

Ruth drückte kurz meinen Arm. »Wie gut, dass du wieder da bist.« Sie lächelte mich an, und plötzlich zweifelte ich nicht mehr daran, dass ich die richtige Entscheidung getroffen hatte. Mein Leben würde auf immer mit Summerbourne verbunden sein. Selbst wenn ich wollte, würde ich mich so einfach nicht lösen können.

Ein paar Tage später fand ich Ruth in Tränen aufgelöst vor einem Karton Babykleidung, die in den Jahren auf dem Speicher Schimmel angesetzt hatte. Kurz entschlossen rief ich Vera an und vereinbarte mit ihr, dass sie am folgenden Tag kommen und auf Edwin aufpassen würde, damit ich mit Ruth nach Norfolk zum Einkaufen fahren konnte. Und was mich betraf, so brauchte ich dringend ein paar neue Klamotten, denn die Wintermonate, die ich die meiste Zeit im Haus und mit Backen verbracht hatte, waren nicht spurlos an mir vorbeigegangen, zumal mir das tägliche Schwimmtraining fehlte. Jedenfalls hatte ich ganz schön zugelegt.

Wir hatten riesig Spaß und vergaßen fast die Zeit darüber. Ich probierte immer neue Kleider an, und Ruth konnte sich nicht sattsehen an den winzig kleinen Babysachen. Als wir genug hatten, setzten wir uns mit unseren Einkäufen in die

Cafeteria des Kaufhauses, wo Ruth uns Kaffee und Kuchen spendierte.

»Ganz herzlichen Dank, dass du dir die Zeit genommen hast«, sagte sie.

»Mir hat es Spaß gemacht. Ich wüsste zu gern, ob es ein Mädchen oder ein Junge wird.«

Plötzlich veränderte sich ihr Gesichtsausdruck, wurde ängstlich. »Du bleibst hoffentlich noch den ganzen Sommer bei uns, oder? Ich meine, nachdem das Baby da ist? Du weißt ja noch, wie herrlich es hier im Sommer ist. Du könntest wieder im Pool schwimmen, im Garten faulenzen und dich am Strand sonnen. Wir sollten die Zeit wirklich nutzen, ehe Edwin in die Schule kommt und du uns verlässt.«

Ich lächelte Ruth an und warf einen Blick auf die Tüten und Schachteln mit Babyausstattung, die sich um unseren Tisch stapelten.

»Klingt ganz so, als hätten wir einen perfekten Sommer vor uns.«

Als sie aber die Hand auf ihren sich langsam rundenden Bauch legte, steckte mir das Stück Kuchen, das ich mir gerade in den Mund geschoben hatte, auf einmal wie ein Kloß im Hals fest. Warum, weiß ich nicht. Schnell trank ich einen Schluck Tee und bemühte mich, die depressive Anwandlung zu verdrängen und den kommenden Monaten trotz allem zuversichtlich entgegenzublicken. Ruths Baby würde in Dominic einen liebevollen Vater bekommen – und wer weiß, vielleicht tauchte ja sogar Alex mal wieder auf.

Behutsam stellte ich meine leere Tasse ab und beugte mich vor, um ein kleines Strickjäckchen zu bewundern, das Ruth aus einer der Tüten geholt hatte.

»Was hast du denn?«, fragte Ruth. »Du bist ja ganz blass.«

293

»Geht gleich wieder«, versicherte ich ihr. »Vermutlich habe ich mich total verausgabt beim Shoppen!«

Sie lachte und schaute sich suchend nach einem Servicemitarbeiter um, der unsere Einkäufe zum Auto tragen würde. Ich konzentrierte mich derweil darauf, tief durchzuatmen und meinen Magen zu beruhigen, in dem es tobte und wütete, als würde eine Seeschlange sich dort gerade ihr Nest bauen.

21. Kapitel

SERAPHINE

Samstagmorgen stehen Edwin und ich zusammen in der Küche und packen die gerade angelieferten Lebensmittel aus. Es erstaunt mich jedes Mal wieder, welche Begeisterung gute, frische Zutaten in ihm zu wecken vermögen. Fast liebevoll streicht er mit dem Daumen über die feine Haut einer Zwiebel, befühlt den Sellerie, schnuppert am Parmesan und wirft einen prüfenden Blick auf die Garnelen.

Danny liegt noch im Bett. Ich breite das rote Tischtuch über den Esstisch, decke vier Plätze mit Besteck und Gläsern und überlege, was ich mit den Servietten anstellen soll, ärgere mich über mich selbst, weil ich nicht so ruhig und gelassen sein kann wie meine Brüder. Ich trage mein neues Sommerkleid, finde aber nicht gleich passende Sandalen, und gehe, als es klingelt, barfuß zur Tür.

Joel steht draußen mit einem Strauß Hortensien in der Hand.

»Frisch aus Großvaters Garten«, sagt er. »Ein bisschen Blumenschmuck für den Tisch. Alles in Ordnung?«

Ich stehe da wie benommen, und es hätte nicht viel gefehlt, dass ich ihn gleich mit allen Fragen überfallen hätte, die sich in mir angesammelt haben.

Hast du eigentlich nicht gewusst, dass Michael einen Schlüssel für Summerbourne hat? Warum hast du nicht zurückgeschlagen, als Ralph dir bei Edwins Abschlussfeier eine reingehauen hat? Wusstest du, dass Michaels altes Abflämmgerät vergangene Woche aus Ralphs Transporter verschwunden ist? Und wie genau war das gemeint, dass wir noch mal neu anfangen könnten? Als Freunde? Oder mehr als Freunde?

»Edwin ist in der Küche«, sage ich und flüchte mich mit den Hortensien ins Esszimmer.

Die rosa Blütenköpfe sind voll und schwer, an den Blättern hängen noch Wassertropfen. Leise Wehmut erfasst mich, wenn ich an den einst so prächtigen Garten von Summerbourne denke, an die längst vergangenen Tage, als Michael mit gütiger Strenge über unser grünes Paradies herrschte, und an die Zeiten, als Joel und ich beste Freunde waren und das Leben leicht und unkompliziert schien.

Kiara kommt eine Stunde früher als erwartet. Ich laufe gerade durch den Flur, noch immer ohne Sandalen an den Füßen, und bleibe wie erstarrt stehen, als ich einen Blick aus dem Fenster werfe und sie aus ihrem Wagen steigen sehe. Sie trägt einen ärmellosen schwarzen Jumpsuit und elegante Sandalen mit Absatz, in denen einem das Autofahren vermutlich nicht ganz leicht fallen dürfte. Mir ist damals gar nicht aufgefallen, wie groß und schlank sie ist, eine elegante Erscheinung zweifellos. Peinlich berührt, blicke ich auf meine nackten Füße und schlucke.

Danny, der gerade die Treppe heruntergekommen ist, in alten Shorts und T-Shirt, als wäre er gerade aus dem Bett gestiegen, schaut an mir vorbei aus dem Fenster und pfeift anerkennend. Als es klingelt, gibt er mir einen kleinen Schubs.

»War deine Idee, Schwesterherz.«

Ich hole tief Luft, dann mache ich die Tür auf. »Kiara, hi«, sage ich und schenke ihr ein strahlendes Lächeln.

An die pinkfarbene Haarsträhne kann ich mich erinnern, doch erst jetzt, als ich sie aus der Nähe betrachte, fallen mir der Diamantstecker in ihrer Nase auf und eine ganze Reihe Piercings in ihren Ohren. Sie drückt mir eine Schachtel belgischer Pralinen in die Hand.

»Hi, tut mir leid, dass ich so früh bin, ich hoffe, das ist okay. Zur Abwechslung waren die Straßen mal frei, und ich bin schneller durchgekommen als erwartet.«

Sie klingt nervös, was mir wiederum hilft, mich ein wenig zu entspannen. Ich lasse sie herein und drehe mich nach den anderen um, um sie vorzustellen.

Dabei sehe ich, wie Edwin das Schälmesser, das er noch in der Hand hält, an Joel weiterreicht, der es hinter sich auf die Arbeitsplatte legt, eine perfekte kleine Choreografie. Anschließend kommen beide aus der Küche zu uns in den Flur.

»Das ist Danny«, fange ich an, »mein Zwillingsbruder.«

»Hi«, sagt Danny, und Kiara nickt ihm mit einem knappen Lächeln zu.

»Und das ist Edwin, unser älterer Bruder.«

Er tritt einen Schritt vor und schüttelt ihr die Hand. »Schön, dich kennenzulernen. Ich kann mich noch gut an deinen Vater erinnern, den ich sehr gemocht habe.«

Sie strahlt ihn an. »Oh, das freut mich, danke.«

»Und das ist Joel, ein Freund hier aus dem Dorf, der auf einen Sprung vorbeigekommen ist.«

»Nett, dich kennenzulernen«, sagt er und streckt ihr die Hand entgegen.

Warum schaut er sie so an? Gefällt sie ihm? Ich beginne zu befürchten, dass das alles keine gute Idee war.

»Also, ich weiß ja nicht, wie es euch geht – ich könnte jetzt erst mal einen Kaffee vertragen«, meldet sich Danny zu Wort. »Willst du auch einen, Kiara?«

»Liebend gern«, erklärt sie und folgt ihm in die Küche.

Da Edwin sich den beiden anschließt, bleibe ich einen Augenblick allein mit Joel im Flur zurück und lausche dem Geplauder, das sich wie selbstverständlich zwischen meinen Brüdern und unserem Gast entspinnt. Eine Fertigkeit, um die ich die beiden immer beneidet habe. Ohne Joel anzuschauen, weiß ich, dass er mich beobachtet. Als er ganz leicht meine Hand berührt, sehe ich ihn endlich an.

»Viel Glück«, sagt er und verabschiedet sich mit einem flüchtigen Lächeln.

In der Küche ist Edwin inzwischen wieder am Schneidebrett zugange, Danny hat Kaffee gekocht, und Kiara sieht sich die alten Fotos an der Pinnwand an.

»Hier aufzuwachsen stelle ich mir schön vor, umgeben von so viel Familiengeschichte«, meint sie und klingt etwas wehmütig. Ich hingegen sehe plötzlich alles mit ihren Augen: das wurmstichige Holz der Küchenschränke, den alten Küchentisch, die gesprungenen Kacheln, die Risse in den Bodenfliesen, und stelle mir als Kontrast eine Hightechküche mit blitzendem Edelstahl und poliertem Marmor vor, wie Kiara sie sicherlich hat.

»Familiengeschichte wird maßlos überschätzt«, widerspreche ich, woraufhin alle sich umdrehen und mich schweigend mustern.

Da es wieder ein heißer, sonniger Tag ist, gehen Danny,

unser Gast und ich mit unseren Kaffeebechern auf die Terrasse hinaus, während Edwin mit dem Risotto anfängt.

»Was für ein herrlicher Garten.«

Kiara klingt ehrlich begeistert, sodass ich einen Moment lang den verdorrten Rasen sowie die verwilderten Beete vergesse und dem Garten tatsächlich einiges an Schönheit abgewinnen kann. Nachdem wir unseren Kaffee getrunken haben, schlendern wir Richtung Obstwiese und altem Küchengarten, zeigen ihr, wo wir früher gespielt und unsere geheimen Verstecke hatten, laufen durchs Wäldchen bis ans Tor zu den Klippen.

Das eigentliche Thema indes, das uns zusammengeführt hat, meiden wir und kommen erst, als wir alle bei Tisch sitzen, auf unsere Eltern zu sprechen.

»Himmlisch«, lobt Kiara Edwins Risotto. »Eigentlich schade, dass wir den Tag nicht einfach genießen können, weil ein recht seltsamer Grund mich hergeführt hat. Könntest du mir noch mal erklären, weshalb genau du meinen Vater sprechen wolltest?«, wendet sie sich an mich.

Ich lasse meine Gabel sinken, lege sie beiseite und tupfe mir mit der Serviette den Mund ab.

»Am Tag, als Danny und ich geboren wurden«, fange ich an, »hat unsere Mutter sich das Leben genommen. Wir wissen bis heute nicht, was sie wirklich dazu getrieben hat – nur dass sie von den Klippen gleich hinter dem Haus gesprungen ist. Wir waren gerade mal ein paar Stunden alt.«

Kiara schlägt sich die Hand vor den Mund. »O nein, wie schrecklich …«

»Ja. Aber wir kannten es nicht anders, und unser Vater hat danach in Teilzeit gearbeitet, um sich mehr um uns zu kümmern. Außerdem hatten wir unsere Großmutter und verschiedene Kindermädchen, so weit war das okay.« Ich ringe mir ein kleines Lächeln ab. »Es hätte schlimmer kommen können – wir hatten immerhin einander, weißt du? Vorigen Monat dann hatte Dad diesen Unfall: Er ist bei den Garagen von der Leiter gestürzt und gestorben. Wir sind immer noch fassungslos.«

Danny, der neben mir sitzt, greift unter dem Tisch nach meiner Hand, und mir wird bewusst, dass alle drei mich ansehen und meine Brüder vermutlich ebenso gespannt auf meine Erklärung warten wie Kiara.

Nachdem ich noch einmal tief durchgeatmet habe, lasse ich die Bombe platzen.

»Ich glaube, dass unsere Mutter in jenem Sommer lediglich ein Kind zur Welt gebracht hat. Es gibt ein letztes Foto von ihr, kurz nach der Geburt aufgenommen, und auf dem hat sie ein einziges Baby im Arm. Und hier sind seitdem Gerüchte im Umlauf, dass irgendetwas nicht mit rechten Dingen zugegangen und irgendetwas mit den Zwillingen faul sei. Diese Geschichten haben uns unsere ganze Kindheit hindurch begleitet. Damals hat ein Au-pair hier gearbeitet, Laura Silveira, von der ich gehofft habe, sie werde uns vielleicht weiterhelfen … Sagt dir der Name zufällig etwas?«

Kiara schüttelt den Kopf. »Ich habe zum ersten Mal durch dich ihren Namen gehört, als du meinen Vater beschuldigt hast, ihr irgendeinen hässlichen Brief geschickt zu haben.«

»Ich habe ihn nicht beschuldigt, sondern gefragt«, verteidige ich mich.

»Wie auch immer. Jedenfalls hat er ihr nicht geschrieben«, stellt Alex' Tochter mit Nachdruck klar.

»Gut, ich glaube dir. Irgendjemand jedoch hat Laura

nach dem Tod unseres Vaters einen anonymen Drohbrief geschickt: Wenn sie jemals über Summerbourne sprechen würde, sei ihre Tochter in Gefahr.«

»Wer ist ihre Tochter?«, will Kiara wissen.

Wir schauen sie an. Sie ist groß und schlank, hat hohe Wangenknochen, dunkles Haar. Ihre Haut ist heller als Lauras – und heller als die ihres Vaters, bloß was heißt das schon? Immerhin hatte Alex eine englische Mutter.

»Das wissen wir nicht.«

»Denkt ihr etwa, dass ich das sein könnte?« Kiara runzelt die Stirn. »Verstehe ich nicht. Warum?«

»Ich hole schnell mal das Foto«, sage ich und gehe in die Küche.

Die Terrassentür steht noch offen, und am liebsten wäre ich nach draußen gerannt, um mich an meinen Lieblingsplatz beim alten Turm zu flüchten, statt in Kiaras Vergangenheit zu graben. Habe ich nicht genug Unruhe gestiftet? Egal, ich habe es so gewollt, und jetzt heißt es: Augen zu und durch. Mit dem Foto kehre ich ins Esszimmer zurück und reiche es meinem Gast.

»Das ist unsere Mutter mit einem von uns beiden – also entweder mit Danny oder mit mir. Oder sagen wir einfach mit ihrem erst ein paar Stunden alten Baby. Angeblich soll sie panische Angst gehabt haben, jemand könnte ihr das Kind wegnehmen.«

Kiara betrachtet das Foto eingehend. »Du siehst ihr ähnlich«, sagt sie zu mir und schaut mich an. »Du siehst aus wie deine Mutter.«

Ihre Worte treiben mir Tränen in die Augen. »Danke«, flüstere ich.

In diesem Moment mischt sich zum ersten Mal Danny ein.

»Was hat dein Vater dir eigentlich über deine Mutter erzählt?«, fragt er Kiara. »Wann genau bist du geboren worden?«

Sie gibt mir das Foto zögernd zurück. »Am 21. Juli 1992«, sagt sie.

Wir starren sie alle drei ungläubig an.

»Was ist? Warum schaut ihr auf einmal so komisch?«

»Weil das …« Danny schüttelt den Kopf.

Edwin schiebt seinen Stuhl zurück und legt die Hände auf den Tisch, als wollte er aufstehen, bleibt jedoch sitzen und senkt den Kopf.

»Das ist ebenfalls unser Geburtstag«, flüstere ich, nachdem ich den ersten Schreck überwunden habe. »An dem Tag wurden Danny und ich geboren.«

»O Gott«, haucht Kiara tonlos und sieht mich mit großen Augen an.

»Okay, dann wurden wir also alle am selben Tag geboren«, konstatiert Danny. »So was soll vorkommen. Was weißt du über deine Mutter?«

Kiara schließt einen Moment die Augen. »Sie starb bald nach meiner Geburt«, sagt sie irgendwie teilnahmslos, als würde sie etwas aufsagen, das sie längst auswendig kann. »In Indien. Mein Dad hat mich nach England gebracht, und auf der Basis meiner indischen Geburtsurkunde wurde mir eine britische ausgestellt. Ihr könnt euch nicht vorstellen, wie oft ich mir die beiden Urkunden angesehen habe. Auf der indischen ist der Name meiner Mutter bis zur Unleserlichkeit verwischt, und auf der britischen steht *kein Nachweis erbracht.* Er habe sie geliebt, sagt mein Vater, wenn ich nach ihr frage. Mehr kommt nicht von ihm. Es würde ihn zu sehr belasten, über sie zu sprechen, behauptet er, und deshalb weiß ich im Grunde nichts über sie.«

Edwin richtet sich auf und zieht ein Gesicht, als wollte er sagen, dass er selten solchen Unsinn gehört habe.

»War sie Inderin?«, will Danny wissen.

»Nein, ebenfalls Engländerin.«

»Und warum wurdest du dann in Indien geboren?«

Kiara zuckt mit den Schultern. »Manchmal kommen mir Zweifel, ob das überhaupt stimmt. Diese ganze Geschichte, versteht ihr? Ziemlich praktisch, weil man nichts nachprüfen kann.«

»Dein Vater war ziemlich oft bei uns zu Besuch, und wenn mich nicht alles täuscht, noch im Jahr deiner Geburt«, bringt Edwin nachdenklich vor. »Aber ich kann mich nicht erinnern, dass er jemals eine Frau oder eine Freundin erwähnt, geschweige denn mitgebracht hätte.«

»Er könnte mit Laura befreundet gewesen sein«, werfe ich ein. »Die Krankenschwester aus dem Dorf hat mir zumindest erzählt, dass die beiden dich mal gemeinsam in die Arztpraxis gebracht haben.«

Kiara horcht auf und beugt sich gespannt vor. »Wolltest du mit ihm sprechen, weil er diese Laura wahrscheinlich gut kannte?«

»Ja, ich hatte gehofft, sie könnte ihm etwas über uns erzählt haben – später, als sie nicht mehr auf Summerbourne war. Oder dass sie vielleicht sogar noch Kontakt zueinander hätten. Ich bin davon ausgegangen, dass er weiß, was damals geschehen ist. Dass er selbst eine Tochter und scheinbar seine eigenen Geheimnisse hat, konnte ich allerdings nicht ahnen.«

»Gut, fassen wir noch mal kurz zusammen.« Kiara gibt sich einen Ruck und wirkt mit einem Mal sehr entschlossen. »Eure Mutter hat am 21. Juli 1992 ein Kind zur Welt gebracht. Genau wie meine Mutter. Eure Mutter hatte Angst, jemand könnte es ihr wegnehmen. Ihr wuchst in dem Glauben auf, beide die leiblichen Kinder eurer Mutter zu sein, Zwillinge, wobei zumindest du, Seraphine, Zweifel hast, ob das überhaupt stimmt. Ist das so weit richtig?«

Wir nicken und bedeuten ihr stumm, weiterzumachen mit ihren Überlegungen.

Sie denkt einen Moment nach. »Gut. Wir wurden alle drei am selben Tag geboren, so viel steht fest. Über den Rest lässt sich höchstens spekulieren. Angenommen, eure Eltern hätten nicht mehr als ein Kind bekommen, dann müssten sie irgendwie an das zweite gelangt sein. Oder deine Mutter hat tatsächlich ein Kind verloren, auf welche Weise auch immer, und sich zum Ersatz zwei andere beschafft. Seltsamerweise sind unsere Mütter beide bald oder sehr bald nach unserer Geburt gestorben. Es klingt haarsträubend, ich weiß. Was wäre eigentlich, wenn eure Mutter gar nicht eure, sondern *meine* Mutter gewesen wäre?«

Mehr noch als mich haut es Danny um, der im Gegensatz zu mir nie an seiner Abstammung gezweifelt hat, und seine lockeren Sprüche sind ihm komplett vergangen.

»Ist zugegeben sehr unwahrscheinlich«, spinnt Kiara ihre Gedanken laut weiter. »Ich sehe nach diesem Foto zu urteilen kein bisschen aus wie sie, und außerdem bliebe die Frage, wer dann eure Eltern sind, zumal ihr beiden ihnen tatsächlich ähnelt, der eine dem Vater, die andere der Mutter …« Ihre Schultern sacken herab, und sie schüttelt den Kopf. »Nein, tut mir leid, ich versteh's nicht.«

Plötzlich durchbricht ein Prusten von Edwin die Stille. Verwundert richten sich die Blicke von uns anderen auf ihn, doch dann fangen auch wir an zu lachen, vereint in unserer Hilflosigkeit angesichts dieser völlig aberwitzigen Situation.

»Wir könnten Drillinge sein«, witzelt Kiara. »Das Kind eurer Mum ist verschwunden, und meine war so nett, ihr zwei von ihren zu geben.« Sie hebt beschwichtigend die Hände. »Ja, ja, schon gut. Kleiner Scherz. Wobei es so langsam nichts gibt, was ich nicht für möglich halte. Oder gab es eine schwangere Nachbarin, eine entfernte Verwandte? Existiert hier in der Nähe ein Waisenhaus?«

»Bei uns auf dem Land mögen die Uhren ja ein bisschen anders gehen, aber ein Selbstbedienungsladen, wo man sich einfach Kinder holt, sind wir nicht«, wirft Danny ein.

»Gut, dann gebe ich auf«, seufzt Kiara und hebt resigniert die Hände.

Damit ist die Geschichte keineswegs zu Ende, wie wir alle gedacht haben.

Mit einem Mal hören wir von draußen Stimmen, aufgeregte Rufe. Edwin erhebt sich als Erster und geht hinaus auf die Terrasse, dicht gefolgt vom Rest unserer bizarren Schicksalsgemeinschaft. Zwei Personen kommen aus dem Wäldchen am Ende des Gartens gestolpert.

»Das ist Joel«, sagt Edwin und rennt los.

Danny und ich joggen etwas gemächlicher hinterher, während Kiara sich nicht von der Stelle bewegt. Ungefähr auf halber Strecke erkenne ich, wer da von Joel gestützt wird. Es ist Laura. Vor Schreck stolpere ich und wäre beinahe hingefallen. Was um alles in der Welt macht sie hier? Als wir näher kommen, sehe ich Blut an ihrem Kopf und auf ihrer Bluse, auf Joels Schulter und an seinen Händen.

»Wir brauchen einen Krankenwagen«, ruft er uns entgegen.

Ich bleibe kurz stehen und schaue an meinem Kleid hinab:

keine Taschen, kein Telefon. Edwin, der die beiden fast erreicht hat, gibt Danny einen Wink. Der nickt zum Zeichen, dass er verstanden hat, und rennt zurück zum Haus.

»Was ist passiert?«, frage ich atemlos, als ich endlich bei ihnen bin.

Edwin hat sein ehemaliges Au-pair inzwischen von der anderen Seite untergefasst, und die beiden Männer tragen sie zwischen sich zum Haus. Lauras Lider flattern, ihre Lippen bewegen sich, ohne dass ein Wort herauskommt. Sie scheint unter Schock zu stehen und nicht ganz klar bei Bewusstsein zu sein.

»Ich habe sie am Turm gefunden«, erklärt Joel, der vor Anstrengung keucht. »Sie ist am Kopf verletzt und muss sofort ins Krankenhaus.«

»Das ist Laura«, erkläre ich Edwin, weil er sie meiner Meinung nach kaum wiedererkannt haben dürfte.

Seine Reaktion vermag ich nicht zu entschlüsseln. Er verzieht gequält das Gesicht und schüttelt ungläubig den Kopf.

Als wir die Terrasse erreichen, steckt Danny gerade sein Telefon weg und hebt den Daumen: Hilfe ist unterwegs. Gemeinsam mit Kiara rückt er den Tisch zur Seite, damit Joel und Edwin Laura auf der Gartenbank absetzen können. Ihre Augen sind halb geöffnet, und sie bemüht sich angestrengt, unsere Gesichter zu erkennen. Blut aus ihrer Kopfwunde schmiert das cremefarbene Polster voll, als sie den Kopf unruhig hin und her dreht.

»Könntest du mir ein sauberes Geschirrtuch holen?«, bittet Joel mich und redet beruhigend auf Laura ein, während er das Tuch, das ich ihm gebracht habe, auf ihre Wunde drückt. »Nicht so viel bewegen, ganz still liegen bleiben, der Krankenwagen ist unterwegs.«

Der Blick der Verletzten ist auf Edwin gerichtet. Fragend flüstert sie seinen Namen, wenngleich es kaum mehr als ein Krächzen ist.

Er hockt sich vor sie hin und versucht zu lächeln. »Laura, was ist passiert?«

Unsicher zuckt sie mit den Schultern. »Ich weiß nicht. Etwas hat mich am Kopf getroffen, oben am Turm.« Sie schaut sich um, streckt die Hand nach mir aus. »Seraphine.«

»Weshalb sind Sie überhaupt hier, Laura?«, frage ich sie behutsam.

Sie antwortet nicht. Ihr Blick ist weitergehuscht zu Danny und Kiara, die Seite an Seite hinter dem Tisch stehen. Als sie versucht, sich aufzusetzen, rinnt frisches Blut von der Schläfe ihre Wange hinab. Erst jetzt begreife ich, dass auch das hier passiert ist, um zu verhindern, dass ein dunkles Geheimnis ans Tageslicht kommt. *Hör auf Fragen zu stellen, oder es geschieht noch mehr Unglück,* ermahne ich mich. Jemand hat Laura angegriffen, hier, auf unserem Grundstück. Das kann kein Zufall sein. Habe ich sie in Gefahr gebracht mit meinen Nachforschungen, ist es meine Schuld? Könnten Edwin, Danny oder Großmutter die nächsten sein? Oder ich?

Von der Zufahrt ertönt Sirenengeheul, der Krankenwagen ist da. Joel eilt ins Haus, um den Rettungskräften die Tür zu öffnen. Laura umklammert mit einer Hand das silberne Medaillon, das sie an einer Kette um den Hals trägt.

Wir anderen treten zur Seite, damit die Sanitäter besser an sie herankommen. Auf behutsame Fragen gibt sie nur gemurmelte Antworten, die kaum zu verstehen sind, die Augen hat sie erneut geschlossen. Als die Rettungskräfte sie auf eine Trage legen und abtransportieren, bücke ich mich rasch nach einem zusammengefalteten Papier, einem Brief, wie es aussieht, der aus ihrer Tasche gefallen ist. Kurz darauf stehen wir alle wie benommen vor dem Haus und sehen dem Krankenwagen nach.

Joel hat von den Sanitätern gehört, dass die Polizei bereits informiert sei und bald hier sein werde, um erste Nachforschungen anzustellen, allen voran müsse er sich bereithalten, da er die Verletzte entdeckt habe. Vorher würde er sich gerne noch etwas säubern, meint er. Edwin geht deshalb mit ihm nach oben, um ihm ein paar saubere Sachen von sich zu geben, während Danny und Kiara ins Haus zurückkehren.

Ich dagegen bleibe noch zurück, um mir den Zettel anzusehen, der aus Lauras Tasche gefallen ist. Als ich ihn auseinanderfalte, springt mir als Erstes der Name ganz am Ende des Briefs ins Auge, und ich habe das Gefühl, der Boden unter meinen Füßen würde einbrechen. Zweimal überfliege ich den Text und begreife dennoch nicht, was ich da lese.

Liebe Laura,
ich brauche ganz dringend deine Hilfe. Würdest du dich Samstagmittag am alten Turm von Summerbourne mit mir treffen? Ich kann dir jetzt nicht alles erklären, aber du weißt, dass ich dich niemals darum bitten würde, wenn es keine absolute Notlage wäre. Nimm am besten den Weg unten vom Yachthafen.
Bis Samstag
Dein Edwin

Vor meinen Augen dreht sich alles. Mein großer Bruder hat diesen Brief geschrieben. Edwin, der gerade mit Joel oben ist, um seinem besten Freund aus Kindertagen ein paar Klamotten zu leihen. Joel, der alles für ihn tun würde, der unser Haus vor Mittag verlassen hat, um dann mit Lauras Blut an den Händen zurückzukehren.

22. Kapitel

LAURA

März bis Juli 1992

Der Garten, die Straße, das Dorf – auf all meinen Wegen begleiteten mich in jenem März die sonnengelben Blüten der Osterglocken wie ein Versprechen auf bessere Tage. Im Dorf gab man sich sicher, dass auch Ruth demnächst aufblühen werde, denn war es nicht an der Zeit, dass sie nach den ersten beschwerlichen Wochen den Rest ihrer Schwangerschaft genießen konnte? Doch da lagen sie falsch. Ruth strahlte nicht vor Glück, sie klagte über Schmerzen und Unwohlsein, schlief nachts schlecht und blieb den halben Tag im Bett. Sie neigte gleichermaßen zu Tränenausbrüchen wie zu hysterischen Lachanfällen, ein ständiges Wechselbad der Gefühle, das sich leider auf Edwin übertrug. So unausgeglichen und unleidlich hatte ich ihn noch nie erlebt. Er heulte, tobte und schrie, dass keiner ihn liebhabe. Selbst an guten Tagen wurde er quengelig, wenn nicht alles nach seinem Willen ging.

Erschwerend kam hinzu, dass wir alle den ganzen April über von Husten und Schnupfen geplagt waren, was nicht zuletzt am schlechten Wetter lag, das uns meist ans Haus fesselte. Dabei hätte mehr frische Luft uns bestimmt gutgetan. Wenn wir Lust hatten, backten wir Kuchen und Kekse, kuschelten uns ein in der wohltuenden Wärme der Küche und ließen unsere Beschwerden von den süßen Dämpfen lindern. Selbst ein kurzer Gang ins Dorf, um beim Arzt ein Rezept zu holen oder uns im Laden mit ein paar Leckereien zu trösten, war mehr Strapaze als Vergnügen.

Davon, dass Edwin nach Ostern mit der Vorschule beginnen sollte, war längst keine Rede mehr. Als das Wetter im Mai allmählich wärmer wurde und Michael fast täglich im Garten zu tun hatte, kam Joel öfter vorbei, und mir fiel ein Riesenstein vom Herzen. Endlich war Edwin wieder fröhlich und verträglich. Sobald sein Freund auftauchte, war er wie ausgewechselt. Damit waren die meisten Wochentage gerettet, und am Samstag und Sonntag überließ ich ihn weitgehend seinen Eltern, während ich unter dem Vorwand, lernen zu wollen, den Familienaktivitäten fernblieb.

Allerdings musste ich wirklich lernen, denn die Prüfungen standen dicht bevor, und ich würde für zwei Wochen nach London zurückkehren. Da es mein Traum war, für Biochemie angenommen zu werden, brauchte ich mindestens eine Eins und zwei Zweien. Die Prüfungen in Mathe und Bio liefen gut, und die praktische Übung in Chemie war längst nicht so schwer wie erwartet. Und so war ich, als ich nach Summerbourne zurückkehrte, verhalten optimistisch, die erforderlichen Noten erreicht zu haben.

Da ich mich jetzt nicht mehr mit Lernen herausreden konnte, nahm ich samstags oft den Bus nach Norwich, um Shoppen oder ins Kino zu gehen. Und manchmal setzte ich mich mit einem Roman einfach in die Stadtbücherei und las dort den ganzen Nachmittag. Wenigstens kam ich so unter die Leute und sah andere Gesichter. Alles war besser, als mich den atmosphärisch prekären Familienwochenenden aussetzen zu müssen.

Bei einem dieser Büchereibesuche suchte ich mir aus dem Regal einen Mondkalender heraus. Im Juni diesen Jahres war tatsächlich zweimal Neumond: einmal am ersten des Monats und dann wieder am dreißigsten. Das wäre dann der sogenannte Black Moon, von dem Dominic gesprochen hatte. Als ich mir die Schaubilder ansah, stellte ich fest, dass man tatsächlich nichts sah außer Schwarz. Was daran lag, dass bei dieser Neumondvariante die von der Sonne angestrahlte Seite völlig von der Erde abgewandt und der Mond am Nachthimmel so unsichtbar war, wie ich mich hier unten oft fühlte.

Als ich am Morgen des letzten Junitags gerade Toast für mich und Edwin machte, fiel mir der Black Moon wieder ein, der heute seinen Auftritt haben würde. Der Himmel war strahlend blau, und es war ein warmer, sonniger Tag. Ich fühlte mich so gut wie schon lange nicht mehr, und Edwin und ich verputzten jeder mehrere Toasts mit Marmelade.

»Weißt du was«, sagte ich zu ihm. »Heute ist ein ganz besonderer Tag. Heute passiert etwas, das ganz selten vorkommt.«

Edwin schob sich einen Riesenbissen Toast in den Mund und schaute sich kauend in der Küche um. Nachdem er nichts Außergewöhnliches entdeckt hatte, zuckte er mit den Schultern.

»Was denn?«, fragte er mit so vollem Mund, dass feine Toastkrümel in alle Richtungen flogen.

Plötzlich fiel mir ein, dass es blöd wäre, Edwin gegen-

312

über den Black Moon zu erwähnen. Was, wenn er am Wochenende Dominic davon erzählte? Am Ende nahm der das als Indiz, dass ich noch immer an diesen Abend dachte oder Edwin erzählt hatte, dass ich das mit dem Black Moon von seinem Vater wusste.

»Na, dann schau mal raus«, schwenkte ich um. »Es ist der erste richtig tolle Sommertag. Was meinst du, wollen wir nachher ins Dorf und uns was Süßes holen?«

»Können wir auch auf den Spielplatz gehen? Und durch den Zaun schauen und gucken, ob Joel da ist?«

Vor zwei Wochen hatte er ganz still vor dem Schulhof gestanden und den Kindern der Vorschulklasse zugeschaut, wie sie an den Geräten herumturnten oder Spiele und Wettrennen veranstalteten.

»Na klar, machen wir alles.«

Da Ruth lieber zu Hause bleiben und sich ausruhen wollte, marschierten Edwin und ich allein los. Der aufdringlich süßliche Geruch der Rapsfelder war jetzt, da fast alles abgeerntet war, zum Glück verflogen, und stattdessen begleitete uns Lavendelduft aus den Vorgärten bis ins Dorf. Als wir durch die Hauptstraße gingen, entdeckten wir beide gleichzeitig den gelben Sportwagen, der an der Dorfwiese parkte.

»Laura, guck mal, ist das nicht …?« Edwin zog an meiner Hand und zeigte auf das Auto.

Ich traute meinen Augen kaum. Es war bald acht Monate her, dass wir den gelben Alfa Romeo das letzte Mal gesehen hatten. Für ein Kind, das noch keine fünf Jahre alt war, eine halbe Ewigkeit. Aber Edwin mochte Autos, und er mochte Alex.

»Das ist Onkel Alex' Auto!«, rief Edwin.

Ich kam mir vor wie eine Aufziehfigur, die man mit einem kleinen Schlüssel in Gang gesetzt hatte. So wie bei diesem Blechspielzeug mit einem Mal die Rädchen zu rattern begannen, fing mein Herz an, in schnellem Stakkato zu schlagen, und meine Gedanken überschlugen sich. Hatte er mich vermisst, war die zentrale Frage. Edwin und ich schauten die Straße hinauf und die Straße hinunter, ohne dass wir Alex irgendwo sahen.

»Vielleicht im Laden, Laura?«

Die Ladenglocke bimmelte, als wir eintraten, und ein warmer Duft nach frischem Kaffee und Backwaren schlug uns entgegen. Und da war er, ganz am Ende des Gangs auf der rechten Seite. Mein mechanisch trommelndes Herz setzte ein paar Schläge aus.

Edwin stürmte sofort los und stieß einen hellen Freudenschrei aus, dem erst ein überraschtes *Na, so was* und dann Alex selbst folgte.

»Laura.« Er küsste mich auf beide Wangen. Seine Haut hatte den vertrauten herb-frischen Geruch, seine Haare trug er kürzer.

»Weißt du was?«, rief Edwin aufgeregt dazwischen. »Laura hat gesagt, dass heute etwas ganz Besonderes passiert. Sie hat gewusst, dass du kommst!«

»Ach, wirklich?«

Alex lächelte mich an, und ich verdrehte grinsend die Augen, während Edwin außer Rand und Band um ihn herumsprang.

»Laura lässt mich immer bloß zwei Sachen aussuchen, Onkel Alex, dabei will ich ganz, ganz unbedingt noch ein Überraschungsei.«

»Ich glaube, Laura weiß, was sie tut.« Alex strich dem

Jungen übers Haar. »Komm, such dir zwei Sachen aus, und dann setzen wir uns ein bisschen in die Sonne, und du erzählst mir, was du Schönes getrieben hast, seit wir uns das letzte Mal gesehen haben.«

Nachdem wir uns auf eine Bank beim Spielplatz gesetzt hatten, fasste er mich am Ellenbogen. »Und wie geht es dir?«, fragte er und musterte mich kritisch.

»Gut.« Ich lächelte ihn an. »Sogar sehr gut.«

»Hm. Dann kümmern sie sich auf Summerbourne also nett um dich?«

Ein wenig unsicher, ob er das ironisch meinte, gab ich lächelnd zurück: »Eigentlich sollte ich mich ja um Edwin kümmern.«

»Stimmt. Und wie geht es Ruth?«

Mein Atem stockte. Auf diese Frage war ich nicht vorbereitet, obwohl ich es hätte sein müssen. Wie hatte ich Ruth und das Baby vergessen können? Vielmehr welcher Art seine Verbindung zu dem Kind war. Das lag nur daran, weil ich nicht von meinen albernen Hoffnungen loskam, dass ich und nicht Ruth ihm etwas bedeutete. Ich zwang mich zu einem Lächeln und einem munteren Tonfall.

»Ihr geht's gut«, erwiderte ich schließlich und schaute ihn kurz an, ob irgendetwas in seiner Miene darauf hinwies, dass er Bescheid wusste.

Ich konnte nichts Verdächtiges entdecken, hatte lediglich den Eindruck, er warte darauf, dass ich mehr erzählte.

»Und Dominic?«, erkundigte er sich nach einer Weile.

»Dem geht's ebenfalls gut.« Ich ließ ein paar Sekunden verstreichen, bevor ich hinzufügte: »Sie freuen sich beide auf das Baby.«

»Das Baby?« Alex fuhr herum, und sein Knie stieß gegen

meins. »Ruth ist schwanger?« Die Vorstellung schien ihn zu entsetzen. »Verdammt«, entfuhr es ihm. Er lehnte sich zurück und strich sich mit der Hand übers Gesicht. »Ich meine natürlich toll. Eins oder mehrere?«

»Nein, es ist eins.«

Er beugte sich vor und stützte die Ellbogen auf die Knie. »Wie weit ist sie?«

»Ziemlich weit …, irgendwann gegen Ende August.«

Sein Blick war auf die Häuser auf der anderen Seite des Dorfplatzes gerichtet. Ein alter Mann lief an uns vorbei und zerrte einen kleinen Terrier an der Leine hinter sich her. Kälte breitete sich in mir aus, und ich wollte nichts als weg von hier, weg von Alex.

»Wir müssen langsam zurück«, sagte ich lahm, stand auf und rief Edwin zu, dass wir gehen würden.

Auch Alex erhob sich. »Glaubst du, Ruth hätte etwas dagegen, wenn ich euch nach Hause begleite?«

Ich zögerte. »Vielleicht solltest du sie erst mal anrufen, bevor du bei ihr aufkreuzt.«

Er nickte knapp. »Gute Idee, werde ich machen.«

»Wiedersehn, Onkel Alex«, sagte Edwin und schaute gegen die Sonne blinzelnd zu ihm auf.

Alex zauste ihm das Haar. »Bis dann, mein Junge. Grüß deine Mama von mir.« Und im Weggehen fügte er hinzu: »War schön, euch beide wiederzusehen.«

Nachdem er durch den Zaun des Schulhofs Joel und Ralph noch schnell ein Hallo zugerufen hatte, war Edwin den ganzen Heimweg über unleidlich und beschwerte sich über alles und jedes.

»Du hast mich kaum spielen lassen und mir kein Überraschungsei gekauft. Und Alex hast du nicht erlaubt, mit uns nach Hause zu kommen. Warum nicht?«

Entsprechend machte er meine Hoffnung, das Thema Alex zu Hause vermeiden zu können, gründlich zunichte.

»Rate mal, wen wir getroffen haben!«, schrie Edwin als Erstes seiner Mutter zu, die im Wohnzimmer auf dem Sofa lag.

Ruth brauchte erst mal ein Glas Wasser, um überhaupt einen Ton herauszubringen.

»Wie sah er aus?«, fragte sie mich und fügte, noch ehe ich etwas erwidern konnte, hinzu: »Ich möchte nicht, dass er herkommt.«

Als er abends prompt anrief, hörte ich sie im Flur sagen: »Ich glaube nicht, dass das eine gute Idee ist.«

Ich war deswegen nicht gerade traurig. Wenn Alex sich auf Summerbourne nicht mehr sehen ließ, gab es immerhin einen Grund weniger, der für dicke Luft sorgte.

Der Rest der Woche verlief ereignislos. Alex wurde nicht mehr erwähnt, und am Sonntag ging die Familie zum Lunch in den Dorfpub, was mir den Luxus einer ausgedehnten Siesta auf der Terrasse bescherte. Doch am Montag brach die Hölle los, wenngleich es harmlos anfing.

Mrs. Blackwood hatte mich mal wieder angerufen und führte mit mir einen Check-up zu Ruths Gesundheitszustand durch. Dabei zählte sie Symptome auf und wollte wissen, ob Ruth darunter leide. Während ich genervt die Fragen beantwortete, sah ich durchs Fenster eine Gestalt in der Einfahrt herumlungern.

»Einen Moment bitte, Vera. Ich glaube, da draußen ist jemand«, sagte ich und legte den Hörer beiseite, um genauer hinzuschauen.

317

Es war Alex, der, die Hände in den Hosentaschen, dort stand und zum Haus hinüberschaute.

»Hier bin ich wieder«, sagte ich, »war wohl ein Irrtum von mir. Ja, in ein paar Stunden müsste sie wach sein. Ich sage ihr, dass sie Sie zurückrufen soll.«

Nachdem ich aufgelegt hatte, eilte ich zur Tür und machte sie auf. Sogleich kam er heran, allerdings nicht ohne einen prüfenden Blick auf die oberen Fenster zu werfen.

»Was machst du denn hier?«, fragte ich leicht irritiert.

»Ich muss mir dir reden, Laura. Bitte.« Er sah aus, als hätte er seit Tagen kein Auge zugetan.

»Nein, tut mir leid. Sie möchte nicht, dass du ins Haus kommst. Und ich kann nicht weg, weil ich mich um Edwin und Joel kümmern muss.«

»Bitte …« Er griff nach meiner Hand und sah mich fast flehentlich an. »Dann verrate mir wenigstens eins: Gibt es etwas, das ich über Ruths Schwangerschaft wissen sollte?«

In diesem Augenblick hätte ich ihm die Tür vor der Nase zuschlagen sollen, aber ich tat es nicht.

»Da ist etwas, nicht wahr?«

Was jetzt, fragte ich mich. Er stand vor mir wie ein armer Bittsteller. Er tat mir leid, doch noch zögerte ich. Aus dem Spielzimmer drang das Lachen der beiden Jungs. Ich dachte an Ruth, die sich oben im Schlafzimmer hingelegt hatte, ich dachte an Alex' ungeborenes Kind, das in ihrem Leib heranwuchs und, nichts Schlimmes ahnend, in seliger Unwissenheit auf den Tag seiner Geburt wartete.

»Das kann ich dir nicht sagen«, flüsterte ich.

»Dann ist es mein Kind, oder?« Als ich die Lippen zusammenpresste, kam er ganz nah an mich heran und griff erneut nach meiner Hand. »Sag es mir, Laura. Bitte.«

Mir stockte der Atem, und ich nickte stumm.

Er ließ mich los und wich zurück. Ich hätte gedacht, dass er verärgert sein würde, betroffen, dazu gab es ja allen Grund. Stattdessen schien ihn ein seltsames Hochgefühl erfasst zu haben, alle Anspannung fiel von ihm ab, seine Augen strahlten.

»Ich möchte sie sehen«, verlangte er. »Ich muss mit ihr sprechen.«

»Nein.« Ich versuchte die Tür zu schließen, doch er stellte den Fuß dazwischen.

»Egal, wie sie reagiert, ich muss Ruth sprechen«, insistierte er, die Stimme nachdrücklich erhoben.

Ein leises Knarren der Bodendielen über mir verriet mir, dass Ruth aufgewacht war. Und zu allem Überfluss tauchten noch die beiden Jungs auf.

»Warum schreist du so, Onkel Alex?«

Edwins Frage brachte ihn kurz aus dem Konzept, und er wich einen Schritt zurück.

Lange genug, um schnell die Tür zuzuschlagen und den Riegel vorzuschieben. Gerade noch rechtzeitig, dachte ich, denn oben knarzten nach wie vor die Dielen, und wenig später kam Ruth schwerfällig die Treppe herunter und hielt sich mit beiden Händen den runden Bauch. Edwin und Joel hatte ich mittlerweile in die Küche zurückgescheucht.

»Wer war das?«, fragte sie.

»Alex.«

»Was wollte er?«

Es fiel mir schwer, den Blick nicht abzuwenden. »Er wollte wissen, ob …«, begann ich, ohne noch mehr über die Lippen zu bringen.

Alles Blut wich aus ihrem Gesicht, und sie ließ sich auf die Stufen sinken.

»Was hast du ihm gesagt?«, fragte sie tonlos.

Ich schüttelte den Kopf und hob hilflos die Hände.

»Du hast es ihm gesagt, nicht wahr?« Ruth schlang die Arme um sich und wiegte sich langsam vor und zurück. »Was hast du getan?«

»Es tut mir leid. Er hat mich direkt gefragt und es an meiner Reaktion gemerkt. Was hätte ich schon tun sollen?«

Nach wie vor schaukelte sie abwesend hin und her, den Blick starr ins Leere gerichtet, und ich vermochte nicht zu sagen, ob sie mich überhaupt gehört hatte.

»Was habe ich bloß getan?«, flüsterte sie. »Was soll ich bloß tun?«

23. Kapitel

SERAPHINE

Die Polizei trifft ein, während Edwin und Joel noch oben sind. Es sind Martin Larch und eine junge Beamtin, die ich nicht kenne. Danny stellt ihm Kiara vor, Martin betrachtet sie nachdenklich, schaut dann kurz zu mir.

»Ich habe Ihren Vater gekannt, wenngleich es lange her ist«, sagt er zu Kiara. »Und ich kannte die Frau, auf die heute ein Angriff verübt wurde. Natürlich würde mich interessieren, was Sie ausgerechnet jetzt hier machen.«

Kiara ist das reinste Nervenbündel. »Ich habe absolut keine Ahnung, was das alles soll«, versichert sie den beiden, und Danny legt ihr beruhigend die Hand auf den Arm, wie er es auch bei mir tut, wenn ich mal wieder völlig von der Rolle bin.

Edwin und Joel kommen die Treppe heruntergepoltert.

»Dr. Harris«, wendet Martin sich an Joel. »Sie waren es, der Mrs. Silveira gefunden hat, ist das richtig?«

»Genau«, erwidert Joel, »draußen beim alten Turm.«

Er hat geduscht und trägt frische Sachen von Edwin. Ich meide seinen Blick, beobachte ihn jedoch verstohlen, suche nach Anzeichen von Schuld oder Unschuld.

»Es wäre besser gewesen, Sie hätten mit dem Duschen gewartet«, bemerkt Martin trocken. »Wenn Sie uns bitte Ihre Kleider bringen würden, die müssen wir mitnehmen.«

»Natürlich, tut mir leid. Daran habe ich nicht gedacht. Einen Moment, ich gehe die Sachen kurz holen.«

Die junge Polizistin begleitet ihn nach oben.

»Nun, mir scheint, wir stehen vor einem Rätsel«, meint Larch. »Ich gehe nicht davon aus, dass jemand von Ihnen weiß, wer das war – oder was die Dame dort draußen wollte. Aber vielleicht möchte mir ja dennoch jemand etwas erzählen.«

Keiner sagt etwas. Jeder wartet darauf, dass ein anderer das Wort ergreift. Obwohl es falsch ist, bringe ich es nicht über mich, Martin von dem Brief zu erzählen, den Laura bei sich trug. Natürlich ist es dumm, denn genau in diesem Augenblick könnte sie einem Polizisten, der sie im Krankenhaus befragt, anvertrauen, dass Edwin sie hergelockt habe.

Trotzdem mag ich nicht diejenige sein, die es dem Kriminalbeamten auf die Nase bindet und dann daran schuld ist, wenn Edwin und Joel ins Visier der Polizei geraten. Darauf will ich es nicht ankommen lassen.

Martin beobachtet uns schweigend, niemand von uns sagt ein Wort. Während die Sekunden verstreichen, wächst in mir die Überzeugung, dass der Brief gar nicht von Edwin ist, sondern dass jemand ihm die Schuld zuschieben will. Jemand, der wusste, welch enges Verhältnis damals zwischen dem Jungen und seinem Au-pair-Mädchen bestand.

Um die Mauer des Schweigens womöglich zu durchbrechen, vernimmt Martin uns der Reihe nach, und wir berichten ihm bereitwillig, was wir den Tag über gemacht haben und mit wem wir zusammen waren. Ich stelle mir vor, wie

322

Martin jedes noch so kleine Detail einsaugt und in seinem Elefantengedächtnis speichert.

»Warum haben Sie Miss Kaimal eingeladen?«, will er von mir wissen. »Warum sie und nicht ihren Vater? Und warum heute?«

Die letzten Worte hängen bedeutungsschwer zwischen uns: Warum gerade heute? Kann das ein Zufall sein?

»Nachdem Sie mir seinen Namen genannt hatten, habe ich ihn aufgesucht«, erkläre ich. »Es gab da Fragen über meine Eltern, leider wollte er nicht reden. Einen Grund nannte er nicht. Seine Tochter war zufällig dabei und wirkte im Gegensatz zu ihrem Vater recht aufgeschlossen. Ich dachte mir, es könnte nett sein, sie näher kennenzulernen. Immerhin waren unsere Eltern mal eng befreundet.«

Martin verzieht keine Miene. Er schaut Kiara an, dann Danny, dann wieder mich.

Joel sagt aus, er sei auf der Suche nach seinem Großvater an den Klippen gewesen, weil der von einem Spaziergang nicht zurückgekehrt sei. Dabei habe er Laura gefunden, am Fuße des Turms. Seiner ärztlichen Einschätzung nach war sie kurz zuvor von einem schweren Gegenstand am Kopf getroffen worden, möglich, dass jemand etwas von oben heruntergeworfen habe. Sie in Sicherheit zu bringen sei hingegen wichtiger gewesen, als sich nach dem möglichen Täter umzuschauen.

Martin nickt und versichert uns, dass seine Kollegen bereits am Tatort seien, und gibt ihnen gleich noch durch, dass Michael Harris verschwunden sei. Der Polizeibeamte kennt die Familie schon sein ganzes Leben, und das Verschwinden des demenzkranken Mannes gibt ihm bei aller Professionalität Anlass zur Sorge.

»Es kann sein, dass ich Sie alle morgen noch einmal sprechen muss«, teilt er uns mit, bevor er aufbricht. »Am besten, Sie bleiben hier, Miss Kaimal, bis wir Näheres wissen.«

Kiara ist sichtlich empört, und sobald die Polizei fort ist, zieht sie sich in ein Nebenzimmer zurück, um ihren Vater anzurufen.

»Verdammt, was soll das alles?« Danny lässt sich auf das abgewetzte Sofa fallen. »Warum kommt Laura überhaupt her – und warum ausgerechnet heute? Rennt da draußen ein Irrer rum, der wahllos Leute massakriert?«

Ich zeige ihnen den Brief, den ich an mich genommen habe. »Der ist Laura draußen auf der Terrasse aus der Tasche gefallen.«

Edwin sieht ihn als Erster an und traut seinen Augen kaum.

»Das habe ich nicht geschrieben«, versichert er und starrt weiter fassungslos auf den Brief. »Der ist nicht von mir.«

Er reicht ihn weiter an Danny, ohne den Blick von mir zu wenden.

Ich gehe zu ihm und nehme seine Hände, die trotz der Hitze kalt sind, in meine. »Das weiß ich«, sage ich. »Ich glaube dir. Bleibt nur die Frage, wer war es dann? Könnte Joel …«

»Nein!« Edwin reißt sich von mir los, tritt ans Fenster und kehrt mir in vorwurfsvollem Schweigen den Rücken zu.

Der Inhalt seiner Schatzkiste liegt noch so auf dem Tisch verstreut, wie wir ihn gestern haben liegen lassen. Automatisch beginne ich alles wieder einzupacken.

Anschließend setze ich mich zu Danny aufs Sofa, ziehe die Knie hoch und schlinge die Arme darum. Meine Gedanken kehren immer wieder zu Joel zurück, sosehr ich an etwas anderes zu denken versuche. Joel, der wusste, dass ich nach den Umständen meiner Geburt frage und danach, was an jenem Tag geschehen ist. Joel, der jederzeit Zugang zu den Schlüsseln seines Großvaters hat und damit zu Summerbourne. Joel, der vermutlich von dem Verkauf des Abflämmers an Ralph wusste. Joel, der ausgerechnet dann zum Turm gegangen ist, als Laura dort war.

Ich schließe die Augen ganz fest. Mein Magen krampft sich zusammen, und ich habe Angst, dass mir schlecht wird. Als in der Küche Edwins Telefon klingelt, geht er es holen.

»Joel hat Michael gefunden, er ist wieder zu Hause«, sagt er.

Wer weiß schon, ob er nicht die ganze Zeit dort war, denke ich.

Und um die allgemeine Verwirrung noch zu vergrößern, steht Kiara plötzlich im Türrahmen und schaut uns an, als würde eine ungeahnte Gefahr von uns ausgehen. Die Verbundenheit, die sich während des Lunchs zwischen uns angebahnt hat, ist wie weggeblasen.

»Mein Vater ist unterwegs hierher«, lässt sie uns wissen und kommt langsam ins Zimmer. »Ich wünschte, ich wäre nie hergekommen«, fügt sie leise hinzu.

»Ihr könnt hier schlafen, du und dein Dad«, bietet Edwin an. »Falls ihr in der Nacht nicht mehr zurückfahren wollt. Gleich nebenan ist eine Gästewohnung, da seid ihr ungestört. Komm mit, ich zeig's dir schnell.«

Irgendwie fühle ich mich übergangen. Kiara ist schließlich *mein* Gast, und das hier ist *mein* Zuhause. Egal, ich will keinen zusätzlichen Ärger und erspare mir einen gekränkten Kommentar.

»Na gut, dann hole ich mal frisches Bettzeug und richte das Zimmer her, sobald Edwin mit seiner Besichtigungstour fertig ist.«

Zum Glück entspannt sich die Situation zunehmend, und wir genehmigen uns einen Drink auf der Terrasse. Wie immer zieht Edwin sich irgendwann in die Küche zurück und beginnt mit den Vorbereitungen fürs Abendessen, wenngleich niemand wirklich Hunger hat. Ich bin noch immer unruhig und angespannt und rechne jeden Moment damit, dass das Telefon klingelt und Martin uns mitteilt, Laura habe sich an ihren Angreifer erinnert.

Bitte nicht Joel. Bitte lass es nicht Joel sein, bete ich insgeheim.

Wir sind gerade mit dem Abendessen fertig, als ein Auto die Einfahrt hochkommt und vor dem Haus hält. Edwin geht zur Tür und lässt Alex herein, der älter aussieht als vor ein paar Tagen. Sein Gesicht ist blass und angespannt, sein Blick ist argwöhnisch auf uns gerichtet, als würde er den Feind ins Visier nehmen.

»Ich bin Edwin, hallo«, stellt mein Bruder sich vor. »Ich weiß nicht, ob Sie sich noch an mich erinnern, es ist ewig her, damals habe ich Sie, glaube ich Onkel Alex genannt.«

Der Mann lächelt unverbindlich, hält Kiara auf Armeslänge von sich, als müsste er sich vergewissern, dass ihr wirklich nichts zugestoßen ist. Dann wendet er sich an Edwin.

»Ja, ich erinnere mich noch gut an dich. Und ich hatte gehofft, niemals über das reden zu müssen, was damals geschehen ist …« Er seufzt. »Inzwischen habe ich nachgedacht und denke, Kiara hat recht – sie hat einen Anspruch darauf zu erfahren, woher sie kommt. Wir alle haben das.« Er schaut seine Tochter einen Moment an und richtet das

Wort erneut an Edwin. »Kiara hat mir von Dominic erzählt, von seinem Unfall. Mein tiefes Mitgefühl. Doch was ist das für eine Geschichte mit Laura? Wurde sie wirklich angegriffen? Was wollte sie überhaupt hier, was ist passiert?«

»Das wissen wir noch nicht«, erwidere ich und lasse ihn nicht aus den Augen, beobachte jede noch so kleine Regung, suche in seinem Gesicht nach Anzeichen von Schuld.

Woher wollen wir wissen, ob nicht er heute Mittag auf den Klippen Laura aufgelauert hat? Er schaut mich ebenfalls an, begegnet meinen Blick mindestens genauso kühl und fast so feindselig wie ich seinem.

»Wer waren Sie gleich?«, fragt er schließlich. »Ich meine, wer sind Sie wirklich?«

Ich weiche einen Schritt zurück und pralle dabei gegen Danny. Im Grunde ist das die Frage meines Lebens, die ich mir immer wieder selbst gestellt habe und stelle. Und die andere stellen wie Michael etwa vor drei Tagen: *Woher kommst du wirklich, Liebes?* Was ist an mir, dass ich den Leuten solche Rätsel aufgebe?

Edwin räuspert sich. »Das ist Seraphine, meine Schwester. Und das ist Danny, mein Bruder. Die beiden sind Zwillinge.«

Alex stößt ein seltsam bellendes Lachen aus. »Wessen Zwillinge?«

»Die unserer Eltern«, erklärt Edwin nachdrücklich, wirft einen Blick auf uns und runzelt gleich darauf die Stirn. »Zumindest …«

»Was meinten Sie überhaupt damit, dass Kiara einen Anspruch darauf habe zu erfahren, woher sie kommt?«, unterbricht Danny ihn.

Kiara schaut von einem zum anderen. »Dad?«

Offenbar hat Alex es sich anders überlegt. Er schüttelt den Kopf und beginnt wie neulich in Leeds vor uns zurückzuweichen, zieht Kiara mit sich Richtung Tür.

»Tut mir leid, ich kann das nicht. Komm, Schätzchen, wir gehen.«

Kiara macht sich von ihm los und stellt sich wieder zu uns.

»Dad, ich kann nicht gehen. Die Polizei will uns morgen alle noch einmal sprechen. Bitte, erklär uns einfach, was los ist. Du hast damit angefangen, ich hätte ein Recht darauf und so, also bitte.«

Ihr Vater sieht sie an und sackt förmlich in sich zusammen. Am Ende sitzen wir alle im Wohnzimmer, Alex und Kiara auf dem einen Sofa, Edwin, Danny und ich ihnen gegenüber auf dem anderen. Einen Drink lehnt er ab. Und während er mit düsterer Miene zur Decke hinaufstarrt, kann ich mich des Gefühls nicht erwehren, dass er sich ein ganz bestimmtes Ereignis in Erinnerung ruft – eines, das sich vor langer Zeit hier zugetragen hat.

Er senkt den Blick. »Eure Mutter und ich …« Er räuspert sich und fängt noch einmal an. »Ihr müsst wissen, dass ich sie geliebt habe. Von dem Augenblick an, da wir uns das erste Mal begegnet sind. Bevor sie euren Vater geheiratet hat, und es hat nie aufgehört. Ich will nicht versuchen zu rechtfertigen, was ich getan habe, ich sage einfach, wie es war.« Er schüttelt den Kopf und schaut zu uns auf. »Wir hatten eine kurze, flüchtige Affäre, muss ich gestehen. Es tut mir leid.«

Zwischen meinen Brüdern sitzend, greife ich instinktiv nach ihren Händen. Ein Frösteln kriecht mir den Rücken hinunter.

»Sie wurde schwanger«, fährt Alex fort. »Mit meinem Kind.« Er schaut Kiara an. »Als sie dich bekam, ging es ihr nicht gut, es begann schon während der Schwangerschaft, dann die Geburt. Sie war von Haus aus sehr anfällig und labil. Nicht allein körperlich, sondern auch psychisch. Ich konnte dich nicht bei ihr lassen, wie hätte ich das verantworten sollen? Am Tag deiner Geburt kam ich, um dich zu sehen, um dich, mein Kind, kennenzulernen. Ruth war nicht da. Und du warst so wunderbar, Kiara, so ein schönes Baby. Ich habe dich mitgenommen, dich in Sicherheit gebracht. Mir blieb keine andere Wahl.«

Der Kopf schwirrt mir, mein Atem geht ganz flach.

Kiara ist Ruths Tochter. Sie ist das Baby auf dem Foto. Kiara ist die Person, die ich zu sein glaubte. Und wer bin dann ich? Und wer ist Danny?

Die junge Frau schaut Alex ungläubig an, Tränen laufen ihr über die Wangen. »Sie war meine Mutter«, sagt sie. »Und du hast mich ihr weggenommen? Wie konntest du das tun? Du hast sie in den Tod getrieben.«

»Nein«, erwidert Alex. »Wie hätte ich das ahnen sollen? Deine Sicherheit hatte für mich oberste Priorität, Kiara. Dominic war so gut wie nie zu Hause. Wäre es anders gewesen, hätte ich dich vielleicht dort gelassen und versucht, eine Regelung für eine gemeinsame Betreuung zu finden. Doch bei ihm drehte sich alles immer um seinen Job. Es wäre nicht gut für dich gewesen: eine kranke Mutter, der Mann so gut wie nie zu Hause. Ich habe dich übrigens nicht aus einer Laune heraus mitgenommen, vielmehr war das seit Wochen geplant. Alles, was ein Baby braucht, hatte ich besorgt: Kleidung, Windeln, Milchersatz. Sogar eine Kinderschwester war engagiert und ein neues Auto gekauft, in dem Platz für einen Kindersitz war. Nie habe ich mich mehr nach einem Menschen gesehnt als nach dir.«

»So sehr, dass du sie einfach entführt hast«, stellt Edwin klar, und ich habe seine Stimme noch nie so schneidend und kalt klingen hören.

Alex holt tief Luft. »Ich habe die Kleine völlig allein im Haus gefunden, sie und das Au-pair. Von Ruth und Dominic keine Spur. Was sind das für Eltern, die ein Neugeborenes einfach so liegen lassen? Sie hatte Hunger und schrie. Ich bat Laura, Ruth und Dominic auszurichten, dass sie mich anrufen sollten, wenn sie zurück seien, um über alles zu reden. Natürlich hätte ich ihrer Mutter niemals verwehrt, sie zu sehen.« Er wendet sich an Kiara. »Ich besaß damals im Dorf ein kleines Cottage, das ich zu dem Zeitpunkt eigentlich verkaufen wollte, aber als ich erfuhr, dass Ruth schwanger war, dachte ich, es könnte das perfekte Zuhause für uns sein, zumindest für die erste Zeit. Ich richtete eines der Zimmer für dich ein, dorthin brachten die Kinderschwester und ich dich … Noch am selben Abend erfuhr ich, was mit Ruth passiert war, was sie getan hatte.«

Edwin lässt meine Hand los, beugt sich vor, verengt die Augen zu schmalen Schlitzen und zischt über den Couchtisch hinweg: »Was sie *deinetwegen* getan hat!«

Alex sieht ihn gequält an. »Nein«, sagt er. »Nein, das wollte ich nicht.« Dann richtet er den Blick auf Kiara, die sich zusammengekauert hat und das Gesicht in den Händen vergräbt. »Den ganzen Tag über habe ich gewartet, dass Dominic sich melden würde. Als ich dann von Ruths Tod erfuhr, habe ich Panik bekommen und bin mit dir zurück nach Leeds. Ich sprach mit niemandem darüber, brach meine Zelte einfach ab und verkaufte das Cottage. Offensichtlich hat Laura keiner Menschenseele etwas verraten, nicht einmal Dominic. Als er sich nicht meldete, nahm ich an, er habe herausgefunden, dass du nicht sein Kind warst. Nun ja, für mich sehr bequem, falls er dich daraufhin abgelehnt hätte. Ich verdrängte Summerbourne und alles, was dazugehörte, aus meinen Gedanken.«

Mein Hals ist wie zugeschnürt, ich ringe nach Luft. »Schön und gut, nur ist das nicht alles … Wenn Kiara das Baby war, das Ruth an jenem Tag zur Welt gebracht hat, wer …«, ich schaue Danny an, »wer sind dann wir?«

Alex betrachtet mich einen Moment, als sähe er mich zum ersten Mal. Mustert meine Haare, mein Gesicht, meinen Körper. Seine Augen weiten sich, ein jähes Erkennen, eine flüchtige Erinnerung vielleicht, dann sieht er beiseite und schüttelt den Kopf.

»Ich bereue nicht, was ich getan habe, dennoch tut es mir leid, dass ihr unter den Folgen zu leiden hattet. Nichts davon war böse Absicht. Ich würde euch gerne helfen, wenn ich könnte, leider muss ich passen. Ich weiß beim besten Willen nicht, wer ihr seid.«

24. Kapitel

LAURA

Juli 1992

Am Tag, nachdem ich Alex' Verdacht, dass das Kind von ihm sei, bestätigt hatte, tauchte er mit einem Brief auf. Ich hatte ihn kommen sehen und versteckte mich hinter der Küchentür, wartete mit angehaltenem Atem, bis er den Umschlag durch den Briefschlitz in der Tür schob. Sowie ich seinen Wagen wegfahren hörte, hob ich den Umschlag auf und brachte ihn Ruth, die sich nicht mal die Mühe machte, mir den Inhalt zu verheimlichen.

Liebe Ruth,
mir ist bewusst, dass wir das beide nicht haben kommen sehen,
doch ich freue mich auf das Kind und möchte als Vater eine
aktive Rolle in seinem Leben spielen. Ich finde, wir sollten uns
treffen und in Ruhe über alles sprechen, beispielsweise wie wir
die Besuche nach der Geburt handhaben und uns später das
Sorgerecht teilen wollen. Wenn es dir lieber ist, können wir
gerne Dominic hinzuziehen. Ich bin sehr zuversichtlich, dass
wir zu einer einvernehmlichen Lösung unter alten Freunden
finden werden.

Bis dahin mit den besten Wünschen
Alex

Ruth blickte schweigend vor sich hin, nachdem sie den Brief vorgelesen hatte, zerriss ihn und warf die Schnipsel in den Kamin.

In derselben Woche kamen noch zwei weitere Briefe, zudem rief er jeden Tag an. Irgendwann gingen weder Ruth noch ich ans Telefon, bis dann am Freitag Vera im Taxi vorfuhr – sie hatte sich Sorgen gemacht, weil sie niemanden erreichen konnte. Ruth gestattete ihr, bis zum Lunch zu bleiben, schickte sie anschließend aber weg, weil sie, wie sie betonte, im Augenblick keinen Besuch ertrage.

Ehe sie wieder ins Taxi stieg, nahm Mrs. Blackwood mich ins Gebet. »Versprechen Sie mir, mich jederzeit anzurufen, wenn etwas ist. Und passen Sie auf sie auf, bitte.«

Ich nickte.

Übers Wochenende hielt Alex sich fern. Dominic kam Freitagabend, den Kofferraum voller Windeln, einem Babykörbchen sowie einer Ausstattung für Hausgeburten. Ruth gab ihm einen Kuss, als er die Sachen ins Haus trug. Am Samstag unternahm er mit Edwin einen ganztägigen Ausflug. Ob er wusste, dass Alex wieder im Dorf war, vermochte ich nicht zu erkennen.

»Was hat sie jetzt schon wieder?«, fragte er mich tags darauf, als er die Kartoffeln fürs Mittagessen schälte, und deutete damit an, dass der Haussegen mal wieder gewaltig schief hing.

»Sie ist bloß müde, glaube ich«, erklärte ich, machte mir rasch ein Sandwich und überließ Dominic seinen Grübeleien.

Michael hatte uns vor ein paar Tagen prophezeit, dass eine Hitzewelle im Anmarsch sei, und Montag schien es tatsächlich so weit zu sein. Bereits beim Aufstehen war die Luft unerträglich heiß und stickig. Gegen neun saßen Ruth und ich schwitzend im Schatten auf der Terrasse und sahen Edwin zu, der auf dem Rasen in seinem Planschbecken spielte. Ruth trug noch ihr Nachthemd, drückte sich die Hand auf den prallen Bauch und stöhnte.

»Ich hatte mich so gefreut, endlich wieder Kaffee trinken zu können, ohne dass mir davon schlecht wird – leider scheint das Koffein das Baby geweckt zu haben.« Sie lachte gequält. »Autsch.«

Als wir ein Auto auf der Zufahrt hörten, zeigte sie keine Reaktion, und als es kurz darauf an der Tür klingelte, folgte ich ihrem Beispiel und überhörte es. Ganz still saßen wir da, horchten und warteten, dass der Motor wieder ansprang.

Wir hatten die Rechnung ohne Alex gemacht, der an diesem Tag zu allem entschlossen schien. Anscheinend war er über die Mauer bei den Stallungen geklettert, denn plötzlich sahen wir ihn aus dieser Richtung auf uns zukommen, ein fast brutales Lächeln auf den Lippen.

Mühsam rappelte Ruth sich auf. »Raus!«, rief sie. »Was fällt dir ein? Ich will dich nicht mehr in meinem Haus sehen.«

Derweil stand Edwin tropfnass in seinem Planschbecken und verfolgte die Szene mit großen Augen.

»Wir müssen reden«, presste Alex mit zusammengebissenen Zähnen hervor, und seine Miene verriet, welche Mühe es ihn kostete, nicht auszurasten.

Ruth drehte sich nach mir um. »Ruf die Polizei, Laura. Sag ihnen, auf meinem Grund und Boden habe sich jemand widerrechtlich Zutritt verschafft.«

»Haus und Grund deiner Mutter«, höhnte Alex. »Ob Vera Anzeige gegen mich erstattet, wenn die Polizei sie darüber aufklärt, dass ich der Vater ihres Enkelkinds bin, bezweifle ich.«

»Mummy?«, kam es kleinlaut von Edwin.

Ich schnappte mir das Handtuch, drängte mich an Alex vorbei und ging zum Planschbecken.

»Na, was meinst du«, sagte ich zu dem Jungen, hob ihn kurzerhand aus dem Wasser und legte ihm das Handtuch um die Schultern, »wollen wir uns ein Eis holen und einen Film schauen?«

»Nein, ich will hier spielen.« Seine Unterlippe schob sich vor und begann zu zittern.

»Wir könnten Schokosoße und Streusel drauf tun«, lockte ich ihn.

Mit Erfolg. Er griff nach meiner Hand, und ich bugsierte ihn ins Spielzimmer, setzte ihn – nass wie er war – in ein Handtuch gewickelt vor den Fernseher und legte eines seiner Lieblingsvideo ein.

»Bin gleich wieder da«, sagte ich zu ihm. »Und ich kippe ganz viel Schokosoße und Streusel aufs Eis. Schön hierbleiben, ja?«

Während ich zwei Schälchen mit Eis herrichtete, beobachtete ich Ruth und Alex durch die offene Terrassentür. Sie stand noch immer am Rand der Terrasse, die Hände schützend auf ihren Bauch gelegt, während er sich ein paar Meter vor ihr aufgebaut hatte, die Füße weit auseinander, die Hände in den Hosentaschen.

»Du hast es ihm noch nicht gesagt, oder?«, hörte ich Alex fragen. »Ich fasse es nicht – die Geburt steht unmittelbar bevor, und du hast es ihm nach wie vor nicht gebeichtet.«

»Der Termin ist erst in fünf Wochen«, erwiderte Ruth kühl. »Und es geht dich nichts an. Es ist schließlich mein Kind und nicht deins.«

Er legte den Kopf in den Nacken und schaute zum Himmel hinauf. »Mein Gott, Ruth. Wenn du nicht mit ihm redest, mache ich es. Ich weiß, wie schwer das für dich sein muss. Doch er muss es wissen. Zur Not rede ich mit ihm, immerhin handelt es sich um mein Kind.«

»Da täuschst du dich.«

»Ich bin der Vater, das lasse ich mir von dir nicht nehmen.«

»Dann werde ich Dominic sagen, dass du mich bedrohst und Lügen in die Welt setzt. Es stimmt nicht, was du sagst – du bildest dir das lediglich ein.«

»Wenn sich hier jemand etwas einbildet, dann bestimmt nicht ich, Ruth. Du bist bekanntermaßen die große Meisterin im Verdrängen.«

Sie watschelte über den Rasen auf ihn zu und bohrte ihm ihren Zeigefinger in die Brust. Da sie die Stimme senkte, schlich ich mich näher an die Terrassentür und lauschte mit angehaltenem Atem.

»Wenn du nicht sofort verschwindest«, sagte sie mit eisiger Stimme, »gehe ich mit dem Baby an einen Ort, wo du uns nie und nimmer finden wirst.«

Er wich zurück und hob beschwichtigend die Hände. »Was soll das heißen? Willst du Summerbourne verlassen und deinen Sohn dazu?«

»Du weißt genau, was es heißt.«

Entgeistert sah er sie an. »Nein, Ruth. Ich habe keine Ahnung, was du meinst.«

Sie stieß einen schrillen, hysterischen Laut aus, beinahe ein Lachen, und begann ihn lauernd zu umkreisen.

»Es liegt allein an dir, Alex. Entweder du akzeptierst, dass dieses Kind nichts mit dir zu tun hat, und siehst es aufwachsen, wie du Edwin hast aufwachsen sehen – als ein Freund der Familie. Oder du treibst es auf die Spitze, drängst und bedrohst mich – dann wirst du mich verlieren. Und das Kind nehme ich mit.«

Mit diesen Worten ging sie so rasch, wie ihr Bauch es erlaubte, in Richtung des Wäldchens am Ende des Gartens.

»Wie meinst du das?«, rief Alex ihr alarmiert hinterher. »Ruth? Wo willst du hin?«

Die Lippen zu einem grausamen Lächeln verzerrt, schaute sie über die Schulter zu ihm zurück. »Zu den Klippen«, schrie sie.

Eine Schale, die ich in den Händen gehalten hatte, fiel scheppernd zu Boden. Starr vor Entsetzen stand ich da, sah noch, wie Alex erst Ruth folgen wollte und es dann ließ. Mit zitternden Händen richtete ich endlich zwei Portionen Eiscreme her und kehrte damit zu Edwin zurück.

Hatte Ruth gerade allen Ernstes damit gedroht, sich selbst und ihrem ungeborenen Kind etwas anzutun? Oder hatte ich es einfach falsch verstanden? Mein Magen krampfte sich so heftig zusammen, dass ich mich einen Moment über den Tisch beugen und mit beiden Händen abstützen musste. Ein bitterer Geschmack brannte mir in der Kehle.

»Laura?«

Alex stand an der Tür zum Spielzimmer, beide Hände am Türrahmen, als könnte er sich ebenfalls kaum auf den Beinen halten. Schweiß stand ihm auf der Stirn, und sein Gesicht war aschfahl.

»Hast du das gerade mitbekommen?«, flüsterte er mühsam beherrscht. »Hast du gehört, was sie gesagt hat?«

Ich lehnte mich an den Tisch und nickte, wobei wir beide es geflissentlich vermieden, einander anzusehen. Edwin schien von alledem zum Glück nichts mitzukriegen.

»Du musst mir helfen.« Alex versagte die Stimme. »Das Kind ist nicht sicher bei ihr – sie weiß nicht, was sie tut. Sie ist zu den Klippen gegangen. Bitte, Laura, du musst sie von dort wegholen.«

»Tut mir leid, ich kann nicht von dem Jungen weg.«

»Dann bleibe ich so lange bei ihm. Bitte geh, ich habe Angst vor dem, was sie tun könnte, wenn ich jetzt zu ihr gehe.«

Schweigend sah ich ihn an.

»Du vertraust mir nicht?«

»Das ist es nicht.«

»Sondern?«

»Wie gesagt, ich muss bei ihm bleiben.«

Obwohl sein Name kein einziges Mal gefallen war, musste etwas durch Edwins Trickfilmblase gedrungen sein, denn plötzlich drehte er sich auf dem Sofa um und schaute uns mit gerunzelter Stirn an.

»Wo ist Mummy?«

»Sie kommt bald zurück«, sagte ich und streichelte ihm flüchtig über die Wangen.

Nachdem er wieder abgetaucht war, nahm ich all meine Kraft zusammen und ging zu Alex hinüber. Seine Pupillen waren riesig, und er atmete schwer.

»Geh jetzt«, sagte ich zu ihm. »Sie taucht bestimmt wieder auf, sobald du von hier verschwunden bist.«

»Laura …«

»Geh. Du hast genug angerichtet.«

Kaum war sein Wagen die Einfahrt hinunter, erschien

Ruth aus Richtung der Stallungen, und ich nahm an, dass sie überhaupt nicht an den Klippen gewesen war, sondern hinten im Garten gewartet hatte, bis sie den Wagen wegfahren hörte.

»Alles in Ordnung?« fragte ich sie.

Sie breitete die Arme aus, und Edwin krabbelte vom Sofa und kam zu ihr gerannt.

»Alles gut«, sagte sie. »Und einen Bärenhunger habe ich. Ich glaube, sechs kleine Mahlzeiten am Tag sind gerade das absolute Minimum für mich. Wer ist für Pfannkuchen?«

Wir buken einen ganzen Berg und verputzten ihn auf der Terrasse mit Ahornsirup und Zitrone, bis Zucker und Fett uns vom Kinn tropften und wir kurz davor waren zu platzen. Anschließend legten wir uns in den Schatten, leckten uns die Finger und Lippen und dösten träge vor uns hin wie ein sattes Rudel nach erfolgreicher Jagd.

25. Kapitel

SERAPHINE

Edwin meidet es für den Rest des Abends, mit Alex im selben Raum zu sein, und Danny ist plötzlich verschwunden, um mit Brooke zu telefonieren, und so bleibt es mir überlassen, Alex und Kiara in die kleine Gästewohnung zu begleiten und ihnen den Schlüssel auszuhändigen für den Fall, dass sie sich über Nacht einschließen wollen.

Was sie prompt tun: Ich habe mich kaum umgedreht, als ich den Schlüssel im Schloss höre. Nachdem ich in die Küche zurückgekehrt bin, fange ich an, mir Gedanken zu machen über diese im Grunde Wildfremden, die wir so leichtfertig ins Haus gelassen haben. Was wissen wir schon über diese Leute? Mit Kiara könnte ich mich durchaus anfreunden, Alex hingegen hat etwas an sich, das mich beunruhigt. Nach kurzem Zögern schließe ich den Durchgang zum Anbau ab, womit ihnen über Nacht der Weg ins Haupthaus versperrt ist. Wenn sie uns nicht trauen, müssen wir das ebenfalls nicht tun.

Edwin erzählt mir von seinem Anruf bei Vera. »Ich habe ihr gesagt, dass man Laura hier gefunden hat, dass sie schwer verletzt im Krankenhaus liegt. Alex und Kiara habe ich nicht erwähnt. Noch nicht. Es schien mir am Telefon zu

340

kompliziert. Sie kommt morgen her und möchte, dass du mit ihr nach London kommst, Seph. Bitte mach das – lass dich ein paar Tage von ihr aufpäppeln.«

»Gut, wenn du meinst.«

Ich gehe zu ihm und lege meine Stirn einen Moment lang an seine Brust. Sein Herz schlägt schnell, viel schneller als sonst, zumindest kommt es mir so vor, oder vielleicht ist mein Zeitgefühl völlig durcheinandergeraten. Früher bin ich wie selbstverständlich davon ausgegangen, dass mein großer Bruder alles wieder in Ordnung bringen kann. Doch diesmal liegen die Dinge anders, weil er nicht mehr mein großer Bruder ist. Er ist *ihr* großer Bruder.

Gerne würde ich mit ihm darüber reden, weiß bloß nicht, wie ich anfangen soll. Zumal er völlig abwesend und zerstreut wirkt. Erst als ich mich zurückziehen will, kommt wieder der alte Edwin zum Vorschein.

»Es ist mir egal, wer deine Eltern sind, hörst du?«, sagt er leise. »Du wirst immer meine kleine Schwester sein und bleiben.«

Ich unterdrücke die Tränen, bis ich in meinem Zimmer bin. Da es zu warm ist, um mich zuzudecken, rolle ich mich in der Mitte meiner Matratze zusammen, nehme unbewusst eine Schutzhaltung ein, mit der man Angreifer abzuwehren, die Welt auf Abstand zu halten versucht. Ob Vera noch möchte, dass ich sie nach London begleite, wenn sie erfährt, dass ich nicht ihre richtige Enkelin bin? Wird sie Summerbourne am Ende Kiara vermachen?

Es ist alles meine Schuld. Hätte ich mich von Laura ferngehalten und niemals Kontakt zu Alex und Kiara aufgenommen, könnte ich jetzt mit meinen Brüdern in Ruhe um meinen Vater trauern. Stattdessen sehe ich mich mit der

Tatsache konfrontiert, dass Edwin gar nicht mein Bruder ist, und wie es mit Danny aussieht, steht in den Sternen. Was die Frage angeht, wer *ich* bin – in dieser Hinsicht bin ich kein bisschen schlauer als zuvor. Im Gegenteil.

Und wenn wir es einfach für uns behalten? Müssen wir es überhaupt jemandem erzählen? Niemand außer uns weiß es. Aber was ist, wenn Kiara ihre Großmutter kennenlernen will, wenn sie Anspruch auf ihr Erbe erhebt und ihren unverhofft gefundenen Bruder nicht wieder aufgeben möchte?

Das Schlimmste ist, dass ich etwas scheinbar Sicheres verloren habe, ohne die Wahrheit gefunden zu haben. Es bleibt ein Rätsel, woher Danny und ich kommen. Und nach wie vor weiß ich nicht, wer ich bin.

Nach einer unruhigen Nacht wache ich früh auf und schleiche mich auf Zehenspitzen in die Küche, um die Tür zum Anbau wieder aufzusperren, ehe ich Kaffee koche und mit drei Bechern für Edwin, Danny und mich zurück nach oben gehe. Alex und Kiara sollen für sich selbst sorgen.

Als ein paar Stunden später die Polizei vorfährt, versammeln wir uns außer Danny, der noch im Bett liegt, im Wohnzimmer, um uns von Martin auf den neuesten Stand bringen zu lassen. Wir stehen etwas unbehaglich herum, doch niemand scheint sich setzen zu wollen, als würden wir nicht damit rechnen, lange aufgehalten zu werden.

Martin schießt sich auf Alex ein, der als Letzter kommt. »Mr. Kaimal, wo waren Sie gestern um die Mittagszeit?«

»Golf spielen im Headingley Golf Club.«

Martin nickt bedächtig, und die junge Kollegin, die ihn auch gestern begleitet hat, macht einen Vermerk in ihrem Notizbuch.

Mir scheint es der richtige Moment zu sein, Lauras Brief loszuwerden. Ich ziehe ihn aus meiner Hosentasche und reiche ihn Martin.

»Den hat Laura gestern hier verloren. Es ist allerdings nicht Edwins Unterschrift, folglich hat er diesen Brief nicht geschrieben.«

Der Kommissar liest sich das Schreiben durch, lässt es dann in den Beweismittelbeutel fallen und nimmt mich mit einem ziemlich strengen Blick ins Visier.

»Und warum erfahre ich das erst heute?«

Ich schaue verlegen zu Boden. »Tut mir leid«, murmele ich.

Er wendet sich kurz an seine Kollegin, die daraufhin mit dem sichergestellten Brief das Zimmer verlässt, um uns anschließend mitzuteilen, dass es Laura bereits deutlich besser gehe, dass sie vernehmungsfähig sei, ihren Angreifer jedoch leider nicht gesehen habe.

»Alles deutet darauf hin, dass ein Mauerstein von der Brüstung des Turms als Tatwaffe benutzt wurde. Manche dieser Steine sitzen ziemlich locker. Wir gehen davon aus, dass der Angreifer – oder die Angreiferin – den Stein von dort oben auf Mrs. Silveira hat fallen lassen. Er hat sie seitlich am Kopf getroffen – etwas weiter mittig, und die Folgen wären deutlich gravierender gewesen.«

»Wann kann sie das Krankenhaus verlassen?«, erkundigt Edwin sich.

»Heute Vormittag«, erwidert Martin und schaut auf seine Uhr. »Vermutlich just in diesem Augenblick, während wir uns hier noch unterhalten. Sie hat den Wunsch geäußert, mit Ihnen allen zu sprechen, bevor sie nach Hause fährt. Könnte jemand von Ihnen sie vielleicht abholen?«

»Soll das heißen, dass Sie nicht davon ausgehen, einer von uns könnte eine Gefahr für Laura darstellen?«, hakt Edwin nach.

»Unsere Ermittlungen gehen in eine andere Richtung«, erklärt der Kommissar vage.

»Dann werden Seraphine und ich sie abholen«, bietet Edwin sofort an.

Nachdem die beiden Beamten sich verabschiedet haben, fangen Kiara und Alex an, darüber zu streiten, ob sie fahren oder noch bleiben und auf Laura warten sollen.

»Dad, sie war bei meiner Geburt dabei«, hält Kiara ihm vor. »Ich würde sie wirklich sehr gern kennenlernen.«

Die kurze Fahrt zum Krankenhaus verläuft recht schweigsam, aber als ich aussteigen will, legt Edwin mir die Hand auf den Arm und hält mich zurück.

»Warte mal. Ich weiß nicht, ob das wirklich eine gute Idee ist.«

Ich schaue ihn leicht irritiert an. »Sollen wir sie etwa nicht abholen?«

»Nein, das meinte ich nicht. Ich bin mir nicht sicher, ob es sinnvoll ist, ihr weitere Fragen zu stellen. Wir könnten einfach … Jedenfalls müssen wir uns vorher darüber im Klaren sein, ob wir das, was sie uns möglicherweise zu sagen hat, tatsächlich hören wollen – wenn du weißt, was ich meine.«

Jetzt bin ich vollends verwirrt, habe keine Ahnung, was er meint, und schüttele seine Hand ab.

»Weil uns ihre Antworten nicht gefallen könnten? Oder meinst du, dass Lauras Angreifer auch für uns eine Gefahr darstellen könnte?«

Eine steile Falte steht zwischen seinen Brauen. »Ich weiß es selbst nicht. Das Ganze verursacht mir schlicht ein ungutes Gefühl.«

»Du glaubst, dass wir in Gefahr sind?«

Er hebt beschwichtigend die Hände. »Wenn ich das wüsste … Vielleicht wäre es besser, wenn ich sie auf direktem Weg nach London brächte, und du nimmst dir ein Taxi zurück nach Hause.«

»Wenn, bringen wir sie beide nach London.«

»Wäre eine Möglichkeit. Oder du fährst sie, und ich nehme mir ein Taxi nach Summerbourne.« Er schließt die Augen und reibt sich die Nasenwurzel. »Dieser Brief, er war nicht von mir, großes Ehrenwort. Hier geht etwas nicht mit rechten Dingen zu, das wird immer klarer. Irgendwas wird hier gespielt … Ich fühle mich verantwortlich, dich zu beschützen, verstehst du? Uns alle.«

Ich lasse meinen Kopf an Edwins Schulter sinken. Meine Hände fühlen sich feucht an – als wären sie voller Blut. Unwillkürlich erschrecke ich über mich selbst. *Hör auf, Fragen zu stellen,* ermahne ich mich. Sonst verliere ich am Ende alles, einschließlich meines Verstands. Ich sollte dieses Herumwühlen in der Vergangenheit aufgeben, ehe es zu spät ist und noch mehr Unheil angerichtet wird, von dem wir uns vielleicht nie mehr erholen werden.

Lauter gute Vorsätze, die ich sogleich verwerfe.

Entschlossen schaue ich Edwin an. »Deine Bedenken mögen nicht unberechtigt sein, trotzdem sollten wir sie fragen, finde ich. Andernfalls können wir nie mit dieser Geschichte abschließen.«

Laura wartet auf einer Bank vor der Notaufnahme auf uns. Sie hat einen dicken Verband um den Kopf, sieht aber

345

deutlich besser aus als gestern, und ihre Augen leuchten, als sie uns kommen sieht.

»Fahren wir erst nach Summerbourne?«, fragt sie Edwin, als er ihr auf dem Parkplatz die hintere Tür aufhält und ihr in den Wagen hilft.

Er schaut kurz zu mir und wirkt sichtlich angespannt, als er sich wieder an Laura wendet. »Bist du dir sicher? Ich meine, von mir aus gern, wir könnten noch einen Tee trinken, ehe wir dich nach Hause bringen …«

Laura nickt nachdrücklich. »Ja, unbedingt.«

Edwin gibt sich geschlagen und lässt den Motor an. In meiner Erinnerung sehe ich immer noch ihre Kopfwunde, das Blut, und ich muss mich anstrengen, nicht dauernd auf ihren Verband zu starren.

»Ich fühle mich verantwortlich für das, was geschehen ist«, sage ich zu ihr. »Es tut mir leid, dich da in etwas hineingezogen zu haben. Das war übrigens ich, die dich letzte Woche in der Firma angerufen und so getan hat, als hätte ich eine Lieferung für dich. Ich darf dich doch duzen, oder?«

Sie nickt und erwidert meinen Blick. »Nachdem du mich vor meiner Wohnung förmlich überfallen hast, hatte ich mir fast gedacht, dass du das mit der angeblichen Lieferung warst, Seraphine.«

»Wie hast du mich eigentlich an jenem Tag erkannt? Du hast gesagt, du wüsstest, wer ich bin.«

»Na ja, ich habe dich gegoogelt – immer mal wieder über die Jahre«, seufzt sie.

»Weil du damals bei meiner Geburt dabei warst?«

»Ja«, erwidert sie leise.

»Du weißt hoffentlich, dass der Drohbrief, den du an jenem Tag bekommen hast, nicht von mir war, oder? Und genauso wenig war es Edwin, der dir geschrieben und dich um ein Treffen am alten Turm gebeten hat. Wir haben keine Ahnung, wer das war.«

Reglos sieht sie mich an. »Spätestens dort wurde es mir klar. Edwin würde nichts tun, was mir schadet. Ich habe der Polizei gegenüber den Brief nicht erwähnt …« Sie zögert und sieht mich gequält an. »Ich habe Mr. Larch gesagt, dass ich von Dominics Unfall gehört hätte und um der alten Zeiten willen dort gewesen sei. Dass ich hinunter an den Strand wollte, um Abschied zu nehmen.« Plötzlich stutzt sie. »Woher weißt du überhaupt …? Sag bitte nicht, dass du diesen grässlichen Brief, den ersten, aus dem Mülleimer im Park gefischt hast?«

Verlegen senke ich den Blick. »Tut mir leid.«

»Hast du der Polizei davon erzählt?«, wirft Edwin ein.

»Nein, habe ich nicht.«

Laura wendet sich ab und schaut eine Weile schweigend auf die vorbeiziehende Landschaft.

»Hast du wenigstens eine Vermutung, wer dich angegriffen haben könnte?«, wechsele ich das Thema, woraufhin sie den Kopf schüttelt und erneut nach dem Medaillon greift, das sie um den Hals trägt.

Zu gern würde ich sie nach ihrer Tochter fragen, die in dem anonymen Brief erwähnt wurde, möchte ihr gern gestehen, was ich inzwischen weiß: dass Alex an jenem Tag ein Baby mitgenommen und nie zurückgebracht hat, das er Kiara nannte. Seine Tochter vermutlich. Vor allem will ich sie fragen, ob sie weiß, wer ich wirklich bin. Woher wir kommen, Danny und ich, wer wir sind? Ihre abweisende und verschlossene Miene lässt mich zögern. Vielleicht später, wenn wir beim Tee auf der Terrasse von Summerbourne sitzen.

»Es könnte sein, dass Alex und Kiara noch da sind«, warne ich sie vor und sehe, wie ihre Augen sich kurz weiten. Dann lächelt sie mich flüchtig an, ehe sie den Rest der Fahrt wieder schweigend aus dem Fenster schaut.

Nachdem wir das Dorf passiert haben und die schmale Straße nach Summerbourne hinauffahren, kommt plötzlich Leben in Laura. Sie setzt sich auf und schaut angestrengt nach vorn.

»Alles in Ordnung?«, frage ich sie und erhalte ein Nicken als Antwort.

Ein Polizeiwagen steht am Straßenrand, und am Gartentor von Michaels Cottage lehnt Martin und telefoniert. Als er uns sieht, hebt er kurz die Hand. Joel hingegen, der in der Nähe zu warten scheint, schaut kaum auf. Seine Miene ist wie versteinert.

Als wir die Einfahrt nach Summerbourne hinauffahren, kommt Danny uns schon entgegen.

»Gran ist hier. Und sie schäumt vor Wut.«

»Warum?«, fragt Edwin.

»Wegen ihr.« Danny zeigt auf Laura und deutet ein entschuldigendes Lächeln an. »Sorry. Am besten, du bringst sie sofort nach London.«

»Nein«, widerspreche ich. »Sie ist unser Gast, und es gibt ein paar Dinge, die wir in Ruhe besprechen müssen.«

Bevor Danny, der offensichtlich zögert, etwas entgegnen kann, taucht Vera, die ich mein Leben lang für meine Großmutter gehalten habe, an der Tür auf. Mit gebleckten Zähnen wie ein in die Enge gedrängter Kampfhund und die Schultern fast bis zu den Ohren hochgezogen, sieht sie furchterregend und ziemlich irre aus. Wie zum Angriff bereit. Mit steifen Schritten kommt sie die beiden Stufen herunter auf uns zu und zeigt mit zitternden Händen auf die arme Laura.

»Sie!«, kreischt sie mit einer Stimme, die kalt wie Eis ist und gleichzeitig schneidend wie Sand, wenn der Wind ihn gegen die Felsen peitscht. »Verschwinden Sie aus meinem Haus! Und halten Sie sich von meiner Familie fern.«

Die sonst so beherrschte Frau hat völlig die Kontrolle verloren. Panisch weicht Laura in Richtung Auto zurück.

»Gran …«, versucht Edwin sie zu bremsen.

Erst jetzt sehe ich, dass Vera ein dünnes Metallrohr in der Hand hält, das sie auf Lauras Brust richtet. Vorne befindet sich eine Düse und hinten ein schmaler Zylinder. Eine Stichflamme schießt auf Laura zu, und in diesem Moment begreife ich, was meine Großmutter da in der Hand hält: den Abflämmer, den Ralph Michael abgekauft hat und der aus seinem Transporter verschwunden ist.

Es ist, als würde die Zeit stehen bleiben. Eine gefühlte Ewigkeit bin ich wie gelähmt. Mein Atem stockt, ich starre ungläubig auf die helle Flamme. Edwin ist es, der sich ihr schließlich vorsichtig nähert, die Hand ausgestreckt.

»Leg das weg, Gran. Komm, gib es mir.«

Stattdessen macht die alte Dame noch einen Schritt auf Laura zu. Es fehlt nicht mehr viel, und ihre Strickjacke fängt Feuer.

»Wie können Sie es wagen!«, schleudert sie ihr entgegen. »Wie können Sie sich nach all der Zeit noch einmal in die Nähe meiner Familie wagen? Wir wollen nichts mehr mit Ihnen zu tun haben, hören Sie?«

Mit dem Mut der Verzweiflung schiebt Edwin sich vor Laura, setzt sich dabei selbst dem Hitzestrahl aus und zwingt seine Großmutter auf diese Weise, ein Stück zurücktreten. Ein heiserer Laut entringt sich meiner Kehle, als ich mich wie benommen auf die Gruppe zubewege.

»Ich bringe sie nach Hause«, höre ich Edwin mit fester Stimme sagen. »Hast du verstanden, Gran? Wir fahren sofort los. Laura wird nicht mehr herkommen.«

Seine besänftigenden Worte erreichen Vera nicht, sie scheint zum Äußersten entschlossen und funkelt abwechselnd ihn und Laura so gnadenlos an, als würde sie vor nichts mehr zurückschrecken.

»Nein, so läuft das nicht. Sie wird versuchen, dir unterwegs irgendwelchen Blödsinn zu erzählen. Lügen, nichts als Lügen. Das werde ich nicht zulassen.«

Plötzlich tauchen Alex und Kiara hinter ihr in der Tür auf – die unerwartete Bewegung reißt mich aus meiner Starre. Ich sehe noch, wie Alex nach seinem Handy greift, bevor er seine Tochter ins Haus zurückzerrt und die Tür hinter sich zuschlägt.

»Gran, hör auf damit«, wende ich mich an Vera und schüttele Dannys Hand ab, der mich am Ellbogen gepackt hat. »Lass Laura gehen.«

Sie blinzelt, dann dreht sie sich langsam nach mir um, richtet die Flamme etwas nach unten, sodass ich die Hitze an meinen Beinen spüre.

»Das ist alles deine Schuld, Seraphine«, sagt sie verbittert.

Mein Hals ist wie zugeschnürt. »Sag so etwas nicht, bitte.«

»Alles war gut, bis du unbedingt diese Person ausfindig machen musstest.«

»Nein, nichts war gut. Immerhin ist Dad gestorben, dazu unter fragwürdigen Umständen.«

350

Vera reckt das Kinn. »Sind wir etwa keine glückliche Familie? Wir sind gesund, erfolgreich. Schaut euch drei doch mal an. Es vergeht kein Tag, an dem ich nicht stolz auf euch wäre. Warum genügt dir das nicht? Alles, was ich getan habe, habe ich nur für euch getan. Aber du, Seraphine, du willst das einfach nicht verstehen, habe ich recht?«

»Ich will nichts weiter, als die Wahrheit wissen …«

Sie lacht höhnisch auf. »Die Wahrheit, was ist das? Wer hat sich um euch gekümmert, nachdem Ruth nicht mehr da war? Wer? Tag und Nacht habe ich für euch gesorgt, war immer für euch da. Wer fragt da nach der Wahrheit. Ihr wart so klein und schutzlos, wen kümmert es überhaupt, wer ihr seid und woher ihr kamt?«

Ein eisiger Schauer jagt mir über den Rücken. Es ist das erste Mal, dass meine Großmutter die Möglichkeit einräumt, irgendetwas könnte damals nicht mit rechten Dingen zugegangen sein, dass unsere Herkunft ungewiss, unsere Identität fraglich ist. Ich versuche mich an dem festzuhalten, was sie mir eigentlich sagen will: Dass es ihr nichts ausmacht, dass sie uns unbeschadet unserer Herkunft liebt. Genügt das wirklich? Nein. Vor allem gibt ihre Liebe ihr nicht das Recht, uns die Wahrheit vorzuenthalten.

»Ihr gehört uns, ihr seid unsere Kinder, seid Summerbournes«, fährt sie fort. »Oh, ich weiß, was im Dorf geredet wird, das ganze dumme Geschwätz – die Leute begreifen nicht, worum es wirklich geht. Woher ihr kommt, tut nichts zur Sache. Wir müssen es nicht wissen, und ich *will* es nicht wissen.«

Während sie sich in Rage redet, hebt sie den Abflämmer langsam höher, doch mein in all den Jahren angestauter Groll ist stärker als meine Angst.

»Tu bloß nicht so. Du hast immer gedacht, dass ich nicht hierhergehöre, stimmt's?« Ich mache einen Schritt auf sie zu, und sie lässt den Brenner erschrocken sinken. »Die ganze Zeit, seit wir auf der Welt sind, war Danny für dich dein einzig richtiges, dein liebstes Enkelkind, ich nicht.«

»Nein. Nein, so war es nicht, keineswegs«, protestiert sie, aber ich glaube ihr nicht mehr.

Ich schaue sie an, frage mich, inwieweit sie eingeweiht war, was damals passiert ist. Wusste sie es, oder ahnte sie es lediglich? Irgendwas muss sie zumindest mitgekriegt haben, anders sind ihre Zweifel an unserer oder zumindest meiner Herkunft nicht zu erklären.

»Wenn das nicht so ist, warum willst du Summerbourne dann Danny vermachen? Und warum hast du Angst vor dem, was Laura uns erzählen könnte?«

Vera reißt sich zusammen und klingt auf einmal fast ruhig und vernünftig.

»Summerbourne bekommt er deshalb, weil ich möchte, dass er endlich sesshaft wird. Du weißt, wie sehr ich darunter leide, dass er sich dauernd in der Weltgeschichte herumtreibt und nie zu Hause ist. Außerdem brauchst du keine Existenzängste zu haben. Glaub mir, es wird genügend Geld da sein, von dem du dir ein Haus kaufen kannst. Hier in der Gegend findet sich immer etwas. Ich wusste schließlich nie, wer von euch beiden …« Sie bringt den Satz nicht zu Ende, wirft einen kurzen Blick auf Danny, ehe sie wieder mich ansieht. »So könnt ihr beide hierbleiben. Wärt in der Nähe, hättet Sicherheit.«

Ich schaue sie entgeistert an, weiß nicht, was mich mehr ärgert – dass es ihr völlig gleichgültig zu sein scheint, dass ich eindeutig eine stärkere Bindung an Summerbourne habe als Danny, oder dass sie sich das Recht anmaßt, Danny Vorschriften zu machen, wie er sein Leben zu führen hat. Sie leitet ihre Vorrangstellung ganz selbstverständlich davon ab, dass sie ihr ganzes Leben uns geopfert hat, so sieht sie das. Natürlich hat sie viel für uns getan, keine Frage – hingegen hat sie nie Zeit darauf verwandt oder sich die Mühe gemacht, uns zu verstehen.

»Was meintest du übrigens damit, dass du nie wusstest, wer von uns beiden …?«, greife ich den unvollendeten Satz auf. »Soll das heißen, du hattest an uns *beiden* Zweifel, was unsere Familienzugehörigkeit betraf?«

Wie unter einem Stromschlag zuckt sie zusammen. »Es ist nicht weiter wichtig, ich wusste es nie mit Sicherheit«, sagt sie, und ein vernichtender Blick trifft Laura. »*Sie* weiß etwas, dabei geht es sie überhaupt nichts an. Es geht niemanden etwas an. Ihr seid beide meine Enkelkinder. Punkt. Und selbst wenn nicht …« Sie hebt den Abflämmer ein weiteres Mal, sieht mich dabei flehentlich an. »Wie hätte ich es wissen sollen, Seraphine? Ruth hat mir zwar erzählt, dass sie etwas Schreckliches getan habe. Was, blieb offen, sie war wie so oft völlig verwirrt, schließlich war sie psychisch krank und neigte zu Wahnvorstellungen. Was hätte ich da glauben sollen?«

»Um Himmels willen.« Edwin stürzt auf sie zu. »Was hat sie getan, Gran? Und wann hat sie dir was gesagt?«

Vera verzieht das Gesicht. »Das war, als ich versucht habe, sie vom Klippenrand wegzuziehen. Sie war kaum noch ansprechbar, hat wirres Zeug geredet von jemandem, der ihr Kind holen wolle. Ich dachte, sie könnte die schrecklichen Geschichten, die man sich hier seit jeher erzählt, nicht von der Wirklichkeit unterscheiden. Ihr kennt ja diese dummen Ammenmärchen, dass es keine Zwillinge mehr auf Summerbourne geben könne, seit der Erbauer des Hauses große Schuld auf sich geladen hat und daraufhin einer seiner Zwillinge auf rätselhafte Weise spurlos verschwand. Nie würden beide am Leben bleiben. Und sie hatte immerhin Theo verloren.«

»Das meinte ich nicht«, wende ich vergeblich ein – sie scheint mich nicht zu hören, redet bereits weiter.

»Sie war verwirrt, völlig hysterisch, gab lauter zusammenhangloses Zeug von sich. Ich versuchte, es ihr auszureden und sie vom Klippenrand wegzuziehen, aber jedes Mal, wenn ich die Hand nach ihr ausstreckte«, Vera schaudert, »machte sie noch einen Schritt weiter nach vorne. Und dann, den Fuß ganz dicht am Abgrund, stieß sie hervor: *Ich habe etwas Schreckliches getan, Mutter.* Und bevor ich nachfragen konnte, was, stürzte sie in die Tiefe.«

Edwin wendet sich stöhnend ab, Danny packt mich so fest, dass es wehtut, und unsere Großmutter lässt den Abflämmer sinken. Leider ist es damit nicht getan, wie uns ihr nächster Satz klarmacht.

»Danach war es für mich nicht mehr wichtig, woher ihr kamt. Zumindest einer von euch musste aus einem anderen Nest stammen, da nie von einer weiteren Zwillingsschwangerschaft die Rede gewesen war. Doch, wie gesagt, es kommt nicht mehr darauf an. Uns geht es gut so, wir sind eine Familie. Und deshalb muss ich diese Frau endlich loswerden.« Vera dreht den Brenner voll auf und richtet ihn erneut auf Laura. »Sie will uns zerstören, will uns auseinanderbringen. Aber das werde ich nicht zulassen.«

Laura schreit auf, als die Flamme ihre Strickjacke ansengt.

»Gran!«

Als Edwin seiner Großmutter in den Arm fallen will, dreht sie sich blitzschnell um und bedroht sogar ihren eigenen Enkel, der erschrocken zurücktaumelt. Die Flamme gerät ins Schlingern, ist jetzt wieder eine Handbreit von Lauras Haaren und ihrem Verband entfernt. Ich klammere mich an Danny und wage es nicht, das blassblaue Feuer aus den Augen zu lassen.

Irgendwo wird eine Autotür zugeschlagen und hinter uns ertönt eine tiefe Stimme. »Vera Blackwood.«

»Martin?«, fragt meine Großmutter fast ungläubig.

Schritte kommen über den Kies, Kommissar Larch drängt sich an mir vorbei und bleibt vor Vera stehen.

»Mrs. Blackwood«, sagt er und schaut in die Runde, als wäre er auf einen kleinen Plausch aus, »wer wird denn gleich so einen Wirbel machen?«

Als Vera den Brenner sinken lässt, schenkt er ihr ein gutmütiges Lächeln.

»Wissen Sie, woran mich das gerade erinnert? An den Tag als Sie mich und Billy Bradshaw auseinandergebracht haben, weil wir uns unten am Bootsschuppen die Köpfe eingeschlagen haben. Obwohl es lange her ist, haben Sie das bestimmt nicht vergessen.« Als sie stumm nickt, fährt er fort. »Sechzehn waren wir damals, Billy und ich. Erinnern Sie sich, was Sie zu mir gesagt haben? *Gewalt ist keine Lösung, Martin Larch,* das haben Sie gesagt.«

Vera starrt ihn an, die Flamme des Brenners jetzt auf den Boden gerichtet, wo sie ein Glühen und Knacken im Kies erzeugt.

»Und dann haben Sie mir diesen Wochenendjob besorgt, Mrs. Blackwood, und mich überredet, wieder zur Schule zu gehen und meinen Abschluss zu machen. Ab da ging's bergauf. Ich werde Ihnen nie vergessen, was Sie für mich getan haben. Wären Sie nicht gewesen, ich weiß nicht, wo ich heute sein würde.« Der langjährige Polizeikommissar streckt vorsichtig seine breite, kräftige Hand nach ihr aus. »Und jetzt würde ich mich für den Gefallen gerne revanchieren. Geben Sie mir dieses Ding, ja? Und dann setzen wir uns ganz in Ruhe zusammen und reden über alles.«

Einen quälenden Moment lang bin ich mir nicht sicher, ob seine Worte überhaupt zu ihr durchgedrungen sind. Nach einer Weile seufzt sie, stellt den Abflämmer aus und lässt ihn sich von Martin abnehmen.

»Sind sie unterwegs?«, fragt er über die Schulter.

Edwin, Danny und ich fahren herum und sehen Joel, der die Auffahrt hinaufkommt, sein Telefon in der Hand.

»Müssten gleich da sein«, erwidert er.

Nichts stimmt mehr, alles scheint unscharf und verzerrt. Neben mir beugt Danny sich vornüber, die Hände auf den Knien. Ich mache einen Schritt zur Seite, stolpere und werde von Joel aufgegangen. Edwin ist zu Laura gegangen, die noch immer wie erstarrt am Auto lehnt.

Derweil nimmt Martin Vera beim Arm und will sie zu seinem Wagen führen, allerdings entzieht sie sich ihm und kehrt wieder die hoheitsvolle Dame raus, die über alles zu bestimmen hat.

»Nein, danke, Martin, das ist nun wirklich nicht nötig. Den Abflämmer können Sie meinetwegen mitnehmen, mich indes nicht.«

»Mrs. Blackwood, wir müssten Ihnen noch ein paar Fragen stellen.«

Von oben herab schaut sie ihn an. »Wozu denn? Wir haben meines Wissens alles geklärt.«

»Nicht ganz, Mrs. Blackwood, nicht ganz. Können Sie
mir bitte erklären, warum Sie Ralph Luckhurst gebeten
haben, Sie gestern Vormittag in King's Lynn am Bahnhof
abzuholen und unten beim Yachthafen abzusetzen?« Plötzlich hat sich eine ganz neue Schärfe in Martins Ton geschlichen, von der eben noch nichts zu ahnen war. »Um sich
dann ein paar Stunden später wieder von ihm haben abholen zu lassen?«

Ich bin ganz benommen. Was zum Teufel redet der
Kommissar da?

»Das, mein lieber Martin, geht Sie überhaupt nichts an«,
bescheidet Vera ihm herablassend.

»Dann möchten Sie mir vielleicht erklären, Mrs. Blackwood, warum wir auf dem Beifahrersitz von Mr. Luckhursts Lieferwagen Spuren von Schießpulver gefunden
haben – Pulver von exakt derselben Sorte, wie wir es auch
an dem Mauerstein nachweisen konnten, den man aus der
Turmbrüstung gelöst und Mrs. Silveira gestern auf den Kopf
geworfen hat. Die Plattform ist ja ziemlich klein. Wahrscheinlich ist es von daher nicht ganz einfach, sich zu bewegen, ohne etwas Schießpulver an die Hände zu bekommen, nicht wahr?«

Mittlerweile begreife ich überhaupt nichts mehr, habe
das Gefühl, immer einen Schritt hinterherzuhinken. Ralph
Luckhurst, höre ich immer. Ralph, der meine Großmutter
vergöttert, ihr treu ergeben ist, ihr so viel verdankt. Eine
Verbindung zwischen Lauras Angreifer und Ralphs Lieferwagen ist nicht ganz abwegig. Sicher, Ralph würde alles für
sie tun. Sollte das am Ende sein Werk sein?

»Das ist einfach lächerlich«, kanzelt Vera Martin ab,
wobei ihre Blässe eine andere Sprache spricht.

»Können Sie mir erklären, warum zwischen dem Brief an Mrs. Silveira, in dem man sie bat, zum alten Turm zu kommen, und einem Brief, den wir in Mr. Luckhursts Lieferwagen fanden und in dem es um ein Vorstellungsgespräch seiner Schwester Daisy in der Bäckerei ging, eine auffällige Ähnlichkeit besteht? Dasselbe Papier, dieselbe Tinte, dieselbe Schriftart. Der Brief aus dem Lieferwagen ist von Ihnen unterschrieben, Mrs. Blackwood. Was meinen Sie – würden wir wohl auf beiden Ihre Fingerabdrücke finden?«

Vera sitzt in der Falle. Alles Blut weicht ihr aus den Wangen. Langsam sackt sie in sich zusammen, lässt Kopf und Schultern hängen. Unsere stolze Gran ist nur noch ein Schatten ihrer selbst. Und wir wissen nicht, wie wir reagieren sollen. Mit allem hätten wir gerechnet, damit nicht.

Edwin fasst sich als Erster. »Gran«, beginnt er mit bebender Stimme. »Hast du diesen Brief geschrieben?«

Ein kurzer Schauer läuft sichtbar durch ihren Körper, der Kopf, den sie immer so hoch getragen hat, bleibt unten. Als sie zu sprechen beginnt, ist sie kaum zu verstehen. »Das habe ich so nicht geplant. Ich wollte mit ihr sprechen, sie überreden, sich rauszuhalten. Kann sein, dass ich mich, während ich nach ihr Ausschau hielt, an die Brüstung gelehnt habe. Gut möglich, dass sich dabei ein Stein gelöst hat. Jedenfalls war es keine Absicht.«

Laura schüttelt in ungläubigem Entsetzen den Kopf, während Martin ihre Behauptung vorerst unkommentiert lässt und tief durchatmet.

»Eine letzte Frage noch, Mrs. Blackwood. Als ich nach diesem …, nun diesem Unfall Ihres Schwiegersohns mit Ihnen sprach und Sie fragte, wo Sie an jenem Morgen waren, warum haben Sie da nicht erwähnt, dass Mr. Luckhurst Sie vom Bahnhof nach Summerbourne gefahren hat? Seiner Aussage nach hatten Sie, als er Sie wieder abholen wollte, hier draußen eine heftige Auseinandersetzung mit Mr. Mayes und haben den guten Ralph wieder weggeschickt. Später riefen Sie ihn dann an mit der Bitte, Sie unten am Hafen abzuholen.«

Martins Worte rattern in meinem Kopf, immer schneller, immer lauter. Ralph hat Vera nach Summerbourne gefahren. Vera und Dad haben gestritten. Vor Dads angeblichem Unfall.

»Nein, Gran«, höre ich Edwin beschwörend sagen. »Das ist nicht wahr, oder?«

Veras Antwort kommt wie aus weiter Ferne. »Weil ich wusste, wie es aussehen würde, habe ich euch nichts davon erzählt …«

In diesem Augenblick richtet Laura sich auf, wankt auf sie zu und stößt einen schrillen Schrei aus. »Und es dann so darzustellen, als wäre *ich* die Bedrohung!«

Der Vorwurf reißt Vera aus ihrer Lethargie und sie wendet sich an den Kommissar. »Eins kann ich Ihnen versichern: Als ich fortging, war Dominic gesund und munter.«

Martin räuspert sich. »Vera Blackwood, ich verhafte Sie wegen des versuchten Mordes an Laura Silveira …«

Mir ist, als würde mir der Boden unter den Füßen weggezogen. Alles kommt mir so unwirklich vor, und die strahlende Sonne scheint uns zu verhöhnen. Hat Martin das gerade tatsächlich gesagt? Ja, hat er, und es würde noch schlimmer kommen.

»Und wegen des dringenden Mordverdachts im Fall Dominic Mayes«, fügt er hinzu.

Vergeblich ringe ich nach Atem, die Luft ist zu stickig, und mein Hals ist wie zugeschnürt.

»Außerdem nach erneuter Durchsicht der damaligen Beweislage«, höre ich Martin sagen, »ebenfalls wegen des dringenden Tatverdachts, 1992 am Tod Ihrer Tochter Ruth Mayes schuldig gewesen zu sein.«

Unsere ganze Welt gerät ins Wanken.

»Nein«, stößt Edwin hervor. »Das darf einfach nicht wahr sein.«

»Sie brauchen jetzt nichts zu sagen«, klärt Martin Vera auf, »doch es könnte sich zu Ihren Ungunsten auswirken, wenn Sie uns etwas verschweigen, worauf Sie sich vor Gericht berufen wollen. Jede Ihrer Aussagen kann ab jetzt gegen Sie verwendet werden.«

Meine Knie geben nach, und ich lehne mich an Joel, schaue blinzelnd gegen das grelle Licht zu Gran hin. Sie holt tief Luft, als wollte sie etwas erwidern, stößt dann aber lediglich einen langen Seufzer aus, der wie eine gewaltige Welle auf mich zurollt und mich mit eisiger Kälte überflutet.

Edwins Gesicht ist aschfahl. Danny schaut kurz auf und begegnet meinem Blick, dann beugt er sich vornüber, und mir kommt es vor, als würde er würgen. Sonst ist eine Weile nichts zu hören. Niemand rührt sich, alles ist still. Laura starrt mit leerem Blick vor sich auf den Kies.

»Dann wollen wir Sie mal auf die Wache bringen, Mrs. Blackwood.«

Martins Tonfall ist bemerkenswert mild. Umso dramatischer wirkt das Auftauchen des Polizeiwagens, der mit blinkendem Blaulicht die Einfahrt hinaufkommt und den Kies aufspritzen lässt. Martin hilft Vera beim Einstiegen und hält dabei schützend seine große Hand über ihren Kopf, damit sie sich nicht stößt.

Die Sonne dringt in mein Gehirn ein und verbrennt alle

Gedanken – löscht sie aus, bis absolute Leere in meinem Kopf herrscht.

In der Stille, die sich aufgetan hat, nachdem das Polizeiauto die Straße hinab verschwunden ist, hebt eine Möwe mit kräftigem Flügelschlag vom Garagendach ab, und ich sehe ihr nach, bis sie nichts mehr ist als ein kleiner Fleck am Himmel irgendwo über dem Meer. Erst als die Haustür aufgeht, kehre ich zurück ins Hier und Jetzt, drehe mich um und mustere den breitschultrigen Mann und die hochgewachsene junge Frau mit der pinkfarbenen Haarsträhne – diese beiden Fremden, die auf der Schwelle von Summerbourne stehen, als hätten sie immer hierhergehört.

Laura schaut zu Alex und Kiara hin und fährt reflexartig mit der Hand zu dem silbernen Medaillon um ihren Hals, scheint sich daran festhalten zu wollen.

»Sollen wir hineingehen?«, sagt sie. »Ich glaube, es ist an der Zeit, euch alles zu erzählen.«

26. Kapitel

LAURA

Juli 1992

Ruth erzählte allen, das Baby werde Ende August kommen. Ich wusste natürlich, dass der normale Geburtstermin Ende Juli war. Dominic kam weiterhin an den Freitagabenden nach Hause und fuhr Montagfrüh zurück nach London, während Vera häufig unter der Woche erschien, meist zum Lunch am Dienstag oder Mittwoch. Den Rest der Zeit waren wir unter uns.

Den Montag nach seinem ungebetenen Besuch – es war der zwanzigste Juli –, bat Ruth mich, Alex eine Nachricht zu bringen.

»Gib sie ihm persönlich«, schärfte sie mir ein. »Falls er nicht da ist, wirf sie nicht in den Briefkasten, sondern bring sie mir zurück, ja?«

Als ich ihr über die Schulter schaute, sah ich eine Auflistung verschiedener Rechte und Pflichten, vor allem solche, die ihn einschränkten: Abtretung des Sorgerechts, Besuche lediglich in dem für einen Freund der Familie üblichen Rahmen, Verzicht auf Nennung seiner Vaterschaft, absolute Diskretion.

»Glaubst du, dass er sich darauf einlässt?«

Sie runzelte die Stirn. »Ihm bleibt keine andere Wahl. Es ist meine Entscheidung.«

»Schwer vorstellbar, dass er bereit ist, sich von seinem eigenen Kind Onkel Alex nennen zu lassen«, gab ich zu bedenken.

»Bring ihm einfach die Nachricht, Laura«, herrschte sie mich an. »Auf wessen Seite stehst du eigentlich?«

Während Ruth und Edwin sich zu Hause ein schattiges Plätzchen suchten, trabte ich in der brütenden Mittagshitze ins Dorf. Vor dem Laden traf ich Helen Luckhurst.

»Wie geht es Ruth?«, fragte sie mich. »Hoffentlich wieder besser.«

»Ihr geht's bestens«, beteuerte ich. »Ich sag ihr schöne Grüße, aber ich muss jetzt weiter, was erledigen.«

Schon von Weitem sah ich, dass Alex' gelber Sportwagen nicht vor dem Haus stand. Als ich klopfte, öffnete mir eine Frau um die fünfzig, die mich argwöhnisch musterte.

»Sind Sie Ruth?«, wollte sie wissen.

»Nein«, erwiderte ich und verkniff mir ein Lachen. »Wo ist Alex?«

Ehe sie antworten konnte, kam er ums Haus herum und streifte sich ein Paar Gartenhandschuhe von den Händen.

»Laura, hi.«

Die Frau verschränkte die Arme vor der Brust und ließ mich nicht aus den Augen, als würde ich weiß Gott was im Schilde führen. Ich drückte meine Umhängetasche fester an mich.

»Können wir kurz reden?«, wandte ich mich an Alex. »Am besten ungestört.«

Mir wurde ganz flau, als ich den Hoffnungsschimmer in

363

seinen Augen sah. Ich folgte ihm durch einen schmalen Flur in ein kleines Wohnzimmer und weiter in ein noch winzigeres Hinterzimmer. Hier roch es nach frischer Farbe, in der Ecke stand ein Kinderbett mit weißem Bettzeug und bunten Kissen. Auf dem Boden entdeckte ich eine Babybadewanne und eine Wickelauflage, daneben Windelpackungen und ein Kuscheltier, ein kleines Kaninchen aus weichem Frotteestoff. Alex schloss die Tür hinter uns. Ich bekam den Mund kaum zu, die Worte blieben mir im Hals stecken.

»Gefällt es dir?«

Ich schluckte. »Das ist, äh … Damit hätte ich jetzt nicht gerechnet …«

Lächelnd zog er das Mobile über dem Bettchen auf. Ein Schlaflied erfüllte mit einer klimpernden Melodie den Raum, und die kleinen Teddybären begannen sich an dem Gestänge zu drehen.

»In Leeds habe ich alles genauso eingerichtet«, erzählte er mir über das Geklimper hinweg. »Wobei das Zimmer dort natürlich größer ist. Und der Alfa Romeo ist verkauft, ich habe mir stattdessen eine richtige Familienkutsche zugelegt.« Er lachte. »Ansonsten lasse ich alles auf mich zukommen. Falls es dem Kind auf Summerbourne gut geht, reicht es völlig, wenn es anfangs ab und an bei mir zu Besuch ist, später sehen wir dann weiter.« Er bemerkte meine bestürzte Miene. »Was ist? Traust du mir das nicht zu, dass ich mit einem Baby klarkomme? Das war die Kinderschwester, die dir gerade aufgemacht hat. Sie wird die erste Zeit hierbleiben und mir unter die Arme greifen, mir alles zeigen, was ich wissen muss. Du siehst, alles ist bestens vorbereitet. Ich überlasse nichts dem Zufall.«

Wortlos händigte ich ihm Ruths Nachricht aus und trat

ans Fenster. Eine Krähe schoss aus dem Gebüsch hervor und pickte sich einen Regenwurm aus dem frisch umgegrabenen Blumenbeet. Hinter mir hörte ich, wie der Brief mit einem verächtlichen Schnauben zusammengeknüllt wurde.

»Denkt sie immer noch, ich würde klein beigeben?«

»Sie hofft es.«

»Warum sollte ich? Wie *könnte* ich?«

Als ich ratlos die Schultern hob, packte er mich plötzlich beim Handgelenk und zog mich zu sich heran, bis mein Gesicht dem seinen ganz nah war.

»Du musst mir helfen, Laura. Sie weiß nicht, was sie da von mir verlangt. Ich mache mir Sorgen, dass sie dem Kind etwas antun könnte. Immerhin ist sie eindeutig nicht ganz klar bei Verstand.« In seiner Miene lag dieselbe rasende Verzweiflung wie bei Ruth, wenn sie seine regelmäßig eintreffenden Briefe las. »Du musst mir Bescheid geben«, sagte er eindringlich. »Sowie das Baby geboren ist, lässt du mir eine Nachricht zukommen, ja? Ich will es sofort erfahren, wenn mein Kind da ist.«

»Lass mich los!«

Alex blinzelte mich an. »Tut mir leid, ich weiß nicht, was in mich gefahren ist. Versprich mir trotzdem, mich sofort zu informieren, wenn es so weit ist.«

Ich ließ ihn nicht aus den Augen, irgendwie kam er mir genauso irr vor wie sie. In diesem Moment begriff ich, dass die beiden keinen Kompromiss finden würden und es für mich keine Chance gab, zwischen ihnen zu vermitteln. Wie naiv war ich gewesen, das zu glauben!

»Rechne nicht mit mir. Ich werde nach Hause zurückkehren, Alex. Allein deshalb kann ich dir nicht helfen. Dominic hat ab kommender Woche Urlaub und danach geht er in Elternzeit. Folglich brauchen sie mich nicht mehr.«

Seine Augen weiteten sich. »Nein, das darfst du nicht. Du kannst dich nicht einfach aus dem Staub machen, wenn ich deine Hilfe brauche.«

Für den Bruchteil einer Sekunde war ich versucht, zu ihm zu gehen, seine Hand zu nehmen und ihm zu versprechen, dass ich ihm helfen werde, dass wir uns gemeinsam um das Kind kümmern könnten, nur wir beide, er und ich.

Entschlossen verbat ich mir diese Tagträume und ließ Alex stehen, eilte an der Kinderschwester, die im Wohnzimmer über einem Kreuzworträtsel saß, vorbei zur Tür und machte mich auf den gefühlt ewig langen Rückweg. Meine Augen brannten, mein Hals war wie zugeschnürt, mein ganzer Körper schmerzte. Das war's dann wohl endgültig mit Alex.

Zurück in Summerbourne, war ich völlig geschafft. Edwin und Joel waren im Garten in ein Spiel vertieft, das nach steten Wechseln zwischen Sandkasten und Planschbecken zu verlangen schien. Ruth hatte es sich auf der Terrasse im Schatten gemütlich gemacht und bedeutete mir, mich zu ihr zu setzen. Auf dem Tisch stand eine Schale frisch gepflückter Aprikosen.

»Und, was hat er gesagt?«

»Nicht viel.«

»Ist er damit einverstanden? Wird er auf meine Bedingungen eingehen?«

»Weiß ich nicht.«

Sie schnaubte genervt. »Ich hatte eigentlich erwartet, dass du mir eine Antwort von ihm bringen würdest, Laura.«

»Ich habe ihm den Brief gegeben, er hat ihn gelesen,

was hätte ich sonst machen sollen? Wenn du wissen willst, was er davon hält, wirst du ihn selbst fragen müssen, sorry.«

Mit meiner angebissenen Aprikose erhob ich mich, um in mein Zimmer zu gehen. In der obersten Schreibtischschublade, zwischen meinen Notizen für die Prüfung, steckte noch immer das Kündigungsschreiben, das ich im März aufgesetzt hatte. Noch immer undatiert, noch immer ohne Unterschrift. Ich beschloss, bis Freitag zu warten, wenn Dominic nach Hause kam, dann würde ich es überreichen und Samstagmorgen abreisen. Kurz und schmerzlos. Auch für Edwin dürfte es besser sein als ein Abschied, der sich über Wochen hinzog. Tief in mir spürte ich, dass meine Zeit auf Summerbourne zu Ende war, dass ich wieder nach Hause fahren sollte. Mum und Beaky würden zwar nicht gerade begeistert sein, aber alles war besser, als hier immer weiter zwischen die Fronten zu geraten.

Als Ruth abends an meine Tür klopfte, machte ich bloß einen Spaltbreit auf, damit sie nicht sah, dass ich zu packen begonnen hatte.

»Laura, könntest du ein Schatz sein und Edwin heute ins Bett bringen?«, bat sie mich. »Ich habe leichte Wehen und würde mich lieber hinlegen in der Hoffnung, dass sie wieder weggehen.«

»Klar, kein Problem. Ich bin in fünf Minuten oben.«

Edwin trug einen hellblauen Schlafanzug, den er letzte Woche von Vera geschenkt bekommen hatte. Stolz zeigte er mir, dass er die Knöpfe ganz allein zubekommen hatte, sprang dann in sein Bett und schlang die Arme um meinen Hals, vergrub sein Gesicht in meinen Haaren. Nachdem ich ihm etwas vorgelesen hatte, blieb ich noch bei ihm sitzen, bis er eingeschlafen war. Erst dann kehrte ich in meine kleine Einliegerwohnung zurück.

Mitten in der Nacht wurde ich geweckt. Unsanft aus dem Schlaf gerissen, wusste ich zunächst überhaupt nicht, was eigentlich los war.

»Laura.« Ruth schüttelte mich an der Schulter, ihr Gesicht schwebte über mir wie ein blasser Mond.

»Du musst mir helfen. Es geht los.«

Mit einem Schlag war ich hellwach. Panik erfasste mich, und ich begann am ganzen Körper zu zittern. Schnell zog ich mir meinen Morgenmantel über und schlüpfte in meine Hausschuhe, wusste weder ein noch aus. Erstaunt stellte ich fest, dass Ruth weit weniger Angst zu haben schien als ich. Ihre Stimmung entsprach eher erregter Erwartung. Sie machte Licht im Spielzimmer, breitete Handtücher auf dem Sofa aus und hielt alle paar Minuten inne, schloss kurz die Augen und versuchte, eine weitere Wehe wegzuatmen. Im Laufe der vergangenen elf Monate hatten meine Gefühle für Ruth zwischen Bewunderung und totalem Genervtsein geschwankt, in den frühen Morgenstunden jenes Tages hingegen beeindruckte sie mich. Zum ersten Mal zollte ich ihr ehrlich Respekt.

Ihr Selbstvertrauen begann sich auf mich zu übertragen, und ich begriff, was ich tun musste. Zwischen ihren Wehen plauderten wir ein wenig, viel über Edwin, und brachten uns mit allerlei Anekdoten zum Lachen. Jedes Mal wenn eine neue Wehe kam, richtete sie ihre Konzentration nach innen, und ich atmete mit ihr und spürte, wie mein eigener Bauch sich vor lauter Anteilnahme zusammenkrampfte.

Der Nachthimmel färbte sich bereits rötlich, als Ruth

meinte, sie müsse jetzt anfangen zu pressen. Von da an war nichts mehr zu spüren von der entspannten Atmosphäre, und die einsetzende Hektik machte mir solche Angst, dass ich am liebsten geflohen wäre.

»Wollen wir nicht jemanden rufen?«, fragte ich sie bang. »Ich … kann das nicht.«

Sie grub ihre Finger in meinen Arm. »Du musst«, befahl sie. »Das Baby kommt.«

Es sollten für eine Weile die letzten zusammenhängenden Worte sein, die ich von ihr hörte. Sie kniete auf dem Sofa und klammerte sich an die Rückenlehne, während ich nervös im Zimmer auf und ab ging und ständig dagegen ankämpfen musste, nicht einfach davonzulaufen. Als ihre Schreie lauter wurden, fasste ich mir ein Herz und nahm mir eines der Handtücher. Sonst war ja niemand da. Ich musste es tun.

Der Kopf erschien, und nachdem Ruth noch einmal kräftig presste, folgte der Rest: ein rosiges Bündel Mensch, voller Schleim und glitschig. Ich fing es mit meinem Handtuch auf, hielt es einen Moment unbeholfen und legte es dann Ruth, die auf dem Sofa zusammengesunken war, in die Arme.

»Ein Mädchen«, hauchte sie und wischte das kleine Gesichtchen ab. Tränen liefen ihr über die Wangen. »Sie ist das schönste Baby, das ich jemals gesehen habe.«

Die Kleine hatte die Augen geöffnet, und ich sah, wie ihre Brust sich mit jedem Atemzug leicht hob und senkte. Von Alex konnte ich in ihrem runden Gesicht nichts erkennen. Ein paarmal öffnete sie ihren winzigen Mund, ohne dass ein Laut herauskam.

»Hast du Hunger, meine Süße?«, fragte Ruth. Sie hüllte die Kleine in das Handtuch ein und machte es sich auf dem

Sofa bequem, um sie an die Brust zu legen. »Gib mir mal die Tasche rüber«, sagte sie und sah mich dabei kaum an. »Die Plazenta sollte gleich rauskommen, dann muss ich die Nabelschnur durchschneiden.«

Ich presste meine Hände aneinander. »Möchtest du, dass ich Dominic anrufe?«

Kurz schien sie irritiert, dann lächelte sie. »Ja, gute Idee. Mach das.«

Im dämmerigen Morgenlicht der Diele drückte ich mir die Handballen gegen die Augen. *Nicht weinen, reiß dich zusammen,* ermahnte ich mich, bevor ich die Nummer von Dominics Londoner Wohnung heraussuchte und ihn anrief.

»Schon unterwegs«, rief er in heller Aufregung. »In spätestens drei Stunden bin ich da.«

Bis ich mit Tee und Toast nach nebenan zurückkehrte, war die Nabelschnur durchtrennt, und das Baby schlief. Ruth strich mit einem versonnenen Lächeln über das winzige Gesicht.

»Ich werde sie Seraphine nennen«, flüsterte sie. »Sieht sie nicht aus wie ein Engel?«

Wenig später kam Edwin nach unten, tapste durch die Küche, rieb sich verschlafen die Augen und kam aus dem Staunen nicht heraus.

»Komm her, mein Schatz, und sag deiner sommergeborenen Schwester Hallo«, forderte Ruth ihn lächelnd auf.

Zu meiner Verwunderung war er wenig begeistert und steckte schmollend den Daumen in den Mund. Nicht einmal das Porridge, das ich ihm daraufhin machte, wollte er essen. Nicht einen einzigen Löffel.

Kurz nach neun traf Dominic ein. Es versprach ein weiterer sonniger und warmer Tag zu werden, weshalb Ruth sich mit dem Baby im Arm auf der Terrasse niedergelassen hatte. Er strahlte, als er sich über sie beugte und sie küsste, drückte dann dem Baby einen Kuss auf den kleinen, flaumigen Schädel.

»War es sehr schlimm, Darling?«

»Wie immer«, erwiderte Ruth, und sie lächelten einander an. »Ohne Laura hätte ich es nicht geschafft«, setzte sie hinzu, was mir ein dankbares Nicken von Dominic einbrachte, ehe wir von Edwin unterbrochen wurden, der über den Rasen marschiert kam. Sein Vater schnappte ihn sich und warf ihn in die Luft, um ihn zum Lachen zu bringen, doch Edwin brach in Tränen aus.

»Du meine Güte, was ist denn los?«, fragte Dominic bestürzt.

»Ich wollte einen Bruder«, heulte der Junge.

»Eine Schwester ist mindestens genauso gut wie ein Bruder«, begütigte sein Daddy ihn. »Warte mal ab, ihr werdet euch prächtig verstehen und die besten Freunde sein.«

Edwin schniefte. »Joel ist mein bester Freund.«

»Na gut. Aber deine Schwester Seraphine hat mir gerade geflüstert, dass du zur Feier ihrer Geburt Schokokekse zum Frühstück essen darfst. Was hältst du davon?«

Zögernd wanderten seine Mundwinkel nach oben. »Na gut«, willigte er schließlich ein.

Während Ruth nach oben ging, um zu duschen, wiegte Dominic das Kind in seinen Armen und sang ihm leise etwas vor, während ich in mein Zimmer zurückkehrte, um mich anzuziehen und zu Ende zu packen. Vorher holte ich den Kündigungsbrief aus der Schublade, trug das Datum ein und unterschrieb ihn. Als ich Dominic nach mir rufen hörte, drehte ich das Blatt schnell um.

»Laura, ich hoffe, ich störe nicht. Könntest du vielleicht ein Foto von uns machen? Die Kleine schläft gerade ganz friedlich.«

Ich folgte ihm hinaus auf die Terrasse und wartete, bis sie sich zum Sinnbild ihres kleinen Familienglücks aufgestellt hatten. Dominic legte noch schnell einen neuen Film in die Kamera und wischte Edwin die Schokoladenränder vom Mund. Aus dem hinteren Teil des Gartens drang ein vertrautes Geräusch zu uns herüber, das leise Quietschen von Michaels Schubkarre.

»Mr. Harris!«, rief Edwin. »Ich hab ein Geschwisterchen bekommen!«

Dominic und Ruth drehten sich um und winkten dem Gärtner zu, der kurz die Hand hob und Glückwünsche herüberrief.

»Mach am besten gleich ein paar«, meinte Dominic, als er mir den Fotoapparat reichte.

Allerdings sah ich mich weder körperlich noch seelisch in der Lage, ein einziges halbwegs passables Bild zustande zu bringen, geschweige denn mehrere. Ich drückte einmal auf den Auslöser und gab ihm die Kamera zurück.

»Tut mir leid, mir geht's gerade nicht so gut«, entschuldigte ich mich.

»Ach je, das hättest du gleich sagen können.« Dominic musterte mich kurz. »Leg dich am besten wieder hin. Du musst fix und fertig sein. Ruth, ich gehe mal eben deine Mutter anrufen.« Er überlegte eine Sekunde und fügte dann hinzu: »Und Alex gebe ich gleichfalls Bescheid, oder? Er hat mich gestern Abend angerufen – er ist unten im Cottage und hat darum gebeten, dass ich mich melde, sobald wir Neuigkeiten haben.«

Alle Farbe wich aus Ruths Gesicht. Das Baby lag an ihrer Brust und hatte gerade angefangen zu trinken, doch jetzt riss es den Kopf zurück und begann zu schreien, als hätte es Ruths plötzlichen Stimmungswechsel gespürt.

»Nein«, rief sie heftig. »Bitte nicht. Nicht Alex.«

Dominic stutzte. »Na gut, ganz wie du meinst.« Er sah mich an. »Und dich soll ich daran erinnern, dass du dich bei ihm meldest, um dein Versprechen zu einzulösen.« Als ich nichts erwiderte, zuckte er mit den Schultern. »Wie auch immer, Vera rufe ich auf jeden Fall an.«

Ich wollte ihm ins Haus folgen, als Ruths Blick mich traf. Das schreiende Baby an der Schulter, stand sie auf und kam, am ganzen Körper bebend, auf mich zu.

»Verräterin!«, stieß sie hervor und schlug mit der freien Hand nach mir. »Du falsche Schlange. Ich habe dir vertraut, dabei warst du die ganze Zeit auf seiner Seite, stimmt's?«

Ich schüttelte den Kopf und wich vor ihr zurück, verfing mich mit dem Fuß an einem Stuhlbein und stolperte.

»Wie konnte ich dir je vertrauen? Du hast mich verraten, mich schamlos hintergangen, du mieses kleines Luder!«

Sie stieß mich so fest vor die Brust, dass ich rücklings auf die Küchenfliesen fiel. Ein stechender Schmerz schoss mir durch den Unterleib. Ich krümmte mich auf dem Boden zusammen und rang keuchend nach Atem.

»Geh«, sagte sie mit tränennassem Gesicht. »Pack deine Sachen und verschwinde. Lass uns in Ruhe. Ich will dich nie wiedersehen.«

27. Kapitel

SERAPHINE

Wie gebannt hänge ich an Lauras Lippen, während sie uns von dem Tag erzählt, an dem Ruths Baby geboren wurde, die echte Seraphine, und kann mich kaum davon losreißen, wenngleich ich das Ganze nach wie vor nicht durchschaue. Für mich ist und bleibt es ein totales Verwirrspiel, in dem man uns wie austauschbare Figuren hin und her schiebt.

Ich sehe zu Alex hinüber, der auf dem Sofa gegenüber sitzt. Wenn ich Seraphine bin, Ruths Tochter, ist dieser Mann mein Vater. Aber wenn er wirklich seine Tochter mitgenommen hat, bin ich wiederum nicht die echte Seraphine. Dann müsste es Kiara sein.

»Also bin ich Seraphine?«, wirft sie in diesem Moment ein.

»Ja«, sagt Alex.

»Nein«, widerspricht Laura.

Sie ist sichtlich mitgenommen, hat Hustenanfälle und fächelt sich Luft zu. Ihr Gesicht unter dem Verband ist fleckig, ihre Stimme wird zunehmend schwächer. Edwin springt auf, um ihr ein Glas Wasser zu holen.

Kiara schaut erst Laura völlig entgeistert an und gleich darauf Alex, während ich fieberhaft überlege, was diese neue Wendung bedeutet.

Wenn sie nicht Seraphine ist, bedeutet das zugleich, dass dieser Mann dort nicht ihr Vater, sondern meiner ist. Ich merke, dass Danny ebenfalls Gedankenspiele anstellt, schließlich steht auch seine Abstammung zur Debatte.

»Geht es wieder?«, fragt Edwin Laura.

Sie nickt.

»Dann solltest du weitererzählen und uns nicht unnötig auf die Folter spannen.«

Laura atmet tief durch und räuspert sich.

28. Kapitel

LAURA

Juli 1992

Ich schleppte mich hinüber in den Anbau. Die Schmerzen in meinem Unterleib waren so stark, dass ich stöhnte wie ein Tier. Im Bad wusch ich mir mit kaltem Wasser das Gesicht und wartete, dass es besser wurde. Aber kaum hatten die Krämpfe nachgelassen, schoss ein Schwall Flüssigkeit zwischen meinen Beinen hervor und platschte auf die Fliesen. Wie gelähmt und erfüllt von kaltem Entsetzen, stand ich da. Mein Koffer war gepackt, Ruth hatte mich gerade rausgeschmissen, und jetzt das. Vage war es mir seit Monaten klar gewesen, wenngleich eher unbewusst. Jetzt konnte ich endgültig nicht mehr die Augen davor verschließen, dass ein neues Leben in mir herangewachsen war und ans Licht der Welt drängte.

Jahre später las ich alles, was ich zu dem Thema in die Finger kriegen konnte – von seriösen, wissenschaftlichen Veröffentlichungen bis zu den reißerischen Berichten der Boulevardpresse. Ferner klickte ich mich durch Elternforen, eine schier unerschöpfliche Quelle, um meinen Wissensdurst zu stillen. Dass eine werdende Mutter ihren Zustand nicht wahrhaben will, ihn manchmal bis zur Niederkunft verleugnet, auch und vor allem vor sich selbst, soll bei einer von vierhundert Schwangerschaften der Fall sein. Über die Gründe lässt sich lediglich spekulieren, zumal sie sehr unterschiedlich sind, doch die einzige Ärztin, mit der ich je darüber gesprochen habe, meinte, mein Fall sei geradezu klassisch: Völlig auf mich allein gestellt, getrennt von meinen Freunden und meiner Familie, umgeben von Menschen, die genug zu tun hatten mit ihren eigenen Problemen, sei ein Kind schlichtweg undenkbar für mich gewesen. Dass ich sehr groß und breit gebaut bin und in meiner Zeit auf Summerbourne überdies ordentlich an Gewicht zulegte, half vermutlich, die Illusion so lange aufrechtzuerhalten.

Jedenfalls brach ich auf dem Badezimmerboden zusammen. Wie lange ich dort lag, weiß ich nicht mehr. Nach einer Weile hatte ich alles Zeitgefühl verloren. Manchmal rollte ich mich auf der Seite zusammen, dann hockte ich wieder auf allen vieren, ein ständiger Wechsel zwischen starken Wehen und kurzen Verschnaufpausen, in denen ich keuchend nach Luft schnappte. Mein Verstand ergab sich meinem Körper, und mein Körper wusste genau, was zu tun war. Ein gellender Schrei erfüllte den Raum, als ich das Kind herauspresste, ein Laut so fremd und verstörend, und dennoch musste er von mir gekommen sein. Oder? Ich öffnete die Augen. Das Neugeborene lag reglos und still in der Ecke unter dem Waschbecken, ein winziges Ding, die Haut bläulich verfärbt, zwischen uns das leise Pulsieren der Nabelschnur.

Im Hintergrund schwache Geräusche, die ich zunächst kaum wahrgenommen hatte, dann eine Stimme, die mich jäh aus meiner Benommenheit riss.

»Laura? Alles in Ordnung da drin?«

Dominic. Ich versuchte mich aufzusetzen, aber meine Hand rutschte auf den Fliesen weg, ich schlug mit dem Ellbogen auf und ein stechender Schmerz schoss mir den Arm hinauf. Die Türklinke wurde heruntergedrückt.

»O verdammt«, stieß er hervor und eilte zu mir, beugte sich über das Baby und wischte ihm den Schleim aus Nase und Mund. Er nahm ein Handtuch und rubbelte den kleinen Körper kräftig ab. »Komm schon, komm.«

Plötzlich ein gurgelnder Laut, gefolgt von leisem Wimmern. Dann begann sich die Haut rosig zu färben – ein Zeichen, dass die Lungen sich mit Sauerstoff füllten.

Dominic barg das Kind an seiner Brust und sah mich an. »Ist es meins?«

Ich schloss die Augen und nickte.

Wie aus weiter Ferne nahm ich wahr, dass er umherging und leise vor sich hin murmelte, bevor ich weggedämmerte. Ich schrak jäh auf, als er sich über mich beugte und mich anstieß.

»Hier, er hat Hunger. Du musst ihn stillen.«

Trotz des Widerwillens, mit dem ich mein T-Shirt hochzog und ihn mir an die Brust legte, schaffte dieses schwache, kaum lebensfähig wirkende Baby es, dank irgendwelcher Urinstinkte zu trinken. Unterdessen holte Dominic Ruths Hausgeburtenset und schnitt die Nabelschnur durch, während meine Gedanken einzig und allein darum kreisten, wie ich von hier wegkommen sollte. Wusste er, dass Ruth mich gefeuert hatte? Als ich zu ihm aufschaute, stellte ich erstaunt fest, dass er überhaupt nicht verärgert schien. Vielmehr hatte er Tränen der Rührung in den Augen, als er auf das Kind an meiner Brust blickte.

»Mein Sohn«, sagte er.

Sowie er eingeschlafen war, zog ich mein T-Shirt wieder herunter, drückte Dominic das Baby in die Arme und rutschte auf dem schmierigen Boden zur Seite, um so viel Abstand wie möglich zwischen uns zu bringen.

»Ich kann nicht«, hörte ich mich sagen.

Dominic streichelte den kleinen Kopf, seine Stimme war sanft, wie verzaubert. »Er kann bei uns bleiben. Als Edwins und Seraphines Bruder. Schließlich gehört er hierher, nach Summerbourne.«

»Und Ruth?«

»Das hat sie nicht zu entscheiden, dieses Kind ist meins, und sie kann es nicht so mit Beschlag belegen, wie sie das bei Seraphine tun wird.«

Ich betrachtete die dürren Arme und Beine, die verschrumpelte Haut dieses winzigen Babys und schüttelte den Kopf, während Dominic weiter auf mich einredete.

»Natürlich wird Ruth sich erst mal furchtbar aufregen, doch uns fällt bestimmt etwas ein. Wenn sie will, sagen wir den Leuten einfach die Wahrheit. Wenn nicht, behaupten wir eben, dass es wieder Zwillinge seien. Darauf haben ohnehin alle gehofft.«

Meine Gedanken überschlugen sich. Ruth würde sich nicht bloß aufregen. Sie würde ausrasten und ihm das niemals verzeihen. Und mir auch nicht. Ich versuchte mir vorzustellen, wie sie die Nachricht aufnehmen, wie sie mit einem Schlag begreifen würde, wie weit mein Verrat an ihr tatsächlich reichte. Immerhin hatte ich ihr etwas entgegenzusetzen: dass ich ihr Geheimnis kannte. Und das wusste sie. Wenn mir kein anderer Ausweg blieb, würde ich Dominic einfach eröffnen, dass Seraphine nicht seine Tochter war.

»Geh jetzt duschen, Laura«, sagte er, »und zieh dir was an. Ruth ist oben und hat sich hingelegt. Sie will sich etwas ausruhen, solange Seraphine schläft. Ich muss gleich mit Edwin zum Bahnhof, um Vera abzuholen, sie kommt mit dem Mittagszug und hat noch keine Ahnung, was es geworden ist – ich habe ein Geheimnis daraus gemacht. Zum Glück.« Mit einem versonnenen Lächeln blickte er auf das Baby. »Ich sage ihr einfach, dass wir ein Pärchen bekommen haben, sie wird bestimmt außer sich sein vor Freude, dass es wieder Zwillinge auf Summerbourne gibt. Und wenn wir zurück sind, erkläre ich es Ruth. Wenn ihre Mutter da ist, reißt sie sich vielleicht zusammen – vor ihr wird sie auf jeden Fall die Fassade wahren wollen. Ihr dürfte klar sein, dass es so für uns alle das Beste ist, wenn wir kein Aufsehen erregen wollen.«

In diesem Moment durchschnitt ein weiterer Krampf meinen Unterleib.

»Nachwehen«, stellte Dominic fest. »Hast du Paracetamol da? Wenn du so weit bist, rufe ich dir ein Taxi, das dich direkt nach Hause zu deiner Mutter bringt. Schlafen kannst du unterwegs. Und heute Abend liegst du in deinem eigenen Bett und kannst das alles vergessen.« Er wandte sich erneut dem Baby zu. »Komm, mein kleiner sommergeborener Summerbourne.« An der Tür blieb er noch einmal stehen und sah sich nach mir um. »Hast du eigentlich einen Namen für ihn? Einen Vorschlag, wie er heißen könnte.«

Ich erschauerte. Es gab tatsächlich einen Namen, den ich mir überlegt hatte, sollte ich jemals einen Sohn haben.

»Danny«, sagte ich.

»Daniel, das gefällt mir.« Er schien vergessen zu haben, wo er war, hatte ausschließlich Augen für seinen Sohn und legte die Hand schützend um den winzigen Körper. »Na, mein kleiner Junge? Das ist dein Zuhause, Danny. Du wirst mit deinem Bruder und deiner Schwester aufwachsen, und du wirst hier sehr glücklich sein. Ja, das gefällt dir, nicht wahr?« Er hauchte dem Baby einen Kuss auf die Stirn, dann fiel sein Blick wieder auf mich. »Sieh zu, dass du fertig wirst. Ich ziehe dem Kleinen schnell was über, lege ihn dann nebenan ins Bettchen, und wenn ich Vera vom Bahnhof abgeholt habe, rede ich mit Ruth.«

29. Kapitel

SERAPHINE

Danny stößt mit dem Knie gegen den Couchtisch, als er aufspringt und aus dem Zimmer stürmt. Unsere leeren Tassen und Gläser klirren. Ich eile ihm hinterher und rufe nach ihm, aber er bleibt erst stehen, als er außer Sichtweite des Hauses angelangt ist, beim Schuppen hinter den Stallungen.

»Bitte.« Ich will ihn umarmen, doch er schüttelt mich ab.

»Lass mich in Ruhe.« Schwer atmend legt er die Stirn an die Schuppentür. »Diese Frau lügt. Sie versucht sich in unsere Familie einzuschleichen. Ich will nichts mehr von ihren Geschichten hören.«

Bienen summen in den Lavendelbüschen, eine dicke Hummel kommt angeflogen und steuert im Zickzackkurs auf mich zu. Ich scheuche sie weg.

»Das tut mir leid, trotzdem …«

»Ich meine, was soll das? Warum erzählt sie uns das alles?« Er dreht sich zu mir um und lässt sich mit dem Rücken gegen die Holztür fallen. »Warum hast du dich überhaupt auf die Suche nach ihr gemacht? Wie konntest du uns das antun?«

Plötzlich verschwimmt mir alles vor Augen. »Weil ich endlich wissen wollte, wer ich bin! Kapierst du das nicht?

Ich bin nicht Seraphine – Alex hat Seraphine mitgenommen. Genau genommen habe ich nach wie vor keinen blassen Schimmer, wer ich nun bin.«

Dannys Brust hebt und senkt sich schwer. Vergeblich strecke ich die Hand nach ihm aus.

»Komm«, sage ich. »Komm wieder mit rein.«

Er lacht trocken. »Einen Teufel werde ich tun.«

»Bitte, Danny. Allein stehe ich das nicht durch.«

»Dann lass es bleiben. Du hast damit angefangen, also zieh es jetzt gefälligst durch. Wahrscheinlich bin ich nicht mal dein …«

»Nein, sag es nicht.«

»Wir sind nicht miteinander verwandt, *Schwesterherz*.« Wieder dieses trockene, spöttische Lachen, aber jetzt laufen ihm dabei Tränen über die Wangen. Seine Stimme ist kaum mehr als ein heiseres Flüstern. »Ich bin nicht dein Bruder, Seraphine.«

Eine gefühlte Ewigkeit stehen wir uns stumm gegenüber, atmen im selben Takt, nehmen den Blick nicht voneinander.

»Doch, bist du«, sage ich, »und wirst es immer bleiben. So oder so, ob verwandt oder nicht.«

Er ringt sich ein Lächeln ab, das beinahe entschuldigend wirkt. »Na, geh schon. Geh und hör dir den Rest an. Vielleicht ist Alex ja wirklich dein Vater. Vielleicht auch nicht. Geh rein und frag ihn.«

»Vorausgesetzt, du kommst mit.«

»Seph, hör auf, ich kann nicht«, erwidert er genervt und presst die Lippen zusammen.

»Bitte, Danny, ohne dich stehe ich das nicht durch. Ja, ich will den Rest hören, weil ich es wissen muss. Aber ich will, dass du dabei bist.«

Er schließt die Augen. Ein betörender Lavendelduft umfängt uns. Wir stehen gerade mal ein paar Meter von der Stelle entfernt, wo Joel Edwins coolen Freunden erzählt hatte, dass wir die Koboldskinder von Summerbourne seien. Wie recht sie alle hatten. Und wenn Danny nicht bald etwas sagt, lege ich mich einfach ins warme Gras und stehe nie wieder auf.

»Okay«, willigt er nach einer Weile ein. »Bringen wir es hinter uns. Danach, das garantiere ich dir, will ich diese Frau nie wiedersehen.«

Als Danny und ich ins Wohnzimmer zurückkehren, wirkt dort alles, als würde bei einem Drink höfliche Konversation getrieben. Das vereinzelte Klirren von Eiswürfeln in Gläsern lässt alles noch surrealer erscheinen. Nichts deutet darauf hin, dass die Beziehung zwischen Danny und mir, unser ganzes Leben und unser Selbstverständnis soeben für null und nichtig erklärt wurden. Edwin empfängt uns mit einem matten Lächeln, Joel reicht mir ein Glas eisgekühltes Wasser, und ich lasse mich neben ihn aufs Sofa fallen.

Seine beruhigende Gegenwart ruft mir ins Bewusstsein, dass immerhin meine Kindheit mir gehört. Alles, was ich erlebt habe, sämtliche Erinnerungen gehören mir. Das kann mir niemand nehmen. Ganz gleich, was Laura jetzt noch erzählt oder woher ich als Baby gekommen sein mag. Sämtliche Erfahrungen, die ich als Seraphine Mayes gemacht habe, als das Kind, das auf Summerbourne aufwuchs, werden nach wie vor Gültigkeit haben. Weil es *meine* Erfahrungen sind, die mich geprägt haben. Oder etwa nicht?

Alex spricht mit Laura und wirkt inzwischen so mitgenommen, als wüsste er selbst nicht mehr, warum er überhaupt hier ist.

»Mir ist nicht entgangen, dass irgendetwas an dir ... anders war, als ich im Sommer nach Summerbourne zurückgekehrt bin. Hat das wirklich sonst niemand bemerkt?«

»Nein, obwohl ich ganz schön zugelegt hatte, fast fünfzehn Kilo.« Man merkt Laura an, dass sie mit den Nerven völlig am Ende ist und sich sehr zusammenreißen muss. »Vermutlich fiel es nicht auf, weil es sich gleichmäßig verteilt hat. Zudem bin ich in Leggings, Schlabberpullis, weiten Blusen herumgelaufen. Ich sah einfach dick aus, nicht schwanger. Nach dem langen Winter kein Wunder. Kaum Bewegung, dafür ständig Kuchen und Kekse, die ich mit Edwin gebacken habe.« Sie zuckt mit den Schultern. »Wobei ich inzwischen glaube, dass ich es tief drinnen ziemlich früh wusste, ohne es wahrhaben zu wollen. Weil ...« Sie bricht ab und schüttelt den Kopf.

»Weil du nicht weiterwusstest?«, fragt Alex.

»Das ganz sicher. Und weil ich es unfair fand. Ja, ich weiß, wie kindisch das klingt, aber so habe ich das wirklich empfunden. Hinzu kommt, dass ich die Pille genommen habe, sodass es eigentlich gar nicht hätte passieren dürfen.«

»Und es ist wirklich niemandem aufgefallen? Irgendjemand müsste zumindest eine Vermutung gehabt haben.«

»Ich bin in dem einen Jahr ehrlich gesagt nicht viel unter Leute gekommen. Du weißt ja selbst, wie zurückgezogen wir gelebt haben. Höchstens die Kinderschwester, die du damals eingestellt hattest, könnte etwas gemerkt haben, sie hat mich so merkwürdig von oben bis unten gemustert. Als sie mir aufgemacht hat, hielt sie mich sogar erst für Ruth. Für die Leute im Dorf hingegen war ich einfach das Au-pair-Mädchen der Mayes. Nicht weiter interessant. Vor allem weil ich nicht bereit war, ihre neugierigen Fragen nach den angeblich mysteriösen Vorgängen auf Summerbourne zu beantworten.«

»Dad.« Kiara legt Alex die Hand auf den Arm. »Seraphine und Danny sind zurückgekommen.«

Alex schaut zu uns herüber, als müsste er erst überlegen, wer wir gleich wieder waren.

»Sollen wir weitermachen?«, fragt Edwin.

Laura lehnt sich in ihrem Sessel zurück. »Ja«, sagt sie. »Ich bin fast fertig.«

30. Kapitel

LAURA

Juli 1992

Als Dominics Schritte verklungen waren, brachte ich mich
für die nächste Wehe wieder auf allen vieren in Stellung.
Ich wusste, dass die Plazenta noch herausmusste, das war
wichtig. Allerdings wie Nachwehen fühlte es sich nicht an –
mir kam es eher vor, als würde alles noch mal von vorne
losgehen. Die Kontraktionen nahmen an Stärke und Häu-
figkeit zu, und erneut verlor ich jegliches Gefühl für Raum
und Zeit, bis es vorbei war und ich zitternd auf dem Badezimmerboden zusammensackte.

Zu meinen Füßen lag ein weiteres winziges Baby, blau
und reglos.

Ich lehnte mich an die Badewanne und blieb eine Weile
so sitzen, bis mein Atem sich etwas beruhigt hatte und
langsam Kraft in meinen Körper zurückkehrte, nachdem
die beiden Plazenten ebenfalls draußen waren. Ich kroch
über die verschmierten Fliesen zu dem Baby und steckte
ihm einen angewinkelten Finger in den Mund, wie ich es
Dominik hatte machen sehen. Handtücher waren keine
mehr übrig, also zog ich mein T-Shirt aus und rieb den klei-

nen Körper so gut wie möglich trocken. Es war ein Mädchen. Ich nahm es an die Brust, während meine Gedanken weit vorauseilten. Dass Ruth eines von Dominics Kindern annahm, war bereits unwahrscheinlich genug. Dass sie sich darauf einließ, die drei als Drillinge auszugeben, schien mir nahezu ausgeschlossen.

Sollte ich die Kleine einfach mitnehmen? Nach Hause zu Mum und Beaky, denen es bei allem und jedem darum ging, den Schein spießiger Bürgerlichkeit zu wahren, und die sich als die schlimmsten Moralapostel gebärdeten, die man sich denken konnte. Nie würden sie einen solchen Fehltritt hinnehmen, sondern mich hochkant rausschmeißen. Meine Mutter allein nicht, doch sie hatte ja nichts zu sagen. Undenkbar. Sie würden mich nie mit dem Kind bei sich wohnen lassen. Wir hätten kein Dach über dem Kopf, hätten keine Familie und keine Unterstützung. Es ging nicht anders, ich musste mir eine andere Lösung überlegen.

Als ich am ganzen Körper zu zittern begann, zog ich mich schwerfällig am Wannenrand hoch. Ich war erschöpft und völlig durchgefroren, meine Beine fühlten sich taub an. Ungeschickt hantierte ich mit den Gerätschaften, die Dominic zurückgelassen hatte und schaffte es, das Baby abzunabeln. Dann schleppte ich mich mit ihm in mein Zimmer und legte mich aufs Bett, beobachtete, wie die kleine Brust sich mit jedem Atemzug hob und senkte. Was sollte aus dem Kind werden?

Irgendwann raffte ich mich auf und ging zurück ins Bad, stellte mich unter die Dusche und spülte Blut und Schleim von meinem Körper, wobei ich mich festhalten musste, um nicht umzukippen vor lauter Schwäche. Danach war ich so erschöpft, dass ich ewig brauchte, um mich anzuziehen.

Ich trug die Kleine nach nebenan, wo ich eine Nachricht von Dominic fand. *Danny war wach, und ich habe ihn mit zum Bahnhof genommen. Alles wird gut.*

Mit zitternden Händen zog ich dem Baby eine Windel und einen Strampler an und legte es in das Bettchen. Auf einmal spürte ich eine seltsame Ruhe über mich kommen, die es mir erlaubte, die Situation nüchtern und objektiv zu betrachten. Es brachte nichts, sich den Kopf darüber zu zerbrechen, wie ich das alles wieder in Ordnung bringen konnte. Stattdessen sollte ich mich darauf konzentrieren, von hier wegzukommen. Dazu brauchte ich Hilfe. Also musste ich mich zunächst in den Flur schleppen, wo das Telefon stand.

Dort lauschte ich, ob von Ruth oder ihrem Baby etwas zu hören war. Nichts, alles blieb still. Rasch vergewisserte ich mich noch, dass Dominics Auto aus der Einfahrt verschwunden war. Ich brauchte jemanden, der mich nach London fahren würde, und zwar jetzt und nicht erst in ein paar Stunden. Ich musste weg sein, bevor Dominic zurückkam und das zweite Baby fand.

Alex war vor Ort, er konnte mir helfen. So viel war er mir zudem schuldig nach allem, was ich für ihn getan hatte. Wer hatte ihm denn gesagt, dass er Vater wurde, wer hatte ständig Nachrichten zwischen ihm und Ruth hin- und hergetragen und zu vermitteln versucht, wer hatte alles vor Dominic geheim gehalten? Alex würde mir helfen, gar keine Frage.

Mit flatternden Händen suchte ich seine Nummer heraus und wählte sie. Nach dem zweiten Läuten nahm er ab: »Hallo?«

»Alex?«, flüsterte ich.

»Laura? Bist du das?«

Meine Knie zitterten so sehr, dass ich mich auf den Stuhl neben dem Telefontisch sinken ließ.

»Kannst du bitte kommen, jetzt gleich? Ich brauche deine Hilfe.«

Kurzes Schweigen am anderen Ende, dann etwas, das wie ein Lachen klang.

»Es ist da, oder? Bin schon unterwegs.«

»Nein!«, sagte ich und gleich noch einmal etwas leiser: »Nein.«

Aber da hatte er längst aufgelegt. Als ich aufschaute, sah ich Ruth auf der Treppe stehen, das Baby im Arm. Sie starrte mich an. Ich erhob mich schwerfällig.

»Du hast es ihm gesagt, oder?«, fragte sie.

»Nein, habe ich nicht, er hat mich falsch verstanden.«

Ihr Gesicht war kreidebleich geworden. »Er kommt her, stimmt's? Er will sie holen.« Sie kam die Treppe herunter und hielt das Kind so fest, dass ihre Knöchel sich weiß von der gelben Babydecke abhoben. Ihr Blick irrte durch den Flur. »Ich muss sie verstecken«, sagte sie. »Wo kann ich sie verstecken? Er darf sie nicht finden.«

Das Baby stieß einen hohen, dünnen Schrei aus.

»Schsch«, machte Ruth und drückte mir das Kind in die Arme. »Hier, nimm sie. Versteck sie irgendwo, wo er sie nicht findet. Versuch sie zu beruhigen. Bitte, Laura.«

Nach nichts stand mir der Sinn weniger, als dieses Kind aufgebürdet zu bekommen, doch kaum lag sie in meinen Armen, beruhigte sie sich. Verglichen mit den beiden Würmchen, die ich gerade zur Welt gebracht hatte, fühlte sie sich schwer und kompakt an, ein richtiges Baby mit strammen Beinen, die sie erst an den Körper zog, dann kräftig streckte.

Sie grub ihr Gesicht an meinen Hals und begann mit den Lippen zu schmatzen.

»Sie hat Hunger«, sagte ich, was die Kleine mit einem weiteren kläglichen Schrei bestätigte.

Ruth stellte sich auf die Zehenspitzen, um den Riegel an der Haustür vorzulegen. Sie war erschreckend blass, kalter Schweiß stand ihr auf der Stirn. Hektisch eilte sie weiter, spähte aus dem Fenster die Einfahrt hinunter zur Straße.

»Was soll ich jetzt tun?« Sie zitterte am ganzen Leib. »Er kann jede Minute hier sein und wird sie mir wegnehmen. Das ertrage ich nicht, ich ertrage es nicht!«

Schwindel erfasste mich, und ich lehnte mich an die Wand. Das Baby stieß einen erstaunlich kräftigen Schrei aus. Als Ruth sich nach uns umdrehte, waren ihre Pupillen riesig.

»Gib sie mir.«

Sie riss mir das Kind aus den Armen, und in dem Augenblick hörten wir es beide: Ein Auto kam den Weg zum Haus hinaufgefahren.

Reglos stand sie da, drückte das nun verstummte Baby an die Brust und ließ mich nicht aus den Augen, während wir beide den Atem anhielten und lauschten. Das Brummen des Motors zerschnitt die Stille, Kies spritzte, dann wurden Autotüren zugeschlagen, wie zwei Schüsse kurz hintereinander. Schnelle Schritte näherten sich, dann vernahmen wir seine Stimme, fordernd und zugleich beherrscht.

»Ruth? Ich bin's, Alex. Lässt du mich bitte rein?«

»Wer ist bei dir?«, rief sie zurück.

»Das ist eine Kinderschwester. Keine Sorge, Ruth, ich möchte nur mein Kind sehen.«

Erneut wurde an die Tür gehämmert, und der Briefschlitz klapperte, als würde jemand hindurchschauen.

»Sie ist nicht deins!«, schrie Ruth.

»Ist es ein Mädchen? Ruth, lass mich rein. Ich will nicht mehr, als sie zu sehen und mich zu vergewissern, dass es ihr gut geht.«

»Sie ist nicht deine Tochter!«, schrie Ruth. »Hau endlich ab!«

Sie war davor, völlig durchzudrehen. Kurz geriet sie ins Wanken, wäre um ein Haar mit dem wimmernden Baby zu Boden gestürzt. Sie fing sich gerade noch rechtzeitig, und ohne mich eines weiteren Blickes zu würdigen, stürmte sie in die Küche und von dort über die Terrasse in den Garten, wie ich dem Geräusch eines umkippenden Gartensessels entnahm. Gleichzeitig steigerte sich der Lärm vor der Haustür. Alex klingelte Sturm, und immer wieder krachte der Türklopfer gegen das Holz.

»Wenn du mich nicht sofort reinlässt, rufe ich die Polizei.«

Mein Bick fiel auf den schweren Riegel. Kurz überlegte ich, einfach aufzumachen, in Alex' Auto zu steigen und darauf zu bestehen, dass er mich auf der Stelle nach Hause brachte. Aber mit einem Mal wurde ich aufs Neue von Schmerzen gepackt, die mich völlig außer Gefecht setzten. Wie gelähmt harrte ich der Dinge, die da kommen mochten.

Draußen knirschten Schritte auf dem Kies. Ich spitzte die Ohren, und wenig später tauchte Alex von hinten an der Terrassentür auf – er war einfach über die Mauer hinter den Stallungen geklettert.

»Ruth? Hallo? Wo bist du?«

Er stürmte an mir vorbei ins Haus, riss den Riegel an der Eingangstür zurück, und gleich kam die Kinderschwester mit einem Babysitz in der einen und einer großen Arzttasche in der anderen Hand hereingepoltert.

Alex packte mich so fest bei den Armen und schüttelte mich so heftig, dass ich eine Schrecksekunde lang ohnmächtig zu werden glaubte.

»Sag, ist es ein Mädchen?« Flehentlich sah er mich an. »Habe ich eine Tochter?«

Die Tränen auf seinen Wangen entwaffneten mich, und ich nickte stumm.

Die Kinderschwester war an uns vorbei in die Küche gegangen und stand jetzt wie ein dunkler Schatten erneut in der Tür.

»Auf dem Rasen liegt eine Babydecke«, verkündete sie mit einem bedrohlichen Unterton.

»Wo ist Ruth?«, bedrängte Alex mich.

Meine Knie zitterten und drohten unter mir nachzugeben.

»Laura? Wo ist sie? Sag es mir, bitte.« Seine Stimme klang rau und gepresst. »Ist sie etwa zu den Klippen gegangen?«

Ich zitterte am ganzen Körper. Warum schaute er zur Abwechslung nicht mich einmal an? Dann würde er kapieren, dass *ich* es war, die seine Hilfe brauchte. Ruth und dem Baby würde mit Sicherheit nichts passieren. Doch er war nicht von seiner Fixierung auf die beiden abzubringen. Seine Ungeduld wuchs, sein Ton wurde schärfer.

»Hat sie das Kind mit zu den Klippen genommen, Laura? Sag endlich was! Hat sie das Baby mit zu den Klippen genommen?«

Als ich nickte, ließ er mich stehen und eilte in die Küche. Ich folgte ihm bis zur Tür und sah ihn in den Garten rennen. Die Kinderschwester wollte ihm gerade hinterherlaufen, blieb dann verdutzt stehen und drehte sich jäh um.

»Halt!«, rief sie ihm nach. »Warten Sie, kommen Sie zurück.«

Zögernd hielt Alex inne. »Warum?«

Ein Lächeln huschte über das Gesicht der Frau, und sie winkte ihn zu sich ins Haus.

»Seien Sie mal ganz still«, flüsterte sie. »Wenn mich nicht alles täuscht, höre ich ein Baby.«

Mit beiden Händen hielt ich mich an der Küchentür fest, stand stocksteif da und wagte nicht zu atmen. Alle drei vernahmen wir ein klägliches Wimmern, das schwach aus dem Anbau zu uns herüberdrang. Aus dem Spielzimmer, das eigens für die Hausgeburt hergerichtet worden war mit Bettchen und Wickeltisch und allem, was man so brauchte. Die Hebamme bedachte mich mit einem strafenden Blick, Alex' Augen hingegen strahlten – er war am Ziel seiner Wünsche.

»Ist sie dort drin?«

Vorsichtig öffnete er die Tür und ging fast andächtig auf Zehenspitzen nach nebenan, um den kleinen Schreihals nicht zu erschrecken. Als ich ihm unschlüssig folgte, reckte sich auf einmal ein dünnes, weiß gekleidetes Ärmchen aus dem Bett, in dem sicher einst Edwin und Theo als Neugeborene geschlafen hatten.

»Nein«, presste ich kraftlos hervor, doch Alex und die Schwester waren nicht zu halten. Schritt für Schritt näherten sie sich meiner winzigen Tochter, verschlangen sie verzückt mit ihren Blicken.

Es schnürte mir die Kehle zu, als ich sah, wie sie sich über sie beugten. Sie saßen einem gewaltigen Irrtum auf, ohne dass ich in der Lage gewesen wäre, es ihnen zu erklären. Und was hätte ich sagen sollen? Es war alles so ein heilloses Durcheinander. Und wer weiß, vielleicht meinte die Vorsehung es ja sogar gut mit uns. Wenn ich sie selbst nicht behalten konnte, wäre die Kleine bei Alex sicher optimal aufgehoben. Besser vermutlich als irgendwo anders. Allein wie er dem Baby seinen Finger in die kleine Hand legte und wie ihre winzigen Fingerchen sich sofort darum schlossen. Er war restlos hin und weg.

»Wie wunderschön sie ist«, sagte er und lächelte auf eine Weise, wie ich ihn nicht mehr hatte lächeln sehen seit jenem Tag, als wir am Strand um die Wette gerannt waren, sorglos und ausgelassen. »So klein und so perfekt. Wie heißt sie?«

Ich brachte kein Wort heraus. Die Zukunft schien wie ein Boot auf stiller See, ehe die Segel gesetzt wurden – unbewegt zwischen den Elementen schwebend. Alles hing jetzt von meinen nächsten Worten ab, es war ein Ringen zwischen Schuld, Liebe und Verzweiflung. Sollte ich ihm die Wahrheit sagen? Dass seine Tochter draußen bei Ruth war und nichts ahnte von den erbitterten Kämpfen der Erwachsenen, die um sie ausgefochten wurden? Sollte ich ihm sagen, dass dieses wunderbare, winzig kleine und verletzliche Kind, das seinen Finger so fest umklammert hielt, weder erwünscht noch erwartet gewesen war, dass es keinen Namen hatte und nicht seins war?

Ich öffnete den Mund.

Alex sah mich ungläubig an. »Sag jetzt nicht, sie haben ihr bislang nicht mal einen Namen gegeben? Na, meine Kleine«, gurrte er zärtlich und strich mit dem Daumen über die Babyhand. »Wie sollen wir dich nennen? Kiara? Gefällt dir der Name? Der gefällt dir, oder?«

Als ich die Augen schloss, sah ich die hohen, hellen Rechtecke der Fenster wie gleißende Schemen hinter meinen Lidern glühen. Es kostete mich alle Kraft, sie zu öffnen und zu verfolgen, was gerade geschah.

Die Kinderschwester öffnete die Druckknöpfe des

Strampelanzugs und riss die Klebestreifen der Windel auf, säuselte dabei dummes Zeug in einer typischen Babysprache und wechselte leise ein paar Worte mit Alex.

»Zu welcher Zeit ist sie genau zur Welt gekommen? Wann wurde sie das letzte Mal gestillt?«, wollte sie wissen, während Alex sich nach Dominic erkundigte.

»Sie ist ganz kalt. So klein wie sie ist, muss sie besonders warm angezogen werden«, dozierte die Kinderschwester. »Sie ist noch nicht in der Lage, ihre Körpertemperatur selbst zu regulieren.«

»Wurde Dominic überhaupt schon von der Geburt in Kenntnis gesetzt?«, wandte Alex sich an mich, woraufhin ich stumm nickte.

Dann beobachtete ich mit wehem Herzen, wie die Kinderschwester meine Tochter auf den Wickeltisch legte, sie auszog und ihr rasch weiche warme Sachen anzog, die sie mitgebrachte hatte, und sie anschließend in den Babysitz legte und festschnallte.

»Du siehst furchtbar aus, Laura«, sagte Alex zu mir. »Es tut mir leid, dass wir dich in das alles mit hineingezogen haben.« Er trat näher zu mir und verstellte mir den Blick. »Hör zu, ich werde sie jetzt mitnehmen, damit sie erst mal in Sicherheit ist. Sag Ruth und Dominic Bescheid, wenn sie wieder da sind, ja? Sie sollen mich anrufen, dann sehen wir weiter.«

Nebenan läutete das Telefon, ein schriller Laut, der sich in meine Gehörgänge bohrte und fast meinen Schädel platzen ließ. Keiner von uns reagierte darauf.

»Hast du mich verstanden? Ich kann sie nicht hierlassen. Laura, hörst du?«

Ich nickte benommen, während die Schwester an mir

vorbei zur Tür ging. Den Kindersitz trug sie so, dass ich das Gesicht meines Babys nicht sehen konnte. Alex drückte kurz meine Hand.

»Es ist nicht deine Schuld, Laura. Sag ihnen einfach, sie sollen mich anrufen.«

Das Geräusch in meinem Kopf wurde immer lauter, steigerte sich zu einem unerträglichen Dröhnen, einem verzweifelten, unerbittlichen Lärmen. Bis ich es hinüber ins Haus schaffte und aus dem Fenster im Flur schaute, waren sie längst weg. Alex, die Kinderschwester und meine kleine Tochter waren fort.

31. Kapitel

SERAPHINE

Ich bin also Seraphine, bin tatsächlich Ruths Tochter. Das Baby, mit dem sie sich an die Klippen geflüchtet hat. Und Alex ist mein Vater. Aber er hat nicht sein Kind mitgenommen, so war es nicht. Ich blieb auf Summerbourne und wuchs bei einem Mann auf, der zwar nicht mein leiblicher Vater war, jedoch immer mein Dad bleiben würde.

Gleichzeitig lebte ich unter Menschen, die hinter meinem Rücken über mich tuschelten. Nachbarn, die mich argwöhnisch musterten, Freunde, die fragten, warum ich meinen Brüdern nicht ähnlich sähe, Kindern, die mich ständig damit aufzogen, dass ich eigentlich ganz woanders herkäme.

Trotzdem blieb ich auf Summerbourne, wo ich hingehörte, wo ich mich ungeachtet allen Getuschels immer zu Hause gefühlt habe.

Laura hält den Blick gesenkt, während sie erzählt. Edwin sitzt alarmbereit neben ihr, er scheint zu fürchten, sie könnte jeden Moment zusammenbrechen. Wir drei auf dem Sofa, Danny, Joel und ich, schauen abwechselnd zwischen Laura sowie Alex und Kiara hin und her. Erleichterung darüber, Seraphine zu sein, die wahre, echte Seraphine, flutet durch

398

meinen Körper wie ein Rausch, während das tiefere Verständnis, was das letztendlich für mich, für meine Familie bedeutet, sich noch im Hintergrund hält und dort lauert wie ein schleichendes Gift.

Alex schüttelt den Kopf, sein Atem geht schwer. Lauras Beichte hat ihn zutiefst erschüttert, auf seinem Gesicht spiegelt sich ein ungläubiger Schmerz wider.

»Nein«, stößt er heiser hervor. »Nein.«

Kiara hingegen sitzt aufrecht da, die Hände im Schoß, den Blick ruhig auf Laura gerichtet.

»Dann bist du also meine Mutter?«, fragt sie schließlich, und als Laura nickt, fügt sie hinzu: »Und Dominic war mein Vater.«

Unfähig, der Tatsache ins Gesicht zu sehen, geschweige denn sie zu akzeptieren, steht Alex schwankend auf.

»Warum? Warum tust du uns das an?«

Er streckt die Hände nach der Frau aus, die gerade all seine Gewissheiten zerstört hat, als wollte er sie anflehen, ihre Worte zurückzunehmen und eine andere Erklärung zu bieten.

»Dad«, sagt Kiara und bricht sogleich ab, als sie registriert, dass sein Blick nicht auf sie, sondern auf mich gerichtet ist. Es kommt mir vor, als würde ein zentnerschwerer Stein auf uns beiden lasten. Was immer Kiara sagen wollte, es bleibt ihr im Hals stecken.

Plötzlich wendet sich Danny mit barscher Stimme an Laura. »Du hast uns im Stich gelassen. Hast tatenlos zugesehen, wie dir erst dein Sohn, dann deine Tochter weggenommen wurde. Dann bist du nach Hause gefahren, und die Sache war für dich erledigt.«

Die Frau, die seine Mutter ist und es doch nie war, sucht

399

seinen Blick. »Mir ist natürlich bewusst, dass es mit nichts wiedergutzumachen ist. Mich bei euch zu entschuldigen, kann nicht ungeschehen machen, was passiert ist. Aber glaub mir, ich bedaure es zutiefst, und es ist kein Tag vergangen, an dem ich nicht an euch gedacht habe.«

Danny schluckt. »Und mein Vater …«

Laura beugt sich leicht vor. »Dein Vater hat dich geliebt, er war vom ersten Moment an völlig vernarrt in dich.«

Als ich spüre, wie ein Beben durch Danny geht, schmiege ich kurz mein Gesicht an seine Schulter und drücke seine Hand.

Währenddessen versucht Alex vergeblich, Kiara zum Gehen zu bewegen, sie schüttelt beharrlich den Kopf.

»Nein, lass mich. Wir müssen darüber reden, und zwar am besten hier und jetzt.«

Edwin und Joel stellen sich schützend neben Laura, als sie sehen, dass Alex, der am meisten von allen getroffen zu sein scheint, auf sie zusteuert. Sie hält die Armlehnen ihres Sessels umklammert, ohne eine Miene zu verziehen.

»Was hast du dir dabei gedacht?«, schleudert Alex ihr entgegen. »Du hast mich wissentlich getäuscht. Wie konntest du uns das antun? Merk dir jedenfalls eines: Kiara ist und bleibt meine Tochter.«

Langsam stemmt Laura sich aus dem Sessel hoch, sodass sie Alex von Angesicht zu Angesicht gegenübersteht. Ihre dunklen Augen funkeln unter dem weißen Verband.

»Wir haben uns alle schuldig gemacht: du, ich, Ruth, Dominic. Nur weil man uns für unsere Fehler nicht in Haft nehmen kann wie Vera für ihre Vergehen, heißt es nicht, dass unser Tun ohne Folgen bliebe. Wir haben alle daran zu tragen, bis heute.« Als sie Alex' Betroffenheit bemerkt, schlägt sie einen versöhnlicheren Ton an. »Wir müssen die Kinder jetzt an erste Stelle setzen«, sagt sie und seufzt. »Ich weiß, dass wir damals glaubten, genau das zu tun, oder es uns zumindest eingeredet haben, um unser Verhalten vor uns zu rechtfertigen, aber das war ein Irrtum. Deshalb müssen wir uns künftig allein auf ihr Wohl konzentrieren.«

»Und wenn sie überhaupt nichts mit dir zu tun haben wollen?«, hakt Alex nach.

Laura senkt den Blick. »Das könnte ich ihnen kaum verdenken und würde mich damit abfinden. Ehrlich gesagt, habe ich das längst getan – weil ich nie etwas anderes erwartet habe.«

Schweigen breitet sich im Raum aus, und mir fällt auf, dass Danny seine Mutter beobachtet. Es ist das erste Mal, dass er sie bewusst ansieht, und man merkt, wie schwer es ihm fällt.

»Und was ist danach passiert?«, will er wissen. »Nachdem Alex sich mit Kiara aus dem Staub gemacht hat und Dad nach Hause kam – was ist dann passiert?«

Alle sehen einander an. Laura lässt sich wieder in den Sessel sinken, und auch Alex kehrt an seinen Platz neben Kiara zurück. Keiner sagt ein Wort.

»Martin glaubt, dass Gran sie auf dem Gewissen hat«, sagt Danny unvermittelt in die Stille hinein. »Mum.« Er presst das Wort zwischen den Lippen hervor, als würde es sich falsch anfühlen. »Und Dad.«

Edwin hebt beschwichtigend die Hand. »Bitte, Danny, nicht jetzt. Wir sollten uns mit Spekulationen zurückhalten, bis wir von Martin Genaueres erfahren. Kann ja sein, dass er sich täuscht …«

»Ach komm, Edwin, sieh den Tatsachen bitte ins Auge.«

Danny klingt ungehalten. »Sie war hier an dem Tag, als Dad gestorben ist. Sie war damals bei Mum oben an den Klippen. Sie hat quasi zugegeben, gestern den Stein …«

»Nein!«, fällt Edwin ihm aufgebracht ins Wort.

Er stand Vera immer viel näher als ich, aber ihn selbst jetzt noch ihr gegenüber derart loyal zu erleben, ist für mich schwer zu ertragen.

Danny stützt die Hände auf die Knie, hält den Blick eine Weile gesenkt, ehe er ihn erneut auf Laura richtet.

»Also, was ist passiert, nachdem Dad nach Hause kam?«, wiederholt er seine Frage. Wut und Empörung sind fast ganz aus seiner Stimme verschwunden, sind einer Kälte gewichen, die keinen Zweifel daran lässt, dass er am liebsten nichts mit ihr zu tun haben möchte. »Was ist passiert, als er vom Bahnhof zurückkam und feststellte …«

Er verstummt plötzlich, und wir anderen stutzen ebenfalls einen Moment und versuchen, all diese haarsträubenden Fakten auf die Reihe zu kriegen. Hatte Vera überhaupt Verdacht geschöpft? Und hatte Dominic noch eine Gelegenheit gehabt, Ruth das zweite Baby aufs Auge zu drücken? Von Kiaras Geburt hatte er ja nichts mehr mitgekriegt. Erfuhr er je davon, oder war Laura schon über alle Berge? Und was war mit mir? Wer hat mich von den Klippen zurückgeholt?

»Dad wusste ja nichts von Kiara, als er vom Bahnhof zurückkehrte«, sage ich leise. »Edwin und Danny waren bei ihm, ich war bei Mum.« Ich halte einen Moment inne. »War ich eigentlich wieder im Haus, als Dad und Gran eintrafen?«

Wir schauen fragend zu Laura, und sie holt tief Luft.

32. Kapitel

LAURA

Juli 1992

Nachdem Alex und die Kinderschwester mit meinem Baby
fort waren, ging ich in die Küche und aß zwei Schalen
Cornflakes mit Milch, damit mir nicht immer so flau wurde.
Ab und an wischte ich mir die Tränen von den Wangen, die
gar nicht mehr aufhören wollten zu fließen, oder schaute
hinaus in den Garten, ob ich Ruth mit Seraphine wieder aus
dem Wäldchen kommen sah. Nach ihnen zu suchen, dazu
war ich viel zu schwach.

Ungefähr eine Viertelstunde hatte ich so in der Küche
gesessen, als ich Dominics Auto in der Einfahrt hörte. Vera
brachte Danny in seinem Kindersitz herein, Edwin kam an
der Hand seines Vaters ins Haus. Dominic vermied es, mich
anzusehen, murmelte Unverständliches und verschwand
gleich nach oben.

Vera säuselte etwas in einer Babysprache und hob Danny
aus dem Sitz. »Ja, wo steckt denn deine Mummy? Du hast
bestimmt Hunger, was? Wir werden dich richtig aufpäppeln müssen, mein Kleiner, damit du groß und stark wirst.«

Mein Stuhl schrammte über die Fliesen. *Mein Sohn.*

Sowie er zu wimmern begann, streckte ich automatisch die Hand nach ihm aus und zog sie schnell wieder zurück. Erst jetzt bemerkte Vera mich.

»Laura, Sie sehen aus wie der Tod auf Beinen. Waren Sie die ganze Nacht wach? Sie sollten sich noch mal hinlegen und zusehen, dass Sie ein paar Stunden Schlaf bekommen.«

»Wo ist Mummy?«, fragte Edwin und schaute hinaus in den Garten.

Dominic kam zurück in die Küche. »Wo ist Ruth, wo ist das Baby?«

Ich zeigte zur offenen Terrassentür. »Draußen. Sie ist vorhin aus dem Haus gelaufen.«

»Wie bitte?« Dominic wechselte einen alarmierten Blick mit Vera. »Warum?«

In diesem Moment wurde der Kleine erneut unruhig und lenkte mich ab. Wie gerne wäre ich in diesem Augenblick zu ihm gegangen!

»Wann war das?«, drang Vera auf mich ein. »Wie lange ist sie mittlerweile weg?«

»Hat sie Seraphine mitgenommen, Laura?«, fragte Dominic und fügte hinzu, als ich die Antwort schuldig blieb: »Ich gehe sie suchen.«

»Ich komme mit«, erklärte Vera.

Erst dachte ich, sie wollte mir das Baby in den Arm drücken, doch Dominic nahm es ihr ab und trug es nach nebenan. Ein schwacher Schrei war zu hören, als er zurückkam und die Tür zum Anbau hinter sich schloss.

»Ihr bleibt hier. Wir sind gleich wieder da.«

Er legte mir kurz die Hand auf den Arm und sah mich eindringlich an, dann eilten sie los.

»Danny hat Hunger«, sagte Edwin, während er den beiden hinterherschaute und sich ein Schälchen mit Cornflakes füllte. »Hoffentlich ist Mummy bald wieder da.«

Ein paar Minuten später sah ich Dominic mit Seraphine in den Armen über den Rasen angerannt kommen. Er stürzte ins Haus und lief schnurstracks in den Flur zum Telefon.

»Einen Krankenwagen«, hörte ich ihn sagen. »Meiner Frau geht es nicht gut. Sie hat heute Morgen entbunden und ist seitdem völlig durcheinander. Ich habe Angst, dass sie sich etwas antut.«

Während er telefonierte, saß ich mit angehaltenem Atem da und beobachtete Edwin, der zerstreut in seinen Cornflakes rührte. Dominic sprach nach wie vor mit der Rettungsleitstelle.

»Sie ist oben an den Klippen … Nein, sie hört nicht auf mich. Es muss sofort jemand kommen, der sich um sie kümmert und sie von einer schrecklichen Dummheit abhält.«

Er kam zurück in die Küche marschiert, das Baby fest an seine Brust gedrückt, und zog mich vom Stuhl. Mir blieb keine andere Wahl, als ihm nach nebenan zu folgen, wo er Seraphine neben Danny ins Bettchen legte. Beide Babys, das propere Mädchen und der schmächtige Junge, protestierten kurz und drehten wimmernd die Köpfe, ehe sie sich beruhigten und friedlich beieinanderlagen.

»Was ist passiert?«, flüsterte Dominic mir hektisch zu. Sein Blick fiel auf Edwin, der uns gefolgt war und etwas verdruckst in der Mitte seines Spielzimmers stand, in dem jetzt ein Babybett stand. »Geh wieder in die Küche und iss deine Cornflakes«, fuhr Dominic ihn ungeduldig an.

Obwohl ich mich kaum auf den Beinen halten konnte, zerrte er mich ebenfalls zurück in die Küche und hinaus auf die Terrasse.

»Hast du ihr etwas von Danny gesagt?«, fragte er. »Sie redet wirres Zeug, ich habe keine Ahnung, was sie meint. Du musst mitkommen und ihr Vera vom Hals schaffen, damit ich in Ruhe mit ihr reden kann.«

Mehrmals drohten die Knie auf dem Weg zu den Klippen unter mir nachzugeben, schwankend und stolpernd ließ ich mich weiterzerren.

»Bitte, Laura. Wir müssen uns beeilen. Vera wird ihr von den Zwillingen erzählen, und Ruth weiß schließlich noch nichts … Ich muss möglichst schnell allein mit ihr sprechen.«

»Tut mir leid, ich kann wirklich nicht mehr«, flüsterte ich, inzwischen halb am Boden liegend

»Du musst. Sie ist völlig durcheinander und halluziniert.«

Um mich herum drehte sich alles, ein Meer aus Grün, und ich schloss die Augen gegen meine aufsteigende Übelkeit.

»Laura, bitte.« Er zog mich halb vom Rasen hoch. »Du musst mitkommen. Sie redet dauernd davon, dass jemand kommen werde, um ihr das Baby wegzunehmen.«

Ich grub meine Finger so fest in seinen Arm, dass er zusammenzuckte. »Das ist bereits passiert«, stieß ich heiser hervor.

Dominic schaute mich an, als hätte ich auch den Verstand verloren, ließ den Blick dann zu den großen Fenstern des Anbaus schweifen.

»Sind jetzt alle verrückt geworden? Ich habe sie gerade erst im Arm gehabt und sie zu Danny gelegt.« Sein Blick irrte von mir zu den Fenstern, hinter denen die beiden Babys in ihrem Bettchen lagen. »Was redest du also? Sie war die ganze Zeit bei Ruth, und jetzt ist sie hier. Niemand konnte sie wegnehmen.«

In der Ferne heulte die Sirene des Rettungswagens.

Dominic zeigte zum Haus. »Da sind sie drin, alle beide,

Danny und Seraphine. Ich muss Ruth lediglich noch von Danny erzählen, es ihr irgendwie begreiflich machen.« Er sah mich gequält an. »Bitte Laura. Hilf mir.«

Ich nickte und rappelte mich mühsam auf, aber wir waren kaum fünf Schritte gegangen, als ich erneut fiel. Das Schwindelgefühl wurde mit jeder Minute schlimmer.

»Geh allein«, sagte ich zu ihm. »Ich schaffe es nicht, tut mir leid.«

»Wo ist Edwin?«, fiel Dominic plötzlich ein.

Beide schauten wir zu den Terrassentüren, durch die man direkt in die Küche sehen konnte. Der Stuhl, auf dem der Junge gerade noch vor seinen Cornflakes gesessen hatte, war leer. Mein Blick fiel auf etwas Weißes, das draußen auf dem Boden lag: ein Müslischälchen, in zwei Hälften zersprungen, und eine kleine Lache Milch, die sich über den Steinboden ergoss.

»Edwin?«, rief Dominic. »Edwin!« Er lief zurück zum Haus und schaute in sämtliche Fenster, suchte die Büsche und Bäume im Garten ab. »Edwin!«

Mühsam schleppte ich mich hinterher. »Ist das hintere Tor offen?«

Dominic sah mich mit schreckensweiten Augen an. Neuerliches Sirenengeheul drang von der Straße zu uns, noch ein Rettungswagen oder die Feuerwehr. Wir hörten laute Stimmen und ungeduldiges Hämmern an der Tür. Ein Mann in grüner Uniform kam aus Richtung der Stallungen ums Haus, doch da war Dominic schon weg, rannte zum hinteren Tor und zu den Klippen.

»Wir suchen einen kleinen Jungen«, rief ich dem Mann zu. »Edwin, er ist vier.«

»Man hat uns eigentlich wegen einer Frau gerufen.«

»Sie ist seine Mutter, er ist ihr hinterher zu den Klippen gelaufen!«

Zwei Polizisten tauchten auf. »Haben Sie vielleicht einen Schlüssel, oder könnten Sie uns vorne aufmachen, Miss …?«

»Laura. Laura Silveira.« Mit letzter Kraft zeigte ich zu den offenen Terrassentüren, bevor ich zusammenbrach. »Im Flur, in der Schublade beim Telefon.«

Jemand fing mich auf und half mir zur Terrasse, setzte mich in einen der Sessel. Im Haus hörte ich Schritte, verzerrte Stimmen aus Funkgeräten, in der Auffahrt heulten nach wie vor Sirenen, Türen wurden geschlagen, Fragen schossen hin und her, knappe Anweisungen wurden gegeben. Einsatzkräfte strömten aus dem Haus dem Wäldchen zu. Niemand hatte einen Blick für mich.

Erst als eine Frau in grüner Sanitäteruniform mich an der Schulter fasste, merkte ich, dass ich kurz eingenickt war. Wobei ich nicht zu sagen vermochte, wie viel Zeit vergangen war.

»Wissen Sie, ob es im Haus Flaschenmilch gibt?«, fragte sie mich. »Für die beiden Kleinen, die haben nämlich mächtig Hunger.«

Ich schüttelte den Kopf. »Was ist mit Edwin? Haben Sie ihn gefunden?«

Die Frau schaute mich völlig ausdruckslos an, als wüsste sie nicht, wen ich meine.

Als ich einen ganzen Trupp aus dem Wäldchen kommen sah, setzte ich mich auf. Zwei Polizisten eilten an uns vorbei ins Haus, die Rettungsassistentin lief ihren Kollegen entgegen, besprach sich mit ihnen. Aus dem Haus drangen lautere Stimmen zu mir. Ich schloss die Augen und versuchte, hier und da ein paar Worte aufzuschnappen.

»… Feuerwehr versucht es unten vom Hafen …«

»… könnte überall sein …«

»Besteht noch Hoffnung, dass …?«

»… zu spät.«

Über alldem schwebte ein hungriges, klagendes Schreien, das mir derart durch Mark und Bein ging, dass ich die Zähne fest zusammenbeißen musste, um nicht selbst laut loszuschreien.

Ein junger Polizist setzte sich zu mir und stellte sich als Martin Larch vor. Er legte mir kurz die Hand auf den Arm und sah mich besorgt an.

»Wie geht es Ihnen, Miss Silveira? Sie sehen ziemlich mitgenommen aus.«

»Haben Sie ihn gefunden?«

»Edwin? Nein, bislang nicht. Unsere Leute durchsuchen gerade das Haus und den Garten – wir vermuten, dass er sich irgendwo versteckt.«

»Nein. Er ist zu den Klippen gelaufen, da müssen Sie suchen, ich bin mir ganz sicher. Er wollte zu seiner Mum.«

»Ich müsste Ihnen ein paar Fragen zu Mrs. Mayes stellen. Wann haben Sie Ruth zuletzt gesehen?«

Meine Hände schlossen sich fest um die Armlehnen meines Sessels, sein Ton klang so komisch.

»Warum? Was ist passiert?«

Er räusperte sich. »Es tut mir leid, Ihnen mitteilen zu müssen, dass sie von den Klippen gestürzt ist.«

Völlig verwirrt sah ich ihn an, seine Worte waren nicht in mein Bewusstsein gedrungen.

»Wie meinen Sie das?«

»Genauso, wie ich es gesagt habe.«

Er verzog das Gesicht, und ich merkte, dass es ihm sichtlich schwerfiel, bei einer solchen Nachricht Haltung zu bewahren.

Tränen schossen mir in die Augen. Tränen, so kam es mir vor, die ich seit Stunden zurückgehalten hatte, wenn nicht seit Wochen, seit Monaten. Tränen, die ich seit der Nacht mit Dominic unterdrückte, seit der Bootsfahrt mit Alex, vielleicht seit dem Tag, als ich das erste Mal von Summerbourne hörte und die Anzeige las, die mir einen neuen Anfang verhieß, den ich überhaupt nicht verdient hatte. Während ich meinen Tränen freien Lauf ließ, saß der junge Polizist still bei mir und hielt meine Hand.

»Und Edwin?«, vergewisserte ich mich schließlich.

»Nein, nein, ihm ist nicht passiert. Mrs. Blackwood war dabei, als es geschah. Sie hat alles mit ansehen müssen. Edwin war nicht bei ihnen. Keine Sorge, wir werden so lange nach ihm suchen, bis wir ihn gefunden haben. Haben Sie Mrs. Mayes noch einmal gesehen, ehe sie zu den Klippen aufbrach? Sie waren, soviel ich weiß, bei ihr, als sie die beiden Babys zur Welt gebracht hat, oder?«

Ich schluckte. »Ja, war ich.«

»Wie würden Sie ihre Verfassung beschreiben? Ist etwas vorgefallen, das sie in Unruhe versetzt hat?«

Erneut begann mir alles vor den Augen zu verschwimmen. Sein Gesicht teilte sich in zwei blasse Scheiben, und ich vermochte mich nicht zu entscheiden, auf welche der beiden Hälften ich mich konzentrieren sollte.

»Weiß ich nicht«, flüsterte ich. »Tut mir leid.«

Der junge Polizist atmete tief aus. »Na gut. Sie sehen wirklich sehr erschöpft aus. Soll ich Ihnen ein Glas Wasser bringen?«

»Nicht nötig«, lehnte ich ab. »Finden Sie lieber Edwin.

Die Familie hat schon Theo verloren. Sie dürfen nicht noch …«

Martin Larch nickte. »Ich weiß, bleiben Sie bitte vorerst hier, falls wir noch Fragen haben. Und versuchen Sie, sich ein wenig auszuruhen.«

Sobald er weg war, schloss ich wieder die Augen und ließ mich einlullen von dem Hintergrundrauschen um mich herum, dieser auf einmal gedämpften Betriebsamkeit, den Stimmen, dem Knistern der Funkgeräte, den schweren, eiligen Schritten. Ich konnte kein einziges Wort verstehen, das gesprochen wurde, konnte eigentlich überhaupt keinen klaren Gedanken fassen.

Irgendwann stupste die Frau in Grün mich wieder an. »Alles in Ordnung bei Ihnen?«

»Wo ist Edwin?«, stammelte ich benommen. »Hat man ihn gefunden?«

»Leider nicht, nein.«

Uniformierte gingen im Haus ein und aus, suchten den ganzen Garten ab. Dann sah ich Martin Larch. Er kam über den Rasen zu mir gerannt.

»Man hat ihn gefunden. Alle beide, um genau zu sein – der kleine Joel Harris war bei ihm. Ist seinem Großvater ausgebüxt und hat sich zusammen mit Edwin versteckt.« Er fuhr sich mit der Hand über die Stirn, und auf einmal wurde mir klar, dass er sie alle kannte, wie das in einem Dorf eben üblich war: Ruth, Vera, Dominic, Michael. Es ließ sich nur erahnen, was während der letzten Stunden in ihm vorgegangen sein musste. »Die beiden hatten sich im alten Turm eingeschlossen. Michael musste die Tür aufbrechen, um sie zu befreien.«

Erleichtert schlug ich die Hände vors Gesicht. »Und wie geht es ihnen?«

»Gut. Vermutlich besser als Ihnen. Hat sich zwischenzeitlich mal jemand um Sie gekümmert?«

Ich schüttelte den Kopf. »Nicht nötig, ich will bloß weg von hier und nach Hause.«

Mit einem Mal sah ich Michael zwischen den Bäumen herankommen, er hielt Edwin und Joel an den Händen. Ein Anblick, der mir neue Kraft gab. Ich schaffte es sogar aufzustehen und streckte Edwin meine Arme entgegen.

Bevor ich ihn nehmen konnte, kam Dominic aus dem Wäldchen, riss seinen Sohn hoch, der sogleich sein Gesicht an der Schulter seines Vaters barg, und eilte, ohne mich weiter zu beachten, mit ihm nach drinnen.

Martin nickte mir verständnisvoll zu. »Ich habe Ihren gepackten Koffer gesehen und das Kündigungsschreiben. Sowie wir jemanden zur Verfügung haben, bringen wir Sie nach Hause. London, nicht wahr?« Er legte mir seine Hand auf die Schulter, während ich versuchte, meinen Atem unter Kontrolle zu bringen. »Sie stehen nach wie vor unter Schock. Wenn Sie wieder zu Hause sind, geht es Ihnen bestimmt bald besser. Wir werden morgen jemanden bei Ihnen vorbeischicken, um Ihre Aussage aufzunehmen.«

Kaum war er weg, tauchte Vera zwischen den Bäumen wie eine Erscheinung aus einem bösen Traum auf. Eine Polizistin stützte sie auf der einen, ein Sanitäter auf der anderen Seite. Wimperntusche rann ihr in dunklen Streifen über die Wangen, ihr Mund war seltsam verzerrt. Mit unsicheren Schritten kam sie langsam näher. Ein Muskel an meinen Hals begann zu zucken, ein nervöser Tick. Ich musste es ihr sagen. Mir blieb keine andere Wahl, als ihr in diesem schrecklichen Moment die Wahrheit über die vermeintlichen Summerbourne-Zwillinge zu gestehen. Ich durfte das Geheimnis nicht stillschweigend für mich behalten.

Sie trat auf die Terrasse, stolperte, musste von ihren Begleiterinnen vor einem Sturz bewahrt werden. Ihr Blick war vage auf den Boden gerichtet.

»Ich muss Ihnen etwas sagen«, fing ich an. »Die beiden Babys …«

Vera verzog keine Miene und ließ nicht erkennen, ob sie mich überhaupt gehört hatte.

»Es tut mir furchtbar leid«, sagte ich etwas lauter, »wegen Ruth und überhaupt. Vor allem wegen der Babys …«

Jetzt endlich hob sie den Blick, richtete ihre rot geränderten Augen auf mich, und für den Bruchteil einer Sekunde schien sie die Brauen zu heben, als wüsste sie über alles Bescheid und wollte fragen: *Welche Babys? Wessen Babys?* Plötzlich verschloss sich ihre Miene.

»Nein«, sagte sie in einem so kalten Ton, dass es mir eiskalt den Rücken hinunterlief.

»Sie sind nicht …«, setzte ich erneut an.

In diesem Augenblick riss sie sich los und stürzte sich auf mich, das Gesicht verzerrt vor Schmerz und Wut.

»Ich habe *Nein* gesagt«, fauchte sie. »Überdies weiß ich nicht, was Sie mir zu sagen hätten.«

Ich starrte sie an wie ein Kaninchen die Schlange, war wie gelähmt, brachte kein Wort heraus. Ich verstand nicht einmal, warum sie derart auf mich losging. Schließlich wusste sie ja bislang nichts von den vertauschten Kindern. Es sei denn, sie hatte Ruth auf die Zwillinge angesprochen …

»Sie haben hier nichts mehr verloren«, fuhr sie drohend fort. »Es interessiert mich nicht, was jemand wie Sie mir zu sagen hat. Verschwinden Sie aus meinem Haus.«

Die Polizistin warf mir einen fragenden Blick zu, bevor sie und die Sanitäterin Vera erneut packten und ins Haus begleiteten. Martin Larch trat noch einmal zu mir und senkte die Stimme, damit niemand ihn hören konnte.

»Nehmen Sie es nicht persönlich. Sie weiß sich in ihrem Schmerz nicht anders zu helfen. Eines Tages wird sie mit Ihnen sprechen wollen, da bin ich mir sicher.«

Da täuschte er sich, dachte ich spontan. Ich kannte Vera Blackwood gut genug, um zu wissen, dass ihre Worte endgültig waren. Sie würde nicht mehr mit mir reden, würde sich nicht anhören wollen, was ich ihr zu sagen hatte. Es war nicht anders möglich, sie musste einen Verdacht haben, dass irgendetwas nicht stimmte. Dennoch wollte sie es nicht wissen, für sie zählte allein, dass die Kinder die Existenz der Familie und des Besitzes garantierten: ihre Summerbourne-Zwillinge.

Kurz darauf fuhr eine Limousine vor, die mich nach London bringen würde. Die gesamte Auffahrt war von Einsatzfahrzeugen blockiert, gleich vor dem Haus standen zwei Krankenwagen, in denen je ein Baby untersucht wurde. Ich schaute nicht genauer hin. Martin, der mich begleitete und meinen Koffer trug, half mir beim Einsteigen.

Sowie der Wagen sich in Bewegung setzte, schloss ich die Augen, doch das Bild von Summerbournes goldgelber, in flackerndes Blaulicht getauchter Sandsteinfassade sollte mich von da an in meinen Träumen heimsuchen.

Ruth war tot, Alex hielt Kiara für seine und Ruths Tochter, Dominic hatte keine Ahnung von ihrer Existenz und wusste genauso wenig, dass Seraphine nicht seine Tochter war. Und Vera schien zumindest Zweifel an der Herkunft der Zwillinge zu haben. Was hatte ich allen damit angetan?

414

Für die Kinder war es das Beste, versuchte ich mir einzureden. Kiara würde es an nichts fehlen, Alex würde sie vergöttern. Und Danny war bei Dominic, seinem Halbbruder und seiner angeblichen Zwillingsschwester, mit der er gar nicht verwandt war, deutlich besser aufgehoben als bei mir. Ich musste einfach darauf vertrauen, dass Vera, Dominic und Alex für diese Kinder sorgen und sie beschützen würden.

33. Kapitel

SERAPHINE

Während Laura erzählt, schließen ihre Finger sich immer wieder um das silberne Medaillon, das sie um den Hals trägt, erst als sie zum Ende kommt, legt sie die Hände ruhig in den Schoß. Schweigend sitzen wir da und lassen ihre Worte sacken. Vermutlich stehen uns alle dieselben Bilder vor Augen: flackerndes Blaulicht auf der Fassade von Summerbourne, die beiden Babys im Krankenwagen – Kinder, die zur einen Hälfte hierhergehörten, zur anderen nicht. Und ein drittes, von dessen Existenz außer der Mutter bislang niemand etwas ahnte.

Mit leerem Blick starrt Laura auf den Couchtisch, wartet darauf, dass wir ihr Fragen stellen. Und mit einem Mal erkenne ich Danny in ihr, diese unerschütterliche, fast fatalistische Ruhe, mit der auch er sich immer gefügt hat, wenn ich mich anschickte, ihm Löcher in den Bauch zu fragen. Die Ähnlichkeit ist verblüffend, und ich wüsste gerne, ob Danny es selbst sieht.

»Ist die Polizei denn am nächsten Tag nach London gekommen, um dich zu befragen?«, reißt Kiaras Stimme mich aus meinen Gedanken.

Laura nickt. »Sie kamen zu mir nach Hause. Ich lag im

Bett, war noch zu schwach, um aufzustehen. Im Grunde habe ich so getan, als wüsste ich von gar nichts. Nicht, warum Ruth zu den Klippen gegangen ist; nicht, bei welchem Arzt sie in London war; nicht, was sie an jenem Morgen derart in Unruhe versetzte.«

Ich sehe, wie Alex sich mit der Hand über die Augen fährt, als würde er sich wegen dieses letzten Punktes Vorwürfe machen.

»Und Dad hat wirklich nie erfahren, dass ich …?«

Ich bringe es nicht über mich, es laut auszusprechen. Schlimm genug, dass ich mich wie eine Verräterin fühle, ihn überhaupt noch so zu nennen: Dad. *Nicht du bist es, die betrogen hat,* rufe ich mir in Erinnerung, aber es hilft nicht wirklich.

Laura runzelt die Stirn. »Ich glaube nicht, nein. Zumindest wüsste ich nicht, wie er auf die Idee hätte kommen sollen.«

»Und du hast nie jemandem von der ganzen Geschichte erzählt?«, will Danny wissen. »Oder hast du mal versucht, uns zurückzubekommen?«

»Ich …« Erneut greift Laura nach dem Medaillon. »Nachdem Vera mich nicht anhören wollte, dachte ich mir, was es überhaupt bringen sollte, jemandem davon zu erzählen? Ich hatte euch beiden nichts zu bieten. Der Lebensgefährte meiner Mutter hätte mich hochkant rausgeschmissen, wenn ich mit zwei Säuglingen angekommen wäre. Für euch war es besser so, glaubt mir. Ihr wart bei Menschen, die euch liebten, die sich um euch kümmern, die für euch sorgen konnten. Und nach ein paar Jahren dachte ich … Ich meine, mit welchem Recht hätte ich euch zurückverlangen sollen?«

Danny gibt ein verächtliches Schnauben von sich. »Du hast dich also mit einem reinen Gewissen unserer entledigt. Wie praktisch.«

Laura schüttelt den Kopf und schaut ihn lange an, ohne dass er ihren Blick erwidert. Wieder ist es Kiara, die das Schweigen bricht.

»Hast du noch andere Kinder bekommen?«

»Nein, das hat sich nicht mehr ergeben, und vielleicht wollte ich es nicht einmal.« Laura scheint plötzlich in ihrem Sessel zu versinken. »Ich blieb monatelang bei meiner Mutter wohnen und habe das Haus kaum verlassen. Mir war alles egal – da waren keine Gefühle mehr, für nichts.« Sie atmet ein paarmal tief durch. »Irgendwann wusste Mum sich keinen Rat mehr und bat ihre Schwester, mal mit mir zu reden. Das machte alles noch schlimmer. Sie sind Zwillinge, und das erinnerte mich an euch und daran, was ich getan hatte – was ich verloren hatte. Natürlich habe ich ihnen nicht erzählt, was wirklich passiert war.«

»Und dein Schulabschluss?«, fragt Edwin.

»Bestanden, mit drei Einsen.« Sie seufzt. »Gebracht hat es mir leider nichts. Meine Verfassung war nicht so, dass ich ein Studium beginnen konnte. Als es mir allmählich besser ging, suchte ich mir einen Bürojob bei einer kleinen Firma ganz in der Nähe und verdiente genug, um bald darauf in eine eigene Wohnung zu ziehen.«

»Und später?«, will Alex wissen.

Laura sieht ihn schweigend an und schüttelt den Kopf. »Irgendwie ging es immer weiter so, ich bin allein geblieben.«

Danny, der neben mir sitzt, wird unruhig, rutscht ständig auf seinem Stuhl hin und her, als wäre er auf dem Sprung, das Weite zu suchen. Als ich ihm die Hand auf den Arm lege, fährt er mich jäh an.

»Dir ist hoffentlich klar, dass das alles deine Schuld ist, oder?« Seine Augen sind gerötet, er ist wütend, traurig und verletzt. »Du hast gehört, was Martin gesagt hat: Vera war hier, hat mit Dad gestritten und dann …«

»Danny«, fährt Edwin scharf dazwischen. »Hör auf.«

Er schenkt ihm keine Beachtung und reagiert sich weiter an mir ab. »Wahrscheinlich graute Dad davor, uns beichten zu müssen, dass ich nicht Ruths Sohn bin. Doch wegen dir glaubte er keine andere Wahl zu haben. Weil du keine Ruhe gegeben hättest, nachdem du erfahren hast, dass Vera Summerbourne mir vermachen wollte. Wenn du nicht so auf dieses verdammte Haus fixiert wärst, wäre das überhaupt kein Thema gewesen. Sie hätten nicht gestritten, und Vera hätte nicht …«

»Danny!«, brüllt Edwin. »Schluss jetzt!«

Ich bin sprachlos. Es ist einfach nicht fair, was Danny da unterstellt. Soll *ich* jetzt vielleicht schuld sein an allem?

»Nimm das sofort zurück«, verlangt Edwin. »Ohnehin sollten wir uns kein Urteil über Gran anmaßen, solange der Verdacht sich nicht erhärtet. Und nichts davon ist Seraphines Schuld.«

Joel legt tröstend seine Hand auf meine, und ich lehne mich an ihn, ohne Danny aus den Augen zu lassen, der schwer atmend neben mir sitzt und sichtlich um Fassung ringt. Er bringt es nicht über sich, mich anzusehen, während ich kein Wort herausbringe und mit den Tränen kämpfe.

»Edwin hat recht«, meldet sich plötzlich Alex zu Wort, und es kommt so überraschend, dass sogar Danny aufschaut.

Ich halte den Atem an. Wird Alex für mich Partei ergreifen? Und auf wessen Seite soll ich mich stellen, wenn mein mir völlig fremder Vater mich gegen meinen vermeintlichen Zwilling in Schutz nimmt?

»Seraphine kann weiß Gott nichts dafür, dass so schreckliche Dinge geschehen sind«, fährt Alex fort. »Das hat allein Vera zu verantworten, weil sie unbedingt verhindern wollte, dass die Wahrheit ans Licht kam.«

»Meinst du das ernst?«, hake ich nach und lasse meinen Blick über die Runde schweifen. »Glaubt ihr anderen das ebenfalls? Dass Vera das alles getan hat?«

Edwin hebt beschwichtigend die Hände. »Bis zum Beweis des Gegenteils sollten wir auf Grans Seite sein. Es dürfte ohnehin schwer für sie sein, ihre Unschuld zu beweisen. Es gibt keine Zeugen – niemand war dabei, niemand hat gesehen, was vorgefallen ist.«

Joel räuspert sich. »Das stimmt so nicht.«

»Wie meinst du das?«, kommt es entgeistert von Edwin.

»Es stimmt nicht, dass niemand etwas gesehen hat«, erwidert Joel. »Du erinnerst dich, dass wir an jenem Tag, als deine Mum starb, deine Großmutter und meinen Großvater bei den Klippen sahen. Sie haben sich ziemlich in die Haare gekriegt. Deine Gran schrie meinen Granpa an, dass er verschwinden solle, und das hat er auch getan. Wir beide hingegen sind geblieben und haben uns im Turm versteckt.«

Edwin scheint in Gedanken plötzlich ganz weit fort zu sein. »Robin«, sagt er leise, als rege sich eine ferne Erinnerung in ihm.

»Wir haben uns eingeschlossen«, fährt Joel mit fast beschwörender Stimme fort. »Ruth und Vera haben sich angeschrien. Wir hatten Angst. Du bist unten geblieben, Edwin, aber ich bin die Treppe hochgestiegen und habe die beiden gesehen.«

»*Robin ist tot*«, murmelt Edwin. »Genau das hat Gran gerufen, immer wieder. Und *Theo ist tot. Wir dürfen nicht noch ein Kind verlieren.*« Er lehnt sich auf seinem Stuhl zurück. »Robin war Mums tot geborener Bruder.«

Joel seufzt vernehmlich. »Daran kann ich mich nicht mehr erinnern.«

»Woran dann? Was hast du denn von dort oben gesehen?«

»Genau das ist das Problem. Ich kann mich nicht daran erinnern. Ich weiß noch, dass ich die Treppe hoch bin, der Rest ist aus meinem Gedächtnis gelöscht. Martin hat sich gestern, als er von dem Streit deiner Gran mit deinem Dad erfuhr, noch mal die ganzen alten Unterlagen vorgenommen, darunter sämtliche Aussagen zum Tod eurer Mutter. Er ist daraufhin zu mir gekommen, weil er auf etwas gestoßen ist, das Großvater damals zu Protokoll gegeben hat …«

»Erzähl weiter«, drängt ihn Edwin.

»Als Granpa mich an jenem Abend ins Bett gebracht hat, nur wenige Stunden nach dem Tod deiner Mum, habe ich ihm anscheinend gesagt, dass ich gesehen hätte …« Joel hebt beinahe entschuldigend die Hände. »Angeblich habe ich behauptet, beobachtet zu haben, wie deine Gran deine Mutter die Klippen hinuntergestoßen hat.« Er sieht Edwin an. »Tut mir leid.«

Mein Bruder will es nicht wahrhaben. »Vor Gericht hätte das keinen Bestand. Die Aussage eines Vierjährigen, wiedergegeben von einem Mann, der im ganzen Dorf bekannt ist für seine mehr als blühende Fantasie – das besagt gar nichts.«

Joel nickt. »Ich weiß, und vielleicht habe ich mich ja getäuscht. Vielleicht war das, was ich gesehen habe oder zu sehen glaubte, in Wirklichkeit Veras Versuch, deine Mutter im letzten Augenblick zurückzuhalten. Vermutlich wurde es damals sogar so gesehen, und man hat deshalb diese Spur nicht ernstlich weiterverfolgt.«

Alex räuspert sich. »Vera war seit jeher diejenige, die hier das Heft in der Hand hatte. Sie bestimmte über die Geschicke von Summerbourne wie ein Leitwolf über sein Rudel. Als Dominic ihr mitteilte, dass der Familie einmal mehr Zwillinge geschenkt worden waren, hätte ihr Glück kaum größer sein können. Sollte Ruth ihr bei jenem Streit an den Klippen eröffnet haben, dass sie nur ein Kind zur Welt gebracht hatte, dazu das Resultat eines Fehltritts, wäre Veras Traum von Zwillingen auf Summerbourne zerronnen. Deshalb wollte sie nie genau wissen, wieso es mit einem Mal zwei Kinder waren. Und ob das Mädchen wirklich jenes war, das Ruth geboren hatte oder ob es noch eine Entführung gegeben hatte.«

»Das muss allerdings nicht zwangsläufig heißen, dass sie Ruth gestoßen hat«, wirft Kiara ein und sieht ihren Vater vorwurfsvoll an.

Alex hebt die Schultern, als wäre es ihm im Nachhinein unangenehm, sich so weit aus dem Fenster gelehnt zu haben. Ich beobachte ihn verstohlen, diesen Mann, der mein Vater ist, der meine Mutter geliebt und sich trotzdem mit ihr um mich gestritten hat. Er wendet sich an Joel.

»Ihr Großvater, lebt er noch immer hier? Und wenn ja, was hat er zu dieser alten Aussage zu sagen, die Martin da ausgegraben hat?«

»Er ist mittlerweile dement«, erklärt Joel. »Außer wirren

422

Bildern von Zwillingen, entführten Kindern und Hexen in langen schwarzen Umhängen hat er vermutlich nicht viel beizutragen.« Er hält einen Moment inne. »Dieses Faible für Geschichten über Zwillinge und arme, unglückliche Seelen, die über die Klippen gingen, hatte er, seit ich denken kann, und hat mir manchen Albtraum beschert. Besonders in Zusammenhang mit Theos Tod.«

»Mit anderen Worten: Michaels Aussage von damals dürfte kaum Beweiskraft haben. Gran kann genauso gut versucht haben, Mum aufzufangen«, betont Edwin noch einmal zur Verteidigung seiner Großmutter. »Und daran sollten wir uns zunächst festhalten.«

»Das glaube ich nicht«, widerspricht Alex prompt.

Mein Bruder springt so unvermittelt auf, dass sein Stuhl umzukippen droht.

»Ja, weil du am liebsten anderen die Schuld zuschieben willst«, fährt er ihn an. »Wessen Schuld ist es überhaupt, dass Mum dort draußen war? Gran hatte keinen Grund, sie zu stoßen. Viel wahrscheinlicher ist deshalb, dass sie freiwillig gesprungen ist, und zwar deinetwegen.«

»He, ganz ruhig.« Joel zieht Edwin zurück. »Das hilft uns jetzt nicht weiter.«

»Was mich betrifft, so schließe ich mich Alex an«, lässt Danny sich vernehmen und gießt damit erneut Öl ins Feuer.

Empört fährt sein Halbbruder zu ihm herum. »Vergiss nicht, dass du hier von Gran redest.«

»Na und?«, schnauzt der Jüngere zurück. »Sie ist schließlich nicht *meine* Großmutter.«

Edwin taumelt zurück, als hätte er einen Schlag verpasst bekommen. Laura hält sich die Hand vor den Mund und verfolgt das Ganze mit offensichtlichem Entsetzen. Und ich fühle mich hin- und hergerissen. Danny ist völlig von Veras Schuld überzeugt, und Edwin wünscht sich verzweifelt, das Gegenteil glauben zu können. Sie sind wie zwei unversöhnliche Pole, zwischen denen ich auf einmal gefangen bin. Was soll ich noch glauben, zu wem soll ich halten?

Kiara schaut zu mir herüber. »Glaubst du, sie hat es getan?«, fragt sie mich. »Traust du ihr zu, dass sie die beiden umgebracht hat – deine Mum und deinen …, na ja deinen Dad?«

Ich hätte ihr um den Hals fallen können, dass sie ihn meinen Dad genannt hat. Die anderen schauen erst sie an, dann mich und warten auf meine Antwort. Gleichzeitig ertappe ich mich bei dem Gedanken, dass Dannys richtige Zwillingsschwester viel besser für ihn sein dürfte, als ich es je war. Kiara ist klar strukturiert und unterliegt nicht wie ich impulsiven Stimmungsschwankungen. Zitternd hole ich Luft.

»Ich weiß es nicht«, gebe ich zu. »Sie wird gewusst haben, dass etwas nicht stimmte mit uns Zwillingen. Das hat sie selbst gesagt. Bloß wusste sie nicht, was genau. Und warum sollte sie zu solchen Mitteln greifen, wenn sie das eigentliche Geheimnis nicht mal kannte?«

»Weil sie Angst hatte«, mischt Laura sich in die Diskussion ein. »Vera hatte Angst, dass die Wahrheit herauskommen könnte und eure Familie entzweien würde. Das war ihre größte Sorge.«

Ihren Worten folgt ein lastendes Schweigen, das erst Danny mit einem zynischen Kommentar durchbricht: »Tja, damit scheint sie ja recht gehabt zu haben.«

In diesem Moment hält es mich nicht länger auf meinem Platz. Auf einmal bin ich von einer Gewissheit erfüllt, wie ich sie seit Dads Tod kein einziges Mal mehr verspürt habe.

»Wir müssen mit Vera reden«, sage ich. »Ruf Martin noch mal an, Edwin. Wenn sie unschuldig ist, sollte sie eine Chance bekommen, alles zu erklären. Wenn nicht, haben wir es verdient, die Wahrheit zu erfahren.«

34. Kapitel

SERAPHINE

Martin wartet vor der Polizeiwache von King's Lynn auf uns und begleitet uns zu Vera, die in einem beklemmend kleinen Vernehmungszimmer sitzt. Sie hält sich ganz aufrecht, den Kopf erhoben. Ich versuche, ihre Miene zu deuten, aber jedes Mal, wenn ihr Blick mich zu treffen droht, schlägt mir das Herz bis zum Hals, und ich wende den Kopf ab. Überall schaue ich hin, außer zu ihr: zur Kamera oben in der Ecke des Zimmers, zu dem Becher mit milchigem Tee, der vor Vera auf dem Tisch steht, zu den drei Stühlen, die seitlich an der Wand aufgereiht sind.

Vera setzt ein strahlendes Lächeln auf. »Wie schön, euch zu sehen.« Sie deutet auf ihren Becher. »Earl Grey haben sie leider nicht, doch was will man erwarten?«

»Bitte setzen Sie sich«, fordert Martin uns auf. »Sie haben zehn Minuten, Mrs. Blackwood.«

Die erste der zehn Minuten vergeht schweigend, ich halte den Blick auf meine Hände gesenkt. Es kostet mich große Überwindung, nicht einfach aufzuspringen und den Raum zu verlassen. Zu wissen, dass ich es jederzeit könnte, hilft mir zum Glück.

Gran ist diese Möglichkeit verwehrt. Ihr bleibt keine andere Wahl, als hier auszuharren und es über sich ergehen zu lassen.

»Also gut, ich gebe es zu«, sagt sie schließlich in die Stille hinein.

Martin scharrt in seiner Ecke des Zimmers mit den Füßen, was ihm einen gereizten Blick von Vera einbringt.

»Kein Grund sich aufzuregen, Martin. Ich meine nicht diese absolut lächerlichen Anschuldigungen, die Sie gegen mich vorgebracht haben«, belehrt sie ihn von oben herab. »Je eher wir die fallen lassen, desto besser. Nein, ich meine etwas anderes.« Sie sammelt sich einen Moment. »Ich gebe zu, dass ich Laura dazu bringen wollte, nicht mir dir zu reden, Seraphine. Weil ich nicht zu Unrecht – wie ich jetzt weiß – Angst hatte, sie könnte etwas über die Umstände deiner Geburt wissen und etwas zutage fördern, das nicht einmal ich wissen wollte. Mir lag einzig das Wohl der Familie am Herzen. Ich wollte dich und euch alle beschützen. Meines Wissens ist das kein Verbrechen.«

Ich schaue kurz zu Edwin, ob er darauf etwas erwidern will, aber er schweigt, seine Miene indes ist wachsam.

Vera seufzt. »Ich war mir immer der Möglichkeit bewusst, dass irgendetwas mit eurer Identität nicht stimmte. Anders konnte man ihre wirren Worte an den Klippen kaum deuten. Sie ergaben keinen Sinn. Doch nachdem sie ihrem Leben ein Ende gesetzt hatte, tat es nichts zur Sache, wer von euch nicht ihr Kind war. Vielleicht ja keiner. Ihre ganze Schwangerschaft war immerhin eine einzige Geheimniskrämerei. Und da Ruth es nicht mehr aufklären konnte, beschloss ich, es gar nicht wissen zu wollen. Wen interessieren schon solche Details, wenn man das große Ganze betrachtet? Aus diesem Grund musste ich unter allen Umständen verhindern, dass Laura unvermittelt daherkommt und dir haarklein schildert, wie das damals genau war.« Sie hält inne und dreht an ihren Ringen. »Ich muss allerdings einräumen«, sie zögert und hebt das Kinn etwas höher, »dass ich es etwas unüberlegt angegangen bin. Was ich sehr bedauere. Tatsache ist aber, dass ich niemandem mit Absicht Schaden zugefügt habe.«

»Unüberlegt?«, stößt Danny sarkastisch hervor. »Du hast ihr erst den Stein auf den Kopf fallen lassen, und später hast du versucht, sie in Brand zu setzen.«

Versonnen schaut Vera ihn an, als hätte sie seine harten Worte nicht gehört, und leise Wehmut schleicht sich in ihre Miene.

»Meine sommergeborenen Summerbournes«, sagt sie. »Weißt du, Danny, am Anfang war ich mir so gut wie sicher, dass Seraphine das leibliche Kind meiner Tochter sei. Immerhin hatte Ruth sie bei sich, als ich sie dort draußen an den Klippen antraf. Dominic hatte am Telefon nicht verraten, ob Mädchen oder Junge, sondern lediglich gesagt, ich solle mich überraschen lassen. Und dann erklärte er am Bahnhof, dass es unerwartet Zwillinge geworden seien und hatte dich dabei. Und als Ruth erwähnte, sie habe etwas Schlimmes, etwas fast Unverzeihliches getan, hatte ich Angst, sie könnte dich entführt haben, Danny – von Fremden, von fahrendem Volk, von irgendwelchen Leuten. Möglicherweise dich ebenfalls Seraphine, weil mit ihrem eigenen Kind etwas passiert war. Immerhin redete sie so wirr daher. Die nächsten Monate habe ich ständig neue Theorien aufgestellt und wartete jeden Abend darauf, dass man in den Nachrichten von einer Kindesentführung berichtete, rechnete jeden Moment damit, dass die Polizei bei uns vor der Tür stehen würde.«

Danny hört es sich reglos an, während ich überlege, ob wir Vera nicht einfach die Wahrheit sagen sollten. Schließlich weiß sie noch nicht, dass unsere Familienverhältnisse zwischenzeitlich komplett auf den Kopf gestellt wurden. Bevor ich dazu komme, nimmt sie den Faden ihrer Erzählung wieder auf.

»Du warst in den ersten Wochen so winzig und schwach«, wendet sie sich erneut Danny zu, »und ich machte mir solche Sorgen um dich. Nicht allein deshalb, sondern genauso darum, wer du wohl warst, woher du kamst. Dann hingegen, im Laufe der Zeit, als du größer und kräftiger wurdest, sahst du Edwin und Theo immer ähnlicher, und es konnte kein Zweifel mehr bestehen, dass du ihr Bruder warst. Das nahm mir eine große Last ab, und ich fing allmählich an, mich zu entspannen, zu vergessen. Und du, Seraphine …«

Als Vera den Blick auf mich richtet, ist ihr Lächeln so herzlich und warm, dass ich meine Tränen nicht länger zurückhalten kann. Es erschreckt mich selbst, wie jäh meine Gefühle mich überwältigen.

»Du hast mich manchmal sehr an Ruth erinnert. Und deshalb versuchte ich, meine Bedenken zu vergessen. All die Zweifel, die ich am Anfang hatte – ich wollte nicht mehr daran denken. Natürlich wart ihr beide unsere Kinder, wer sollte das infrage stellen?«

Danny räuspert sich. »Erkläre uns noch, was mit Dad passiert ist.«

»Wir haben an jenem Vormittag tatsächlich gestritten, das stimmt«, räumt Vera ein. »Nach seinem Unfall behielt ich das für mich, denn mir war bewusst, wie verdächtig es aussehen würde.« Sie seufzt. »Dominic meinte zu mir,

429

es gebe da etwas, das er uns allen erzählen müsse, ehe ich meine Entscheidung bezüglich Summerbourne träfe.«

Sie wirft einen kurzen Blick hinüber zu Martin, und mich beschleicht der Verdacht, dass sie genau kalkuliert, wie viel er weiß und wie viel Ralph von dem Gespräch mitbekommen haben könnte.

»Dominic erwähnte Lauras Namen«, fährt sie fort. »Ich muss gestehen, dass mir das nicht gefiel. Ich begann mir Sorgen zu machen. Gut möglich, dass ich etwas laut wurde. Ich wollte, dass er mir auf der Stelle sagte, worum es ging – diese Geheimnistuerei erschien mir albern. Er hingegen beharrte darauf, damit zu warten, bis wir alle zusammen seien. Vermutlich ist es das, was Ralph gehört hat. Er hatte seinen Wagen unten bei Michaels Cottage abgestellt, und wir hatten ihn nicht kommen hören.«

»Und dann?«, drängt Danny.

»Natürlich wünschte ich keinen Zuhörer bei diesem Disput und schickte Ralph wieder weg. Bei Dominic entschuldigte ich mich, woraufhin wir noch einvernehmlich die Pläne für eure Geburtstagsfeier besprachen – die kleine Meinungsverschiedenheit war schnell vergessen.«

Edwin runzelt die Stirn. »Und was dachtest du, was Dad uns sagen wollte?«

Veras Blick huscht zu mir.

»Du dachtest, er würde uns sagen, dass ich nicht Ruths, sondern Lauras Tochter bin«, helfe ich nach. »Oder?«

Meine Großmutter atmet tief durch und scheint sich zu einer Entscheidung durchzuringen. »Wenn ich ehrlich bin, ja – ich war zu diesem Schluss gelangt, weil Ruth irgendwas geredet hatte, jemand wolle ihr das Kind wegnehmen, und weil Danny Edwin so ähnlich sah, dachte ich, du seist das Kuckuckskind. Und auf Laura kam ich, weil du ein ähnlich dunkler Typ bist, und bei großen, eher robust gebauten Frauen wie Laura fällt eine Schwangerschaft oft erst spät auf. Sie können es sehr lange verbergen. Ich legte mir eine Theorie zurecht, nach der Ruth sich einverstanden erklärt hatte, Lauras ungewolltes Kind anzunehmen, dann jedoch erfuhr, dass Lauras Freund – wer immer er sein mochte – damit nicht einverstanden war und seinerseits Ansprüche erhob.«

Mir schlägt das Herz bis zum Hals. Wer von uns soll es ihr sagen?

»Schwamm drüber«, fährt Vera fort. »Es tut wirklich nichts zur Sache. Und Laura war ja immerhin so vernünftig, sich von Summerbourne fernzuhalten und kein Wort über diese Geschichte zu verlieren. Bis jetzt, bis *du* sie unbedingt ausfindig machen musstest.«

Die Ereignisse der letzten Wochen ziehen noch einmal an mir vorbei, und ich muss an die Papierschnipsel denken, die ich aus dem Abfalleimer im Park gefischt habe.

»Dieser Brief an Laura ...«, sage ich.

Edwin und Danny schauen mich beide an, Vera holt scharf Luft, um sich für das zu wappnen, was jetzt kommen muss.

»Den hast du geschrieben, oder? Du hast Laura gedroht.« Selbst jetzt mag ich es noch immer nicht glauben. Insgeheim hoffe ich, dass sie laut auflacht, alles irgendwie erklären kann und versichert, das Ganze sei nichts als ein dummes Missverständnis. »Du hast den Zettel mit ihrer Anschrift aus meiner Handtasche genommen, ihr geschrieben und gedroht, dass ihrer Tochter etwas zustoßen könnte, wenn sie nicht den Mund hält. Und mit ihrer Tochter hast du mich gemeint, nicht wahr?«

Wieder dreht Vera an ihren Ringen, legt dann die Hände vor sich auf den Tisch.

»Es war dumm. Ich bin in Panik geraten und wollte sicherstellen, dass sie nicht mit dir redet. Damals, an dem Tag, als Ruth sich von den Klippen stürzte, hat Laura versucht, mir irgendetwas mitzuteilen – damals wollte ich nichts hören. Bis heute weiß ich nicht, was es war, aber es hatte mit euch zu tun. Und als du dann meintest, du hättest sie ausfindig gemacht, musste ich daran denken und habe mir überlegt, was sie mir seinerzeit hatte sagen wollen. Und da kam ich auf die Idee, du könntest ihre Tochter sein. Deine dunklen Haare, Seraphine, die dunklen Augen, dein Hautton – es lag einfach nahe. Bitte verzeih mir, ich wollte nichts Böses, wollte vielmehr dich und die Familie beschützen.«

»Mich beschützen?«, wiederhole ich ungläubig, schiebe meinen Stuhl zurück und stehe auf. »Darunter verstehe ich etwas anderes, als Drohungen in den Rasen zu brennen und auf den Spiegel zu schmieren. Das warst du bestimmt auch.«

Edwin und Danny sind jetzt vollends entgeistert, da ich ihnen diese Geschichten ja bislang verschwiegen habe.

»Dein Vater«, setzt Vera an, »war gesund und munter, als ich mich von ihm verabschiedet habe. Wir trennten uns in gutem Einvernehmen. Bevor ich nach London zurückfuhr, wollte ich noch einmal die Aussicht von den Klippen genießen. Ich nahm den Weg hinunter zum Hafen, von wo aus ich dann Ralph anrief und ihn bat, mich abzuholen und zum Bahnhof zu bringen.«

Ihre Worte haben einen monotonen Klang, als wären sie auswendig gelernt und zigmal aufgesagt worden. Ich habe das Gefühl, den Boden unter den Füßen zu verlieren, und warte vergeblich darauf, dass Edwin oder Danny etwas sagen. »Dominic war gesund und munter, als ich mich von ihm verabschiedete«, wiederholt Vera.

»Ich glaube dir kein Wort«, schleudert ihr Danny entgegen und sieht sie hasserfüllt an.

»Sag das nicht«, fleht sie. »Es war ein solcher Schock, als du mich angerufen und mir von dem Unglück erzählt hast. Ich habe Dominic öfter gewarnt, diese alte Leiter zu benutzen, aber wer hätte es denn ahnen können …«

»Ich glaube dir nicht«, wiederholt Danny, diesmal mit mehr Nachdruck. »Zu viel spricht dagegen.«

»Er war gesund und munter, als ich ihn zuletzt sah«, beharrt sie. »Das musst du mir glauben.«

»Und Mum?«, wirft Edwin mit belegter Stimme ein. »Martin hat alte Aussageprotokolle gefunden.« Er schluckt. »Danach hat jemand gesehen, wie du sie gestoßen hast.«

Ihre Gesichtszüge verhärten sich. »Eure Mutter ist gefallen. Oder gesprungen. Es geschah alles so schnell. Ich konnte nicht …«

»Sie war nicht *meine* Mutter«, zischt Danny sie an, springt auf und will auf sie losgehen.

Während Edwin ihn zurückzieht, bleibt Martin gelassen sitzen und beobachtet aufmerksam die Szene. Ich habe den Eindruck, dass ihm nichts entgeht – kein Wort, keine noch so kleine Regung.

»Was soll das heißen?« Vera ist ganz blass geworden und greift mit zitternden Fingern nach dem Becher Tee. »Wer …?«

Danny gerät kurz ins Stammeln, bevor er sagt, was Sache ist. »Im Gegensatz zu mir ist Seraphine wirklich dein Enkelkind. Sie ist Ruths Tochter, und ihr Vater ist Alex Kaimal.«

Meine Großmutter schaut ihn völlig entgeistert an. Weil sie es nicht glauben kann oder weil sie es für skandalös hält, vermag ich nicht zu sagen. Sie wirkt, als würde sie in sich hineinhorchen, nach Erinnerungen suchen, die diese aberwitzige Behauptung beweisen oder widerlegen könnten.

»Gran«, sagt Edwin und schickt sich an, ihr den nächsten Schlag zu versetzen. »Dad und Laura, da war mal was … Danny ist ihr Sohn.«

Sie zieht scharf die Luft ein, ihr Blick irrt durch den Raum, und ich merke, wie ihre Gedanken sich schier überschlagen. Danny tritt an den Tisch und beugt sich vor, bis er mit Vera auf Augenhöhe ist.

»Du hast sie umgebracht, oder?«, fragt er. »Mum und Dad. *Ruth* und Dad.«

»Nein«, stößt sie hervor.

»Doch. Hoffentlich sperren sie dich dafür ein. Für immer«, speit er aus und verlässt den Verhörraum.

Mir bricht es das Herz, den Schmerz in Edwins Augen zu sehen, als er seine Großmutter ein letztes Mal anschaut, ehe er Danny nach draußen folgt. Ich werfe einen Blick über die Schulter zurück, aber Vera hat sich abgewandt, ihre Miene ist verschlossen. Sie scheint nicht zu merken, dass wir gehen, und wirkt so weit weg, als wäre sie ganz in sich versunken und habe uns vergessen.

Martin ist der Einzige, der zufrieden aussieht. Seine mitfühlende Miene kann nicht über den leisen Triumph hinwegtäuschen, der in seinen Augen aufscheint. Für ihn ist der Fall gelöst. Ich weiß nicht, wie hilfreich unser Besuch tatsächlich für die Ermittlungen war, zumindest dürfte der Polizeikommissar einen guten Eindruck von unserem Leben und dem Rätsel der Summerbourne-Zwillinge gewonnen haben. Martins Kollegin schließt die Tür leise hinter uns, und wir sehen zu, dass wir nach draußen kommen, an die frische Luft, die uns nie befreiender vorgekommen ist.

Edwin fährt, ich sitze neben ihm. Danny spricht auf der gesamten Rückfahrt kein einziges Wort mit uns.

35. Kapitel

SERAPHINE

Ich stehe mit Joel in der Diele von Summerbourne. Er hat uns angeboten, Laura zurück nach London zu fahren, damit wir drei – Edwin, Danny und ich – uns zusammen hinsetzen und in Ruhe reden können. Wobei Danny erst mal verschwunden ist. Kaum sind wir nämlich nach Hause gekommen, hat er sich mit den Worten, die Schnauze voll von uns zu haben, in Richtung Klippen verabschiedet. Wenn er bei Einbruch der Dämmerung nicht zurück ist, werde ich wohl oder übel losgehen und ihn holen.

Laura hat Edwin gebeten, mit ihr einen kleinen Spaziergang durch den Garten zu machen. Um der alten Zeiten willen, wie sie sagte, aber ich nehme an, sie möchte einfach noch mal mit Edwin allein sprechen. Jetzt, da wir alle die Wahrheit kennen, muss jeder für sich einen Weg finden, damit umzugehen und die Vergangenheit zu verarbeiten. Mittlerweile sehe ich diesbezüglich in Laura weniger eine Bedrohung als eine Verbündete.

Alex und Kiara sind draußen damit beschäftigt, Kiaras Sachen aus ihrem Auto in seines umzuladen. Die beiden wollen heute gemeinsam zurück nach Leeds fahren und ihr Auto irgendwann im Laufe der Woche abholen lassen. Ich beobachte sie durch das Fenster im Flur, sehe, wie Kiara den Kofferraum ihres Wagens schließt und Alex ihr mit ausgestreckter Hand entgegengeht.

»Das wird schon«, versichert mir Joel, als ich mich von der kleinen Szene abwende, in der mein Vater den Arm um jene Tochter legt, von der er geglaubt hat, sie sei seine.

Joel steht am Fuß der Treppe, die Daumen in die Taschen seiner Jeans gehakt. Wie gerne würde ich jetzt meine Wange an seine Brust legen und seine Arme um mich spüren. Es bräuchte nicht mehr als einen Schritt, doch eine Flut von Erinnerungen lässt mich Distanz wahren, allen voran mein schlechtes Gewissen, dass ich ihn, zumindest kurz, für Lauras Angreifer gehalten habe. Oder mein Entsetzen darüber, dass ich ihm in meiner Wut und meiner Unbedachtheit vor Jahren diese Narbe am Kinn beigebracht habe. Und nicht zuletzt die peinlichen Erinnerungen an den Abend, als ich ihn geküsst habe und Ralph Luckhurst auf ihn losgegangen ist.

Was mich auf einen ganz anderen Gedanken bringt. »Es ist Ralphs Schuld.«

Joel neigt leicht den Kopf, versteht nicht, worauf ich hinauswill.

Ich verschränke die Arme. »Genau genommen ist es Ralphs Schuld, was Laura zugestoßen ist, oder nicht? Wäre er gleich zur Polizei gegangen, nachdem er von Dads Unfall gehört hat, und hätte ihnen gesagt, dass Großmutter an jenem Morgen dort war …«

»Stimmt, wahrscheinlich wäre alles anders gekommen.« Joel nickt bedächtig. »Wobei ich Schuld etwas übertrieben finde, er hat schließlich nicht gelogen. Und wenn die Polizei ihn nicht fragt …«

»*Ich* hätte ihn fragen können!« Ärgerlich wische ich mir eine Träne von der Wange. »Wenn ich mit ihm gesprochen hätte … Für Dad war es zwar zu spät, aber Laura wäre einiges erspart geblieben.«

»Seraphine.« Joel wartet, bis ich ihn ansehe. »Ralph ist ganz allein für sein Handeln verantwortlich. Gib du dir bitte keine Schuld an dem, was passiert ist.«

»Und was, wenn er der Polizei meinetwegen nichts gesagt hat?«, widerspreche ich.

Joel runzelt die Stirn. »Warum? Damit du nicht erfährst, was deine Großmutter getan hat?«

»Oder weil er nicht mehr von mir in irgendwas reingezogen werden wollte, weil er die Nase voll hatte.«

Joel nimmt die Hände aus den Hosentaschen und macht einen Schritt auf mich zu.

»Ralph hat deiner Gran viel zu verdanken«, meint er. »Überleg mal, was sie alles für seine Familie getan hat – sie hat Helen all die Jahre unterstützt, hat Daisy einen Job besorgt, ihm beruflich unter die Arme gegriffen. Ich nehme eher an, dass er ihr aus Dankbarkeit keinen Ärger bereiten und es sich für die Zukunft nicht mit ihr verscherzen wollte.«

Ein Geräusch von draußen lässt mich zum Fenster hinausschauen. Alex und Kiara stehen über den Kofferraum seines Wagens gebeugt, die Köpfe dicht beieinander.

»Du suchst nach etwas, um dir die Schuld zu geben, Seraphine, obwohl es nicht deine Schuld ist«, betont Joel erneut. »Also hör bitte auf damit. Ärztliche Anordnung«, fügt er lächelnd hinzu. »Ich meine das wirklich ernst.«

Etwas ist in seiner Stimme, eine Wärme, die mir tatsächlich hilft, mich zu entspannen. Nachdenklich betrachte ich die Narbe an seinem Kinn, den hohen Schwung seiner Brauen, die Andeutung eines Lächelns.

»Du hast ihr das Leben gerettet, nicht wahr?«

»Wem?«

»Laura. Ich habe sie in Lebensgefahr gebracht, und du hast sie gerettet.«

»Wenn du damit meinst, dass ich sie gefunden und Hilfe geholt habe, dann ja.«

»Nein, es war mehr als das – du hast ihr sehr wahrscheinlich im wahrsten Sinne des Wortes das Leben gerettet.«

Joel kommt langsam näher und senkt die Stimme. »Ich war einfach zur richtigen Zeit am richtigen Ort.« Vorsichtig greift er nach meiner Hand und streicht mit seinem Daumen über mein Handgelenk. »Und weißt du, warum?«

»Wegen Michael vermutlich«, sage ich.

»Deinetwegen«, stellt er richtig. »Ich hätte genauso gut daheim auf Granpa warten können, aber ich dachte mir, geh ihn mal suchen, dann kriegst du wieder einen klaren Kopf. Und den brauchte ich nicht, um über den alten Herrn, sondern um über dich nachzudenken.«

Ich schaue zu ihm auf und versuche, den tieferen Sinn seiner Worte zu ergründen.

»Willst du mir etwa weismachen, dass Laura wegen mir gerettet wurde?«, frage ich ihn. »Netter Versuch, doch so leichtgläubig bin ich wiederum nicht.«

Das Lächeln, das sich über sein Gesicht ausbreitet, lässt mich an sorglose Kindertage denken: wie wir loszogen, um Brombeeren zu pflücken, wie wir auf unseren Rädern um die Wette fuhren und kräftig in die Pedale traten, den Wind in den Haaren.

»Was soll ich noch sagen?«, meint er achselzuckend und

sieht einfach umwerfend gut aus, wenn ihm wie jetzt der Schalk in den dunklen Augen blitzt und dieses feine Lächeln um seine Lippen spielt. »Es stimmt. Ich war genau zur richtigen Zeit am richtigen Ort, weil ich im richtigen Moment an dich gedacht habe.«

»Ach, komm, tu nicht so«, sage ich und schüttele den Kopf.

»Nein, ehrlich, ich denke dauernd an dich«, beteuert er.

Und da küsse ich ihn. Ich küsse Joel Harris, und er küsst mich, und wie es aussieht, passen wir wirklich perfekt zusammen. Es ist wieder wie früher. Brombeeren, der kräftige Schlag unserer Herzen, der Wind in den Haaren. Ich will niemanden außer Joel.

Hinter mir knarrt die Haustür in den Angeln, und jemand sagt meinen Namen. Es ist Alex, mein Vater.

Ich drehe mich um und empfinde eine seltsame Fremdheit bei seinem Anblick, die er offenbar in ähnlicher Weise spürt. Kiara steht hinter ihm auf der Türschwelle und lächelt mich etwas bemüht an.

»Ist Danny noch nicht zurück?«, fragt sie.

»Nein.«

»Edwin und Laura sind im Garten«, wirft Joel ein. »Soll ich sie holen?«

Wie aus der Pistole geschossen, kommt ein Nein von Alex. Es ist wie ein Echo meiner eigenen kurz angebundenen Antwort. Den Bruchteil einer Sekunde treffen sich unsere Blicke. Fast hätte ich laut aufgelacht – ist es das, was wir gemeinsam haben? Eine genetische Veranlagung zur Schnippigkeit?

Kiara schaut ihn schief an. Offenbar würde sie sich zumindest gerne von ihrer neu entdeckten Mutter und ihrem Halbbruder verabschieden, wenn ihr Zwilling schon nicht zur Stelle ist, aber Alex drängt sie zum Aufbruch.

»Kann ich euch anrufen?«, fragt sie mich. »Vielleicht irgendwann in den nächsten Tagen?«

Ich nicke stumm, dann sehe ich meinen Vater auf mich zukommen, der kurz die Hände hebt und sie wieder sinken lässt. Eine seltsam verhaltene Geste, als könnte er sich nicht entscheiden, ob er mich zum Abschied umarmen soll oder nicht.

»Es tut mir leid, Seraphine«, sagt er, dreht sich um und verlässt mit Kiara das Haus.

»Das wird bestimmt«, versichert Joel erneut, und ich lächle ihn dankbar an. Nicht seiner Worte wegen, sondern weil er hier ist, bei mir.

Als Edwin und Laura zurück ins Haus kommen, veranstaltet mein Bruder einen Riesenwirbel um sein ehemaliges Au-pair, vergewissert sich, dass sie ihre Schmerzmittel genommen hat, und besteht darauf, ihr für die Fahrt noch ein Sandwich und eine Thermosflasche Tee mitzugeben.

»Dir scheint nicht klar zu sein, dass Joel sie im Auto nach Hause bringt, und nicht mit Pferd und Wagen«, spotte ich, wofür ich mir einen strengen Großer-Bruder-Blick einhandele.

»Wo ist Danny eigentlich?«, erkundigt er sich.

Ich will gerade erklären, dass ich keine Ahnung habe, als ich ihn plötzlich auf der Terrasse herumlungern sehe. Wahrscheinlich will er dort warten, bis Laura weg ist.

Joel fasst mich am Ellbogen. »Du denkst daran, was ich gesagt habe?«

»Das alles gut wird?«

Er drückt mir einen Kuss auf die Wange. »Genau.«

Als er mich loslässt und sich zum Gehen wendet, merke ich, wie Laura mich beobachtet. Um ihre Lippen spielt ein belustigtes Lächeln, darunter allerdings meine ich eine so tiefe Traurigkeit zu entdecken, dass mir ganz schwer ums Herz wird. Es kann nicht leicht gewesen sein für sie, besonders die letzten Tage nicht. Sie hat einen Mordanschlag überlebt und ihre beiden erwachsenen Kinder getroffen, die sich nicht gerade über das Wiedersehen gefreut haben. Eine Weile sehen wir einander schweigend an.

»Du erinnerst mich an sie«, meint sie schließlich. »Du bist genauso willensstark wie deine Mutter.«

Nachdem sie gegangen sind, bleibe ich an der Tür stehen und schaue ihnen nach, bis das Auto hinter der Biegung verschwunden ist.

Als ich in die Küche komme, macht Danny sich am Küchentisch gerade ein Käsebrot, verteilt überall Krümel. Ich öffne zwei Flaschen Bier und folge ihm ins Wohnzimmer, setze mich zu ihm aufs Sofa und reiche ihm eine.

»Danke«, murmelt er, und der Verzicht auf seinen launigen Zusatz Schwesterherz tut sich wie ein Abgrund zwischen uns auf.

Er ist noch dieselbe Person, jedoch nicht mehr mein Bruder. Was uns verbindet, ist Edwin, unser beider Halbbruder, der mit ihm den Vater gemeinsam hat und mit mir die Mutter. Das ist alles.

»Kiara ist also meine Zwillingsschwester«, seufzt er schließlich.

»Ja, und Alex ist mein Vater, während Laura …«, setze ich an.

Er winkt ab, damit ich es nicht ausspreche, und seine Miene verdüstert sich. »Immerhin dürftest du jetzt bekommen, was du seit jeher wolltest.«

»Was meinst du?«

»Summerbourne. Jetzt wird sie es dir vermachen, denn du bist ihr Enkelkind und ich nicht. Du wirst das Haus, das du dir von klein auf gewünscht hast, von deiner bezaubernden Großmutter bekommen. Glückwunsch.«

Ich schüttele den Kopf. »Danny, das ist nicht fair. Darum geht es nicht.«

»Ach ja? Wegen Summerbourne hast du das Ganze schließlich losgetreten, oder etwa nicht?«

»Nein!« Ich setze mich auf und strecke die Hand nach ihm aus. »Das war nicht der Grund! Ich wollte …« Mit einem Mal bringe ich keinen vernünftigen Satz mehr zustande. »Wenn sie mir Summerbourne vermacht, überschreibe ich es einfach dir, okay? Mein Anliegen war es zu erfahren, wer ich bin, woher ich komme. Irgendwie wusste ich tief in meinem Inneren, dass etwas nicht stimmte, und die Überschreibung an dich hat mich glauben lassen, ich sei das Kuckuckskind. Das war alles.«

Er lehnt seinen Kopf zurück und schließt die Augen. So sitzen wir eine Weile schweigend da, und eine verstohlene Träne rinnt mir über die Wange, wenn ich daran denke, dass er nicht mehr mein Zwilling ist und dass da eine andere ist, die so viel besser zu ihm passt, als ich es je tat.

Das Schweigen zieht sich hin. Irgendwann stößt Danny einen dramatischen Seufzer aus. »Ich hätte es mir eigentlich denken können.«

»Was?«

Er schaut mich kurz von der Seite an, und ich sehe, dass

in seinen Augen der alte Schalk aufblitzt. »Hast du dich nie gefragt, warum ich die ganzen guten Gene bekommen habe und du nicht? Jetzt wissen wir es.«

»Danny …«, stöhne ich.

»All die Stunden, die ich vergeblich darauf verschwendet habe, dir etwas beizubringen. Weißt du noch, wie ich versucht habe, dir die Grundregeln von Kricket zu erklären, und du lieber an den Klippen hocken und irgendein blödes Buch lesen wolltest? Spätestens da hätte mir klar sein müssen, dass wir nicht verwandt sind.«

Während ich ihm giftige Blicke zuwerfe – bekanntlich steckt ja in allem Spott ein Körnchen Wahrheit –, lehnt er sich grinsend zurück.

Ich schaue ihn aus schmalen Augen an. Kein Zweifel, er ist noch immer derselbe. Wie früher bei solchen Gelegenheiten schnappe ich mir ein Sofakissen und werfe es nach ihm, wenngleich ich nach wie vor Tränen in den Augen habe.

»Pass bloß auf«, sage ich mit kippender Stimme. »Ich bin immer noch die Ältere von uns beiden.«

»Pah, das zählt nicht mehr.« Er wedelt mit der Hand und schließt die Augen, ohne dass das Lächeln von seinem Gesicht weicht.

Als Edwin zurückkommt, setzen wir uns zusammen, trinken Bier und reden, bis die untergehende Sonne das Wohnzimmer in rosa- und orangefarbenes Licht taucht. Ich wüsste zu gern, wie Alex und Kiara mit der neuen Situation umgehen, ob Laura noch einmal Kontakt zu uns aufnehmen wird oder ob einer von uns sich bei ihr meldet. Und natürlich frage ich mich, wie es meiner Großmutter wohl in ihrer Zelle geht.

»Ist euch die Gravur an Lauras Medaillon aufgefallen?«, fragt Edwin unvermittelt.

Wir schütteln den Kopf.

»Es sind drei kleine Herzen mit Zickzacklinien mitten durch, also vermutlich gebrochene Herzen. Warum drei?«

»Muss uns das interessieren?«

Danny springt auf und erklärt das Thema Laura damit für beendet. Stattdessen holt er das alte Familienalbum aus dem Regal. Als er es Edwin reicht, öffnet es sich wie von selbst auf der leeren Doppelseite. Edwin blättert weiter zum nächsten Bild. Wir beugen uns alle drei darüber und betrachten es schweigend.

Uns wurde immer erzählt, es sei das erste Foto von Danny und mir, das man von uns gemacht habe nach den langen Monaten der Trauer, die auf unsere Geburt folgten. Es wurde bei strahlendem Winterwetter aufgenommen, der Garten von Summerbourne liegt unter einer weichen weißen Schneedecke, die kahlen Äste der Obstbäume zeichnen sich scharf vor dem klaren Himmel ab. Edwin, gerade fünf Jahre alt, trägt einen blauen Dufflecoat und blaue Handschuhe. Er hält eine Möhre in der Hand und steht neben einem noch nasenlosen Schneemann. Statt in die Kamera ist sein Blick auf zwei Babys gerichtet, die dick eingepackt in einem altmodischen Zwillingskinderwagen sitzen.

Plötzlich fällt mir wieder ein, wie Dad mir erzählte, dass es genau jene kurze Phase war, in der Danny und ich gleich groß waren. Er hatte mich gerade eingeholt und würde mich bald um Längen schlagen, sodass ich immer die Kleinere blieb. Wir haben Mützen mit Bommeln auf dem Kopf, die bestimmt Vera für uns gestrickt hat, und stecken in so dicken Schneeanzügen, dass wir kaum nebeneinander in den Kinderwagen passen. Mit großen Augen schauen wir hinaus in die Welt: auf den Schnee, in den Himmel, auf unseren großen Bruder. Uns beiden steht dieselbe staunende Verwunderung ins Gesicht geschrieben.

»Ich meine mich sogar noch an den Tag zu erinnern, als dieses Bild aufgenommen wurde«, sagt Edwin versonnen.

Danny lacht. »Du erinnerst dich bestimmt nur an die heiße Schokolade, die es danach zum Aufwärmen gab.«

Jedes Mal, wenn ich lächeln muss, laufen mir neue Tränen über die Wangen, als hinge das eine mit dem anderen zusammen. Es ist alles so verwirrend, meine Gedanken irren wild durcheinander. Ich versuche, nicht an Vera zu denken und an das, was sie getan hat. An ihre Verbrechen. Oder daran, dass sie in ihrer Verblendung dachte, sie würde uns beschützen, indem sie speziell mir Angst einjagte. Und dann Dad. Es bricht mir das Herz, dass er womöglich durch sie sterben musste. Noch immer haben wir keine Ahnung, womit er Veras Pläne durchkreuzte.

Wir reden, weinen, lachen und reden immer weiter, bis das Zimmer in völliger Dunkelheit liegt. Durch das Fenster ist der Mond zu sehen, eine schmale Sichel, die silbern am Nachthimmel schimmert.

»Wir drei sind nach wie vor eine Familie, oder?«, vergewissere ich mich, als wir nach oben gehen.

»Natürlich sind wir das«, versichert Edwin mit Nachdruck.

Danny verdreht die Augen. »Klar, wenn du das sagst, Schwesterherz.«

In meinem Zimmer mache ich leise die Tür hinter mir zu. Es ist merklich kühler als in den Nächten zuvor, und so kuschele ich mich zufrieden seufzend unter die warme

Bettdecke, schließe die Augen und erwarte den neuen Tag. Wir drei sind immer noch eine Familie. Und ich bin immer noch Seraphine.

Epilog

SERAPHINE

Anfang Dezember 2017

Auf halber Treppe stehend, beobachte ich, wie Edwin Laura gerade aus ihrem Mantel hilft und sie auf beide Wangen küsst. Er ist nach wie vor der Hausherr von Winterbourne, dem Londoner Pendant zu Summerbourne, obwohl ich vorübergehend hier wohne. Aus der Küche weht ein köstlicher Duft nach Rosmarin und Knoblauch heran. Soeben betritt Joel die geräumige Diele, zieht jedoch seine Jacke gar nicht erst aus.

»Ich fahre dann mal schnell zum Bahnhof«, sagt er. »Die Fahrt von Leeds ist lang genug, da ist es bestimmt schöner für Kiara, wenn ich sie abhole und sie sich nicht noch ein Taxi nehmen muss. Vor allem weil sie allein kommt.«

»Lieb von dir, Joel«, bedankt Laura sich, bevor sie Edwin in die Küche folgt: »Mhm, wie gut das riecht!«

Ehe sie die Tür hinter sich schließen, höre ich sie über Gänseschmalz und Gartemperaturen fachsimpeln. Schnell springe ich die Treppe hinunter, um Joel noch zu erwischen, ehe er sich auf den Weg macht. Er steht neben der alten Standuhr, und ein leises Lächeln umspielt seine Lippen, als habe er auf mich gewartet. Seit ich vor drei Monaten nach London gezogen bin, sehen wir uns seltener, als mir lieb ist – ich muss unter der Woche nach Norwich pendeln, er übernimmt an den Wochenenden meist Vertretungsdienste, bis er eine feste Stelle gefunden hat. Trotzdem sieht er entspannter aus als Wochen zuvor. Seine Augen leuchten, seine Wangen sind leicht gerötet von der Kälte, und in seinem Mantel hängt noch die eisige Dezemberluft.

»Hi, wie geht es dir?«

»Gut«, erwidere ich und will eigentlich irgendetwas hinzufügen, aber das Lächeln auf seinem Gesicht lässt mich alles andere vergessen. Schweigend sehen wir uns an, lauschen auf das Ticken der Uhr.

»Ich bin froh, dass du es geschafft hast, Danny zum Kommen zu überreden«, sagt er nach einer Weile, um überhaupt ein Gespräch in Gang zu bringen.

»Das haben wir Brooke zu verdanken. Anfangs hatte ich ja so meine Zweifel, doch sie scheint Danny wirklich gutzutun. Sie meinte, es sei seine Pflicht, Laura wenigstens eine Chance zu geben. Und Kiara natürlich ebenfalls, wobei er sich da nicht wirklich schwertut.«

Joel schaut kurz Richtung Küche. »Und Alex weigert sich bislang hartnäckig, mit Laura zu sprechen?«

Alex. Ich bin froh, dass er seinen Vornamen nennt, wenn er von ihm spricht und ihn nicht als meinen Vater bezeichnet. Das irritiert mich unverändert, wenngleich wir in den letzten Wochen erste zaghafte Schritte gemacht haben, uns einander anzunähern.

»Er tut sich schwer mit der Situation. Und das verstehe ich«, füge ich hinzu. »Seit damals hat er sich einzureden versucht, richtig gehandelt zu haben. Und jetzt sieht alles auf einmal ganz anders aus. Er fühlt sich schuldig am Tod meiner Mutter, hat ein schlechtes Gewissen wegen mir. Zwischen ihm und Kiara scheint sich zum Glück alles wieder normalisiert zu haben, Laura hingegen verübelt er nach wie vor, dass sie ihn wissentlich das falsche Baby hat nehmen lassen … Er ist einfach noch nicht so weit, ihr das zu verzeihen.«

Joel nickt. »Und du kommst damit klar, wenn Kiara und Laura heute beide hier sind?«

»Na ja, ich gebe mir Mühe. Wie Brooke ganz richtig bemerkt hat, sind wir ja alle auf die ein oder andere Art miteinander verwandt. Eine Patchworkfamilie sozusagen. Und wenn wir uns ein bisschen anstrengen, werden wir uns eines Tages sicher super verstehen.«

»Sehr weise gesprochen.«

Er ist mir so nah, dass ich nur die Hand ausstrecken müsste, wenn ich über die helle Narbe an seinem Kinn streichen wollte. Deshalb wechsele ich rasch das Thema, denn für so etwas ist jetzt weder die Zeit noch der Ort.

»Edwin meinte, du schaust dich gerade im Dorf nach einem Haus um? Um in Michaels Nähe zu sein, oder?«

»So ist es. Darüber wollte ich mit dir sowieso mal reden.«

»Ach ja?« Irgendwie wirkt er verlegen, ohne dass ich weiß, warum.

»Das Haus der Collinsons steht zum Verkauf. Alex' ehemaliges Cottage.«

Ich lasse seine Worte einen Moment sacken. »Dort, wo Alex so liebevoll ein Kinderzimmer für mich eingerichtet hat, in dessen Genuss dann Kiara gekommen ist«, stelle ich schließlich mit einem Anflug von Sarkasmus fest.

»Genau.« Er sieht mich mit einem schiefen Grinsen an.

»Wäre irgendwie schräg, oder? Egal. Ich finde bestimmt noch etwas anderes.«

»Übrigens ziehe ich zurück nach Summerbourne«, werfe ich ein. »Veras Anwalt hat mir geschrieben, dass ich definitiv das Haus bekommen werde.«

Meine Großmutter sitzt nach wie vor in Untersuchungshaft und wartet auf ihren Prozess wegen des versuchten Mordes an Laura. Edwin ist der Einzige, der sie besucht. Sie bleibt bei ihrer Version, dass der Stein sich versehentlich löste und dass sie Laura keinen Schaden zufügen wollte, dann aber zu sehr unter Schock stand, um sich bemerkbar zu machen und Joel zu helfen, Laura zurück zum Haus zu bringen. Zudem beharrt sie weiter darauf, dass Dad »gesund und munter« gewesen sei, als sie ihn zuletzt gesehen hat, und dass sie unsere Mutter nicht in den Abgrund gestoßen habe.

»Alles in Ordnung?«, reißt Joel mich aus meinen Gedanken.

Ich nicke. Langsam beginne ich mich mit der Vorstellung abzufinden, dass wir wohl nie das wahre Ausmaß von Veras Schuld oder Unschuld erfahren werden. Die Staatsanwaltschaft wird die anderen Anklagepunkte nicht weiter verfolgen – laut Martin gibt es hinsichtlich Dads Sturz nicht genügend Beweise, und was den Tod meiner Mutter betrifft, haben sie praktisch gar nichts in der Hand, was in einem Prozess Bestand hätte.

Joels Augen schimmern dunkel im trüben Licht des Flurs. »Wird es Danny etwas ausmachen, wenn du das Haus bekommst?«

»Glaubst du vielleicht, Brooke hätte Lust, in der Pampa zu leben? Nein, er hat kein Problem damit. Und ich lasse es sowieso auf uns beide eintragen – sofern es mir tatsächlich irgendwann mal gehört.«

Er beugt sich zu mir vor. »Ich sollte mich jetzt auf den Weg machen, sonst hat Kiara sich bereits ein Taxi genommen, ehe ich überhaupt beim Bahnhof bin. Willst du mitkommen?«

»Danke nein, ich wollte noch mit Laura sprechen, bevor die anderen eintrudeln.«

»Okay.« Er rührt sich nicht vom Fleck, sein Blick huscht von meinen Augen zu meinen Lippen und wieder zurück.

»Joel«, sage ich. Der Wollstoff seines Mantels fühlt sich klamm an, als ich ihm die Hand an die Brust lege. Er streicht mit dem Daumen über meine Wange.

»Seraphine.«

Und dann küssen wir uns. Ich muss mich noch an dieses wunderbare Gefühl gewöhnen, von ihm begehrt zu werden. Er behauptet, schon immer in mich verliebt gewesen zu sein – und jedes Mal, wenn er das sagt, erwidere ich, dass ich ihm kein Wort glaube. Daraufhin bedenkt er mich mit diesem Lächeln, das allein er hat, und sofort vergesse ich meine Zweifel und beschließe, ihm einfach zu glauben.

»Ich wüsste, wo du wohnen könntest.«

Er lacht leise. »Wirklich?«

»Auf Summerbourne, bei mir.«

Wir küssen uns gerade ein weiteres Mal, als die Küchentür aufgeht. »Oh, entschuldigt bitte«, ruft Laura und zieht sich schnell zurück.

Joel lächelt mich an. »Ich sollte wirklich los.«

»Überlegst du es dir?«

»Das werde ich.«

Nachdem er gegangen ist, bleibe ich noch eine Weile so stehen, warte, bis mein aufgeregtes Herz sich beruhigt hat und wieder so ruhig und bedächtig schlägt wie die alte Uhr. Als ich in die Küche komme, hantiert Edwin vergnügt am Herd herum und winkt mir mit dem Pfannenheber zu.

»Meine Güte, Laura hat sich fast in die Hose gemacht, weil sie dich und Joel nicht stören wollte.«

Es gibt etwas, wonach ich sie fragen möchte, und ich warte auf eine passende Gelegenheit, sobald sie in die Küche zurückgekommen ist. In Erwartung ihrer Kinder wirkt sie nervös und schaut ständig auf ihre Uhr.

»Lass uns ein bisschen in den Garten gehen«, schlage ich ihr vor. »Bevor die anderen kommen. Da ist etwas, das ich dir gerne zeigen würde.«

Wir holen unsere Mäntel und gehen nach draußen, vergraben unsere Hände tief in den Manteltaschen und schlagen den Weg zwischen den Rabatten ein, vorbei an den Winterkirschen mit ihrem rosa Blütenmeer. Ansonsten ist es winterlich still. Selbst von den Geräuschen der Stadt ist kaum etwas zu hören.

»Ganz herzlichen Dank, Seraphine«, sagt Laura. »Für die Einladung heute.«

Die Anspannung steht ihr ins Gesicht geschrieben. Kein Wunder, sie wird gleich mit ihren beiden Kindern bei Tisch sitzen, die fünfundzwanzig Jahre lang nicht den Hauch einer Ahnung hatten, dass sie ihre Mutter ist. Eigentlich neige ich nicht zu impulsiven Gesten, aber jetzt hake ich mich bei Laura unter. Schließlich hat sie meiner Mutter geholfen, mich auf die Welt zu bringen, und mir erzählt, was meine Mutter in meinen ersten Lebensmomenten gesagt hat. Worte, die ich von niemandem sonst gehört hätte.

Ich schaue kurz zu ihr hoch und lächele, während wir langsam weiterschlendern.

»Edwin fand, es sei eine schöne und vor allem passende Art, seinen Geburtstag zu begehen«, sage ich. »Ganz im Zeichen des Neubeginns. Kiara möchte dich sowieso gern kennenlernen. Und Danny …, irgendwann wird er so weit sein. Du musst ihm Zeit lassen.«

Ich weiß nicht so recht, was ich über ihn sagen soll. Nachdem er wochenlang emotional völlig dichtgemacht hat, kann er mittlerweile nicht oft genug betonen, dass die Enthüllung unserer wahren Identität nichts an unserer Geschwisterbeziehung ändern wird. Was Laura angeht, sieht er leider nach wie vor rot, wenn ihr Name erwähnt wird.

Sie nickt und presst die Lippen zusammen. Ihr Blick fällt auf meine Kette – ein winziger goldener Engel an einer dünnen Goldkette.

»Wie hübsch«, sagt sie.

»Brooke hat sie mir geschenkt wegen meiner Namensgebung durch meine Mutter.« Ich schweige einen Moment. »Sie hat wirklich einen guten Einfluss auf Danny. Ihr verdanken wir es, dass er heute überhaupt kommt. Mal sehen, wie er sich verhält.«

In ihren Augen meine ich ein fast belustigtes Funkeln zu erkennen. »Armer Danny«, meint sie. »Und du? Hast du mal mit Alex gesprochen?«

Anfangs habe ich mich schwergetan, wollte gar keinen Kontakt. Mittlerweile sprechen wir gelegentlich miteinander. Vor allem möchte ich Kiara besser kennenlernen. Es fasziniert mich, wie sehr sie mich in mancher Hinsicht an Danny erinnert. Außerdem liebt sie Alex, und ganz ohne Zweifel war er ihr ein guter Vater.

Im Grunde bin ich froh, dass er mich damals nicht mitgenommen hat. Sonst wäre ich nicht die, die ich heute bin. Ich kann mir keine Sekunde lang vorstellen, nicht auf Summerbourne aufgewachsen zu sein und Dominic nicht als meinen Dad gehabt zu haben. Nichts und niemand vermag daran etwas zu ändern – ganz gleich, wie die Dinge sich entwickeln. Jedenfalls bin ich zunehmend offen für eine engere Beziehung zu Alex. Wenn man alle familiären Verstrickungen mal außen vor lässt, verstehen wir uns eigentlich ganz gut. Vielleicht mögen wir uns sogar, schwer zu sagen.

»Ja, wir geben uns beide Mühe«, beantworte ich Lauras Frage. »Erst letzte Woche war ich in Leeds und habe die beiden gesehen. Es war ganz okay.«

»Sehr gut.« Laura nickt. »Dann kommt er vermutlich meinetwegen nicht.« Sie schüttelt den Kopf, als wäre ihr bewusst geworden, wie müßig solche Erwägungen nach all der Zeit sind. »Ich wünschte, es wäre mir gelungen …«

»Es bringt nichts, sich darüber den Kopf zu zerbrechen«, unterbreche ich sie. »Es ist anders gekommen und hat uns zu dem gemacht, was wir heute sind. Wir können es nicht mehr ändern.«

Ein knopfäugiger kleiner Spatz schaut uns keck an, als wir uns dem hintersten Teil des Gartens nähern und dem, was ich Laura zeigen wollte. Vier aus Stein gehauene Bänke umstehen in einem Kreis ein Podest mit einer Sonnenuhr.

»Es wurde als Pendant zum Turm von Summerbourne angelegt«, erkläre ich ihr. »Natürlich in viel kleinerem Maßstab und ohne Kanone.«

Laura lässt meinen Arm los, geht zwischen den Bänken hindurch und einmal um die Sonnenuhr herum, betrachtet die sich windenden Seeschlangen und die lateinische Inschrift.

»*Fruere hora*«, liest sie laut.

»Genieße den Augenblick«, sage ich.

Sie lässt ihre Hand auf dem Stein ruhen und schließt die Augen, als wollte sie jede Stunde einzeln spüren. Ich nutze die Gelegenheit, mich etwas vorzubeugen und mir das Medaillon genauer anzusehen, das zwischen den Aufschlägen ihres Mantels hervorscheint.

»Laura? Ich muss immer dein Medaillon ansehen. Sind das drei gebrochene Herzen? Oder was bedeutet es sonst?«

Sie greift mit der Hand nach dem Anhänger. »Den habe ich mir damals von dem Geld gekauft, das ich während meiner Zeit auf Summerbourne zurückgelegt hatte.«

Verwundert sehe ich sie an. »Hättest du das Geld nicht dringender für etwas anderes gebraucht?«

»Nein.« Sie blickt erneut auf die Sonnenuhr und schüttelt den Kopf.

Ich fasse mir ein Herz. »Warum ein Medaillon? Was ist darin?«

Erst scheint sie irritiert, dann geht eine Veränderung in ihr vor. Ich sehe die kaum merkliche Regung in ihrem Gesicht und fühle mich in meiner Vermutung bestätigt: Das Medaillon ist nicht leer, und was immer sich darin befindet, muss mit Summerbourne zu tun haben. Mir kommt es vor, als würde sie sich gerade zu einer Entscheidung durchringen, und ich habe recht. Entschlossen streift sie die Kette samt Medaillon über den Kopf.

»Es ist so lange her.« Wehmütig betrachtet sie den silbernen Anhänger in ihrer Hand. »Natürlich ist es dumm, so sentimental zu sein. Ich sollte mich endlich davon trennen.« Sie drückt den winzigen Knopf am Rand des Ovals, doch nichts passiert. »Ich habe es seit damals nicht mehr geöffnet.«

Sie drückt noch mal, und der Deckel springt auf. Laura öffnet ihn ganz und hält das Medaillon so, dass ich es sehen kann. Ich beuge mich vor, um mir den Inhalt anzuschauen: hauchdünne getrocknete Blüten von der Farbe hellen Tees mit einem Hauch Lavendel.

»Strandflieder«, erklärt Laura. »Vom Strand in Summerbourne.«

»Das hast du all die Jahre aufbewahrt?«

»Alex hat ihn für mich gepflückt.«

Und noch während ich die verblassten Blüten betrachte, macht Laura eine rasche Bewegung, und die Blütenreste fliegen hoch in die eisige Luft, um kurz darauf wieder herunterzuschweben und sich auf der Hecke niederzulassen. Sie betrachtet das leere Medaillon noch einen Moment, dann wirft sie es ins dichte Grün der Buchshecke, die das Areal umgrenzt. Ich sehe es zwischen die dunkel glänzenden Blätter gleiten und verschwinden.

»Ich habe ständig Mist gebaut«, beginnt Laura zu erzählen. »Mein ganzes Leben. Im letzten Schuljahr bin ich schwanger geworden, aber mein Freund wollte nichts davon wissen und hat mich rausgeschmissen – ich wohnte damals bei ihm. Daraufhin hat Beaky, der schreckliche Lebensgefährte meiner Mutter, mich zu einer Abtreibung gezwungen.«

»Die drei Herzen?«, komme ich auf das Medaillon zurück. »Sie symbolisieren deine verlorenen Kinder, oder?«

Laura nickt. »Ich war keinem von ihnen eine Mutter und wäre es nie geworden. Zumindest keine gute.« Sie hält einen Moment inne. »Danach ging es mir richtig schlecht, ich verpasste meine Abschlussprüfung und stand mit leeren Händen da. Auf Beakys Drängen bewarb ich mich für diese

Au-pair-Stelle. Dort würde ich mal sehen, wie schwer es sei, sich um ein Kind zu kümmern, meinte er. Er wollte mir eine Lektion erteilen – damit ich was fürs Leben lerne.« Sie schaut mich an und lächelt. »Wider Erwarten habe ich die Arbeit geliebt, habe es gar nicht als Arbeit empfunden – es hat mir Spaß gemacht, mich um Edwin zu kümmern. Und dann …«

Zögernd strecke ich die Hand aus, berühre sie leicht am Ärmel. »Alex?«

»Ja, ich verliebte mich hoffnungslos in ihn, doch ich genügte ihm nicht. Gegen Ruth hatte ich nie eine Chance.« Sie wirft mir einen entschuldigenden Blick zu. »Und dann das mit Dominic … Ich habe wirklich riesigen Mist gebaut. Alex erträgt es ja nicht mal, mich anzusehen. Und was ich dir angetan habe – dir und Danny und Kiara. Ich habe eure Leben völlig verkorkst. Das wollte ich nicht. Es tut mir unendlich leid.«

Plötzlich schaut sie zurück zum Haus, und ich folge ihrem Blick. Stimmen sind zu hören, die Hintertür geht auf, und einige Personen kommen heraus, die Mäntel zugeknöpft, die Hände fröstelnd aneinanderreibend.

Laura packt meinen Arm. »Ich kann das nicht – ich kann es einfach nicht. Vielleicht sollte ich besser gehen.«

»Nein, warte. Wir müssen da jetzt durch.«

Sie klammert sich an mich, und ich versuche ihr wenigstens ein bisschen Mut zu machen.

»Du bist Dannys und Kiaras Mutter. Sie sind hier, um dich zu sehen.«

Wir sehen beide zur Tür hinüber. Edwin und Joel stehen noch dort. Danny und Brooke kommen Hand in Hand den Weg hinab auf uns zu. Ihnen folgen zwei weitere Personen,

459

Kiara und eben jener Mann, der eigentlich nicht kommen wollte: mein Vater. Alex hat sich zu guter Letzt einen Ruck gegeben und sich überwunden. Ich nehme das als wichtigen Schritt auf dem Weg zur Versöhnung. Laura dagegen verkrampft sich noch.

»Wenn ich dich jetzt loslasse«, sage ich zu ihr, »wirst du bitte nicht weglaufen.«

Sie reißt ihren Blick von den vier Gestalten los, die uns entgegenkommen, und sieht mich verzagt an, deutet auf die Inschrift der Sonnenuhr.

»Genieße den Augenblick«, sagt sie. »Alles schön und gut, aber wie soll das gehen?«

»Das darfst du mich nicht fragen.«

Sie holt tief Luft. »Also gut«, sagt sie. »Nachdem wir so weit gekommen sind, riskieren wir einfach den Rest.«

Wir lächeln einander zu, ich hake mich erneut bei ihr unter, und gemeinsam gehen wir den anderen entgegen.

Danksagung

Ich schätze mich unglaublich glücklich, die wunderbare Rebecca Ritchie als meine Agentin zu haben. Danke, Becky, dass du dich von Beginn an so sehr für dieses Buch begeistern konntest und mir auch weiterhin mit klugem Rat zur Seite standest. Ein riesiges Dankeschön an meine Lektorinnen Emma Beswetherick bei Piatkus und Amanda Bergeron bei Berkeley, die mit ihrem unübertrefflichen Gespür für den Text diese Geschichte in ihre beste finale Version verwandelt haben.

Danke desgleichen an Suzanne Harrison, Val Watson, und Jo Brand für den Zuspruch und den Kuchen. Danke an das Team und alle Patienten der Cromwell Veterinary Group in Cambridgeshire, mir meinen Berufswechsel nachzusehen und mich in allem zu ermutigen. Danke an Danielle Feasby, die mir all meine Pflanzenfragen geduldig beantwortet hat. Danke an Xanthe Randall für das ausführliche Feedback und ihre stete Zuversicht. Außerdem möchte ich all jenen danken, die mir bei meinen allerersten Schreibversuchen Feedback gaben und mich trotz allem ermutigten weiterzumachen: Rachel Niven, Andrew Baron, Suzie Bishop, Charlotte Harrison, Ami Quenby und vor allem meine geniale Schwiegermutter Susan Brown.

Danke an meine Eltern Steve und Joan Smith und meine Schwestern Clare Redmond und Lucy Bell, die mich während des Schreibprozesses unterstützten und bei Laune hielten, und an meine Söhne William, Edward und Arthur, die jeden Erfolg mit mir gefeiert haben. Und nicht zuletzt danke ich meinem Mann, der unser Leben mit der größten Selbstverständlichkeit umorganisiert hat, damit ich mir meinen Traum vom Schreiben erfüllen konnte, und der mir noch immer jeden Morgen meine unverzichtbare Tasse Tee ans Bett bringt: Ohne dich hätte ich das nicht geschafft, Brian – und das sage ich nicht bloß wegen des Tees. Danke.

Sie sucht nach der Wahrheit über sich selbst und stößt auf das erschütternde Geheimnis ihrer Mutter …

384 Seiten. ISBN 978-3-7341-0721-4

Die 37-jährige Georgie hat sich innerhalb ihrer Familie schon immer etwas fremd gefühlt. Während ihre extrovertierte Schwester Kate früh ausgezogen ist und seit Jahren die Welt erkundet, hat sich die schüchterne Georgie nie getraut, die Heimat zu verlassen, sondern sich stattdessen um ihre kranke Mutter Jane gekümmert. Als Georgie nun das erste Mal eine Fernreise unternehmen soll und daher ihre Geburtsurkunde benötigt, stößt sie auf dem Dachboden ihres Elternhauses auf ein Geheimnis, das alles, woran sie bisher geglaubt hat, auf den Kopf stellt – und vor allem die Geschichte ihrer Mutter in ein völlig neues Licht rückt …

Lesen Sie mehr unter: **www.blanvalet.de**

www.blanvalet.de

facebook.com/blanvalet

twitter.com/BlanvaletVerlag